LES FIGURES DE LA BEAUTÉ

Éditions de la Pleine Lune
223, 34ᵉ Avenue
Lachine (Québec)
H8T 1Z4

www.pleinelune.qc.ca

Révision de la traduction
Sabrina Meunier
Marie-Madeleine Raoult

Mise en pages
André Leclerc

Photo de la couverture
© Max Photography/Getty Images, *Sculpture de Le Bernin, Ange sur le pont Sant Angelo, Rome*

Maquette de la couverture
Julie Larocque

Photo de l'auteur
Nigel Dickson

Diffusion pour le Québec et le Canada

Diffusion Dimedia
539, boulevard Lebeau
Montréal H4N 1S2

Téléphone : 514-336-3941
Courriel : general@dimedia.qc.ca

David Macfarlane

Les Figures de la beauté

roman

Traduit de l'anglais par Ivan Steenhout

Pleine lune

La Pleine Lune remercie le Conseil des Arts du Canada de l'aide financière accordée à son programme de publication et pour sa contribution à la traduction de cet ouvrage; la maison remercie également la Société de développement des entreprises culturelles (Sodec) pour son soutien financier. Nous remercions aussi le gouvernement du Canada de son soutien financier pour nos activités de traduction dans le cadre du Programme national de traduction pour l'édition du livre.

Titre original : *The Figures of Beauty*
Publié par HarperCollins, Toronto, 2013
© David Macfarlane, 2013

ISBN PAPIER 978-2-89024-435-1
ISBN PDF 978-2-89024-436-8
ISBN ePUB 978-2-89024-437-5

Dépôt légal : Premier trimestre 2015
Bibliothèque et Archives nationales du Québec
Bibliothèque et Archives Canada

À Janice, Caroline et Blake

Prologue

LA PIERRE

*Le travail du sculpteur commence avant la taille.
Il commence avec le choix du bloc de marbre.*

RUDOLF WITTKOWER, *Sculpture*

PIETRABELLA, MAI 2013

La conversation languissait, comme souvent en pareilles circonstances. Elle finit par s'animer quand il fut question du meuble. Un buffet en noyer. Tout le monde avait quelque chose à en dire. Ils avaient tous grandi avec lui. Il leur était aussi familier qu'un proche. Il venait de Milan. Ou peut-être pas. Certains étaient sûrs qu'il se vendrait un bon prix. D'autres étaient sûrs du contraire. Il avait été légué par une grand-tante dont tout le monde à présent avait oublié le nom de jeune fille, ou bien par une de leurs arrière-grands-mères, même si personne ne s'entendait pour déterminer laquelle, ni l'endroit où elle avait vécu. Les parents l'auraient su.

Le meuble était massif, sombre et laid, pas exactement déplacé mais très différent du reste de l'intérieur propret de cette maison lumineuse et modeste. Quand j'étais petite et que je rendais visite aux Tagliani, je trouvais très menaçante la grimace des tiroirs supérieurs de ce buffet.

Tout dans la maison avait toujours été en ordre, bien rangé, minutieusement balayé. Elle avait toujours senti l'encaustique. Mais elle possédait quand même une âme qui lui était propre. Pendant des années, l'endroit avait été gai, animé, et voilà que ce même enjouement était à présent revenu pendant quelques instants.

Tout le monde s'était mis à raconter tout à coup des histoires qui avaient un vague rapport avec le buffet de noyer. Il fut question du second mari de la grand-tante et de la

Bugatti qu'il avait dû vendre pour rembourser ses dettes de jeu. Certains évoquèrent la surdité d'une des grands-mères qui avait besoin d'un cornet acoustique. Pendant quelques instants, la maison reprit vie. Il y eut même des rires. Le vin aidant, je suppose.

Puis de manière tout aussi subite, tout s'arrêta. La lugubre réalité de la journée s'imposa de nouveau. La pièce retomba dans un silence gêné jusqu'à ce que ma mère parle.

L'horloge du salon tictaquait au-dessus de nous, comme un métronome assourdi. Quand j'étais enfant, les images sur son cadran m'avaient toujours fascinée : la silhouette agenouillée de Marie, les rayons célestes et les ailes déployées de la colombe blanche qui marquaient onze heures.

Ma mère ne partageait pas mon engouement. À moitié tournée, elle regardait l'horloge et le fil électrique qui en pendait avec le dégoût qu'elle réserve aux calamités de l'époque moderne. Son bras reposait à contrecœur, avec la même répugnance, sur les fioritures vernies à la perfection d'un canapé couleur moutarde. Ses cheveux sont poivre et sel maintenant, mais aussi drus et en bataille que lorsqu'elle était jeune.

« Vous voyez », annonça ma mère.

Cela se passait dans la maison où ma meilleure amie vécut son enfance. Nous y avions été invitées avec sa famille. Le père de Clara avait été solitaire et malheureux depuis le décès de sa femme quatre ans plus tôt. Il avait été malade pendant presque aussi longtemps.

Ma mère connaissait à peine ceux qui étaient là. Mais elle s'adressait d'une voix assurée à tout le monde. « Vous voyez », répéta-t-elle pour être certaine que chacun prête attention à ce qu'elle allait dire. « La mort nous rend heureux. »

Il y avait une dizaine de personnes dans le salon. La plupart étaient des frères et des sœurs de Clara, mais plus âgés qu'elle, ou les épouses et maris de ces frères et de ces sœurs plus âgés, ou les enfants adultes de ces frères et de ces sœurs plus âgés. Nous revenions du cimetière. Il y avait eu pléthore de larmes malgré les quatre-vingt-quatorze ans de M. Tagliani et même si sa mort avait finalement mis un terme à ses souffrances. Certaines dames dans la maison succombaient encore par moments à la douleur et sortaient leurs mouchoirs de lin de leurs élégants sacs à main. Ma mère s'appelle Anna Di Castello. Elle a le don de l'inattendu. Elle parle avec l'assurance de quelqu'un qui énonce l'évidence. Les explications l'impatientent. Elle croit qu'elles réduisent la portée de toutes les assertions qu'elles prétendent étayer. Rien ne l'irrite plus que lorsqu'on lui demande d'expliquer le sens de ce qu'elle dit ou fait. Elle répond d'habitude : «C'est comme ça.»

Dans le cas présent, le silence ébahi qui accueillit ses paroles laissa entendre, même à ma mère, qu'un minimum d'explications était requis.

«Les histoires sont cachées dans les objets», expliqua-t-elle à la pièce muette. Elle baissa les yeux, regarda les cals de ses paumes rêches comme pour indiquer qu'elle était capable, s'il le fallait, de prouver cette théorie. «Elles sont cachées comme les formes des statues sont cachées dans la pierre. Les morts nous laissent des histoires à trouver parce qu'ils savent que les raconter nous déride.»

L'horloge y allait de ses tic-tac. *Tic-tac, tic-tac.*

Mon mari et nos deux fils étaient venus à l'enterrement mais ne nous avaient pas accompagnées à la maison par la suite. Ils n'y auraient connu personne, à part Carla et son mari, Paolo. La différence d'âge entre Clara et le reste de sa famille est telle qu'elle a toujours semblé fille unique comme moi.

J'ai grandi en appartement dans une maison de la Via Maddalena à quelques portes de celle de Clara. Ma mère a toujours été obstinément indépendante et elle m'a élevée toute seule. Anna Di Castello n'a jamais connu ses parents ni ses grands-parents, ni ses tantes, ses oncles ou ses cousins. En l'absence de toute espèce d'histoire familiale concrète et en l'honneur de sa foi en la beauté artistique, elle m'a prénommée Teresa, du nom de sa sculpture baroque préférée. En fait, le baroque n'est pas sa période favorite. Michel-Ange est le sculpteur qu'elle admire le plus. Mais s'agissant de me choisir un prénom, les plus belles figures féminines de Michel-Ange présentaient certains problèmes. Le Vatican enthousiasme encore moins ma mère que les horloges électriques et les canapés couleur moutarde. Toutefois, si elle avait dû choisir parmi les œuvres de Michel-Ange, et c'est une question que j'aimais explorer avec elle quand j'étais petite, elle aurait choisi la *Pietà* qui se trouve aujourd'hui à Saint-Pierre de Rome – c'est sa sculpture préférée. Mais il n'était pas question qu'elle soit la mère d'une Maria.

Pour décrire ma mère, les gens utilisent fréquemment l'adjectif «bohème», un qualificatif qu'elle n'aime pas beaucoup, mais elle fait très peu pour les en dissuader. Souvent aussi, et d'habitude, les mêmes personnes la décrivent comme un «esprit libre», une expression qui lui déplaît particulièrement parce qu'elle est contraire aux exigences de son travail et à l'éducation d'une enfant. Elle a toujours été une bonne mère, soucieuse de s'assurer, à sa manière singulière, que je sache que j'étais aimée. Elle ne s'est jamais ouvertement rangée du côté des autorités académiques, mais a toujours insisté sur l'importance de mon instruction. À la maison, l'argent n'a jamais manqué pour les vêtements, les livres ou pour des excursions scolaires à Florence ou à Rome. Elle tenait toutefois à ce qu'une chose soit bien claire : une mère, c'est ce qu'elle était, mais son travail, c'est ce qu'elle faisait.

Elle est libre, dit-elle, elle est libre d'aller au lit avec les bras qui lui font mal. Et si elle est fougueuse, c'est parce que sans cette fougue, elle aurait arrêté il y a des années de se montrer avec des coupures sur les doigts et des poings qu'elle ne parvient à desserrer qu'avec douleur. Le travail de ma mère n'a rien de facile. De son point de vue, elle est la personne la moins inconsistante qu'elle connaisse. C'est pour des raisons professionnelles qu'elle ne se soucie pas beaucoup de faire la distinction entre le réel et l'imaginaire. Elle est sculpteur.

Elle loue et habite seule une maison de ferme dans les collines entre la ville de Pietrabella et le village de Castello, et elle y passe ses journées à sculpter la pierre. Au moment de commencer une nouvelle sculpture, de s'épuiser de nouveau les bras, de s'écorcher de nouveau les mains quand sa vieille massette déformée ricoche sur sa pointerolle, ma mère hésite. Elle tourne autour du bloc de pierre et le regarde comme pour lui poser des questions. Elle scrute le marbre depuis cet angle, puis de cet autre. Elle dit qu'elle cherche les surfaces planes et les courbes qui se trouvent entre les différentes lignes obliques de ses premiers coups. Des relations pas toujours évidentes. Mais ma mère pense qu'il n'y a pas grand-chose d'évident.

Son travail est abstrait. C'est ainsi du moins que le décrirait tout le monde, à part ma mère. Elle ne voit pas beaucoup de différence entre ses sources et ce qu'elle en tire. Sa sculpture puise son inspiration dans les vallées, le ciel et les montagnes de l'endroit où elle a vécu toute sa vie. J'ai lu un jour qu'il arrivait à la chanteuse Joni Mitchell d'accorder sa guitare aux sons ambiants : le chant des oiseaux, le vent dans les arbres, les clapotis d'un ruisseau rocailleux, et je me rappelle avoir pensé que c'est exactement la manière dont ma mère trouve les rythmes qu'elle cherche dans la pierre. À mes yeux, son travail est excellent, mais à cause de ses épineuses relations avec les propriétaires de galerie, sa notoriété, comme son modeste succès, sont demeurés locaux. Et je crois que c'est ce qu'elle préfère.

Elle n'a pas beaucoup d'argent, ce qui ne l'a jamais tracassée. Ses plus grands plaisirs n'ont jamais eu beaucoup à voir avec l'état précaire de ses finances. Nous mangions d'habitude à peu de frais, mais ma mère a toujours cuisiné avec l'enthousiasme de quelqu'un qui aime bien manger.

Elle adore la musique aussi, d'autant plus qu'elle n'a jamais eu beaucoup d'argent pour en acheter. Il y avait toujours de la musique dans notre appartement, et quand j'étais petite, je pensais que ses disques considérablement rayés participaient de son goût pour les œuvres étranges, répétitives. Elle possédait un album de Dizzy Gillepsie qui ne s'arrêtait jamais de tourner, semblait-il, jusqu'à ce que ma mère remarque que huit des sillons de *Salt Peanuts*, toujours les mêmes, sautaient. Sur l'un de ses disques préférés, le bégaiement de *I remember you well I remember you well* semblait le signal vocal dont avait besoin Leonard Cohen pour atteindre le refrain de *Chelsea Hotel*. La voix de ma mère accompagnait toujours le chant, éraflures et tout le reste compris.

Elle eut beaucoup d'amants au fil des années, mais ne se maria jamais. Elle a l'intention de mourir, dit-elle, couverte de poussière de marbre, avec un maillet et un ciseau dans les mains.

La présence de ma mère, avec son abondante chevelure négligée, son grand sarrau sombre, son ample chandail déchiré, ses bracelets et les torsades de ses foulards à franges, était plutôt inattendue au milieu de cette famille conformiste dans ce conformiste salon en cette conformiste après-midi de deuil.

Mais aucun des parents de Clara n'exprima sa désapprobation. Personne ne semblait choqué par ce qu'elle avait dit. Certains étaient interloqués. Ma mère interloque souvent les gens. Mais au bout d'un certain temps, lentement, quelques hommes opinèrent. « Oui, concéda un des frères de Clara. La mort nous rend heureux d'être vivants. »

Et il avait raison. C'était exactement ce qu'elle avait voulu dire.

Je la raccompagnai chez elle un peu plus tard. Elle était d'humeur joyeuse comme pour prouver l'exactitude de ce qu'elle avait avancé chez les Tagliani. Même aujourd'hui, elle marche encore à grands pas avec l'énergie d'un randonneur pendant la demi-heure qu'il lui faut pour retourner chez elle. Nous traversâmes l'oliveraie, ses herbes hautes, et le patchwork des petits champs qui s'étendent sur les collines au-dessus de la ville de Pietrabella. En chemin, elle s'arrêta plusieurs fois pour embrasser du regard les vignobles étagés et les pentes couvertes d'ombres longues et veloutées. «Quelle beauté!» s'exclama-t-elle un moment donné. Puis, comme plus exaspérée que ravie par l'intensité de ce qu'elle ressentait, elle refoula le paysage au fond d'elle-même et se remit à marcher. «Parfois, trop c'est trop!»

Au bord du champ qui entoure sa maison, dans un coin de la propriété, juste derrière l'épaisse haie qui empêche les rares chiens errants et les tracteurs encore plus rares de porter atteinte à l'intimité quasi totale de ma mère, il y a une statue de marbre. Personne ne sait qui l'a sculptée. Personne n'en connaît l'âge. Au début du vingtième siècle déjà, son origine était incertaine. Mon père, à sa mort, l'a laissée à ma mère. Ce n'était pas tout à fait ce qui était prévu. Mais c'est ce qui arriva.

Par intermittences, la statue de marbre devient une fontaine, mais cette transformation semble dépendre des mystères de la nappe phréatique et de l'infiltration de l'eau de pluie dans les collines. On entend parfois de sourds et lointains gargouillis dans les profondeurs des vieilles canalisations de tuile, longtemps avant que l'eau n'arrive à la statue immobile et figée. Elle représente une femme, trois quarts grandeur nature, partiellement vêtue, penchée vers l'avant pour verser l'eau de la cruche qu'elle tient entre ses mains.

Ma mère s'arrêta, regarda la statue avec une émotion intense, puis s'en approcha. C'était un détour d'une vingtaine de mètres par rapport au chemin direct jusqu'à sa maison. Elle le faisait souvent. Elle n'aurait pas été plus attentive si elle avait vu cette sculpture au musée du Bargello. «Là, me dit-elle. Regarde!»

Le haut du corps du personnage est nu. Ma mère pointa du doigt l'angle du coude et de l'avant-bras, puis d'un grand geste de la main, me montra que le drapé de la longue jupe répétait le même angle, et comment ce rappel pousse le regard à se concentrer sur la masse de l'œuvre et à la percevoir comme un tout. On sent réellement, comme ma mère le soulignait, le déplacement du poids du personnage qui s'agenouille pour verser l'eau. On sent le volume du liquide diminuer dans la cruche. La statue est sculptée avec un tel talent que l'on sent le passé et le futur immédiats dans le modelé gracieux de la figure. On voit le mouvement dans son immobilité.

Ma mère me l'avait déjà montré. Le répéter n'était pas une question de défaillance de sa mémoire, c'était plus une sorte de génuflexion. Et je la suspecte de se prosterner ainsi devant le sculpteur ancien et anonyme chaque fois qu'elle franchit la grille de son jardin.

Mais pour la deuxième fois cette après-midi-là, elle sembla penser, ce qui n'était pas son genre, que des explications supplémentaires étaient requises. Elle avait quelque chose à dire et elle voulait absolument que je comprenne.

«Penses-tu que ce soit arrivé? demanda-t-elle. Penses-tu que ce soit important qu'à un moment donné, il y a longtemps, le bras d'une jeune femme et son vêtement aient été si parfaitement alignés?»

Sa main bougea de l'avant vers l'arrière un peu comme si elle polissait l'air. Ses bracelets cliquetaient. «Elle est belle, poursuivit ma mère, parce que sa beauté n'est pas seulement le reflet de ce qui était. La sculpture rime avec l'espace qui l'entoure. Qui l'entoure aujourd'hui. Vois-tu?»

Elle leva les mains comme un prêtre qui donne sa bénédiction, même si la comparaison ne lui aurait pas plu. «Sa beauté rime avec ceci», dit-elle. Et je compris que par «ceci», elle voulait dire ce que le frère aîné de Clara avait si clairement énoncé dans la maison des Tagliani. Elle voulait dire le présent. Même l'improbable coïncidence de l'amour ne surprit jamais autant ma mère que l'incroyable chance d'être vivante.

« Peu importe ce qui s'est réellement passé, me dit-elle ce jour-là. Raconte des histoires. Nous ne faisons jamais rien d'autre. »

Première partie

LA POINTEROLLE

*Le sculpteur visualise mentalement une forme complexe
à partir de son contour: il sait quand il regarde un côté
à quoi ressemble l'autre...*

HENRY MOORE

CHAPITRE PREMIER

La carrière Morrow, août 1922

L'accident se produisit pendant la demi-heure allouée aux ouvriers pour leur repas de midi. La routine habituelle avait jusqu'à ce moment-là prévalu toute la journée. Les travailleurs italiens s'accommodaient du nom étranger de la carrière mais jusqu'à un certain point. Le propriétaire était gallois. Cependant son nom se prononçait d'habitude comme s'il était français, on disait « Moreau ». La pluie avait cessé vers la fin de la matinée. Il faisait chaud maintenant, une chaleur curieuse, comme les jours d'été le sont à cette altitude et dans cette partie de l'Italie. Les carrières dans les montagnes de la région de Carrare sont proches de la frontière entre la Ligurie et la Toscane, et il fait frais à cette altitude, une fraîcheur qui amène à confondre parfois la luminosité de l'air et la température. Depuis la carrière Morrow, les ouvriers apercevaient souvent des kilomètres de côte jusqu'à Cinque Terre au nord-ouest, ou vers le sud, passé le lointain village de Castello bâti à flanc de colline et la ville de Pietrabella, tout le littoral jusqu'à Viareggio.

Ils voyaient la grande et lisse paroi de pierre dans laquelle Michel-Ange avait imaginé de sculpter un colosse qui aurait servi de balise aux navires. Vers le sud-ouest, ils voyaient s'élever au-dessus de la surface bleue de la Méditerranée la silhouette lointaine de la Corse. Les paysages étaient nets et détaillés, une précision associée le plus souvent à la clarté d'un jour très froid plutôt qu'aux brumes estivales.

Il y avait les grincements cadencés des scies de long manœuvrées chacune par deux hommes qui les poussaient et les tiraient dans les blocs de pierre. Il y avait le bourdonnement du câble de sciage qui découpait lentement la pente abrupte du flanc de la montagne et dont la boucle d'un demi-kilomètre était refroidie dans l'eau de longs et étroits caniveaux.

Il y avait le bruit retentissant des marteaux, le fracas métallique des outils, le frottement des roues de bois sur le sol de la carrière. Il y avait la psalmodie des cris lancés aux hommes qui travaillaient juchés très haut sur les treillis des plates-formes des échafaudages, ceux destinés aux ouvriers courbés sur les bancs de scie ou aux autres qui embobinaient des longueurs de grosses cordes et vérifiaient les câbles et les poulies. Il y avait de temps à autre le tumulte d'une cascade de débris éparpillés qui tombaient de la falaise. Et c'était ce bruit-là, cette chute de pierres dont le tonnerre se répercutait dans les vallées qui inquiétait le plus ceux qui l'entendaient.

Juste avant l'accident, cinq ouvriers avaient hissé à l'aide de cordes, de sangles et de poulies un bloc de marbre d'un quart de tonne sur une luge en bois. Trois des membres de l'équipe appartenaient à la même famille, un père et ses deux fils. Ils avaient mis la pierre en place, l'avaient ajustée, l'avaient équilibrée et fixée avec de solides cales de bois.

À peine quelques jours plus tôt, un troisième fils avait commencé à travailler à la carrière. Il était trop jeune pour faire partie de l'équipe. Son travail consistait à apporter les outils, à transporter les cordes et à donner de l'eau aux hommes qui avaient soif.

Le bloc de pierre pouvait être laissé à l'avant du chevalet pendant que l'équipe prenait son lunch. Le palan était verrouillé, les sangles de cuir attachées. Le bloc reposait en équilibre sur la luge immobilisée sur la pente que gravissait le jeune Lino Cavatore. Le garçon transportait un seau d'eau.

L'anse lui coupait les doigts. Mais il s'efforçait de stabiliser le niveau de l'eau. Il ne voulait pas en gaspiller une goutte. Le trottoir de bois était très escarpé.

CHAPITRE DEUX

Castello, août 1944

D'après les rumeurs, il y avait des Allemands dans les collines au-dessus de Pietrabella. Mais le sergent, dont le sens commun était à peu près du niveau auquel on peut s'attendre d'un sergent, ne s'en inquiétait pas le moins du monde. Ses hommes disaient que c'était un bon exemple de son intuition. En fait, il rêvait en couleur. Ses pensées ressemblaient à des équations simplistes. Et depuis un bout de temps déjà, il avait remarqué que le nombre d'Allemands dans les collines était exactement proportionnel au nombre d'enfants italiens qui voulaient des cigarettes. « Qu'est-ce que ça peut foutre, dit-il quand l'ordre lui parvint. La journée est idéale pour la randonnée. »

Si une photo avait été prise, on aurait vu la file titubante, espacée des quatorze soldats qui gravissaient un chemin rocailleux, large à peu près comme une voiture à foin. Quelque chose dans la lumière de l'image et dans l'air exténué des soldats aurait évoqué la chaleur accablante de l'après-midi. Leur fatigue avait la couleur de la poussière. Ils portaient leurs fusils en travers de leurs épaules. Leurs casques avaient un camouflage.

L'escadron en mission de reconnaissance cheminait dans une vaste vallée vers l'un des villages nichés dans les collines au-dessus d'eux. Il faisait partie du 371ᵉ Régiment d'infanterie U.S. qui surveillait les déplacements des troupes ennemies le long du secteur nord-ouest de la Ligne gothique. C'était une tâche dangereuse. Tout le monde souhaitait que les Allemands se contentent de poursuivre leur saloperie de retraite. Le silence était le premier signe avant-coureur d'ennuis.

Par groupes de trois ou quatre, les soldats dont l'équipement cliquetait progressaient dans un espace dégagé entre le couvert d'une oliveraie et le mur d'enceinte d'un village. La plupart étaient en Italie depuis le débarquement en Sicile. Et, recroquevillés au bas de la vieille muraille de pierre, juste à la droite du seul passage qui donnait accès aux quelques rues étroites et à l'unique place de Castello, ils connaissaient tous maintenant le bruit normal d'un village italien. Et ce n'était pas ce bruit-ci.

Ils tendaient tous l'oreille pour entendre quelque chose, n'importe quoi, qui viendrait de l'intérieur. C'est sans doute la raison pour laquelle tous l'entendirent. Quoiqu'il aurait pu s'agir d'une bizarrerie acoustique. C'était un son si étouffé qu'il était presque inaudible, mais son écho rebondissant d'un vieux mur de pierre à l'autre se réverbéra jusqu'à eux. Et ce qu'ils entendirent tous était le brusque halètement d'un bébé sur le point de pleurer.

Dispersés dans la rue pavée, ils s'approchèrent avec prudence des quelques premières portes sans s'écarter des murs de pierre des maisons. Mais à mesure qu'il devint de plus en plus évident que l'endroit était abandonné, leur recherche se fit moins circonspecte.

Ils défonçaient des portes à grands coups de pied. Ils fouillaient de pièce en pièce. « Tout est dégagé », criaient-ils aux autres restés dans la rue.

Un des soldats découvrit le bébé, le souleva du bac de marbre dans la cuisine et dit : « C'est quoi ce bordel ? »

Un autre trouva un pot en terre cuite sur une étagère. Un simple soldat qui avait grandi dans une ferme au Minnesota en identifia le contenu : du lait de chèvre pas encore trop aigre. Les autres dénichèrent un peu de pain pour l'y tremper. Ils apportèrent une couverture supplémentaire venue d'une autre chambre. C'était une sorte de miracle. Mais la découverte de ce bébé ne s'avérerait pas le souvenir le plus vivace de leur journée. Les corps étaient empilés autour de la place centrale de Castello. Personne dans la patrouille ne s'était vraiment rendu compte de ce qui s'était passé avant qu'elle atteigne le bout de rue étroite qui menait à cette place. Même alors il fallut du temps pour comprendre.

«Dieu tout-puissant!» s'exclama le sergent. Il y avait tellement de cadavres dans un espace si restreint qu'ils ne ressemblaient plus à des humains. Selon la région des États-Unis d'où il provenait, chaque soldat se souviendrait que la population de Castello ressemblait vaguement à des bancs de neige accumulés au bord d'un champ, ou à des tas de varech sur une plage, ou encore à des amoncellements de charbon sur le sol d'une fonderie.

Les Américains se trouvaient près de l'endroit où les mitraillettes allemandes avaient dû être postées. Les G.I. pouvaient voir le faisceau des rafales.

Des femmes et des enfants. Tous. À part quelques vieillards. Et à part la silhouette pendue à la branche d'un arbre au centre de la place. L'homme était suspendu au-dessus de quelques morceaux de bois calcinés qui fumaient toujours. Ses pieds étaient brûlés jusqu'aux moignons. Il devait être âgé d'une trentaine d'années. C'était difficile à préciser.

«J'ai vu ce genre de chose près de Salerne, dit le sergent sans s'adresser à personne en particulier. Ils entassent une pile de bois, puis ils suspendent au-dessus le pauvre gars avec un nœud coulant autour du cou. Il gigote et se pend lui-même quand il n'est plus capable de supporter les flammes.»

Un des soldats tenait le bébé dans le creux de son bras, étonné de la force de succion de cette enfant. Il la sentait téter à travers sa veste de combat. Il pensait exactement ceci : De mon vivant, je ne verrai plus jamais quelque chose d'aussi étrange.

Parce qu'il n'y avait pas que le bébé. Il n'y avait pas que les cadavres. Il n'y avait pas que le corps qui pendait de la branche d'un vieil arbre au milieu de la place. C'est fascinant tout ce qu'on finit par s'habituer à voir pendant une guerre. C'étaient les chèvres. C'étaient elles, la chose la plus étrange. Il y en avait une douzaine. Elles avaient dû revenir sur la place après le départ des Allemands, sans doute par le même passage dans la muraille et après avoir gravi la même rue pavée que les Américains. Et maintenant elles étaient là, nullement perturbées par l'arrivée bruyante de la patrouille de reconnaissance. Leurs clochettes n'émettaient que d'épisodiques et doux tintements. On aurait dit qu'elles broutaient sur les pentes d'une paisible colline. Elles flânaient autour de la corde tendue, des moignons noirs des pieds et des restes du feu comme si elles attendaient que quelque chose bouge.

CHAPITRE TROIS

Paris, mai 1968

Des troupes formaient des cordons de sécurité pour isoler certaines parties de la ville. La police en protégeait d'autres et d'autres étaient toujours contrôlées par les étudiants. Tout ceci provoquait beaucoup de bruits inhabituels. Mais Oliver Hughson ne savait pas ce qu'étaient les bruits habituels à Paris. Il n'y était jamais venu. Il présumait que les incessantes sirènes étaient caractéristiques de cette blême et énorme cité. Il avait vingt ans et prévoyait voyager en Europe pendant tout l'été.

Il avait quitté le Louvre tard cette après-midi-là et était parti à pied et à l'aveuglette en direction de son hôtel, mais ce n'était pas du tout la bonne direction comme il finit par s'en rendre compte.

Oliver, pendant qu'il marchait, remarqua les convois de voitures de police et de véhicules militaires qui roulaient à toute vitesse dans les rues, mais il en prit acte comme de tout le reste de cette ville immense. Quelque chose se passait. Il en était conscient. Mais à cause de son itinéraire excentrique qui le menait presque au hasard dans les rues de Paris, il ne se rendit jamais vraiment compte de l'ampleur de ce quelque chose.

Tout était neuf pour lui. Tout était étrange. Même l'air, pensait-il, était différent. Il y avait de la fumée quelque part au loin, mais dans une ville aussi vaste il n'imaginait pas la distance sur laquelle le vent avait pu la charrier, pas plus qu'il ne parvenait à juger de l'éloignement des cris amplifiés ou de l'écho de l'agitation des foules. Tout semblait gris : les gaz des pots d'échappement, l'eau qui dévalait dans les caniveaux, les affiches déchirées qui promulguaient la grève, les tenaces relents de tabac noir.

Oliver s'était occupé plus tôt dans la journée de ses transactions bancaires à la Société générale, place de l'Opéra. Il avait signé les formulaires requis, fourni les documents appropriés et protesté dans un français plutôt approximatif, sans aucun résultat de toute façon, quand on l'avait informé du temps qu'il faudrait pour que le Programme de bourses de voyage commémoratives Grace P. Barton autorise son retrait d'argent. Il devrait se débrouiller pendant trois jours ouvrables avec l'argent liquide qu'il avait dans son portefeuille.

Il s'était promené pendant le reste de l'après-midi, s'était arrêté dans un bistrot pour y prendre un sandwich et un verre de vin, puis s'était remis en route. Toute la soirée, il s'était dit qu'il arriverait bientôt sur un grand boulevard où certaines vitrines seraient pleines de valises et de souliers bon marché et qu'il y aurait, au coin d'une rue étroite et terne, un café avec une enseigne au milieu de la façade. L'exemplaire de *L'Europe à cinq dollars par jour* que lui avaient donné ses parents avait recommandé cet hôtel.

Il était très tard quand il décida de poursuivre sa route le long des quais pavés de la Seine. Il commençait à penser qu'il se sentirait bien vite fatigué. Mais il aimait l'idée de flâner si tard au bord du fleuve par une nuit de pleine lune. Cela semblait le genre de chose que devait faire un jeune voyageur à Paris.

Mais cela s'avérerait un problème.

« Vous regagniez votre chambre ? » demanda l'inspecteur Lévy. Il jeta pendant un moment un regard inquisiteur à Oliver, puis baissa les yeux vers les papiers sur son bureau.

Oliver voyait sa propre écriture sur le formulaire au sommet du tas de documents, avec le nom et l'adresse de l'hôtel où il logeait. L'inspecteur Lévy réfléchissait à tous les itinéraires possibles pour se rendre à pied du Louvre à la rue de Saussure. Longer le fleuve n'en était pas un. Il se fendit du sourire pâle et hypocrite que les Parisiens réservent à la stupidité des touristes. « Vous vous étiez perdu, monsieur ? »

La Seine était noire et lisse cette nuit-là, à peine éclairée ici et là par les reflets jaunes des lampadaires des quais. Le trafic bourdonnait au loin. Une vaguelette clapotait de temps en temps contre le sombre mur de pierres en contrebas. Les bottes de cuir à demi lacées d'Oliver pataugeaient dans les flaques entre les pavés humides. Et voici ce qui se produisit.

Oliver était arrivé presque à la hauteur de la passerelle qui enjambe la Seine et relie l'avenue de New-York sur la rive droite et le quai Branly sur la rive gauche. La pâle clarté de la lune ne l'éclairait plus. Il avait continué de marcher puis s'était retrouvé tout à coup avec une paire de souliers qui lui pendillaient dans la figure.

Le visage, celui d'un homme jeune, était noir et gonflé. Ses cheveux blonds, raides et ternes étaient longs mais plutôt négligés, à part ses favoris. Il était vêtu d'une chemise de travail, de jeans roulés et de souliers noirs à semelle épaisse. Il n'avait pas de chaussettes. Oliver poussa un petit glapissement qu'il ne s'était jamais encore entendu pousser.

Les yeux de l'inspecteur Lévy étaient las et profondément cernés. Oliver n'avait jamais vu de regard aussi triste, aussi fatigué. Deux doigts de la main gauche du policier étaient jaunes. Il fuma des Gauloises sans filtre pendant tout l'interrogatoire.

Lévy était assis derrière un bureau bien rangé. Les photos du corps du pendu qu'avaient prises les agents de service étaient déjà étalées devant lui. La chambre noire était le service le plus efficace du poste de police. Lévy pensait parfois : le seul efficace. Il y avait à sa gauche une vieille machine à écrire. Les murs du bureau étaient beige sale et sa petite fenêtre donnait sur la cour de la préfecture. Il était presque quatre heures du matin. La nuit était froide et humide.

Les nuages auxquels s'accrochait la lumière des lampadaires de la ville donnaient au ciel sa teinte grise, massive et immobile.

Le décor de la pièce avait l'effet déstabilisant voulu sur les personnes que l'inspecteur était obligé d'interroger. Six douilles de fusil de calibre différent étaient alignées au sommet d'un meuble métallique. Et il y avait l'affiche d'une exposition de Goya à l'Orangerie : Saturne. Dévorant un de ses fils.

L'inspecteur Lévy tendit à Oliver les grandes photos noir et blanc. Elles brillaient comme des photos de film. Le policier, l'air pensif, tenait son menton entre son pouce et son index et observait attentivement Oliver qui regardait les clichés.

Oliver les lui rendit.

« Vos avant-bras, s'il vous plaît, monsieur. »

Oliver dévisagea l'inspecteur d'un air ébahi.

« Je vous en prie. Voulez-vous remonter vos manches ? »

Oliver fit ce que le policier lui demandait et tourna vers le haut ses avant-bras nus pour en faciliter l'examen. Lévy se pencha. L'absence d'indices le déçut. Les bras d'Oliver ne portaient aucune marque. Le policier hocha la tête. « Le corps... », dit-il. Il passa brièvement au français pour s'assurer qu'il n'y ait pas de confusion. « Il y avait sur *le corps du pendu...* des signes de dépendance.

— Oh ! », dit Oliver.

L'inspecteur Lévy commençait à penser qu'il n'y avait rien de suspect dans l'affaire. Rien. Juste une évidence : un touriste tombe par hasard sur un suicide. Il y en a beaucoup à Paris.

Des touristes.

Des suicides.

C'était quand même un peu bizarre.

« Il est curieux, dit l'inspecteur, que parmi tous les gens dans cette ville qui auraient pu faire cette découverte... Il est curieux que ce soit un autre Américain à peu près du même âge qui ait trouvé le corps de ce malheureux jeune homme.

— Canadien », corrigea Oliver.

La distinction ne sembla pas impressionner l'inspecteur Lévy. « Nord-Américain, concéda-t-il. Tout de même. Deux jeunes gens. Originaires de villes distantes de moins de deux cents kilomètres.

— Il y a une frontière, dit Oliver. Entre elles. »

L'inspecteur haussa les épaules. « Quand même. Un peu étrange, ne pensez-vous pas ? »

Oliver resta silencieux.

« Et le nœud ? Il n'a pas dû être facile à nouer, ne pensez-vous pas ? Surtout par une personne seule.

— Je l'ignore », dit Oliver.

L'inspecteur écrasa sa cigarette dans un cendrier déjà bourré de mégots. Il fixa Oliver avec une expression contrainte par son obligation professionnelle de ne croire aucune protestation d'innocence. Il réfléchit aux faits. Et, comme tant de fois déjà, il soupesa de nouveau toutes les interprétations possibles.

Monsieur Oliver Hughson était très loin de son hôtel. Que faisait-il seul, au bord de la Seine, à une heure aussi tardive ? La police y repêchait des corps presque toutes les nuits. Les pendaisons étaient moins habituelles mais pas rares du tout. *Monsieur* Hughson était-il sur place pour aider un ami ? Pour respecter un pacte de suicide ? Pour soutenir un amant ? Ou bien *monsieur* Oliver Hughson n'avait-il aucun lien avec le mort et n'était-il là que pour se suicider lui-même ? Ou, occurrence très envisageable en ce mois de mai 1968, était-il un révolutionnaire résolu à commettre un acte d'insurrection, mais dont les plans avaient été contrecarrés par la rencontre imprévue du cadavre d'un drogué pendu à l'entretoise d'une passerelle ?

Toutes ces hypothèses relevaient du possible. Mais quelle histoire crédible en tirer ? Ou bien *monsieur* Oliver n'était-il qu'un imbécile de touriste ? Si c'était le cas, aucune histoire n'était nécessaire.

Et c'était la plus vraisemblable des éventualités, décida Lévy. Quand même ! Les touristes n'ont pas tendance à rester debout seuls toute la nuit. Il était bien plus tard que minuit quand *monsieur* Oliver avait téléphoné à la police. Mais pourquoi appeler la police quand on a l'intention de se suicider ? Ou de tuer quelqu'un ? Ou de faire sauter le pont de l'Alma ? Un pont qui par ailleurs ne ressemblait en rien au genre de pont que quelqu'un aurait envie de faire sauter. L'inspecteur Lévy avait mal à la tête. Il était très fatigué.

Il était attristé de ne pas être capable d'imaginer quelque chose d'inhabituel qui, d'une manière brillante et inattendue, raccorderait toutes les hypothèses qui se présentaient à lui. D'un point de vue policier, l'invraisemblance n'était pas satisfaisante. Il en était ennuyé. Mais c'était bien ça : une coïncidence. Et plus l'inspecteur Lévy fixait Oliver, plus il semblait navré par cet univers où les choses arrivent simplement, sans raison. Mais les choses étaient ainsi en mai 1968 à Paris.

« Tout ce que je vous ai déclaré est vrai », dit Oliver.

Lévy y réfléchit. Il était bizarre que le jeune homme se sente obligé de l'affirmer. À moins, bien sûr, que ce soit vrai. Alors ce n'était plus aussi bizarre que ça. Le policier ferma les yeux et se massa le front. « Vous n'êtes soumis à aucune obligation légale », finit-il par dire. Une déclaration, il le savait, qui n'était rien de plus que l'aveu officiel de son embarras. Il baissa les mains et ouvrit les yeux. « Mais il est possible qu'on vous demande de revenir à la préfecture pour répondre à d'autres questions. »

Oliver avait été éduqué pour se rendre utile.

« C'est parfait, dit-il. De toute façon, il m'est impossible de retirer mon argent de la banque avant trois jours. » Il décida même de risquer une petite plaisanterie. « Et le Louvre mérite sans doute plus qu'une seule après-midi. »

Plus tard, Lévy se demanderait si cette entorse à la procédure habituelle s'expliquait par le fait qu'il était lui-même à deux doigts de tomber dans une sorte de dépression. C'était possible. Il était épuisé. Tous les policiers de Paris l'étaient. Ou peut-être agissait-il par intuition, mais de manière responsable tout de même. Peut-être parce qu'avec la ville sur le point d'être mise à feu et à sac, il ne voulait faire perdre de temps à personne.

Il était fatigué, fatigué des barricades, fatigué des mégaphones, fatigué des foules, fatigué des équipes de télévision et des reporters, et surtout très fatigué de Dany le Rouge.

Il était fatigué de toute l'affaire. Mais pas au point de ne pas remarquer ce que révélait le visage franc et ouvert d'Oliver. Le policier n'était pas épuisé au point de ne pas percevoir l'entière innocence d'Oliver Hughson dans sa manière de dire : « C'est parfait. »

L'inspecteur Lévy se targuait d'être un bon enquêteur. Il aimait certains aspects de son travail plus que d'autres, mais il était certain que son plus grand talent résidait dans son habileté à interroger les suspects. Il était observateur. Il remarquait les plus imperceptibles changements d'expression.

L'inspecteur Lévy s'était, il y a longtemps, rendu compte d'une vérité qui, même si elle n'était pas universelle, l'était assez pour un travail de police. Il avait découvert que dans les propos d'un suspect vraiment coupable, il y a quelque chose qui n'est pas une demi-vérité, ni un fait occulté, ni une défaillance de mémoire.

Lévy avait le talent de voir dans le plus petit serrement des mâchoires, le plus infime rougissement des lèvres ou le plus fugace cillement du regard, qu'un suspect approchait de l'aspect de sa déclaration dont il voulait le moins discuter, de la partie qu'il avait entièrement inventée.

Le jeune homme avait accepté tout de suite et sans rechigner la demande de Lévy de rester disponible pour d'autres interrogatoires. Cela avait frappé l'inspecteur qui y avait trouvé quelque chose de pertinent. Il avait su à ce moment-là qu'Oliver ne mentait pas. Mais l'inspecteur Lévy savait aussi que peu importe à quel point il était lui-même convaincu de l'innocence d'Oliver, sa conviction ne se fondait sur rien d'autre que l'instinct, une opinion dont il serait impossible de convaincre ceux qui liraient son rapport dactylographié après son retour chez lui plus tard ce matin-là. Les rapports consignaient des faits, pas des impressions. Il y avait l'affaire du nœud coulant. Il y avait les curieuses coïncidences d'âge et de géographie. Que fabriquait, seul et si tard, un jeune homme au bord de la Seine ?

Le policier qui recevrait le dossier dans quelques heures ne partagerait vraisemblablement pas la certitude de Lévy. Et cela ne causerait que d'autres ennuis. L'inspecteur Lévy le voyait bien. Des ennuis gratuits et inutiles.

Il prit une décision. Peut-être imprudente. Il se leva, contourna brusquement le bureau et s'avança jusqu'à la hauteur d'Oliver. « *Monsieur,* dit-il, je vais vous donner un conseil. Je vous recommande fortement de le suivre. »

Le ton grave de l'inspecteur inquiéta Oliver.

« Il y a beaucoup de morts chaque nuit à Paris. »

Oliver remua sur sa chaise et fixa avec inquiétude son interlocuteur, un homme étonnamment maigre et petit qui sentait si fort le tabac qu'on avait l'impression que toute la fumée qu'il avait inhalée depuis les quarante dernières années exsudait cette nuit-là par les pores de sa peau.

« Certaines morts sont suspectes, dit-il. La plupart ne le sont pas. »

Oliver regarda la paire d'yeux cireux du policier et se demanda où il voulait en venir. « Et cette mort... » L'inspecteur fit un geste vers son bureau et les quelques photos noir et blanc. « Cette mort peut sembler suspecte. Aux yeux de beaucoup de monde. Il peut sembler suspect que parmi tous ceux qui habitent Paris, ce soit un Américain vivant qui découvre un Américain mort.

— Canadien », dit Oliver.

Lévy ignora la mise au point. Une telle distinction n'avait aucune importance en regard de ce qu'il voulait déclarer.

« Mais cette mort-ci n'est pas suspecte. Je m'en rends bien compte. Elle n'est que triste. Triste parce que peu importe les problèmes auxquels ce jeune homme était confronté, il aurait sans doute été capable de les surmonter. Il aurait pu continuer de vivre sa vie, une vie qui n'est plus possible à présent. Qui sait ? Les jeunes gens ne voient pas toujours clairement les choses. »

Oliver trouvait la voix de l'inspecteur Lévy déroutante. Les pas raides et brusques du policier quand il avait contourné son bureau avaient semblé indiquer la fin de l'interrogatoire. Mais son ton affligé n'était pas celui qu'on prend quand on veut annoncer à quelqu'un qu'il est libre.

Tout cela risquait de se compliquer. Voilà la pensée qui se frayait un chemin entre les sourdes pulsations du mal de tête de l'inspecteur Lévy. Ses collègues examineraient les choses à fond. Les incertitudes seraient beaucoup trop nombreuses pour qu'ils ne se posent pas de questions.

Mais personne ne considérerait que c'était une bévue grave de sa part d'avoir oublié de demander au jeune homme de rester disponible pour d'autres interrogatoires. Parce que c'est ce que l'inspecteur avait décidé de dire. Il savait qu'arrêter de se conformer à la procédure bureaucratique donnait souvent à tort l'impression qu'une affaire était résolue. Personne ne s'en soucierait vraiment. Tout le monde était fatigué et la police avait beaucoup d'autres chats à fouetter.

« Je vous donne donc ce conseil : allez-vous-en. Quittez Paris. Tout de suite. Vous avez votre passeport ? »

Oliver l'avait. Il en avait eu besoin pour ouvrir son compte bancaire plus tôt ce jour-là.

« Allez-vous-en comme s'en vont les jeunes voyageurs, dit-il. C'est parfaitement naturel. Vous avez visité le Louvre. Vous vous êtes promené dans nos célèbres rues. Et maintenant il est temps pour vous de partir. Comme tous les autres jeunes pendant leurs vacances d'été. Ils partent à Londres. À Copenhague. À Rome. À Barcelone. Partez au petit matin.

Partez avant le pénible trafic de l'heure de pointe. Partez avant que les étudiants recommencent à manifester. »

L'inspecteur rapprocha encore un peu son visage. Oliver eut l'impression qu'il lui donnait à voir, de l'intérieur et de manière inhabituellement honnête, le fonctionnement d'un poste de police parisien. « Partez avant que l'équipe du matin prenne le relais », murmura l'inspecteur.

Oliver le fixa du regard.

« Je ne plaisante pas, dit l'inspecteur Lévy. Croyez-moi. C'est une drôle de période pour être à Paris. Nous ne pouvons plus nous attendre à ce que les choses aient du sens. »

Oliver se rendit compte que le policier le laissait s'en aller.

« Ne tardez pas, pas même de quelques heures, dit l'inspecteur. Tout ira bien mieux pour vous si vous me prenez au mot. »

C'est donc ce que fit Oliver. Il retourna à son hôtel, refit son sac à dos et s'en alla.

L'auto-stop fut désastreux. Il fallut un temps fou pour que quelqu'un l'embarque. Mais Oliver finit beaucoup plus tard par arriver dans une ville appelée Pietrabella, non loin de la frontière entre la Toscane et la Ligurie.

CHAPITRE QUATRE

Cathcart, Ontario, juin 2009

Le balancement quasi militaire des bras de la jeune femme poussa Oliver Hughson à croire qu'elle se dépêchait de venir à sa rencontre, bien avant même qu'il la voie. Elle portait une robe imprimée et traversait le jardin à grandes foulées déterminées. Ses pas rapides semblaient les derniers d'un voyage décidé depuis longtemps. Il ne savait pas du tout qui elle était.

La journée était chaude et l'après-midi avancée. Pieds nus, vêtu du genre de maillot de bain de madras ample et brun que les hommes dans la soixantaine ont tendance, on ne sait pas trop pourquoi, à porter, Oliver passait l'aspirateur dans la piscine. Il s'était déjà servi un autre verre d'alcool.

La lumière du soleil entourait d'un halo les cheveux de l'inconnue à cause du henné qu'elle utilisait, pas tout à fait orange mais le nom d'une autre couleur ne venait pas à l'esprit d'Oliver pour le décrire plus précisément. Elle marchait résolument vers la piscine et gravit sans hésiter les marches de pierre de l'escalier du jardin. Elle devait avoir une trentaine d'années, estima-t-il, un âge sous-évalué d'exactement dix ans, comme il l'apprendrait plus tard.

Oliver déposa son gobelet de plastique sur une des tables du patio. Les glaçons avaient déjà fondu et n'étaient plus que de minces pastilles silencieuses.

La femme s'arrêta brusquement en haut des marches et resta un moment immobile devant la trouée dans la haie, la main droite posée sur le portillon. Elle embrassait tout le décor du regard.

« *Dio!* » s'exclama-t-elle, surprise par la piscine, une piscine qui surprenait tout le monde la première fois qu'on la voyait.

Mais elle ne se laisserait pas distraire, pas même par l'eau verte, les statues de marbre, les dalles, le pavillon de natation en pierre ou la fontaine élégante et antique qui ressemblaient en tous points, comme il lui était arrivé de l'apprendre, à une piscine aménagée autrefois dans le domaine en terrasses d'une villa, bâtie dans les collines du nord-ouest de la Toscane entre la ville de Pietrabella et le village de Castello. Elle en avait récemment étudié les photos dans les archives de Lucques.

Parce que ce n'était pas la raison de sa présence. Parce qu'elle s'approchait de lui maintenant.

Si Oliver avait eu le temps d'échafauder plusieurs dizaines d'hypothèses et s'il avait profité d'une grande quantité d'indices, il aurait peut-être été capable d'arriver à déterminer qui elle était. Ses yeux ressemblaient beaucoup à ceux de sa mère. Et aussi son côté théâtral. Elle aurait pu le prévenir.

« Je crois que je suis votre fille », dit-elle.

Il regarda le joli visage de cette femme qu'il n'avait jamais vue de sa vie et dont il n'avait jamais même envisagé l'existence.

« Je m'appelle Teresa.

— Ma fille ? » demanda Oliver dont la voix grimpa soudain d'un cran.

Elle ne disait rien. Dix longues secondes se passèrent en silence.

« Teresa ? » finit par glapir Oliver, surtout parce qu'il ne trouvait rien d'autre à dire.

Il tâtonna pour trouver son gobelet de plastique. Il but deux rapides, grandes gorgées, s'arrêta un moment, puis en but une troisième. Il avait toujours aimé l'effet combiné du gin, du tonique et de la chaleur du soleil, et il était bon de savoir que son état d'esprit présent ne résistait pas complètement à l'action bénéfique et revigorante de l'alcool.

Il se demandait s'il existait une réponse appropriée pour réagir comme il faut à la surprenante annonce de cette jeune femme. Il conclut qu'il n'y en avait pas. Il n'avait pas la moindre idée de quoi répondre. Mais il devenait lentement de plus en plus clair dans sa tête que l'apparition de cette personne aux cheveux orange et à l'air espiègle, qui attendait maintenant qu'il parle, pouvait être moins miraculeuse que celle d'un fantôme.

Il réfléchit aux choses.

«Bien!» finit-il par dire. Il regarda le vide de l'air et prit une profonde inspiration. «Cette journée est vraiment merveilleuse.»

Les cigales chantaient. L'eau de la fontaine à l'extrémité de la piscine continuait ses *plouf, plouf, plouf.*

Deuxième partie

LE CISEAU PLAT

*Et serrant le poing pour les autres qui comme nous
sont oppressés par les images de la beauté...*

LEONARD COHEN, *Chelsea Hotel #2*

À *livrer en mains propres*
CATHCART, ONTARIO. AVRIL 2010

Je t'écris ces mots avec l'espoir que tu ne les utiliseras pas pour déclencher quelque chose. Même si tu aurais de bonnes raisons de le faire, je l'admets. Tu es ma fille, une femme qui n'a connu son père que sur le tard, et surtout par correspondance. Depuis presque un an aujourd'hui. Tu serais pardonnée de te servir d'une de mes lettres, mais je ne te le conseille pas. Ta mère ne bondirait pas de joie.

Autre chose encore. À part la lire, à part te souvenir de quelques éléments qu'elle contient et de la ranger dans un tiroir avec tes dessins d'enfant, tes dissertations scolaires et les vieilles photos de famille dont personne ne sait jamais quoi faire, je te dissuade d'exploiter à d'autres fins quelque chose que tu recevras après ma mort. Un tel document impliquera mes avocats, ce dont tu es consciente à l'heure qu'il est, et cela risquerait de fausser toute l'affaire. Je n'ai rien à te révéler. Ce n'est pas une lettre de ce genre.

C'est mon conseiller juridique, l'élégant Robert Mulberry, docteur en droit taillé sur mesure, qui m'a suggéré cet addendum. Il m'a « vivement conseillé » de rédiger une note « personnelle » à inclure dans la paperasse de ma succession que tu as maintenant reçue. Il m'a mis en garde : « Les poules auront des dents avant que les avocats sachent tout prévoir. »

Robert travaille dans le plus vieux cabinet légal de Cathcart. En fait, il est le petit-fils d'un des associés originels. Mais sa svelte carrure, la monture pâle de ses lunettes et ses costumes à la mode et très ajustés ne portent pas immédiatement à présumer qu'il possède la sagesse de l'âge. Si j'ignorais qu'il est un homme de loi, je croirais qu'il a dix-huit ans. Mais d'un autre côté, je pense que tous ceux qui en ont moins de quarante en ont dix-huit. C'est pourtant son expérience, affirmait Robert sans le moindre soupçon d'ironie, qui lui a appris l'intérêt d'inclure une note personnelle dans le volumineux jargon juridique du paquet de documents que quelqu'un t'a maintenant remis en mains propres.

« Il est souvent nécessaire d'expliquer... » Je me souviens que Robert avait marqué un temps d'arrêt pendant qu'il cherchait le mot juste. Il s'était recalé avec répugnance dans l'énorme fauteuil de cuir derrière son bureau. À en juger d'après l'inélégant format du meuble, il n'avait rien eu à voir dans son choix. Le mot qu'il cherchait était « nuance ».

Avant ma mort, je soustrairai une chose de ma succession. Ta mère recevra une des statues de la piscine. Je l'apporterai quand je viendrai te rendre visite, à toi et à ta famille, en Italie, dans quelques semaines. J'ai l'intention de la lui remettre moi-même. Le geste est un peu excessif, je le reconnais. Anna a dit que cela prendrait un miracle. De toute façon, il se trouve que j'aime l'idée. Ton penchant pour la théâtralité ne te vient peut-être pas exclusivement de ta mère.

Je ne suis pas tout à fait certain de la raison pour laquelle j'ai l'impression que donner cette statue à ta mère soit la bonne chose à faire. Mais ce l'est, malgré ce que coûtera l'expédition. J'ai procédé à quelques recherches préliminaires. Et crois-moi : avant d'apprendre le coût exorbitant de l'envoi par avion outre-Atlantique d'une effigie de femme trois quarts grandeur nature, on ignore tout de la densité cristalline d'une substance marmoréenne.

Pour le reste, tu es ma seule héritière, et la première fois que Robert m'a suggéré de t'écrire une lettre « plus personnelle », je ne voyais pas l'utilité d'ajouter quoi que ce soit à ce qui était déjà homologué. Il n'y avait rien à nuancer. Je suppose que je pourrais t'expliquer pourquoi j'ai décidé de vendre ma maison de Cathcart et son vieux plan d'eau, mais il faudrait pour cela que je comprenne moi-même mon raisonnement. Et pour être parfaitement franc, je ne le comprends pas. Pas entièrement. J'ai l'impression que vendre ma propriété, comme aussi donner la statue à ta mère, est la bonne chose à faire. C'est tout ce que j'ai à dire.

Un ami est venu il y a quelques jours. Nous avons discuté de mes projets. Il était très inquiet, disait-il. Il est une de ces personnes qui prennent un malin et irritant plaisir à être toujours inquiet. Au fil de notre conversation, je me suis rendu compte que c'était ma santé mentale qui l'inquiétait le plus. Ou ma maladie mentale, l'alternative qu'il privilégiait comme en attestait clairement sa trop grande douceur et sa gentillesse exagérée. Je pense avoir réussi à le convaincre que je ne souffrais pas de dépression nerveuse. Mais il n'en était pas très soulagé.

« Cela me semble une chose tellement bizarre à faire », a-t-il dit. Je suppose que ce l'est. Mais j'ai décidé que le temps était venu de me désencombrer, de devenir ce que ta mère a toujours pensé que j'aurais dû être quand j'étais jeune : déraisonnable.

Après t'avoir rendu visite en Italie, je ne vois pas pourquoi je ne voyagerais pas où ma curiosité, ou bien le hasard, m'emportera. Aussi longtemps que j'en aurai envie. La seule autre fois où j'ai entrepris un tel périple, je n'ai pratiquement rien vu du monde. Les endroits que je n'ai pas visités ne manquent pas.

Et de toute manière, pourquoi vagabonder à travers l'Europe resterait une prérogative réservée à la seule jeunesse ? D'abord, j'ai maintenant suffisamment de ressources pour m'offrir le plaisir de voyager. Pendant des années, si je le veux. Ce n'est pas comme si j'avais à revenir à Cathcart pour régler des affaires importantes.

Quand il est question d'âge, vieillir n'est pas la chose la plus bizarre. Il arrive que vieillir ait un effet perturbateur mais ce qui est vraiment bizarre, c'est s'habituer à devenir vieux. Tout un changement, laisse-moi te le dire. On voit les choses sous un angle différent.

Deux fois pendant l'été où j'étais avec ta mère, je me suis réveillé en sursaut après le même rêve. Mon père nettoyait la piscine. C'était la nuit, un étrange moment pour nettoyer une piscine. Et, je ne sais pas trop pourquoi, j'étais dans l'eau et je le regardais. Il se servait de ses deux mains pour promener la perche de l'aspirateur lentement d'un côté à l'autre du fond du bassin. La tristesse que me laissait ce rêve me semblait tout à fait disproportionnée par rapport à l'insignifiance de ce qui s'y passait.

Ce rêve, interpréta Anna, signifiait que je ne serais pas heureux une fois revenu à Cathcart. Pendant longtemps j'ai pensé qu'elle avait raison. Aujourd'hui, je commence à croire que le rêve était même encore plus triste que ça.

Il y a des maisons de retraite à Cathcart. Je ne suis pas prêt à y séjourner. Pas avant longtemps en tout cas. Mais elles ne disparaîtront pas. Elles attendront que je devienne assez vieux pour revenir. Quoi qu'il en soit, c'est mon projet. À part ça, je ne vois pas grand-chose à dire sur le sujet. Certainement rien qui vaille la peine d'une lettre. Et de toute façon, j'ai maintenant l'intention de partir d'ici.

C'est étrange. Peu importe le soin minutieux que je mets à ratisser le jardin à la fin de l'automne, il reste toujours des feuilles mouillées quand la neige disparaît.

Robert Mulberry aime bien les vieux adages qui cautionnent ce qu'il dit, un stratagème dont il se sert, j'en suis certain, pour paraître à ses clients plus âgé qu'il ne l'est. C'est Robert qui a négocié en mon nom avec NewCorp Development Ltd, l'acheteur potentiel de ma propriété à Cathcart. Quand il est finalement devenu clair que NewCorp acceptait à la fois le prix très élevé que nous demandions et nos conditions de vente inhabituelles, Robert a quitté des yeux l'offre d'achat, m'a regardé et a dit : « Bien ! Je pense que nous pouvons commencer à vendre la peau de l'ours. » Et quand nous nous sommes rencontrés quelques semaines plus tard pour discuter de la planification de ma succession et que je lui ai dit que je ne pensais pas qu'une lettre comme celle-ci soit nécessaire, il m'a regardé avec l'expression triste que réservent ceux qui planifient les choses à ceux qui ne les planifient pas.

Son regard s'est posé avec ce que j'ai pris pour de l'intérêt sur la réplique miniature en marbre du *David* de Michel-Ange que je venais de lui donner. Je me disais que son silence se prolongeait parce qu'il cherchait à me balancer quelque lieu commun passé de mode.

Avant de tendre la statuette à Robert ce matin-là, j'avais préparé quelques mots de remerciement qu'il écouta, manifestement content. Je lui fis remarquer que le *David* était à coup sûr l'une des œuvres que la séculaire industrie du souvenir de Carrare copiait le plus souvent, mais que ce modèle-ci provenait d'une période antérieure. Quelqu'un qui de toute évidence respectait la beauté des copies l'avait sculpté. « C'est un artisan anonyme issu de la légion d'artisans anonymes de la région qui a créé cette statuette, ai-je expliqué à Robert en la lui remettant avec précaution. Il l'a sculptée avec talent et fierté. Elle origine d'une tradition établie avant que les souvenirs deviennent de minables babioles. »

Robert déposa le *David* de quinze centimètres entre les dossiers étalés sur son bureau. Je voyais que mon petit discours et le cadeau l'avaient touché, raison sans doute pour laquelle je me sentis si coupable quand j'entrevis la fugace expression de réprimande qui lui traversa le visage au moment où je lui avouai que je n'étais pas certain de la nécessité de t'écrire une lettre.

« Il y a loin de la coupe aux lèvres », finit-il par décla- rer. Il voulait me conseiller de ne pas croire ce que je pensais.

J'espère que l'on ne te remettra pas ce document avant de nombreuses années et que le chapitre inconnu de ma vie dans lequel je m'embarque à présent sera à ce moment-là connu et achevé. Ta mère voudra-t-elle m'adresser la parole quand je la reverrai ? Cette question qui me préoccupe aujourd'hui sera depuis longtemps résolue. Le temps aura passé.

Un employé d'un centre d'hébergement pour personnes en fin de vie te téléphonera sans doute de Cathcart, une institution appelée quelque chose comme « La Prairie dans la vallée » ou « La Pinède ». Il te dira que mes amis regrettent beaucoup mon absence les soirs de bingo. Même si pareille précision est impossible, je la prédis quand même : mon héritage se maintiendra tel qu'il est, peu importe le nombre d'années que je vis encore. Comme tu le vois, j'ai pris les arrangements requis.

Mais, de par sa profession, Robert Mulberry est obligé d'envisager le pire. « Espère que le ciel soit clément, mais prépare-toi aux tempêtes », m'a-t-il conseillé. Je me suis donc laissé persuader de réfléchir à ce que je voulais te dire maintenant. En ces circonstances tellement inhabituelles. C'est-à-dire inhabituelles pour moi. Le ciel est si éblouissant que je devrai dans un moment retourner dans la maison me chercher des lunettes de soleil. La température en ce mois d'avril a été exceptionnellement douce à Cathcart. Je t'écris cette lettre au bord de la piscine.

D'après ce que je vois, la couverture d'hiver ne durera pas une autre saison. Mais ce n'est pas mon problème. Ce ne l'est plus.

J'ai sorti un vieux transatlantique du pavillon de natation et l'ai ouvert au bord de la partie profonde du bassin. L'érable n'a pas encore ses feuilles. J'ai ramené de la maison une écritoire à pince et du papier. Technologie désuète, j'en suis conscient mais, comme tu le sais, je préfère écrire mes lettres à la main. En fin de matinée, j'ai ouvert une bouteille de Prosecco et j'y ai ajouté un peu de jus de raisin congelé.

La plus grande partie de la semaine, je suis resté assis ici quelques heures par jour.

Je m'allonge et me laisse glisser dans le temps, tantôt vers l'arrière et tantôt vers l'avant, comme un dieu antique et paresseux. Mais le jeune Robert Mulberry avait tout à fait raison. L'exercice m'a aidé à venir à bout de certaines choses. J'ai réalisé au bout du compte ce que j'attends de toi.

Les nuages continueront de passer au-dessus du versant de la colline et les tourbillons de vent de danser sur les dalles. Je ne sais pas trop pourquoi, mais je trouve particulièrement pénible de penser que les jeunes secrétaires continueront de sautiller sur leurs talons hauts dans les rues achalandées quand je ne serai plus dans les parages pour les regarder. Personne n'aime être tenu à l'écart de ce qui se produira. J'espère que mon mince fantôme continuera d'une certaine manière de prendre part aux choses.

J'espère donc que tu trouveras le moyen de ramener un esprit à la vie.

Pendant de brefs moments. Et par intermittences.

Je veux que l'on se souvienne de moi.

C'est tout.

Ne t'inquiète pas. Cela ne dépendra pas juste de toi. Un entrefilet dans les dernières pages du *Chronicle* de Cathcart évoquera sans doute ma carrière de journaliste de presse écrite. Ma signature était connue, localement parlant. Et j'étais raisonnablement populaire dans la salle de rédaction. Sans doute parce que je n'y ai jamais réellement travaillé. Je m'y montrais de temps en temps pour faire acte de présence. La plus grande partie de mon travail s'effectuait à partir de la maison.

L'équipe de *Cable 93* se rappellera que *Pour l'Amour de l'art*, mon programme de critique artistique diffusé le dimanche après-midi, avait ses fidèles téléspectateurs. Une bonne dizaine. J'aimerais penser que l'on gardera de moi le souvenir d'un animateur de télévision instructif. Mais ce dont l'équipe se souviendra avec le plus d'émotion, c'est que j'étais très détendu par rapport à mes collègues. Les autres animateurs étaient plus jeunes et avaient l'impression que leurs émissions culinaires ou de bricolage les conduiraient à des postes plus prestigieux dans le réseau. Il leur fallait d'habitude trois ou quatre saisons pour s'apercevoir de leur erreur. Ils en devenaient alors parfois bougons.

Le caractère insouciant de ma vie professionnelle m'était en grande partie permis grâce à l'héritage de mon père adoptif, Archibald Hughson. Je n'avais pas besoin que mon travail me conduise quelque part. En fait, je n'avais pas besoin de travailler, avantage très utile quand il s'agit d'emploi.

Les gens sont portés à aimer les riches dans la mesure où les riches s'abstiennent raisonnablement de faire étalage de leur argent. J'arrivais toujours aux enregistrements de mes émissions avec des gâteaux secs, des muffins et du café au lait pour tout le monde. Je n'oubliais ni les cadeaux d'anniversaire ni les présents de Noël. Ces petites attentions fidélisent l'entourage.

Il est possible que quelques femmes de la région de Cathcart se souviennent d'aventures amoureuses avec moi, mais qui n'ont tristement jamais été rien de plus que quelques brefs moments palpitants. Mes voisins se rappelleront que je ratissais toujours à la perfection la pelouse devant ma maison et déblayais très bien mon trottoir l'hiver. Pendant les jours de canicule, l'été, je leur glissais un mot sous la porte pour les inviter à venir se baigner dans ma piscine.

Donc. Une foule d'autres personnes se rappelleront la plus longue et de loin la plus prévisible période de ma vie. Mais la requête que je t'adresse est plus spécifique. Je veux te demander de te rappeler une période bien précise, parce que si tu ne te la rappelles pas, bien vite plus personne ne s'en souviendra. Il s'agit du temps où, parti pour voir le monde, j'ai fini par trouver ta mère à la place. Parce que qui sait? Cela pourrait se reproduire. Rien n'est impossible.

Cela n'a duré que quatre mois, quatre mois qui ont

commencé l'année précédant ta naissance. À part mes souvenirs et ce que ta mère veut bien en divulguer, il ne reste rien, comme tu l'as déjà découvert, pour documenter cet été-là. Mais cela ne devrait pas avoir d'importance. Une preuve historique n'a pas grand intérêt dans ce cas-ci. Anna n'appréciait pas vraiment l'exactitude. Ta mère pensait que la vérité littérale était une bonne chose. Dans la mesure où elle existait. Mais elle pensait aussi que cette vérité en excluait beaucoup d'autres. «À commencer par la sculpture de Michel-Ange, disait-elle. Regarde son *David*. Regarde ses mains.»

Nous étions assis après le souper à la table extérieure devant la maison qu'elle avait louée à un fermier local. Anna me racontait une des histoires qu'elle aimait raconter, une histoire ancrée dans sa conception de l'Amérique d'après la Seconde Guerre mondiale : une contrée stupide, obscurantiste, invraisemblable qui ressemblait plus à un minable film policier noir et blanc qu'à la vraie réalité. Peu importe ce que je disais pour lui prouver le contraire, c'était l'idée qu'elle persistait à se faire de l'endroit d'où je venais.

Il arrivait souvent qu'une discussion qui semblait n'avoir rien à voir avec la sculpture de la Renaissance finisse par porter sur les grandes œuvres de Michel-Ange. Aucune conversation avec Anna ne gravitait jamais loin de l'idée de la pierre. Elle en adorait la masse, les creux et la manière dont la lumière toscane en sculptait les ombres. La beauté du marbre était logée au cœur de son être. Elle y était née.

Le marbre, dans l'univers d'Anna, était aussi inébranlable que sa certitude de vivre toujours dans les collines quelque part non loin des carrières de Carrare. Il était impossible de l'imaginer ailleurs. Ce qui ne l'empêcha pas ce soir-là, après notre souper, de donner l'impression qu'elle avait quitté l'Italie pendant des années pour battre le pavé cahoteux des rues d'Amérique et enquêter sur l'histoire bien connue dans le pays d'un jeune homme de la région qui y était parti et n'y avait rien fabriqué de bon.

Gianni était beau comme le diable. Et très habile à se servir d'un maillet et d'un ciseau. Il était charmeur. Les femmes en pinçaient pour lui. Mais il avait mauvais caractère et était égoïste, et voulait plus que ce qu'il obtiendrait jamais en taillant la pierre. Il était donc à la recherche d'autres possibilités. Il était parti en Amérique du Nord comme apprenti dans un atelier de marbre que possédait un lointain cousin de sa mère.

«Et alors, dit Anna sur un ton très théâtral, Gianni est devenu Johnny.» Elle exagérait le changement de prononciation, comme pour bien souligner les démons de l'émigration d'après-guerre. Les choses avaient très vite mal tourné pour Johnny. J'appris sans grande surprise qu'il y avait dans le décor une femme ignoble et glaciale. Elle avait des cheveux pareils à ceux d'un ange.

«Ressemblait-elle à Veronica Lake? demandai-je.

— Plutôt», répondit Anna.

Dans l'histoire qu'Anna aimait raconter, il y avait dans les environs d'une ville située près de la frontière américaine une vieille maison où les contrebandiers se rencontraient. Leur entente secrète les amenait à transporter de l'héroïne dans les cavités habilement dissimulées de statues ornementales. Ils avaient recours au même vieux truc qu'utilisaient ceux qui découpaient le marbre pour cacher des failles dans la pierre.

Il y avait une arme sur la table de la cuisine. Des phares balafraient les ombres de l'allée de la maison. C'était l'époque où les berlines étaient aussi grosses que des wagons couverts et avaient encore des marchepieds. Il y avait un cadavre dans le coffre. Anna racontait toute cette affaire avec le même enthousiasme qu'elle avait pour les films noirs.

À table ce soir-là, je commis l'erreur de lui dire qu'elle n'était pas raisonnable. J'ignore pourquoi j'estimai nécessaire de le lui faire remarquer. Anna était rarement raisonnable. Je devais avoir, à ce moment-là, l'esprit particulièrement étroit et terre à terre. Mais Anna, lors de nos conversations, avait l'habitude de sauter des faits concrets aux hypothèses pour passer ensuite à l'invention pure et simple, sans même marquer un temps d'arrêt pour indiquer qu'elle avait changé de registre.

« Cette Ange était-elle le genre de femme pour laquelle un homme serait prêt à tuer ? » demandai-je.

L'anglais d'Anna n'était pas assez bon pour repérer toujours le sarcasme. « Elle l'était », dit-elle d'une voix solennelle. Le ton d'Anna trahissait une certitude qui m'agaça. Je lui dis qu'il lui était impossible de savoir s'il y avait la moindre vérité dans ce qu'elle racontait. Elle ne savait absolument rien d'un jeune et beau contrebandier qui trafiquait de la drogue, et ne savait même pas s'il avait jamais existé. L'histoire était déjà une vague légende locale qui persistait dans la mémoire collective des ateliers de marbre de Pietrabella et dans les carrières de Carrare, surtout parce qu'elle comportait si peu de faits réels à oublier.

« Regarde les mains de *David* », me dit-elle sur un ton feutré. Quelque chose dans le calme de sa voix me fit comprendre que je venais de perdre le débat dans lequel je pensais que nous étions engagés. Je fis donc comme elle me disait. J'essayai de me représenter les mains de *David*. « Elles sont boiteuses », dit-elle. Anna parlait avec son assurance habituelle. « Il les a sculptées sans en respecter les proportions. Elles ne sont pas à l'échelle. Sacrément pas à l'échelle. Elles ne sont pas raisonnables. Le vois-tu ? Pourtant l'œuvre prise dans son ensemble est vraie. »

Donc. Comme tu vois. Me remémorer mon séjour en Italie n'a pas besoin, pour ma part, d'être un exercice d'exactitude. Ce serait contraire à l'esprit de l'été que j'ai passé avec ta mère. Et c'est l'esprit de cet été auquel je veux que tu penses de temps en temps. C'est tout.

Voilà pourquoi je te suggère de ne pas prendre au pied de la lettre ce que Robert Mulberry m'a conseillé d'écrire. La présence dans le tableau d'Herkimer, Mulberry, Cannon et Flatt ne contribue qu'à donner aux choses une allure exagérément dickensienne. Mais, ici encore, tu aurais peut-être de bonnes raisons d'ignorer mon avis. Tu es, après tout, la fille de deux orphelins, qui ont tous les deux des origines qui relèvent plus de la fiction que de la biographie.

Les circonstances de la survie de ta mère peu après sa naissance sont bien connues, du moins dans la région de Pietrabella. Les miennes sont totalement inconnues. Partout. Quels que soient les faits, ils ressortissent presque entièrement de moi et relèvent aussi de ce que tu auras gardé de nos conversations l'été passé à Cathcart. Il est impossible de prévoir la quantité d'éléments dont ta mère voudra se souvenir. Cette lettre me donnera la chance de rétablir certaines choses.

Je me demande si je vais retourner à l'intérieur me chercher un autre verre.

Je pense que je devrais.

Les gens qui connaissent leurs origines inventent. Ce n'est pas un privilège auquel seuls ont droit les abandonnés. Ceux d'entre nous qui ne savent à peu près rien de leur passé sont obligés de s'astreindre à la tâche relativement ennuyeuse de colliger des faits. Par exemple : un matin de juin de l'année 1948, Archibald Hughson remarqua une boîte en carton au bord de sa piscine.

Son âge, autant que ses manières convenables et vieillottes, son ample pantalon de flanelle gris, sa chemise habillée aux manches courtes et ses lunettes sans monture donnaient à Archie plus l'air d'un grand-père que d'un très prochain nouveau papa. Il pressa le pas sur le dallage autour du bassin. Le ton impérieux de sa voix ne laissait aucun doute. Sa femme arriva en courant.

Quand elle vit ce que contenait la boîte, elle s'exclama : « Oh, mes nerfs fragiles ! » Il doit exister quelque part un dossier de police dans lequel il est consigné que le demandeur se promenait tôt dans son jardin en ce matin de juin et qu'il indiqua avoir eu l'impression d'un silence inhabituel aux abords de sa piscine. Il accéléra donc le pas. Ce gentleman rapporta qu'au moment de franchir le portillon au sommet de l'escalier de pierre, il remarqua une boîte en carton.

Et Archibald Hughson aurait pu rester un détail sans importance dans une chemise en papier kraft, rangée dans un classeur métallique bourré de dossiers d'un poste de police. Même en ces temps moins compliqués, trouver un bébé ne conférait aucun avantage quand venait le moment de l'adopter. Les autorités et les agences intervenaient alors, comme aujourd'hui.

« Bon ! Je n'en suis pas certain, pas vraiment », dit Archie à l'un des trois policiers qui arrivèrent après son appel téléphonique. « D'abord, les oiseaux étaient silencieux. Ils font d'habitude beaucoup de tapage en ce temps de l'année. »

Les grands gaillards de policiers restèrent stupéfaits quand ils baissèrent les yeux vers ce que contenait la boîte. C'étaient des hommes judicieux, mais nuls dans des rôles de rois mages.

« Les geais bleus poussent toujours de terrifiants *djyâ* », ajouta Winifred Hughson.

Mais dans le cas présent, le statut des Hughson dans la communauté triompha de la bureaucratie tatillonne, en partie parce que le couple se sentait obligé d'en triompher. Winifred et Archie pensaient que la personne, peu importe laquelle, qui m'avait déposé là au milieu de la nuit n'avait pas choisi l'endroit par hasard. La piscine était cachée et d'accès plutôt difficile. Un lien existait donc, estimaient-ils, entre les propriétaires de cette piscine et le bébé abandonné tout près. En un clin d'œil, bureaucratiquement parlant, ils devinrent mes parents.

Archie enseignait la géographie au secondaire. Sa femme et lui vivaient dans un quartier agréable aux rues bordées d'arbres. Cathcart, à l'époque, n'était pas assez petite pour être considérée comme un gros village et pas assez importante pour avoir l'air d'une ville. Peu importe, Archie aimait évoquer quelques souvenirs qu'il avait gardés de sa jeunesse. Il avait grandi dans la région.

Ce matin-là, avait-il coutume de raconter, ressemblait à un matin d'été torride, un matin à vous casser le dos dans les champs de fraises. Le ciel était immobile au point d'en être presque blanc. Les cigales stridulaient déjà malgré l'heure matinale. Un peu distrait, on aurait cru que c'était l'air qui vibrait. Et le soleil, qui venait de pointer au-dessus du toit des voisins, donnait aux érables rouges entourant la piscine un filigrane identique à celui des brise-vent métalliques qu'il avait vus pendant les étés où il travaillait comme cueilleur dans les fraisières près de Cayuga.

Tout était inhabituellement silencieux. Mais pas dans la boîte en carton, comme le constata Archie quand il s'en approcha.

« Oh ! Tu étais un fameux botteur », me disait toujours Mme Hughson à ce moment de l'histoire. Elle en tirait une fierté qui n'aurait pas été plus évidente si elle m'avait porté dans son ventre pendant neuf mois.

La boîte avait été placée avec une telle précision qu'Archie avait du mal à se l'expliquer : dans un rayon de soleil, à l'endroit exact où son regard tombait toujours quand il franchissait le portillon, l'endroit où le regard de tout le monde tombait toujours. La boîte avait été laissée pendant la nuit là où elle avait exactement le plus de chance d'être vue tout de suite le matin. Juste à côté de la statue. C'était peut-être à cause des clapotis de l'eau de la fontaine que l'effigie de la femme à demi nue au bord de l'extrémité profonde de la piscine était le centre de tout l'aménagement. Ou peut-être à cause de la gracieuse beauté de sa silhouette. Ou bien à cause du talent avec lequel son bras avait été sculpté ou parce que le pli de son coude captait le soleil sous un angle parfait tôt le matin. Il était difficile de le déterminer.

Un ciel vaste comme l'océan et des continents d'arbres entouraient la piscine, mais le centre de cet univers restait toujours la statue. Il y avait le jeu de la lumière sur la surface de l'eau verte et le mouvement des reflets de cette lumière sur les pierres de la façade du vieux pavillon de natation près du bassin profond de la piscine. Une dizaine de statues de marbre plus petites avaient été érigées autour de l'eau et dans la haie. Mais c'était toujours la femme penchée à l'extrémité la plus profonde de la piscine que les gens voyaient d'abord. Et c'est là, sur les dalles de marbre, à côté de ce personnage qui versait l'eau de sa cruche, qu'Archie remarqua la boîte en carton.

Aylmer. Catégorie A. Archie disait toujours des *tamates*.

C'est tout ce que je sais de façon certaine de mes origines : le temps qu'il faisait ce matin-là, le jour de l'année et la marque des boîtes de conserve de tomates. Ignorance que ta mère trouvait contrariante.

Ma véritable histoire devait être vraisemblablement très ordinaire et très triste. Ces détails me suffisaient. Mais pas à Anna. Elle croyait au destin, et c'est la raison pour laquelle elle croyait en l'existence d'un être diabolique dénommé Johnny et d'une dame dont les cheveux ressemblaient à ceux d'un ange. C'est du moins ce qu'elle me disait. Leur histoire, pour elle, était vraie. Aussi vraie que les mains du *David*. « Tout le monde, disait-elle, rêvait de l'Amérique. À cette époque. »

Plus je lui répétais que je ne voulais rien savoir de mes origines, plus Anna décrétait qu'elle les connaissait. Elle prenait plaisir à essayer de prendre l'accent américain quand elle racontait mon histoire.

Ange s'approche de la fenêtre. Elle regarde la voiture arriver dans le noir. La lumière qui filtre à travers les stores vénitiens rend ses cheveux aussi blancs que sa peau. Leur reflet soyeux est séparé par une raie sur la gauche et une longue boucle couvre son œil droit. Bien ! se dit-elle. Ce salopard de Johnny est là.

Ta mère pensait que toute histoire d'amour devait avoir un début dramatique.

Les Hughson me baptisèrent Oliver. Ils étaient des lecteurs de Dickens. De toute évidence. Il était moins prévisible que ta mère le soit aussi. Avant de rencontrer Anna, je n'avais jamais imaginé qu'être à la fois italienne et admiratrice d'un auteur tellement anglais puisse exister. Mais je n'avais pas beaucoup voyagé et n'avais jamais connu quelqu'un comme ta mère.

Je découvris la chose le premier matin où je me réveillai dans sa maison louée dans les collines à l'extérieur de Pietrabella. Cela se passait au début de l'été 1968. Ta mère avait vingt-quatre ans. J'en avais vingt.

Quelques livres de poche tout écornés étaient entassés sous le cendrier à côté de son matelas posé par terre. Celui du haut de la pile était pas mal plus épais que le roman noir de Dashiell Hammett qui se trouvait dessous. Elle s'étira au-dessus de moi. Je me demandai si elle voulait me lire quelques pages de *La Maison d'Âpre-Vent* ou si elle était sur le point de m'embrasser. Ni l'un ni l'autre, comme le prouva la suite.

Elle me plaqua une main sur la bouche et secoua la tête avec une solennité qui me fit comprendre que j'avais besoin de me brosser les dents. Elle était toujours directe. Elle ne voulait pas le livre non plus. Elle voulait, avant de faire du café, récupérer dans le cendrier un joint à demi fumé, même si ta mère n'utilisait jamais le mot «joint». Elle préférait un mélange de hashish blond libanais et de tabac noir français. Je suis certain que c'est toujours ce qu'elle préfère. Elle avait une préférence aussi pour les briticismes. Elle allongeait le *i* du mot anglais *spliff* pour «joint» qui, avec son accent italien, devenait ainsi plus exotique encore.

Ta mère avait peu de patience pour les mondanités que l'on m'avait éduqué à confondre avec les bonnes manières. Quand j'étais adolescent, j'avais beaucoup capitalisé sur les convenances. Être un enfant adopté était suffisamment étrange à Cathcart dans les années 1950 et, même jeune, je voyais que l'étrangeté n'offrait aucun avantage. Enfant, je luttais de toutes mes forces contre ma situation en me montrant extrêmement respectueux des conventions.

Ce fut un défi que s'imposa ta mère. Elle entreprit, cet été-là, de faire mon éducation sur bon nombre de choses. Elle m'apprit entre autres à me défaire radicalement de ma propension petite-bourgeoise à ne tenir toujours que de menus propos.

Cette habitude m'était venue de manière très naturelle. Winifred et Archie Hughson commentaient toujours le degré d'humidité de la journée, la qualité des pêches du mois d'août ou la nature amicale du laitier avec le même enthousiasme qu'ils avaient pour tout ce dont ils parlaient. Mais la première fois que je me lançai dans le badinage lors d'une conversation avec Anna, elle me coupa la parole. « Parle-moi de choses que j'ignore », me dit-elle. À partir de ce jour-là, chaque fois que je disais quelque chose qu'elle estimait insignifiant et badin, ses répliques ne lui servaient qu'à se moquer de moi.

Il était possible qu'elle réponde : « C'est exactement ce que j'ai dit à Michel-Ange quand je l'ai rencontré sur le sentier qui montait de la ville. Exactement ça. » Son anglais devenait alors d'une politesse précieuse, recherchée. « Merveilleuse journée, n'est-ce pas ? »

J'avais appris qu'il valait mieux et qu'il était toujours plus facile d'être d'accord avec là où Anna voulait en venir. J'entrais donc dans son jeu. Je demandais : « Et que fabriquait Michel-Ange sur ce sentier ?

— Il était en route vers le couvent. Il a un travail à faire pour l'abbesse. Une sculpture de sa fontaine a besoin d'être réparée. »

Mais il faut savoir que les histoires d'Anna dépassaient sa simple intention de se moquer de moi. Elle croyait plus littéralement que n'importe qui en l'existence d'un grand art. La beauté était une entité qu'elle considérait aussi réelle que le vent. C'était, à vrai dire, sa religion. Les sculptures du Bernin, de Brancusi et de Michel-Ange – ses trois grands – n'étaient pas à ses yeux de simples objets.

Elle n'en démordait pas. Quand elle était encore à l'école, son entêtement lui avait valu deux jours de suspension. Elle avait refusé d'admettre que les sœurs trouvent insignifiante sa réponse à une question sur Michel-Ange.

Quand vécurent les plus grands sculpteurs de la Renaissance ? «Aujourd'hui», avait-elle répondu.

En chemin, Anna rencontrait toujours Michel-Ange sur le sentier. Je répliquais : «Son nez est-il aussi busqué qu'on le dit ?»

Anna hochait gravement la tête. «Le nez de Michel-Ange est très busqué.

— Et comment allait-il ?

— Michel-Ange était de très mauvaise humeur. Le concessionnaire d'une carrière de marbre l'a escroqué. Et il ne pense pas que l'abbesse apprécie son travail.»

C'est donc ainsi que cela commençait. Cela commençait parce qu'Anna ne voulait pas parler de la température. Ni du trafic automobile. Elle avait l'impression que c'était un terrain glissant. Après, nous parlions de ce que nous avions lu dans le journal ce jour-là. À ce stade, Anna était persuadée que le nombre de bourgeois locaux avait doublé.

Et ce jeu que nous jouions prit de l'ampleur. Les réponses biaisées d'Anna à mes remarques parfaitement évidentes devinrent les débuts d'histoires que nous nous racontions cet été-là. C'était une de nos façons de passer le temps.

Anna obtenait facilement toutes sortes de choses. Des sculpteurs qu'elle connaissait à Pietrabella les lui laissaient souvent quand ils retournaient à Anvers, Francfort, Pittsburgh ou Sheffield. Il était entendu qu'elles leur seraient rendues quand ils reviendraient. Mais leur retour en Italie n'était pas toujours aussi immédiat qu'ils l'avaient pensé. Très souvent, ils ne revenaient pas du tout. D'autres occupations les retenaient ailleurs. Anna avait ainsi hérité d'une Fiat Cinquecento et d'un vélo tout aussi rouillé.

Un sculpteur, avant de partir, lui avait laissé un tourne-disque et une radio. Mais cela ne changea en rien nos activités quotidiennes. Sa maison à la campagne n'avait pas d'électricité. Entourés par les collines et les vallées, nous nous asseyions à la table extérieure dans la journée, fumions notre mari et buvions du Prosecco bon marché et du jus de raisin, et le soir du chianti Gallo Nero, ignorant ce que ta mère considérait comme les irritantes contraintes du temps.

En 1944, les Allemands avaient traversé ces collines lorsqu'ils avaient battu en retraite et abandonné la Ligne gothique, pris en tenaille par les chars d'assaut américains, anglais et canadiens qui s'approchaient par le sud. Comme tu le sais, cette histoire a un lien étroit avec l'histoire personnelle de ta mère. Et il n'était que naturel, étant donné ses antécédents, que nous incluions la Seconde Guerre mondiale dans les histoires que nous brodions. « Je pense que l'artillerie se rapproche, pas toi ? » Voilà son genre de réplique après l'une ou l'autre de mes banalités à propos d'un tonnerre lointain ou d'une explosion dans les carrières de marbre qui se trouvaient dans les montagnes au-dessus de nous. Si je parlais des nids-de-poule, elle pouvait tout aussi bien dire : « Charles Dickens m'a dépassé sur la route aujourd'hui. Il voyageait à dos d'âne. »

Dickens avait passé quelques jours dans la région de Carrare lors d'un voyage en Italie au cours de l'été 1846, et ta mère était immensément fière de ce détail biographique. Elle aimait, complètement défoncée, lire quelques pages d'*Oliver Twist* ou de *David Copperfield* ou de l'affaire « Jarndyce contre Jarndyce » lentement, parce que sa compréhension de l'anglais écrit était déjà laborieuse, même quand elle ne fumait pas de joint, et elle savourait encore plus l'exercice quand elle en fumait. La présence de Dickens était pour ta mère équivalente à celle de Michel-Ange.

« *Signor* Dickens, disait-elle, revenait d'un tour des carrières quand je l'ai vu. Au début, j'ai pensé que c'était la statue d'un homme à dos d'âne parce qu'ils étaient, l'un et l'autre, si couverts de poussière de marbre. »

Ta mère aimait Dickens parce qu'elle avait l'impression de reconnaître un esprit apparenté au sien. Elle adorait la façon dont le destin de ses héros et héroïnes disparaissait dans les profondeurs du passé pour refaire ensuite surface dans des clairières inattendues. Cela avait du sens pour elle. C'est pourquoi elle aimait aussi Mickey Spillane et Raymond Chandler. Et il en allait de même de la pierre. Anna la travaillait avec l'absurde acharnement d'un détective dur à cuire. Elle trouvait toujours des liens dont elle refusait de croire qu'ils n'étaient que des coïncidences.

Je n'avais pas la même foi en l'univers. Mais je ne réussis jamais à convaincre Anna de changer d'opinion. Comme elle me le fit remarquer plus d'une fois : je n'étais pas sculpteur.

Dans ce débat, il y avait aussi, de mon côté, une faiblesse qui m'empêchait de me concentrer. Mais je devins cet été-là un amant plus sûr de lui et plus généreux. Ne le prends pas comme une vantardise parce que, crois-moi, je ne pouvais que m'améliorer. Grâce ta mère. Pendant que se déroulaient ces leçons estivales, je me posais parfois la question : si j'avais jusque-là si peu compris de choses aux gestes de l'amour, peut-être étais-je tout aussi mal informé concernant le destin.

Les professeurs tirent toujours une fierté démesurée de leur connaissance de l'histoire locale. En troisième ou quatrième année, je savais tout ce qu'il y avait à savoir sur les colonialistes qui s'installèrent à Cathcart. Je suis certain que la même frénésie prévaut en Italie. Tu n'as probablement aucun souvenir d'une époque de ta vie où tu ignorais que le marbre était extrait de carrières dans la région de Pietrabella.

J'étais arrivé à l'été 1968 dans un endroit entièrement voué à la célèbre pierre.

Avec ses ornements de tombeaux, ses linteaux de palais, ses ruines écroulées, le marbre n'a jamais semblé neuf. Même à l'époque de la Renaissance, la popularité du marbre blanc de Carrare était en partie due au fait qu'il rappelait l'Antiquité ; un rappel qui, à vrai dire, n'a jamais reposé sur aucun fondement solide. Les artistes et les grands mécènes du quattrocento ignoraient ou choisissaient d'oublier que c'étaient les intempéries, et non un noble raffinement du goût, qui avaient délavé les couleurs éclatantes dont les Grecs de l'Antiquité couvraient les statues de pierre qui représentaient leurs héros.

« Les célèbres ateliers de Pietrabella sculptent le marbre depuis des siècles. » Cet énoncé a certainement été, quand tu étais petite, le sous-titre d'un de tes travaux scolaires annuels d'histoire ou de géographie.

J'aurais pu t'aider, te dire que c'est Elisa Baciocchi, princesse de Lucques et grande-duchesse de Toscane, qui, pendant la première décennie du dix-neuvième siècle, vit les possibilités de l'industrie du souvenir. Elle fonda l'Académie des Beaux-Arts à Carrare, initiative conçue pour amener la région à devenir exportatrice de sculptures achevées autant que de pierre brute. Les dizaines de nouveaux ateliers qui s'établirent dans les rues bruyantes de Carrare en furent la conséquence.

L'intervention d'Elisa était trop commerciale pour être strictement artistique, mais elle fut l'un des plus grands mécènes dont la générosité reposa sur un malentendu. On ne sculptait que des reproductions après tout. Ce n'était pas vraiment de l'art. Mais l'idée de copie n'était pas encore galvaudée et la médiocrité ne faisait pas partie du mode de pensée de la princesse. Des lions vénitiens magnifiquement sculptés trônant dans les jardins publics des villes de province, des reproductions miniatures étonnamment minutieuses d'œuvres du Bernin comme presse-papiers sur les bureaux de notaire, des copies format trois quarts de *L'Amour et Psyché* sous les frises de palmes des foyers des grands hôtels, des *David* dévotement transposés, exposés à côté de figurines Royal Doulton sur les linteaux de cheminée et des bustes en marbre du frère de la princesse dans les boutiques de tous les antiquaires, toutes ces œuvres devaient leur existence à la plus jeune et à la plus culturellement ambitieuse sœur de Napoléon.

Une idée triste, un étrange regret quand il y en a tant d'autres parmi lesquels choisir : je suis très navré de ne t'avoir jamais aidée quand tu étais enfant à coller sur des bristols des photos de sommets de montagne, d'ouvriers dans les carrières ou d'artisans blancs de poussière que j'aurais découpées dans le *National Geographic.* Cela t'aurait plu.

Quand j'étais avec ta mère, elle passait ses journées, et je suis certain qu'elle les passe encore aujourd'hui, à travailler le marbre avec son vieux maillet de bois et son ciseau, ses burins pointus, ses têtes à poncer, ses limes, ses râpes, ses mèches, son papier de verre et sa toile d'émeri. Et avec ses bras costauds, tannés par le soleil. J'adorais la regarder travailler. Elle besognait toujours à côté de la maison, vêtue de ses shorts et de ses grosses chaussures de construction. Il lui arrivait de travailler pendant des heures sans dire un mot. Quand elle parlait, c'était toujours à l'improviste.

À un moment donné, après avoir essuyé avec le dos de son poignet la poussière blanche que la sueur collait sur son front, Anna me dit qu'elle ne pensait pas que notre rencontre ait été fortuite. Elle était persuadée que c'était le marbre qui nous avait réunis. Elle pensait que la preuve en était incontestable. Mais je ne la voyais pas. Pas au début en tout cas. Le marbre semblait n'avoir aucun rapport avec ce qui nous était arrivé.

Quand on pose la main sur du marbre de Carrare, que ce soit sur une sculpture ou sur les tuiles d'une salle de bains, on ressent toujours quelque chose de sépulcral. La froide beauté de cette pierre semble appartenir aux mêmes sphères du temps que les étoiles lointaines.

La peau chaude d'Anna, ses cheveux foncés qui sentaient le romarin étaient tout le contraire du marbre. En tout cas, c'est ainsi que je la voyais. S'il y avait des *memento mori* sculptés dans la structure de ces quatre mois d'été, des squelettes, des crânes et des incarnations de la Faucheuse dissimulés dans la haie, une vraie forêt vierge, qui entourait la propriété sur laquelle était bâtie la maison, je ne les ai pas remarqués. Je ne me suis jamais senti aussi loin de la mort. Anna m'apportait quelque chose que j'étais à la fois trop jeune et trop vieux pour apprécier à sa juste valeur. Mais la pierre blanche n'est pas le medium que je choisirais si j'avais un jour à décrire ce quelque chose.

En apparence, rien n'indique que je me sois retrouvé avec ta mère dans les collines de Pietrabella autrement que par accident. Mais les apparences n'intéressent pas ta mère. Elle est sculpteur. La sculpture est une chose plutôt inhabituelle. Vraiment. Parce que toutes les autres formes d'art procèdent par ajouts. Même écrire cette lettre est une addition de souvenirs. Mais sculpter le marbre est le contraire. Il s'agit de découvrir ce qui se cache sous la surface. Il s'agit de se débarrasser de ce qui est visible pour trouver ce qui ne l'est pas.

Anna et moi étions couchés dans le lit. Nous bavardions.

Il nous arrivait bien sûr d'y faire autre chose aussi, que je suis sans doute avisé de ne pas décrire. Il ne faudrait pas croire cependant que ma réserve soit le reflet de notre modération. Nous avons passé beaucoup de temps cet été-là à faire exactement ce que tu dois t'attendre que nous ayons fait. Mais, pour quelque raison que je ne m'explique pas, il m'est impossible de rien décrire avec autant de précision que le temps passé ensuite à nous prélasser et à bavarder dans le lit.

Je venais de raconter à Anna un souvenir d'enfance. Il y était question de l'église de Cathcart où, quand j'étais enfant, Winifred et Archie Hughson m'emmenaient chaque dimanche.

Ta mère n'était pas exactement captivée. Comme tu le sais, la religion organisée l'exaspère et les rites chrétiens l'horripilent encore plus. La violence qui avait entouré sa naissance l'avait braquée à partir d'un âge étonnamment jeune contre la notion d'un Dieu unique et bienveillant. Quelques prêtres et quelques religieuses avaient essayé quand elle était petite de prétendre qu'elle était une sorte de miracle, mais ses redoutables crises de colère les avaient très vite obligés de battre en retraite. Même jeune, Anna fit bien comprendre que c'était une bataille qu'elle n'était pas disposée à perdre.

C'est la raison pour laquelle elle n'était pas portée à m'entendre raconter ce qui m'était arrivé dans une église. Cela ne veut pas dire que mes histoires d'enfance ne l'intéressaient pas. D'habitude, elle m'encourageait à lui parler des environs de Cathcart où j'avais grandi et des sentiers à flanc de colline où mon meilleur ami et moi jouions avec une arme quand nous étions gamins. Elle voulait tout savoir de Winifred et Archibald Hughson, et notamment comment ils en étaient venus à posséder la vieille piscine des Barton.

Elle écoutait aussi avec stupéfaction ce que je lui disais de notre régime alimentaire à Cathcart. « Non ! », s'exclama-t-elle, le souffle coupé, quand je lui appris que nous mangions du spaghetti en boîte. « Ce n'est pas possible. Et que buviez-vous pour accompagner un aussi horrible repas ?

— Du lait », répondis-je.

Je ne suis pas certain qu'elle ne faisait que semblant d'avoir envie de vomir. Anna adorait être horrifiée par l'Amérique.

Mais ta mère avait autre chose en tête qu'écouter mes souvenirs d'église. Surtout à ce moment de la nuit. Il était tard. Nous étions à l'intérieur de la maison. Nous nous étions déshabillés rapidement.

Le parfum de ces nuits dans les collines était unique. Je sais que cela peut paraître d'un romantisme invraisemblable, mais c'est vrai. Une brise venue de la mer glissait au-dessus de la courtepointe de potagers et de petites fermes côtières puis, enrichie par l'odeur du foin qui séchait et des fleurs sauvages humides de rosée, elle montait à l'assaut des collines comme une vague de plus en plus lente. La clarté de ces soirs de ciel pourpre et de lucioles s'évanouissait de manière si graduelle que la lumière ne semblait jamais disparaître tout à fait. Mais ce n'était jamais une déception quand l'obscurité complète s'installait finalement. Ta mère appelait notre vue sur la vallée « un grand éblouissement d'étoiles ». Le chant des cigales était pratiquement le seul son.

La fenêtre de la chambre à coucher était toujours ouverte et quand il était tard, l'obscurité qui dérivait sur nous était un édredon d'odeurs. Quand le ciel qui surplombait la maison virait d'un bleu d'encre au noir, le parfum changeait : les chaudes notes florales de l'été commençaient à s'estomper. L'air de la nuit tombait des montagnes.

C'était frais comme du satin. Ta mère se rapprocha de moi sous la couette. Elle glissa doucement sa jambe gauche au-dessus de la mienne pendant que je parlais. « Cela n'a pas l'air très intéressant », me dit-elle tout bas à l'oreille.

Mon histoire m'endormait un peu moi-même. Mais ce demi-sommeil était peut-être un facteur déclencheur. M'étais-je apaisé au point de tomber dans une sorte de transe ? Et de me rappeler plus clairement les choses, comme le permettent parfois les rêves ?

Avec ta mère lovée contre moi, j'en vins à me remémorer un souvenir que je n'avais plus visité depuis longtemps : le carrelage de marbre lisse et froid de l'église unie Montrose. Je devais y rester couché de façon très inconfortable sur le ventre pendant tous les jeudis soirs de répétition d'un spectacle de Noël appelé *L'Agneau rétif*. Ceci se passait pendant la froide fin d'automne et le glacial début d'hiver de 1958. Et ce dont je me souvenais de ces répétitions, ce n'était pas juste de Myriam Goldblum, pas juste de ses cheveux noirs et somptueux ni de la manière dont sa robe d'enfant de chœur se repliait sur la pierre pâle du jubé quand elle s'agenouillait à côté de moi. Je ne me souvenais pas juste de son parfum ni de la façon dont elle m'écartait les cheveux quand ils me tombaient sur le front. Mon souvenir le plus clair de ces répétitions, c'est que j'étais rouge d'embarras pendant tout le temps où elles duraient.

Je racontai à Anna ce qui s'était produit. L'incident éveilla son intérêt.

« Et voilà ! » dit-elle. Ses lèvres remuaient dans mon cou pendant qu'elle parlait. « Tu vois. » Je devinais son sourire. Sa main glissait doucement sur mon corps.

Quand je fermai les yeux, j'imaginai que les cheveux d'Anna étaient des ombres dans une forêt. Je suis certain que cette association m'était inspirée par l'infusion de romarin qu'elle se préparait et utilisait pour se laver les cheveux. Anna avait une manière de me toucher qui m'obligeait toujours à fermer les yeux.

Elle colla ses hanches contre mon flanc. « Tu es obsédé, n'est-ce pas ? » dit-elle.

Anna pouvait d'habitude compter sur ma coopération, il y avait peu de moments où elle n'était pas capable de me séduire sur-le-champ. Elle n'aimait pas beaucoup faire la vaisselle et donc, malgré mon penchant prononcé pour l'ordre et le ménage bien tenu, c'étaient des corvées qui ne se faisaient pas souvent. Quand elle était fatiguée de nos histoires, elle était experte à m'arrêter.

« Tu vois, murmura-t-elle. Il t'est impossible de le nier.

— Nier quoi ?

— Ce que tu éprouves. Pour le marbre. J'ai toujours su que tu l'éprouvais. »

Anna donna à sa remarque l'air d'un sujet que nous discutions depuis des années. « Tu as toujours été obsédé, insista-t-elle. N'est-ce pas ?

— Moi ?

— Totalement obsédé.

— Je ne connais pratiquement rien du marbre.

— C'est vrai. Mais tu n'as pas besoin d'en connaître plus. Tu n'as besoin que de te souvenir de ce que tu viens de me raconter. Ce qui t'est arrivé quand tu jouais le berger. Pour le spectacle de Noël. Quand tu t'es senti... sur le carrelage de marbre. Quand tu devais te coucher sur le ventre... »

Sa voix et sa main se figèrent en même temps.

« Quand je me suis senti excité ? »

Anna leva la tête et me regarda. Elle plissa les yeux avec suspicion. Elle étudiait mon anglais de la façon dont un douanier examine un voyageur. Elle se demandait quelle frauduleuse signification j'essayais de lui passer en contrebande sous le nez.

« Ce n'est pas le mot que tu as utilisé », dit-elle.

Mais elle décida qu'il ferait l'affaire. Sa main me serra.

« Comment s'appelait-elle ? Celle qui avait les cheveux noirs et les lèvres rouges...

— Myriam.

— Et la longue robe noire...

— Myriam Goldblum.

— C'est ça. Et tu as attendu là toute ta vie, n'est-ce pas, mon petit berger ? »

Je fermai de nouveau les yeux.

« Occupé à te presser contre ce carrelage de marbre. Ce très excitant carrelage de marbre. »

Nous fûmes tous les deux obligés d'en rire. Mais Anna souleva la tête qu'elle avait posée sur ma poitrine. « Ai-je raison ?

— Oui », répondis-je.

Même si elle n'avait qu'en partie raison, c'était la réponse la plus facile.

71

Tout le monde à Pietrabella ne parlait que du marbre de toute façon. Les carrières étaient-elles très occupées ? Les halls des tours de New York étaient-ils à ce point gigantesques ? Combien de tuiles de marbre seraient requises pour le centre commercial à Hong-Kong ? Quel atelier avait remporté le contrat de la place à Berlin ? Quelles étaient les dimensions du manoir du magnat de la chaussure de course au bord du lac Léman et combien de panneaux de recouvrement faudra-t-il ? Le sujet du marbre était une fumée qui s'infiltrait partout dans cette ville. Il n'était pas étonnant qu'elle flotte aussi sur nos histoires.

Anna recueillait la plus grande partie de nos informations auprès des artisans des ateliers locaux où elle faisait l'acquisition de la pierre pour ses propres œuvres : traditions régionales qui remontaient à l'époque de Michel-Ange, récits d'accidents dans les carrières et histoires de marchands de marbre locaux comme celle du Gallois Julian Morrow, dont la somptueuse villa se trouvait jadis plus ou moins à l'endroit où était à présent bâtie la maison qu'Anna louait.

Anna avait appris certains faits et obtenu certaines données concernant l'industrie du marbre pendant les rares, et souvent brefs, travaux qu'elle avait effectués dans les environs de la ville. Elle aimait particulièrement les citer quand elle estimait devoir ramener sur terre quelqu'un qui se lançait dans quelque envolée esthétique théorique, surtout quand la personne qui s'y lançait (moi) n'avait jamais rien sculpté d'autre qu'une savonnette Ivory.

Il arrivait à Anna de préciser, lors d'une de mes péroraisons sur le maniérisme ou la théorie néoplatonicienne : « Les soldats romains extrayaient le marbre à quelques kilomètres au sud-ouest de Carrare. À l'avant-poste de Luni. »

Même si l'entreprise était dangereuse, expédier le marbre de Luni à Rome par mer s'avérait beaucoup moins coûteux que le transporter par voie de terre. C'est toujours le cas, plus de mille ans plus tard, expliquait Anna. Très peu de marbre des grands édifices de Milan, par exemple, provient de la région de Carrare, simplement parce que cela coûte tellement cher de transporter par terre, même sur une distance relativement courte, la pierre des Alpes apuanes. À l'époque romaine, le marbre de Luni était expédié par bateau jusqu'à Ostie, puis remontait le Tibre en barge.

Mon choix de cours à l'université était orienté sur les arts, une formation académique qui n'avait naturellement rien à voir avec la création artistique réelle. Ce qui, aux yeux d'Anna, me classait dans la catégorie des incompétents notoires, autant que les galeristes, les journalistes, les critiques et les théoriciens de la culture qu'elle adorait ignorer. Des gens particulièrement nuls. Nuls en presque tout.

Il est peu probable que les Romains se soient au départ installés à Luni à cause du marbre, mais plus vraisemblablement pour sa position stratégique avantageuse qui donnait accès à la vallée du Pô à l'est. Son port était un utile point de transit pour le commerce en Méditerranée. Avec les montagnes d'un côté et la mer de l'autre, Luni surveillait presque tout le trafic terrestre entre Rome et le Nord.

Mais il y avait là du marbre. Les Apuani s'en étaient longtemps servis comme matériau de construction, et le marbre devint de plus en plus important à mesure que s'accrut le prestige de Rome. Au second et au premier siècle avant J.-C., Luni et ses carrières éclipsèrent graduellement celles de Paros et la ville devint le principal fournisseur de marbre de Rome.

Jusqu'à présent, je suis incapable de voir la pierre blanche du hall d'un édifice à bureaux ou le dosseret d'évier d'une nouvelle cuisine chic chez quelqu'un sans me rappeler qu'Anna m'interrompait toujours quand elle en avait assez de mon esthétique estudiantine. « Écoute-moi, disait-elle. Je vais te parler de la pierre. » Il n'y avait rien comme l'histoire des méthodes d'extraction du marbre ou les tonnages annuels produits dans la région de Carrare pour me ramener les pieds sur terre.

L'avance des Alliés, la retraite allemande et la bravoure des partisans de la montagne occupaient, bien sûr, une place importante dans les histoires d'Anna, autant que les circonstances miraculeuses de sa propre survie. Mais les principaux faits de sa biographie étaient si tristes qu'ils oblitéraient toujours tout le reste de ses antécédents : son père avait été tué dans les collines lors d'une escarmouche avec les troupes allemandes moins d'une semaine après que sa mère eut été fusillée sur la place centrale de Castello en même temps que la presque totalité des villageois. Mais tu connais déjà ces histoires. La plupart des habitants de Pietrabella les connaissent.

Mon passé italien n'est pas aussi notoire. Personne ne le connaît, à part ta mère. Et toi maintenant. C'est parce qu'il ne s'inscrit pas dans un cadre historique plus large. La plupart de mes souvenirs ne sont que les souvenirs de ma découverte du plaisir. Cela ne veut pas dire que je les trouve sans intérêt. En fait, plus je vieillis, plus ils deviennent importants. Mais ils me reviennent comme des sensations soudaines, occasionnelles, effacées presque aussitôt qu'elles germent dans mon esprit.

Les histoires que ta mère et moi concoctions quand nous regardions les lucioles dans le crépuscule épais sont pour moi la meilleure façon de me souvenir du rythme de ces quelques mois. Elles sont la meilleure façon de me rappeler ce que voulait dire être amoureux d'Anna jour après jour. Parce qu'en vérité ces jours étaient adorables. Le temps ne passait jamais deux fois de la même façon.

J'ajoutais des éléments personnels aux siens, avec un peu de réticence au début, mais elle insistait pour que je contribue aux histoires que nous nous racontions. Elle pensait toujours que ce n'étaient de toute façon que des composantes de la même histoire. Les séparations arbitraires, comme la démarcation entre le passé et le présent, ne l'intéressaient pas beaucoup. Elles étaient contraires à ses instincts de sculpteur. S'il n'y avait aucun lien évident entre la Renaissance italienne et un bébé abandonné en 1948 en Amérique du

Nord, Anna était capable d'en découvrir un. À sa demande, je lui parlai donc de la période où je grandis à Cathcart. Je lui dis que le chemin qui grimpait de Pietrabella jusqu'à sa maison me rappelait les sentiers qui longeaient la crête calcaire boisée derrière la maison des Hughson où je jouais quand j'étais enfant.

Anna trouvait des façons, certaines presque plausibles, je l'admets, d'entremêler nos histoires. Je n'étais jamais certain si ses constructions mentales étaient des métaphores ou si elle pensait qu'elles étaient proches de la réalité. Dans l'un ou l'autre cas, elles exprimaient le même point de vue : Anna croyait que l'univers avait conspiré pour nous réunir tous les deux.

J'ai été décrit, d'habitude par des femmes déçues, comme un homme peu émotif. Mais en vérité je suis trop émotif. Quand j'étais enfant, des flux de bonheur me traversaient comme des secousses électriques, souvent pendant la récréation dans les toilettes vertes de l'école que je fréquentais.

En réalité, elles n'étaient pas vertes du tout. Le plancher était pavé de pierres composites bleu gris et les murs couverts de tuiles brunes. Les tuyaux en cuivre étaient pulpeux de condensation et la porcelaine des urinoirs sur pied avait une dignité pareille à celle du marbre. Ils étaient blancs comme des icebergs. Mais d'une certaine façon l'air du sous-sol était vert. C'était comme être plongé au fond d'une mer ancienne. Les distributeurs d'eau fraîche, les cabines des W.-C. en bois et l'odeur des nettoyants Dustbane du concierge créaient un effet subaquatique : propre, frais, ample et ruisselant. Je n'aurais pas été surpris d'y voir dériver une méduse.

La récréation me soulageait de l'air vide et épais des salles de classe en haut. N'en tire pas trop de conclusions, mais pisser dans un urinoir grand comme un sarcophage me causait un accès de plaisir que je ne parvenais pas toujours à cacher. Ces petites bourrasques de volupté dont j'étais saisi me faisaient trembler, avec souvent un effet désastreux sur ma façon de viser. Je ne maîtrise pas mieux la tristesse.

À la fin de l'été 1968, je cachai à ta mère presque jusqu'au dernier moment ma décision de la quitter. Parce que j'étais égoïste et lâche. Mais aussi parce que je n'ai aucune aptitude au malheur. Je ne pouvais m'imaginer aux côtés d'Anna si nous n'étions pas heureux. Je m'arrangeai donc pour que notre période malheureuse soit la plus brève possible. Et la plus affreuse. Elle ne prit pas très bien la nouvelle.

Après lui avoir dit que j'allais partir, je revins seul chez elle plus tard cette nuit-là, au retour d'un party d'artistes étrangers en ville. Anna et moi y étions allés ensemble dans un silence lugubre. Elle était furieuse. Mais une fois arrivés, son humeur sembla changer. S'être débarrassée de moi expliquait en partie cette transformation. Mais peut-être pas autant que je le pensais, même si c'est ce que transmettait la froideur de ses yeux les quelques fois où nos regards se croisèrent à travers la foule réunie dans l'atelier enfumé et bruyant. Elle riait, dansait et chantait *Bella Ciao*. Elle dansait très souvent avec un jeune sculpteur de Rotterdam. Et il devait être près de minuit quand je me rendis compte qu'ils étaient partis tous les deux.

Je rentrai seul. Et le moment de mon arrivée à la maison coïncida avec l'orgasme d'Anna. Un de ses orgasmes, en tout cas. Anna était capable de réveiller les morts parfois.

Je me le suis toujours demandé : quand Anna, le dos arc-bouté au-dessus du lit, était couchée dans les bras du Hollandais, savait-elle, d'une manière ou d'une autre, que j'étais dans le sentier ? Et ce que j'entendais dans l'obscurité épaisse, et pour le reste silencieuse, était-ce tout autre chose que ce que je pensais ? Hurlait-elle par la fenêtre de la chambre quelque *maledizione* toscane à ma silhouette humiliée ?

Si c'était bien le cas, cette malédiction était sans nul doute particulièrement terrible, connaissant Anna. Je suppose que ce devait être quelque chose comme : *Tu vivras toute ta petite vie dans la même petite maison de la même petite ville provinciale nord-américaine où tu as grandi. Tu ne quitteras jamais l'endroit où on mange du spaghetti en boîte accompagné de lait, et tu ne retrouveras plus jamais un amour pareil à celui que tu viens d'abandonner.*

Parce que c'est ce qui est arrivé. Et c'est là où j'en suis. Quoique mon statut de célibataire hétérosexuel relativement séduisant, gratifié des mots « critique d'art » apposés sous sa signature en tête de ses articles dans le *Chronicle* de Cathcart, n'a pas toujours été un fardeau si lourd à porter. Tu serais surprise du nombre de femmes, célibataires ou non, qui s'intéressent aux arts.

Certaines aventures ont duré plus longtemps que d'autres, dont une qui, pendant des années, a flirté avec l'idée de mariage. Mais une de mes appréhensions, c'est que les rendez-vous galants finissent toujours tôt ou tard par déboucher sur un sofa, un bol de chips et un vieux film à l'eau de rose diffusé par quelque canal spécialisé. *Au revoir Mr. Chips* était le plus embarrassant.

Je suis obsessivement enclin au pathétique. Ce qui n'est vraiment pas surprenant. Je suis incapable de bien gérer la tristesse parce que c'est dans la tristesse que ma vie a commencé. Du moins, je le présume. Il y a peu de chances que l'histoire immédiate qui précède l'abandon d'un bébé au bord d'une piscine dans une ville du Sud de l'Ontario en 1948 ne soit pas triste. Il y aurait une fille. Et un garçon. Et rien de plus mystérieux ou de plus romantique qu'un moment mal choisi.

J'ai donc toujours évité toute recherche pour découvrir mes origines ; même quand, comme ta mère exaspérée avait coutume de dire : « Tous les liens te sautent à la figure, espèce de *stupido*. »

L'intérêt de ta mère pour mes antécédents paraît peut-être plus une impulsion d'écrivain que de sculpteur. Mais j'ai toujours pensé que c'était travailler le marbre qui l'instruisait. De ce sujet-ci comme du reste.

Un jour que je la regardais sculpter, je lui demandai ce qu'elle faisait. Ma question était en réalité tout à fait précise : je n'avais jamais vu jusque-là la gradine à manche de bois qu'elle utilisait. Mais elle crut que ma question était plus générale et donc plus idiote. «Que penses-tu que je fais? demanda-t-elle. Je cherche une saloperie de forme dans ce saloperie de marbre.» Elle aimait montrer qu'elle maîtrisait le niveau de langue du peuple.

Anna croyait que le premier coup de sa pointerolle prédisait l'ultime polissage au papier d'émeri d'une œuvre sculptée dans un bloc de marbre de Carrare. L'endroit où le plan d'une question et le plan d'une réponse se rencontraient, malgré les innombrables possibilités qu'ils ne se rencontrent jamais, voilà où ta mère plaçait sa foi.

Elle croyait en la même beauté parfaite que Michel-Ange, celle qu'il essayait toujours avec tant d'acharnement de trouver. C'est un sujet fréquent dans ses poèmes : le sculpteur, ciseau à la main, le visage, les cheveux et les bras blancs de la poussière de son impossible quête. Anna pensait que l'amour relevait de la même sorte de quête. C'était surprenant. Vraiment.

Mon éducation aurait difficilement pu être plus nord-américaine et plus bourgeoise. Avant d'arriver à Pietrabella, je connaissais le macaroni et le spaghetti, et je pensais que l'huile d'olive était un produit qui se gardait dans une petite fiole à la salle de bains en cas de problèmes gastriques. Pourtant d'une façon ou d'une autre, nous répondions, Anna et moi, à nos questions mutuelles. Il nous arrivait de rester couché pendant une heure après l'amour, avec nos lèvres qui se touchaient à peine, sans rien faire d'autre que nous regarder.

Je commis l'erreur de ne pas reconnaître la rareté d'une telle communion. J'avais tort de penser être capable un jour d'aimer autant quelqu'un d'autre. Mais Anna savait. Elle pensait que rien n'arrive par accident. Alors que ma certitude que tout arrive par accident est la seule chose que je puisse revendiquer comme droit de naissance.

CHAPITRE CINQ

Le correspondant italien de ses avocats de Cathcart me remit la lettre de mon père beaucoup plus vite qu'il l'aurait jamais pensé. Il avait écrit sur l'enveloppe, de cette encre noire et fine qu'il utilisait toujours : « À ma fille. À livrer en mains propres. » Il avait imaginé que sa lettre serait un subterfuge, un moyen de mettre un point final à une période de sa vie dont les années futures réduiraient considérablement l'importance. Mais de la façon dont les choses se sont passées, il n'y eut pas d'années futures.

L'histoire est étrange, pas exactement compliquée, mais sans référence à aucune structure familière. Et c'est ma mère qui m'a suggéré d'utiliser des parties de la lettre de mon père pour en faire le récit. C'était contraire à ce qu'il souhaitait, mais être contredit par ma mère est une expérience fréquente pour tous ceux qui ont affaire à elle.

Quand je lui ai demandé son avis, elle est restée silencieuse pendant une bonne trentaine de secondes avant de répondre. Nous venions de revenir de la maison des Tagliani après les funérailles de M. Tagliani. Mon mari et nos deux fils étaient partis à la plage pour l'après-midi, avec le ballon de football, le pique-nique que j'avais emballé pour eux, les serviettes et la crème solaire que je m'assurais toujours qu'ils emportent.

Quand quelque nouveau venu ou des touristes demandent à ma mère au *Café David* à Pietrabella pourquoi elle aime à ce point la pierre, sa réponse les surprend. « Parce que je peux tourner autour, dit-elle. L'espace sert à ça. »

Quand elle travaille, et elle travaille tous les jours, elle tient son maillet dans la main gauche et un ciseau dans la droite. Ses cheveux sont relevés. La poussière de marbre n'en change plus beaucoup la couleur.

Ma mère travaille à l'extérieur autant que possible. Elle aime le jeu des rayons du soleil sur la pierre autant qu'elle aime tout le reste. Au lieu de recourir à des montres qu'elle perd toujours ou à des réveils qu'elle oublie de remonter, c'est ainsi qu'elle garde d'habitude trace du temps. La façon dont la lumière se disperse sur la surface d'un bloc brut de marbre s'accorde à son intelligence non séquentielle des choses. C'est ainsi qu'elle marque la progression de ses journées de travail. Elle tourne autour de la pierre qu'elle a choisie comme un dieu tourne autour du vide qui deviendra création. « Il y a beaucoup de commencements, dit-elle. Le truc consiste à choisir ceux qui mènent à la même conclusion. »

Mais la demande de mon père m'avait troublée. « Comment me rappeler quelque chose dont je ne sais rien ? » demandai-je à ma mère.

Ses longs silences sont caractéristiques. Ce sont des abîmes de possibilités dans lesquels finissent par tomber tous ceux qui parlent avec elle. Quand elle répond à une question, elle attend le temps qu'il faut pour que son interlocuteur s'enlève de l'esprit toute idée préconçue de son éventuelle réponse. Les gens en sont souvent perturbés. Ils ont l'impression de parler à une folle. Non pas que ma mère soit folle. Mais il ne sert à rien d'essayer de deviner ses réactions.

Elle a peut-être même pensé que la demande de mon père manquait de sérieux. Je le connaissais depuis un an à peine. Il est tout à fait possible qu'elle se soit persuadée que la distance et la brièveté aient été les seules réalités tangibles de notre relation. Elle est la personne la moins sentimentale que je connaisse. Mais il est tout aussi possible qu'elle ait décrété que mon père m'avait demandé la seule chose qu'il devait me demander. Je ne m'attendais cependant pas, et mon étonnement était prévisible, à ce que ma mère dise ensuite : « Personne ne se souvient de rien. Les gens ne se souviennent que de ce qu'ils inventent. »

Il y eut un autre très long silence que je savais ne pas devoir interrompre.

« Je le lui disais toujours, poursuivit-elle. Mais ton père n'était pas si intelligent que ça. Je lui disais toujours de garder ce qu'il sait très proche de ce qu'il imagine. C'est ainsi que l'on reste vivant. » Son ton était prosaïque, comme si elle me donnait un conseil culinaire ou m'expliquait comment enlever une tache de vin sur une blouse. « Mais il ne pensait pas être capable d'arriver à le faire. »

Elle approcha son visage du mien pour vérifier si j'avais bien saisi son argument. Elle est toujours un peu impatiente quand elle constate que je ne l'ai pas comprise.

« Tu devrais l'écrire. »

Je lui lançai un regard surpris, réaction qui sembla la surprendre tout autant. « Bien ! dit-elle en regardant ses mains, tu ne vas pas le sculpter, n'est-ce pas ?

— Sculpter quoi ?

— Ce dont il veut que tu rêves. Ce dont il finissait enfin par rêver dans sa lettre. »

L'agacement n'est jamais une bonne tactique à utiliser dans les discussions avec ma mère. Mais je finis d'habitude par y recourir. Pour une fois, elle ignora ma brusquerie et chassa du revers de la main mes objections dans un geste identique à celui qui balaie de son sarrau les cendres de ses joints et de ses cigarettes.

« Ce qu'il a dit m'est égal. Il ne veut pas que l'on se souvienne de lui. Il veut être partie de qui tu es, de ton apparence physique, de ta façon de parler, de bouger ou peut-être même d'écrire. Il veut que tu sois un peu comme lui. Parce que tu es vivante. Pas parce qu'il est mort. C'est tout. Il veut être entendu un peu dans ta voix. Il veut qu'un peu de ce qu'il était jadis devienne un peu de ce que tu es aujourd'hui. »

Ma mère ne pleure presque jamais. Mais parfois sa voix tremble un peu, de manière presque imperceptible.

« C'est tout ce que nous voulons, me dit ma mère. Le passé n'est jamais rien d'autre que ça. »

CHAPITRE SIX

Vers la fin du mois d'août chaud et humide de 1922, Julian Morrow, pas encore Sir Julian, remarqua un couple dans le vieux quartier de la ville. L'homme et la femme examinaient avec attention une statue de marbre sur le pont de la Via Carriona. Des visiteurs, de toute évidence.

Morrow s'arrêta. Il se lissa la moustache et la barbe avec la main gauche comme pour se donner l'air de réfléchir. Il portait un confortable costume de lin jaune très pâle, un tissu léger et froissé, beaucoup plus adapté à la température que la veste pied-de-poule du gentleman qu'il regardait. Il faisait déjà chaud.

Julian Morrow sortit un petit mouchoir de la pochette avant de son veston et se tapota le front. Il ajusta son Borsalino au large bord mou, son chapeau d'été favori. Il était sur le point de traverser la rue, mais deux lourds chariots tirés par des attelages de bœufs l'empêchèrent d'avancer.

Il était inhabituel de voir des touristes. Carrare était en dehors des sentiers battus. Le correspondant d'un journal de voyage anglais s'était récemment plaint: «En raison de l'omniprésence du marbre, il n'existe rien à Carrare qui puisse se qualifier de "bonne société".» En ce qui concernait Julian Morrow, ce n'était pas une mauvaise chose.

Chaque chariot était équipé d'une sangle de toile qui retenait des blocs de marbre brut sur un plateau de planches. Une vieille femme et quelques chiens faméliques se dépêchaient de s'écarter de leur chemin.

Le calcul de Morrow était le suivant : le couple était anglais, peut-être américain. Ces personnes étaient financièrement à l'aise à en juger d'après la coupe et la qualité de leurs vêtements. Il supposa qu'ils étaient tous les deux à Carrare parce que la femme, plus jeune et très jolie, s'intéressait à l'art, à l'histoire ou à quelque chose du genre, un intérêt que le mari, guide de voyage Baedeker à la main, s'efforçait de satisfaire.

C'était prometteur. Mais il est important de savoir que les calculs de Julian Morrow s'harmonisaient tellement avec son plaisir personnel qu'il avait du mal à les considérer comme des calculs. C'était ce qu'il aimait le plus de cet endroit : il tirait des affaires le même plaisir que de la température, de la lumière, de l'air de la montagne sur ses joues fraîchement rasées. C'était un délice rapide et éclatant comme l'eau qui ruisselle sur les pierres.

Il avait plu un peu ce matin-là à Carrare.

Morrow baissa les yeux vers la pointe de ses souliers immobilisés au bord du trottoir. Ils avaient la même couleur brun sombre qu'une selle. Assez usés mais bien entretenus. Leur cuir était d'excellente qualité. L'eau de l'averse matinale débordait dans le caniveau de marbre.

Julian Morrow était un personnage qu'il était bon de connaître, réputation qu'il entretenait à coup sûr. Il invitait les gens à lui rendre visite. Qu'ils soient d'éventuels acheteurs ou clients avait une certaine importance mais Morrow, trop bon vendeur, n'était pas enclin à rendre la chose évidente. Les gens venaient pour voir ses carrières, faire le tour de ses ateliers, séjourner avec lui dans sa villa.

Son indubitable amour pour l'endroit n'était pas tant une émotion qu'il aimait partager qu'un sentiment qu'il était incapable de cacher. Son tour de taille imposant et ses épaules larges n'étaient qu'en partie la raison pour laquelle il était si souvent décrit, même par les Italiens, comme un homme plus grand que nature.

Il adorait l'industrie locale et l'art de la région autant qu'il en adorait les collines et le ciel. « *Buon giorno* », criait-il à tous ceux qu'il rencontrait sur le trottoir alors qu'il arpentait le pavé matinal sonore de Carrare. « *Buona sera* », criait-il aux clients attablés dans le café quand, après son *digestivo*, il traversait à grands pas la place dans la clarté du début du crépuscule. Il était très démonstratif quand il aimait quelque chose. À cause de ses exclamations enthousiastes devant la qualité d'une soupe de poisson, les cuisiniers qui l'avaient préparée l'aimaient, comme aussi les garçons qui l'avaient servie et les propriétaires du restaurant qui le saluaient toujours chaleureusement quand il franchissait les portes de leur établissement.

Il était le meilleur des guides. Il amenait ses visiteurs à découvrir telle statue, tel pont, tels fonds baptismaux en marbre blanc dans telle église de campagne que seuls ils n'auraient jamais trouvés. Il les amenait manger dans des auberges de campagne où il n'y avait pas de menu parce qu'on n'y offrait aucun choix. Ils buvaient le vin local. Ils mangeaient ce que sa cuisinière avait préparé, peu importe ce que c'était. Les lunchs duraient des heures.

Le dimanche, seul jour de la semaine où les carrières étaient fermées, il amenait ses visiteurs pique-niquer et faire des randonnées à pied dans les montagnes. Il leur montrait la falaise dans laquelle Michel-Ange avait imaginé de sculpter un colosse qui aurait servi de balise aux navires. Il les aidait à repérer l'ombre mauve de la Corse à l'horizon. Il faisait des signes vers le sud, en direction de Torre del Lago où résidait Giacomo Puccini.

Morrow avait l'habitude de chanter *Un Bel Dì* pendant qu'il déballait le repas que sa cuisinière avait emballé pour le pique-nique dominical. C'était toute une performance mais il ne laissait pas son manque de spontanéité amoindrir son plaisir. Ils se taisait un peu, avec une bouteille de vin à moitié débouchée, et regardait au loin vers l'ouest la ligne bleue de la Méditerranée. *Vedremo levarsi un fil di fumo sull'estremo confin del mare.* La voix de Morrow était bourrue mais d'une musicalité surprenante quand il chantait. Il transposait la partition soprano de Butterfly avec un respect plutôt aléatoire. *E poi la nave appare.* Ses invités pensaient souvent entendre sa voix hoqueter un peu tant Julian Morrow était ému par l'aria qu'il avait décidé, apparemment sous l'impulsion du moment, de chanter.

La nourriture était des plus frugales mais plus d'un invité qui avait eu la chance de déjeuner *al fresco* dans les montagnes avec Julian Morrow affirmait que c'était un des meilleurs repas de sa vie. Le pain moelleux, les saucissons fumés, le fromage de chèvre à pâte ferme, les oranges sanguines, les bouteilles de vin local, si jeune qu'il était presque effervescent, étaient étalés dans la lumière crue du soleil sur la même table de bois rugueuse que celle sur laquelle mangeaient les ouvriers des carrières. Une paroi de marbre se dressait juste à côté de l'endroit où Morrow lunchait d'habitude. Le sol du terrain plat était tapissé de thym sauvage. Les villes aux toits roux et les plages couleur d'os étaient visibles loin en contrebas.

Pendant que les invités mangeaient, leur hôte leur montrait «là-bas quelque part au large» la mer où Percy Shelley s'était noyé. On demandait souvent à Morrow de réciter quelques-uns des vers du poète. Il se demandait s'il le pouvait. Il versait plus de vin à la tablée. «Ah! disait-il. Voyons voir.»

Ozymandias était le poème qui lui venait à l'esprit. Les quatorze vers au complet. Ses invités tombaient sous le charme. Tout chez Morrow était charmant. Sa villa n'en était qu'un exemple.

Sa résidence était un ancien couvent blotti dans les collines au-dessus de la ville de Pietrabella et ses visiteurs, quand ils l'évoquaient, disaient que c'était la plus agréable des demeures. Les brises estivales pareilles à des volutes de soie la traversaient.

Le linge de maison était exquis. Les savons donnaient l'impression d'être de la crème. Ses domestiques étaient présents quand il voulait qu'ils le soient, invisibles quand il ne voulait pas les voir. Les sols carrelés étaient frais sous le pied et ses hôtes passaient de leurs toilettes privées à leur lit.

Les architectes et entrepreneurs, les fonctionnaires municipaux, les dignitaires ecclésiastiques, les promoteurs et les propriétaires d'hôtel, les aristocrates et les vieilles dames de la haute société, les peintres paysagistes, les décorateurs qui arrivaient à Carrare à titre d'invités de Julian Morrow, en repartaient comme amis. Un *David* miniature d'environ quinze centimètres de haut, sculpté dans le marbre blanc, leur parvenait après leur visite, accompagné de la carte de visite de Julian Morrow.

Morrow International produisait des chœurs d'église, des vestibules, des halls d'entrée, des monuments aux morts, des autels, des toilettes publiques, des mausolées, des objets décoratifs pour les jardins, des pierres tombales, des entrées d'ambassade, des comptoirs de banque, des façades d'immeubles à bureaux, des panneaux de salles de conférence et les majestueuses salles de bains des suites royales, pour ne nommer que quelques-unes des spécialités de l'entreprise. Partout dans le monde, tous ceux qui voulaient du faste, de la dignité, du cérémonial, du luxe et (il fallait bien l'admettre parfois) de l'ostentation connaissaient la marque.

La première devise de la société fut « De l'extraction à l'installation », une formule qui visait à inspirer le respect, pensait Morrow. Sa femme proposa : « Fournisseurs de marbre de luxe italien », une suggestion qu'il ignora poliment pendant assez longtemps pour que son entreprise atteigne un niveau de réussite qui ne demandait plus aucune précision sous sa raison sociale.

Julian Morrow n'était pas né dans la pierre. Il n'avait pas grandi entouré de marbre. Il avait été élevé dans une ville houillère de Galles du Sud, fils d'un administrateur de compagnie minière et d'une institutrice. Jeune homme, il avait vu des perspectives d'avenir dans l'industrie de la construction. Détecter les perspectives d'avenir était un de ses talents.

Morrow était marié, avait trois filles assez jeunes et son entreprise de construction était déjà prospère quand il s'embarqua pour un voyage en Europe avec sa femme et sa belle-mère. C'était de loin le temps le plus long qu'il ait passé seul en compagnie de ces deux personnes. Sa femme avait planifié six mois de vacances après la période de deuil imposée par les convenances suite au décès de son père. Au cours de la seconde semaine de leur périple, Morrow fut obligé à l'improviste de descendre du train à Carrare. Pour affaires.

Il avait pris des dispositions pour rejoindre les dames à l'*Hôtel Baglioni* de Florence deux jours plus tard. Il était sûr de ne pas leur manquer. Il avait eu de la difficulté à placer un mot. Il n'était pas très certain du genre d'affaires qui l'attendaient à Carrare. Mais il n'avait jamais été aussi heureux de descendre d'un train.

Lors de sa première journée dans la ville, au sortir d'un café enfumé dans lequel il avait trouvé refuge pendant une grosse averse passagère, il avait baissé les yeux, regardé le caniveau au bord du trottoir et s'était rendu compte du matériau utilisé. Il était difficile de préciser si c'était le marbre lui-même ou le rayon de soleil sur la pierre blanche qui donnait une telle beauté à un ouvrage aussi banal qu'un caniveau.

Morrow n'avait nul besoin de sociabilité excessive. Les interminables conversations entre sa femme et sa belle-mère depuis Calais l'avaient amené à se rendre compte que tout le monde ne partageait pas son point de vue. Les thés de quatre heures, les rendez-vous, les bébés, les maladies, les réussites bancaires et comptables de sa nombreuse belle-famille et de leur charmant cercle d'amis ne le passionnaient pas. La bonne société l'avait aidé à réussir mais à présent qu'elle ne lui était plus nécessaire, elle l'occupait beaucoup moins.

Il aspirait à quelque chose quand il s'arrêta à Carrare, sans trop bien savoir quoi.

Forcé de subir les contraintes du climat maritime et froid de Cardiff, l'embarras du bœuf bouilli et des panais, l'ennui des bruns ternes et des gris urbains, Julian Morrow était quand même un mari prévoyant, un père attentionné et un homme d'affaires prospère. Mais Carrare fit émerger d'autres traits de sa personnalité.

Il s'y prit d'amour pour tout : les pics distants et les vastes vallées, la familiarité des rues étroites et assoupies, les fenêtres des chambres à coucher ouvertes sur les biefs des moulins. Il aimait le climat. Il aimait l'air. Il aimait les moues de consentement, la manière lente de dénouer les larges ceintures et les rubans. Il trouva de profitables raisons d'y revenir. En moins d'un an, il possédait sa première propriété.

Il visitait à présent ses carrières, grimpait à présent jusqu'aux plateaux de marbre qui venaient d'être aménagés, discutait avec ses gestionnaires, traversait à grands pas ses entrepôts et ses cours d'expédition. Il examinait les commandes et travaillait au coude à coude avec ses hommes dans les ateliers au plafond haut et aux fenêtres en ogive quand ils hissaient un bloc de pierre sur le bois de leurs tables tournantes renforcées de fer.

Il adorait les matins surchargés d'un labeur physiquement si dur qu'il neutralisait le froid des montagnes. Il adorait l'heure du midi qui venait ensuite, avec la lumière du soleil, le pain chaud et frais. Il adorait les siestes après le lunch, si riches en rêves. Il adorait les fossés discrets dans la campagne et les petits calvaires au bord des routes. Il adorait l'ombre des cyprès et les cordes à linge avec leurs jupes serrées contre la pierre des murs anciens.

La ville de Carrare était, comme Morrow se plaisait à le dire, un goût acquis. Elle possédait depuis longtemps la beauté qu'il aimait : la beauté du travail et celle de l'industrie.

Au onzième siècle, la population s'était réfugiée dans les collines pour fuir la peste qui sévissait dans les zones marécageuses de la côte. Avec l'émergence de villes dans la région, le besoin de matériaux de construction s'accrut et le marbre était un matériau à portée de main. Les premiers qui partirent à sa recherche remontaient simplement les rivières, les torrents et les ruisseaux jusqu'aux sources de la pierre dure et lisse. La piste des petits galets immergés, certains d'un blanc pur, d'autres d'un gris vaporeux, conduisait aux contreforts des montagnes et, plus haut, menait jusqu'aux gorges où se trouvaient de vastes gisements de marbre. L'exploitation des carrières commença et graduellement à mesure que la réputation du marbre de Carrare se répandit, la ville assuma son inévitable rôle. Pise voulait de la pierre. Florence voulait de la pierre. Rome voulait de la pierre. Toute l'industrie de Carrare se consacra à extraire, sculpter et expédier le marbre que le monde voulait. En 1922, c'était toujours le cas.

Les ateliers de la ville bourdonnaient en permanence d'activité. Les chariots qui descendaient des carrières bloquaient souvent les rues. Le commerce blanchissait les eaux du Carrione.

Il arrivait à Morrow, quand il regardait travailler un artisan, de perdre toute notion du temps. C'était une de ses particularités. Il adorait le bruit. Il adorait la poussière. Il était loin d'être indifférent à l'art, mais savait que le commerce était son vrai domaine, l'activité préférée de son âme. Ses séjours à Carrare se prolongèrent au point où il ne savait plus trop bien si son chez-soi était en Angleterre ou en Italie. Il y était depuis presque deux mois lorsqu'il rencontra, en cette chaude et humide journée d'août 1922, le couple sur les pavés du pont de la Via Carriona.

Ils étudiaient une statue sculptée dans le marbre local, comme presque tout à Carrare. Mais cette statue-là était beaucoup plus vieille que tous les autres monuments qu'ils avaient vus jusque-là en ville.

L'homme, grand et pâle, avait une moustache grise. Il consultait son guide de voyage Baedeker, apparemment sans grand succès.

Un chapeau à large bord et un foulard de soie clair noué sous le menton cachait en partie les cheveux auburn de la femme. Son manteau et sa robe lui descendaient jusqu'aux chevilles, mais étaient coupés pour la marche. Un de ses souliers avait une semelle à talon compensé, nota Morrow, et les lacets entrecroisés qui serraient ses chaussures lui faisaient penser à des corsets. Une comparaison qu'il se faisait souvent.

Quand la femme recula pour regarder la statue de plus loin, il vit qu'elle était affligée d'un sérieux boitillement.

Morrow entendit l'homme dire : « Foutu guide de voyage inutile. » Il crut que l'accent était américain ; une erreur, comme il allait rapidement l'apprendre. Grace et Argue Barton venaient de Cathcart, Ontario, un endroit qui ne lui était pas, comme Morrow serait obligé plus tard de l'admettre, familier.

Mais il était curieux. Le gentleman avait l'air, même si sa richesse était discrète, d'être financièrement très à l'aise. Et la femme... Bien ! Julian Morrow était toujours porté à être curieux quand il s'agissait d'une belle femme.

À mesure que le temps se remettait au beau, il devint de plus en plus évident que c'était la brume légère de l'activité dans les carrières qui traînait sur les sommets lointains des montagnes, et non les nuages qui s'y dépliaient. Le soleil capturait l'écheveau de poussière de marbre.

Magnifique, pensait toujours Morrow quand il voyait un tel spectacle.

Il s'approcha sur les pavés humides, en se disant qu'il allait bientôt gagner un peu d'argent. Il avait un instinct pour ces choses-là.

CHAPITRE SEPT

Mon père, Oliver Hughson, est mort pendant un vol Toronto-Milan à la fin avril 2010. Il avait soixante-deux ans. Mais ce n'est pas, comme me l'a dit Paolo, le trop beau mari de ma meilleure amie Clara, à ce point inhabituel. Ce n'est pas ça qui est étrange.

Paolo est pilote de ligne, une profession qui lui donne une expertise en tout, plus grande que celle que la plupart des autres humains s'imaginent posséder. Et ce n'est pas rien ! La meilleure marque de pneu, les automobiles les plus performantes, les causes du décès de mon père, voilà autant de sujets pour lesquels Paolo a une réponse, qu'on lui pose ou non la question.

En temps normal, cela me rendrait mal à l'aise. La beauté physique conjuguée à la confiance en soi n'est pas un alliage aussi positif que beaucoup d'hommes le croient. Seule, je me sentirais sans doute plutôt incommodée d'être attachée une fois par semaine par la ceinture de sécurité de la Mercedes argent de Paolo. Mais ma meilleure amie aime Paolo et Paolo aime ma meilleure amie, et cela change tout. Il vient souvent nous chercher, Clara et moi, après notre cours de danse africaine hebdomadaire à Casatori.

Le rythme des tam-tams se prolonge d'habitude en moi pendant notre retour à Pietrabella. Je me sens toujours radieuse après la danse. Clara dit qu'elle ressent la même chose. Le trajet est si lisse qu'on a l'impression de glisser sans bruit sur l'*autostrada*.

Clara et moi, nous nous connaissons depuis l'enfance. Nous avons à peu près le même âge. Nous jouions dans les vignobles et les vergers étagés qui étaient les jardins escarpés à l'avant de chez nous.

De longs escaliers de pierre montaient de la chaussée jusqu'aux portes de façade des maisons de la Via Maddalena, dont l'arrière donnait sur les nids de corbeaux, les guirlandes des câpriers et les tourelles en ruines de la vieille muraille de la ville. Les parents de Clara, M. et Mme Tagliani, possédaient une coquette petite maison style boîte un peu plus haut que là où j'habitais avec ma mère. La maison des Tagliani avait été construite à la fin des années cinquante.

Nous louions un appartement au premier étage d'une grosse demeure familiale, de loin la plus vieille de la rue. Outre le rez-de-chaussée, elle comptait un étage de plus que le nôtre. Un moment donné, elle avait dû être la seule à l'extérieur de l'antique muraille de Pietrabella, une primauté temporelle qui seyait à la majesté de l'esthétique de ma mère. Quand nous avons quitté la campagne, la Via Maddalena l'a attirée parce que sa pente raide lui garantissait de rester toujours à la limite est de la municipalité, peu importe l'extension de Pietrabella vers le nord, le sud ou l'ouest. Les collines commençaient où il n'y avait plus de maisons. Et où les collines finissaient, naissaient les montagnes.

Si ma mère avait été de près ou de loin une aristocrate, son dédain pour les « nouvelles maisons de la rue », c'est-à-dire toutes les maisons à part celle que nous habitions, aurait pu relever du mépris qu'éprouve l'aristocratie pour la bourgeoisie. Mais la haute société, aux yeux de ma mère, est aussi nauséabonde que l'architecture d'après-guerre. Ses opinions politiques serpentent de l'anarchie au communisme et du socialisme au libéralisme. Ce qui lui permet en pratique d'argumenter avec n'importe qui à propos de n'importe quoi, comme il lui arrive fréquemment de le faire.

Sur les rares formulaires gouvernementaux qu'elle

daigne remplir à contrecoeur, ma mère écrit «sculpteur» dans l'espace réservé à «profession». Mais cela ne décrit pas complètement son travail : elle avait une fille à élever et ne pouvait donc pas se permettre de manquer complètement d'esprit pratique, même si elle y était naturellement portée. La responsabilité parentale n'a jamais contrarié ma mère. Elle s'en est tout simplement accommodée.

Au fil des années, il lui est arrivé de travailler comme modèle pour d'autres sculpteurs. Son anglais était bon, quoiqu'un peu singulier, et les marchands de marbre l'engageaient aussi parfois comme guide pour faire visiter leurs installations à leurs clients. Mais il a toujours été clair pour elle que c'étaient des mesures temporaires. Son emploi le plus constant a toujours consisté à sculpter la pierre.

En conséquence, nous n'avons jamais eu d'argent. Nous devions fréquemment des arriérages de loyer à la famille de nos propriétaires dont les descendants de plus en plus nombreux habitaient au-dessus des grosses poutres de bois de nos plafonds et en dessous du carrelage de marbre froid de notre appartement. Mais ma mère a le talent d'être vraiment charmante quand il s'agit de factures à payer et de fonds qu'elle n'a pas. Elle a presque soixante-dix ans maintenant et a toujours été une belle femme. Elle a gardé son tempérament d'adolescente, continue de travailler la pierre et pose encore à l'occasion pour les artistes de la ville. Ses cheveux sont argentés mais toujours en bataille. Son sourire est désarmant, comme aussi son peu d'enthousiasme à offrir à ses créditeurs quoi que ce soit qui ressemble à d'opportunes excuses. Sa position toute en douceur consiste justement à ne jamais se confondre en excuses. Elle est sculpteur. À quoi donc s'attendent-ils de sa part ?

Le fait d'être, Via Maddalena, les seuls locataires, et donc non propriétaires, ne signifiait pas pour ma mère que nous étions inférieurs à nos voisins. Tout au contraire. J'ai été élevée à croire qu'habiter un taudis serait à peine pire que de dormir dans une chambre qui aurait un faux plafond, des revêtements muraux extérieurs et des cadres de fenêtre en vinyle préfini. Il valait mieux ne jamais parler de portes en aluminium ou de balustrades en fer forgé blanc.

Je suis retournée vivre à Pietrabella en 1999, l'année de mes trente ans, mais ce n'était ni par nostalgie ni à cause de ce signifiant anniversaire ou de quelque croyance aux vertus du très prochain millénium. Ce fut une décision pratique qui nous motiva, mon mari et moi. L'un de nos garçons avait à ce moment-là un an et l'autre trois. Il fallait un travail assez bien payé et nous devions trouver un endroit abordable où loger, avec une bonne école à proximité, quelque part à moins de trente minutes de route du collège qui avait offert à Enrico un emploi sous-payé d'assistant pédagogique.

Clara m'avait envoyé un courriel pour m'informer de l'ouverture d'un poste à l'Agence régionale de tourisme. Elle y travaillait déjà depuis dix-huit mois. Elle était revenue à Pietrabella deux ans plus tôt parce que sa mère était malade et parce que son joli petit mari n'avait aucune objection à conduire sa voiture diesel quatre portes, équipée d'un super-système de son et d'une extraordinaire suspension, pour faire l'aller-retour jusqu'à certains aéroports distants, comme celui de Milan ou même de Rome.

Ma mère ne croit pas aux coïncidences. Elle pense que c'est le destin, et non le hasard, qui a régi sa vie. À cet égard, son ego est sain. Elle méprisait l'énervement provoqué par le changement prochain de millénaire qu'elle résumait par l'expression : « Foutaises médiatiques ». Mais quand je lui téléphonai pour lui annoncer que nous déménagerions sans doute dans les environs de Pietrabella, elle en conclut que c'était un signe cosmique qui lui prédisait que le temps était venu, pour elle aussi, de changer de vie. Je me demande parfois si ma mère ne croit pas secrètement que la vie des autres n'a d'autre but que de lui offrir des présages pour la sienne.

Elle apprit que le couple allemand qui louait, pendant les vacances, la maison sur cette terre à flanc de colline qu'elle avait elle-même louée des années plus tôt avait décidé de ne plus y séjourner. Ou plutôt, le mari l'avait décidé après qu'une tragédie lui soit arrivée. Sa femme avait été tuée dans un accident de la route. Ma mère décréta que ce n'était pas un hasard.

Elle redéménagea donc dans les collines et le 19, Via Maddalena redevint l'adresse de mon domicile. Enrico, les garçons et moi aménageâmes dans l'appartement dans lequel j'avais grandi, même si l'endroit me semblait à présent tout à fait différent, débarrassé de ses exemplaires défraîchis de *Pierres de Rimini* et du *Faucon maltais*, des pochettes tachées de café des vieux microsillons de Leonard Cohen et de Miles Davis, de la poussière de marbre, des cendriers débordants et de diverses œuvres inachevées de ma mère. Seul le panorama visible depuis les hautes fenêtres à battants était identique, un panorama dont j'ai découvert que mon père se rappelait très bien.

CHAPITRE HUIT

Julian Morrow enjamba l'eau qui coulait dans le caniveau. Son costume de lin était de la même couleur que le beurre. Malgré sa corpulence, il marchait d'un pas étonnamment souple.

En ce chaud et lourd matin d'été de l'année 1922, il se présenta d'une voix forte et assurée au couple qu'il avait repéré à l'autre bout du pont de la Via Carriona. Parler d'une voix calme, être discret le dépassait. Son anglais, malgré l'accent gallois, soulagea les appréhensions du couple qui avait craint d'être abordé par un indigène sans scrupules.

La pâleur du visage de l'homme à qui s'adressa Morrow n'était pas maladive, mais semblait due au trop grand nombre d'heures passées enfermé dans un bureau. Ses yeux lui donnaient un air plus jeune que sa moustache grise le laissait supposer. Une supposition des plus exactes, en réalité. La différence d'âge entre les deux membres du couple était moins apparente de près que de loin.

Leur idylle avait débuté le jour où l'éditeur du *Chronicle* de Cathcart s'était retrouvé à la porte de la salle de rédaction en même temps que la jeune et, avait-il remarqué, très jolie critique artistique du journal. Elle avait un pied-bot, mais cette infirmité ne diminuait en rien sa beauté. Il lui avait ouvert la porte. Embarrassé, comme d'habitude, d'avoir à converser avec un membre de son personnel, il l'avait félicitée pour son compte rendu d'une exposition de sculptures tenue à la galerie provinciale.

Sa malhabile tentative de parler de tout et de rien l'avait trahi : il n'avait pas vu l'exposition et n'avait nulle intention d'aller la voir. « Absolument ridicule », avait décrété Grace. Elle l'amènerait elle-même à la galerie la semaine suivante, s'il était disponible. Le ton de la jeune femme était enjoué, pas du tout impoli. Mais elle lui fit bien comprendre qu'elle était sérieuse. Il en fut impressionné. Très impressionné.

Il serra la main tendue de Morrow.

« Barton, dit le gentleman. Argue Barton. » Puis il se tourna avec la calme lenteur d'un homme encore peu habitué d'avoir eu cette chance immense. « Ma femme. »

Morrow s'inclina, en tenant de sa main gauche son chapeau contre le revers de son veston.

Ils bavardèrent tous les trois. Et pendant la conversation, Morrow admira la femme, tout en prenant garde que cela ne se remarque pas.

Il n'avait pas de coupables desseins bien sûr ; non pas parce qu'elle était mariée. Le mariage n'avait pas toujours été un obstacle pour Morrow. Mais il se plaisait à dire que sa réussite professionnelle était due à deux habiletés acquises au fil des années : l'une était de savoir déchiffrer la pierre, l'autre de déchiffrer les gens. Il était certain de déchiffrer le couple avec exactitude et ce qu'il en concluait augmentait le vif plaisir qu'il tirait d'un matin à Carrare. Il était, et il était aussi le premier à l'admettre, un sentimental.

Il pensait que l'expression « coup de foudre » voulait dire, pour être précis, que deux personnes réalisaient tout d'un coup qu'elles tomberaient bientôt amoureuses l'une de l'autre. D'après Morrow, l'amour prenait un peu plus de temps dans la vie qu'il n'en prenait dans la chanson populaire ; une opinion qui en faisait quelqu'un de plus romantique que la plupart des hommes. En tout cas, pas moins. La perspective de l'amour, croyait-il, est tellement excitante qu'on la confond souvent avec l'amour lui-même.

Morrow savait qu'il était témoin de ce processus

précisément. Il voyait que l'affection mutuelle de ces deux partenaires était sur le point de devenir plus profonde.

Il admirait le sourire plein de vitalité de la jeune femme. Morrow était incapable de s'empêcher d'admirer toutes les femmes.

Quand Grace Barton se moquait, certains pensaient qu'elle se moquait d'eux. Son intelligence avait quelque chose d'un peu dangereux. Quand elle souriait, ses dents mises en valeur par sa peau bronzée étaient très blanches. Seul le talon compensé de sa chaussure gauche et le rythme chaloupé de sa démarche empêchaient de présumer qu'elle faisait de la course à pied, jouait au tennis ou au golf. Quelque chose chez elle faisait penser à une belle pouliche.

Morrow trouvait que l'assurance de la jeune femme qui se traduisait dans l'expression de sa bouche et de ses yeux était à la fois séduisante et déconcertante ; un hiatus qu'il appréciait. Son visage mince était tellement typé que tout changement (moins de taches de rousseur, par exemple) était impossible à imaginer.

Julian Morrow ne percevait aucune méchanceté chez elle. Il voyait que le plaisir de la jeune femme était un plaisir au sens large, de même nature que celui qu'elle prenait de l'apparition du soleil sur les murs ocre maintenant que le temps redevenait beau, du bruit qui s'estompait à mesure que les roues de bois des chariots de la carrière s'éloignaient sur les pavés de la Via Carriona, du Gallois et de son Borsalino rencontrés sur le vieux pont de pierre. Ce plaisir-là coïncidait avec le sien.

Morrow imaginait qu'avant ses fiançailles avec Argue Barton plus d'un soupirant de Grace avait commis l'erreur de présumer qu'elle s'estimait chanceuse d'en être aimée. Erreur de jugement due sans doute à sa jambe infirme. Ou parce que sa svelte beauté était plus anguleuse et plus garçonne que ce qui était à la mode. Ou parce que son visage assuré et vivant exprimait tout le contraire de l'acquiescement béat traduit par des yeux ronds et des mimiques vides tout aussi à la mode à cette époque-là.

Elle avait été sous-estimée par les beaux jeunes hommes qui l'avaient courtisée. Morrow était certain que Barton, avec la méfiance que les hommes plus vieux éprouvent pour les femmes plus jeunes, n'avait pas commis la même erreur.

Cathcart. Tout en papotant, en disant avec grand enthousiasme des choses insignifiantes à propos du nom du cours d'eau, des chiens sur le pavé de la chaussée et de la statue qu'ils regardaient, Morrow laissa le nom errer dans les couloirs commerciaux de son cerveau. *Cathcart.* Il ressassa le nom dans ses souvenirs de contrats et de commandes. Il conclut qu'il ne pensait pas avoir fait d'affaires dans un endroit appelé Cathcart. Et en cette matière, sa mémoire était impressionnante.

Il possédait plusieurs ateliers de marbre en ville qui employaient chacun environ une dizaine de talentueux artisans. Il possédait aussi plusieurs carrières qui donnaient chacune du travail à des centaines d'hommes. Sa pierre avait servi à construire les halls d'édifices à bureaux à New York et à Chicago, des manoirs à Tuxedo Park et Baltimore, des bâtiments publics dans le quartier de Shepherd's Bush et de la place Leicester. Ses linteaux de cheminée, ses appliques, ses balustrades, ses dessus de commode, ses répliques décoratives de sculptures célèbres approvisionnaient les magasins d'accessoires mobiliers en Angleterre et aux États-Unis. Quelques magasins londoniens et new-yorkais réputés offraient même ses « antiquités » récemment fabriquées.

Cathcart était-elle dépourvue d'églises, de places, de cimetières ? N'avait-elle pas de monuments pour commémorer les soldats morts à Ypres, à Amiens, dans la Somme ou lors de la bataille de la crête de Vimy ? N'y avait-il pas de gares, de toilettes publiques, de halls de bureaux, de piscines ou de jardins privés ? Morrow pensait qu'il devait à coup sûr y en avoir. Et peut-être qu'il pourrait y en avoir en plus grand nombre.

«Je dirige des journaux», dit Argue Barton.

Morrow nota le pluriel. Il voyait que son interlocuteur, même vêtu de son costume de touriste, était un habitué d'un excellent magasin de confection pour hommes. Il avait remarqué le label sur le foulard. La boutique se trouvait à Paris à un coin de rue du *George V*. La firme de Morrow avait fourni le marbre des salles de bains de l'hôtel. Il était lui-même client de ce même magasin. Les prix qui s'y pratiquaient lui étaient donc familiers.

Ils s'arrêtèrent devant une niche aménagée dans la vieille muraille de la ville. «Cette statue de marbre date de la fin de l'Empire romain», expliqua Morrow.

Les Barton étaient ravis d'être tombés sur un informateur aussi cordial. «Que c'est plaisant!» dit Grace à son mari en glissant un bras sous le sien et en inclinant attentivement la tête vers leur guide.

C'est seulement après coup qu'ils se rendirent compte que cette rencontre avait été un point tournant dans leur lune de miel. S'ils n'avaient jamais rencontré Julian Morrow, ils auraient vraisemblablement trouvé que leur voyage en Europe avait été des plus agréables, et ils auraient été parfaitement sincères, mais leur séjour en Italie finit par devenir merveilleux. Morrow avait parfaitement raison de supposer que leur relation se situait quelque part entre le coup de foudre et l'amour véritable de l'un pour l'autre.

Les Romains, poursuivit-il, avaient le talent de choisir la pierre la plus belle et la plus durable. Il dit à Grace et à Argue Barton: «Les cathédrales médiévales sont beaucoup plus jeunes que cette statue. Plus jeunes d'un millier d'années, en fait. Et la pierre qui a servi à les construire est beaucoup plus abîmée que celle que vous voyez ici.»

Les siècles et les intempéries avaient usé la statue mais sa figure principale était restée intacte. C'était un homme jeune. «Prêt à sauter dans un gouffre profond, expliqua Morrow à ses nouveaux amis. Pour prouver son ardeur à se sacrifier lui-même, à sacrifier sa force, sa beauté, sa jeunesse. Pour Rome, voyez-vous.

— Un vrai gaspillage », dit Grace. Son ton cassant et le bref accès de colère qui lui traversa le visage sembla à Morrow une réprobation totale de la Grande Guerre. Mais le fil de cette conversation fut interrompu. Un vieil homme s'approchait de l'endroit où ils se trouvaient sur le pont. Son visage couvert d'une barbe de plusieurs jours était maigre et profondément ridé. Il marchait avec une canne.

Il avait l'habitude d'arrêter tous ceux qu'il croisait sur le Ponte delle Lacrime pour leur parler de la route dangereuse, du travail dangereux et du bruit lugubre de la sirène qui annonçait un accident dans les carrières.

« *Ca-vay*. Les carrières », traduisit Julian Morrow pour les Barton. Il fourra quelques piécettes dans la main du vieillard et lui fit signe de s'en aller.

Un des plus anciens instincts de notre espèce oblige l'homme à donner une permanence à la fugacité des choses. C'est ce que dit Julian Morrow. S'il avait haussé encore un peu la voix, il lui aurait fallu une scène et une grande salle de théâtre.

« J'ai l'impression que je devrais prendre des notes », dit Grace.

Morrow repoussa l'idée d'un geste de la main. « J'ai remarqué une chose : pour des raisons que je suis incapable d'expliquer entièrement, l'air pur de la région contribue à garder la mémoire claire. Les notes ne seront pas nécessaires. Vous verrez. »

Il préparait une allocution qu'il devait prononcer dans quelques mois lors d'un dîner-conférence du Club des arts et des lettres de Pontypool. Elle était déjà en partie rédigée. Mais grâce au recours judicieux à de méditatifs silences, Julian Morrow donnait aux Barton l'impression que ses pensées étaient spontanées et prenaient forme sous leurs yeux.

« La conscience que nous avons du caractère éphémère des choses, poursuivit-il, entre sans cesse en conflit avec l'espoir que nos histoires dureront. Il est possible que le besoin de créer ne soit rien de plus que le désir de réfuter l'inévitabilité de la mort. »

Grace Barton feignit d'être un peu consternée par cette triste réflexion, mais l'humour qui se lisait dans ses yeux poussa Morrow à continuer son discours d'une même voix forte et passionnée.

« Nous nous imaginons qu'aucune figure humaine ne peut simplement disparaître. Une disparition aussi ignominieuse semble inadmissible. Et donc depuis l'Antiquité, les hommes ont rappelé le souvenir de visages, de corps, de têtes et de torses dans la boue, le sable et l'argile. »

L'histoire de la sculpture, expliqua Morrow, est une histoire de convergence : celle des outils et du matériau. Sans silex impossible de sculpter le bois, comme il était impossible avant l'arrivée du fer de tailler la pierre. Pas avec précision, pas de manière fidèle. À mesure que les outils se perfectionnaient, le choix du matériau devint plus spécifique, plus adapté à la tâche à accomplir. Ce besoin pressant, cette pulsion de commémorer, de créer des tombeaux et des effigies finit par participer d'autre chose. Avec le temps, il devint évident que le marbre était une matière durable et étonnamment appropriée, avec le temps les outils capables de le travailler s'améliorèrent, avec le temps les carrières de marbre de Carrare commencèrent à régner sur les univers de l'architecture et de la sculpture, car les raisons de sculpter la pierre s'étaient complexifiées. Les artistes n'immortalisaient pas seulement ces visages de nobles dont les citoyens rassemblés sur une *piazza* devaient se rappeler, pas seulement ces paraboles dont les fidèles humblement blottis dans la pénombre de superbes cathédrales étaient obligés de se souvenir. C'est la beauté elle-même qui était captée, que les artistes sauvaient de l'incessant flux temporel. Voilà ce que les sculpteurs, depuis « les maîtres de la Renaissance, disait Morrow, jusqu'aux plus échevelés de nos jeunes modernistes cherchent dans leur travail. Ils espèrent préserver la beauté dans les myriades de variétés différentes de notre marbre. »

Morrow laissa le couple absorber ses paroles. Son odeur de tabac et de crème à raser étaient agréables, et son visage bronzé.

« Ils transforment le banal – et quoi de plus banal que la pierre ? – en quelque chose de divin. » Mais les Barton étaient perplexes.

« Des myriades ? demanda Argue.

— N'est-ce pas simplement du marbre de Carrare ?... Bien ! Du simple marbre de Carrare ? » ajouta sa femme. Tout en parlant, elle montra du doigt la pierre blanche, érodée qui racontait l'histoire du jeune consul romain.

« Oh ! mon Dieu, non ! » dit Julian Morrow avant d'éclater de rire. Il tirait toujours grand plaisir de ses effets sur ses auditoires.

« Ces montagnes sont pareilles à la sculpture, poursuivit Morrow. Leur surface n'est que la plus récente manifestation d'une intention qui dépasse de loin notre capacité de comprendre. Et nous percevons les signes de l'éternité comme nous le ferions des marques laissées par un ciseau sur un bloc de pierre inachevé. Ce sont des aperçus d'une chose qui nous dépasse. Une chose venue d'un passé trop lointain pour être compris, en route vers un incommensurable infini que nous ne pourrons jamais espérer appréhender. À quoi le Seigneur pensait-il quand il a mis en branle les forces de la géologie qui créèrent le marbre ? À quoi pensait Michel-Ange quand, le ciseau à la main, il entrevit pour la première fois les possibilités de son propre génie ? »

Morrow avait assez l'expérience de discourir en public pour se rendre compte bien avant que cela devienne un problème qu'il venait de perdre le fil de ses idées. Il se tut un moment. Son air assuré donna le change et confirma la pertinence de ce qu'il venait d'avancer.

Sa tendance à s'emballer le fit sourire.

« Une chose unique, vous dites ? Le marbre ? Non. Ici, il n'y a pas de marbre unique. Il y a le Statuario, l'Ordinario, le Bianco Carrara, le Bianco P, le Calacatta Cremo, l'Arabescato Classico. La liste se prolonge. Et se prolonge. Chaque variété de marbre de Carrare est cotée différemment. »

Julian Morrow recula jusque dans la rue, ravi de son envolée rhétorique. « Je vois que je vous ai complètement embrouillés. Pardonnez-moi. »

Les Barton protestèrent. Oh, non ! Ils trouvaient le tout captivant.

« Et le seul remède pour guérir un tel embrouillamini, une confusion dont je suis entièrement responsable est heureusement à portée de main, je vous le garantis. Je suis un guide touristique excessif, j'en ai peur. C'est une de mes faiblesses. Mais j'espère que vous me ferez l'honneur de vous joindre à moi pour le lunch. Ma villa n'est pas loin, juste de l'autre côté de la vallée. »

Il sourit, comme pour s'excuser de ses effusions.

« Le ciel s'éclaircit. Nous mangerons au bord de la piscine.

— Très gentil, dit Argue Barton, mais...

— Nous ne pouvons vraiment pas... commença Grace.

— Absurdités, répliqua Julian Morrow. L'air froid de la montagne descend de ces collines et, d'après mon expérience, inspire à ceux qui ont la chance de le respirer un sain appétit. Le repas du midi est un des plus grands plaisirs de la région. Ma cuisinière est très recherchée. Je suis certain que vous aviez l'intention de vous arrêter luncher quelque part... »

Il se tut. Ils étaient de son avis. En fait, la mention de nourriture leur rappela à tous les deux que le pain et la confiture d'abricot servis avec leur café au déjeuner avaient glissé dans un passé lointain.

« Alors, très bien, dit Julian Morrow. Je ne veux rien entendre d'autre. »

CHAPITRE NEUF

En mai 1968, le 19, Via Maddalena à Pietrabella fut la première adresse où débarqua Oliver Hughson après un long trajet en auto-stop. Son séjour en Europe s'était jusque-là résumé à une halte de moins de quarante-huit heures à Paris et à près de trois jours froids et pluvieux au bord de bretelles d'autoroutes françaises en direction sud. Il avait été obligé de quitter Paris beaucoup plus vite que prévu : un changement d'itinéraire qui l'avait laissé sans argent et sans aucune idée de l'endroit où aller.

Retourner à Cathcart n'était pas une option. Son billet exigeait un séjour à l'étranger d'au moins trois mois et de moins d'un an. La seule adresse qu'il avait dans toute l'Europe était celle de l'Américain qu'il avait rencontré pendant son unique visite au Louvre.

La conversation avait été brève. Le gars s'appelait Richard Christian. Ils s'étaient rencontrés dans la Galerie des sculptures italiennes. Ils faisaient tous les deux le tour de l'œuvre inachevée de Michel-Ange, *L'Esclave mourant*. Richard Christian était un sculpteur américain qui vivait à Pietrabella et à qui ma mère servait à l'occasion de modèle. Il avait une épaisse moustache, la voix traînante et un accent texan prononcé. À l'époque, il travaillait à un ambitieux ensemble de statues de marbre et était monté à Paris spécialement pour voir *L'Esclave mourant*, une des figures que Michel-Ange avait eu l'intention d'intégrer au tombeau du pape Jules II.

Michel-Ange voulait que la pierre de cette énorme

commande soit extraite des carrières les plus proches de Carrare ; en partie parce que le marquis Alberigo, seigneur de Carrare, était son ami. Mais Vasari raconte que pendant son séjour à Carrare, l'artiste apprit que le pape « avait entendu dire que dans les montagnes... près de Seravezza, en territoire florentin, au sommet de la plus haute, le *monte* Altissimo, il y avait des marbres de la même beauté et de la même qualité que ceux de Carrare. »

C'était exactement le genre d'inutile changement de programme dont il fallait s'attendre de la part d'un pape. Michel-Ange soupçonnait que d'autres intentions se cachaient sous cette décision : peut-être le remboursement d'une dette à quelque province ou la recherche d'argent pour lever une armée.

« Je me suis traîné les pieds à travers toute l'Italie, écrivit-il dans une lettre envoyée à Florence. J'ai supporté toutes sortes de défaveurs, souffert d'innombrables calamités. Je me suis meurtri le corps à ce cruel labeur, ai mis ma vie en danger des milliers de fois... »

Comme on le voit, c'était un artiste.

Cependant Michel-Ange avait amèrement appris à ses dépens qu'en cas de désaccord avec un pape, il n'y avait qu'une règle : le pape gagnait toujours. Il quitta donc Carrare. Il signa le contrat pour l'achat de la pierre lors d'une rencontre dans une pièce sombre, mal aérée à l'étage d'une maison qui donnait sur la grand-place d'une terne ville de province d'où il fallait deux bonnes journées d'escalade pour atteindre la carrière d'où proviendrait son marbre.

Après plus d'une dizaine de minutes pendant lesquelles Richard et Oliver continuèrent de tourner autour de la statue qui retenait leur attention, leurs regards se croisèrent et Richard leva ses broussailleux sourcils vers Oliver. C'était le signe d'une reconnaissance d'esprits de la même famille. Ils étaient deux rochers autour desquels déferlaient des vagues de touristes pressés.

Leurs lents cercles opposés se croisèrent deux autres fois avant que Richard se tourne vers Oliver.

« Foutrement incroyable », dit-il.

Il était difficile de savoir si Richard commentait la splendeur de ce qu'ils regardaient ou déplorait le fait que personne dans la Galerie des sculptures ne l'ait apparemment remarquée. L'ambivalence calme et détendue des paroles de Richard prêtait souvent à plus d'une interprétation. L'accent texan y contribuait.

Oliver était entré dans la longue salle au plafond haut avec la ferme intention d'en ressortir au plus vite. Ce que la plupart des touristes semblaient faire. Le conducteur du car de leur visite guidée de Paris leur avait donné une heure et demie pour le Louvre. Mais c'est alors qu'Oliver vit *L'Esclave mourant*. Au moment où il parlait avec Richard, il était déjà en train de repenser son itinéraire.

Les mille huit cents dollars de perfectionnement culturel dont Oliver Hughson avait été gratifié à titre de récipiendaire de la bourse de voyage commémorative Grace P. Barton avaient été déposés à son nom par les Journaux Barton dans un compte de la Société générale, près de la place de l'Opéra, une banque d'une dignité *fin de siècle* si bien astiquée que même ses téléphones qui dataient des années 1940 semblaient trop modernes.

Ceci se passait bien sûr longtemps avant les ordinateurs et les cartes de débit. Et la tournée complète des auberges de jeunesse, des hôtels miteux et des wagons de chemin de fer de deuxième classe qu'envisageait mon père aurait été tout aussi passée de mode que sa banque. Avec Paris comme plaque tournante de ses excursions sur le continent, il projetait d'y revenir chaque fois que le programme soigneusement planifié de ses voyages l'obligerait à retirer de l'argent de son compte. Il ramasserait son courrier à l'American Express, place de l'Opéra, avant de sauter dans le premier train pour Amsterdam, Vienne ou Madrid. En tout cas, tel était son plan.

Ma mère n'écarte pas la possibilité que le hasard régisse la vie des autres. Mais elle est certaine que ce n'est pas le cas de la sienne. Quand elle commence à travailler un bloc de pierre, elle se dit incapable d'expliquer la forme qu'elle cherche. Mais elle dit aussi qu'il existe une différence entre ce qui ne peut s'expliquer et ce qui ne peut s'imaginer. Elle n'est pas la seule à le penser, fait-elle souvent remarquer. Michel-Ange croyait que la dure et poussiéreuse genèse d'une sculpture se résume à la recherche de sa forme finale qui attend l'arrivée du sculpteur.

Ma mère, qui était assez présomptueuse pour comparer son processus créatif à celui de Michel-Ange, restait toujours discrète sur ses résultats. Elle répondait d'habitude aux touristes attablés au *Café David* qui s'étonnaient avec délicatesse de n'avoir pas entendu parler d'elle : « C'est parce que je ne suis pas très bonne. » Mais quand ma mère admettait ne pas être très bonne ce n'était pas nécessairement un signe de modestie. On n'a jamais su si elle mesurait la qualité de son travail à l'aune de celui de ses contemporains ou de celui du sculpteur qui, d'après elle, est le plus grand qui ait jamais vécu.

Michel-Ange n'a pas choisi de nommer sa statue *L'Esclave mourant.* La mort ne vient à l'esprit de personne qui la regarde vraiment dans la Galerie des sculptures italiennes. Il doit avoir été imaginé par quelqu'un (en l'occurrence un prêtre, suppose évidemment ma mère) qui voulait éviter que l'on se focalise sur le plaisir érotique solitaire qui semble la rêveuse préoccupation du personnage.

Richard et mon père ne conversèrent que pendant quelques minutes, mais ce fut suffisant. Richard parla d'une sculpture qu'il commençait dans son atelier et qu'il voulait appeler *Le Tombeau du pape.* Elle compterait une dizaine de personnages, tous logés dans une niche de pierre en forme de portique rectangulaire. Le groupe de figures aurait à peu près la grosseur d'un congélateur ; une dimension que n'approuvait pas entièrement la galerie de Richard à Houston. Mais il ne pensait pas pouvoir en réduire la taille. Il admettait qu'elle était surdimensionnée pour une collection privée mais il la trouvait petite pour un tombeau de pape.

Richard invita Oliver à venir le voir s'il passait par l'Italie. Il se trouvait qu'Oliver avait justement l'intention d'y aller. Il avait projeté de s'arrêter à Carrare. Il savait qu'il y avait un rapport entre cette ville et la vieille piscine des Barton. Archie Hughson lui en avait parlé.

Richard ajouta qu'il aurait besoin de modèles masculins pour *Le Tombeau du pape*. « Je pourrais peut-être t'offrir du travail », dit-il. Mais ce n'était pas tant une offre qu'une manière de mettre fin à la conversation. Il ne s'attendait pas à revoir Oliver. Pas plus qu'Oliver n'escomptait accepter son offre.

Richard écrivit son adresse sur un bout de papier qu'il extirpa d'un portefeuille de cuir brun usé : *19, Via Maddalena, Pietrabella, (Lucca), Italia*.

Et c'est à peu près tout ce qu'Oliver Hughson connaissait de Richard quand il sortit très tôt le lendemain matin d'un poste de police parisien, retourna à son hôtel, fit son sac à dos et se mit en route pour aller le retrouver.

C'est ainsi que cela se passa. Mon père était entré dans la Galerie des sculptures italiennes un beau jour du début mai 1968 et *L'Esclave mourant* l'amena à réviser ses plans de voyage à travers l'Europe et à revoir ses horaires surchargés. Il y réfléchit sans se presser dans les corridors du Louvre, si bien qu'il rata son car ou, à tout le moins, ne se hâta pas trop d'y remonter. Et rater l'autocar de la visite guidée de Paris signifiait qu'il lui était possible de se promener seul dans la ville après la fermeture du Louvre. Ce qu'il fit pendant tout le reste de l'après-midi, puis tout le long de la soirée jusque tard dans la nuit.

À mesure que passaient les dernières heures de sa première journée sur le continent européen, le sinueux retour d'Oliver à son hôtel tenait de plus en plus du vœu pieux et de moins en moins du trajet direct. Il n'y voyait pas d'inconvénient. Paris est une bonne ville dans laquelle se promener la nuit, surtout quand on est jeune et qu'il s'agit d'un premier séjour. Sa décision l'enchantait. Il était heureux de flâner.

Chaque rue était nouvelle pour lui et pourtant d'une certaine façon familière, comme dans un rêve ou dans un film noir et blanc. Il continua de marcher. Et il marchait toujours un peu avant une heure du matin. Il commençait à penser que pour retrouver un moment donné son lit, il lui fallait d'abord admettre qu'il ne savait pas où il était. Il savait toutefois que son hôtel était loin de la Seine.

Il aurait été possible qu'une poutre de la passerelle se soit détachée. Ou qu'un câble ait été laissé à pendiller dans le vide. Mais ce n'était pas ça. Il y avait juste assez de clarté pour s'en rendre compte. Même avant que son été soit bouleversé et devienne brusquement tout autre chose que ce qu'il avait imaginé, Oliver sut sans lever les yeux ce qu'était cette immobilité suspendue dans le silence total de l'obscurité au-dessus de lui. L'odeur ténue, mais âcre des semelles de cuir était caractéristique.

CHAPITRE DIX

Tout s'était toujours passé ainsi dans les montagnes. Même il y a longtemps, à l'époque de Michel-Ange, les choses n'étaient pas très différentes. C'est ainsi qu'elles étaient. Et c'est ainsi encore qu'elles étaient en cet été de 1922.

Les bruits étaient identiques. Michel-Ange aurait regardé des blocs de même format, prêts à être lentement chargés sur le même genre de luge de bois avec les mêmes grands grincements de cuir et de corde. À part la longue boucle d'un câble hélicoïdal coupant (un progrès technologique introduit dans la région de Carrare par un propriétaire de carrière belge à la fin du dix-neuvième siècle), peu de choses avaient changé dans les méthodes d'extraction de la pierre au fil des siècles.

La pierre que l'équipe de Morrow avait chargée sur la luge de bois était brute avec en surface une croûte brun rouille qu'un ponçage et un polissage enlèveraient rapidement. Le bloc d'un quart de tonne avait la forme d'un gros réfrigérateur, mais il était massif et plein. Il n'avait pas de défaut intérieur. Du moins, il n'avait pas l'air d'en avoir. Personne n'en était jamais certain.

Certains tests permettaient de vérifier la cohérence interne de la pierre. Le rapport entre le poids du bloc et ses dimensions était révélateur. Il y avait souvent aussi des indices visibles dans la paroi de la carrière où le marbre avait été coupé. Parfois juste le bruit différent d'un coup de marteau frappé contre un bloc révélait l'existence d'une cavité en son centre. Mais la pièce que l'équipe avait sanglée sur la luge semblait compacte.

Compacte. Mais loin d'être sûre.

Comme tout marbre, le bloc avait une densité cristalline si forte que sa masse en était dangereuse. Pendant qu'il pivotait lentement sur le glissoir où il avait été hissé du plateau de la carrière, ou pendant qu'il était maintenu en équilibre avant d'être descendu sur la luge, il tendait à vouloir revenir pas tant au sol qu'au centre même de la terre.

Le chevalet, sur lequel la luge serait si lentement et avec tant de précautions abaissée, était construit sur une saillie de gravats accumulés, bordée par un système de treuils, de cordes et de poulies qui descendaient jusqu'à la zone de chargement un demi-kilomètre plus bas, où attendaient le chariot, le charretier endormi et l'attelage de deux bœufs. De là, la pierre était transportée sur les routes de montagne en épingles à cheveux jusqu'à Carrare.

La plupart des ouvriers de la carrière de Morrow n'étaient jamais allés en ville. Le coût d'un tel trajet était au-dessus de leurs moyens. Même s'ils avaient du travail, un travail difficile, un travail dangereux, un travail qui exigeait de la concentration, de l'ingéniosité et une intelligence pratique, un travail qui, depuis des générations, avait grassement enrichi les propriétaires des carrières, les ouvriers étaient pauvres. Pauvres comme Job, disait-on.

Ils venaient tous de villages perchés dans les replis des collines des environs. Presque tous avaient toujours eu sous les yeux les estafilades blanches qui depuis des siècles balafraient les flancs des plus hauts sommets. Les villages étaient de petits agglomérats de ruelles pavées et de murs de guingois. C'étaient des entassements de maisons, construites sur plusieurs niveaux, aux planchers de madriers, aux larges allèges, aux toits couverts de tuiles et aux vieilles et lourdes portes de bois.

On finirait par accoler à ces bourgades l'épithète de « pittoresque », un qualificatif grotesque pour les gens qui y avaient toujours vécu. Ils ne trouvaient rien de pittoresque à l'air froid, à la gadoue hivernale ou au labeur que le sommeil ne parvenait pas à soulager. Le glas monotone sonné par les églises de pierre n'avait rien de joli. Ces villageois ne trouvaient rien de spécial non plus aux cuves de marbre froid dans lesquelles ils laissaient figer le saindoux que les travailleurs des carrières étalaient sur leurs miches de pain pendant la pause de midi. Il n'y avait aucun charme aux fenêtres profondes, aux murs décrépis, aux versants des collines couverts de vigne qu'ils connaissaient trop bien pour même y penser.

Il ne fallait pas plus de cinq minutes de marche pour traverser le village. Ici, les enfants jouaient pieds nus sur les pavés. L'écho de leurs voix se réverbérait très loin plus bas dans la vallée. Ici, les roues de bois des brouettes cliquetaient quand elles passaient devant le vieil arbre planté au centre de la place.

Ici, les femmes tapaient le linge humide de leurs lavages sur les pierres plates d'un petit ruisseau juste à l'extérieur de la muraille du village. Les bébés pleuraient. Les vieillards discutaient. Les chiens jappaient.

Les casseroles s'entrechoquaient, les poêles grésillaient. Les couteaux qui tranchaient les oignons faisaient un bruit sourd sur les comptoirs de bois. Les voix des mères, des filles, des grands-mères fusaient, cristallines comme l'air, des fenêtres des cuisines.

Plus loin que les dalles de marbre usées sur lesquelles les familles du village se rassemblaient après la messe, plus loin que les baptistères et les crucifix de pierre des vieilles églises, aux limites clôturées et bien entretenues des modestes paroisses où étaient célébrés les mariages et les jours fériés, où les mères et les épouses en pleurs n'étaient jamais réconfortées, les rangées de tombes se dressaient, plantées de travers comme des dents tordues. Les noms des hommes tués dans les carrières étaient gravés dans la même pierre blanche pour l'extraction de laquelle ils avaient donné leur vie.

L'équipe qui s'était arrêtée pour le lunch ce midi-là, comme tous les ouvriers des carrières, subissait des écarts de température extrêmes et particulièrement cruels. Mais ces travailleurs ne dissociaient pas le travail et la température dans laquelle il devait être effectué. Ils ne se plaignaient ni du froid ni de la chaleur, parce que tant qu'à faire ils auraient tout aussi bien pu se plaindre de la gravité.

Aucun d'entre eux n'avait jamais passé le moindre instant dans le confort des cafés de Carrare, dans les agréables locaux de son Institut des arts, dans ses cathédrales abritées des bourrasques, dans ses ateliers de marbre ombragés et protégés. Seul le chronométreur de la carrière venait de Carrare et les ouvriers déduisaient que les manières de la ville devaient être inamicales, en grande partie à partir de son accent affecté, cérémonieux, de sa casquette officielle, de sa façon de rester planté à côté de la barrière ouverte avec sa montre de gousset à la main et ses menaces de faire rapport sur quiconque arrivait même avec seulement quelques secondes de retard.

Les ouvriers de Morrow œuvraient dans les carrières depuis l'adolescence. Ils travaillaient tous les jours, à part les dimanches et le jour de Noël. Ils quittaient leurs maisons chaque matin et montaient à travers bois le long du réseau secret de sentiers détrempés qu'ils connaissaient assez pour être capables d'y cheminer dans le noir. Ils transportaient des rouleaux de grosse corde, leurs lourds outils personnels, leurs sacs à bandoulière en toile huilée qui contenaient, soigneusement emballés, leurs gobelets, peut-être un peu de vin, une blague à tabac, leur pain et leur lard vieilli. Certains des plus jeunes, qui n'avaient jamais porté de chaussures de leur vie avant leur premier jour de travail, les nouaient et les suspendaient autour de leur cou parce qu'ils trouvaient toujours plus confortable d'aller pieds nus pendant les deux heures de marche jusqu'à la carrière.

Pendant qu'ils grimpaient pour s'y rendre, la clarté se faisait, mais à peine. Ce n'étaient pas les lueurs du matin qui s'élevaient au-dessus d'eux à travers les arbres, mais la silhouette de la chaîne de montagnes vers laquelle ils se dirigeaient alors que l'aube restait toujours cachée derrière les cimes. Même s'ils marchaient vers l'est, ils avaient l'air de retourner dans les vestiges de la nuit.

Il était trop tôt pour que même les plus turbulents d'entre eux sifflent un air ou chantent une chanson. Ils étaient des ombres qui passaient entre les arbres. À part le cliquetis inopiné d'outils dans leurs sacs à dos ou le bruissement de feuilles contre leurs pantalons rudes, c'est dans le silence qu'ils avançaient. Ils passaient par les bois parce que s'ils avaient marché sur les chemins de gravier, la compagnie leur aurait facturé un droit de passage.

Petit à petit, les hommes d'un village rejoignaient ceux d'un autre, puis d'un autre, aux embranchements des sentiers qu'ils suivaient jusqu'à ce que, juste avant l'heure où il était exigé qu'ils se présentent au travail, l'entière main-d'œuvre de la carrière émerge soudain de la forêt qui laissait apparaître alors des dizaines et des dizaines d'hommes. C'était comme de la magie, comme si le flanc de la montagne était capable de quelque ingénieux tour de passe-passe. Coiffés de vieux feutres mous, vêtus de vestes et de lourds pantalons en worsted, ils surgissaient tous ensemble d'un coup, sortis de nulle part, se glissaient entre les fourrés et les roncières, et s'arrêtaient sur le gravier devant les grilles d'entrée de la carrière.

Il y avait un garçon parmi les ouvriers ce jour-là. C'était le troisième jour de sa première semaine de travail. Lino Cavatore avait un visage mince et des cheveux en broussaille. Plus jeune que les autres, il avait à peine douze ans. Il travaillait où travaillaient depuis toujours son père et ses frères. Et donc il était très fier.

Mais il fallait le dire : il y avait une faille dans cette fierté, une petite faille, juste un peu de tristesse. Il savait qu'on ne choisit pas son travail, pas plus qu'on ne choisit sa famille. Il était ce que les hommes appelaient un *bagascio*, un porteur d'eau. Il venait du village de Castello. Si le choix lui avait appartenu, il n'aurait pas choisi de travailler dans la carrière de Morrow.

Il y avait une ravine derrière la muraille du village, près du ruisseau où les femmes faisaient leur lessive. On y trouvait de la belle terre glaise. Très jeune, Lino avait déjà fait preuve d'un certain talent pour façonner l'argile et en faire des formes et des visages. La ressemblance était souvent remarquable. Mais sa famille n'avait aucun contact dans les ateliers de Carrare, des ateliers qui auraient aussi bien pu se trouver sur la lune. Lino n'avait donc aucun moyen d'apprendre la sculpture. Son père et ses deux frères aînés travaillaient dans les carrières. Comme ses oncles. Comme ses cousins.

Les hommes apprenaient sur le tas, une formation qui n'autorisait pas souvent les erreurs. Il n'y avait pas de système d'apprentissage, à part la vigilance qu'un frère aîné exerçait sur un plus jeune, ou un père sur son fils. Le seul emploi qui permettait à un garçon de se familiariser un peu avec les carrières avant d'y travailler vraiment était celui de *bagascio*, le gamin engagé pour apporter les outils et les cordes et pour monter l'eau aux hommes épuisés par la chaleur et assoiffés.

Peu avant midi, Lino Cavatore traversait d'un pas rapide l'aire de stockage. Il passa devant les attelages des bœufs et le groupe des charretiers. Il salua un cousin et dit bonjour à un contremaître.

L'empressement de Lino faisait sourire. Le sérieux avec lequel il s'acquittait de ses tâches lui donnait un air non pas de jeune garçon, mais de gamin qui faisait semblant d'être un vieil homme occupé.

Le père de Lino et ses deux frères faisaient partie de l'équipe qui venait juste de sangler un bloc de pierre sur une luge de bois. Lino avait levé les yeux à temps pour les voir clouer les cales en place. Ils allaient bientôt s'asseoir à leur table en bois dans l'ombre fraîche de la paroi de marbre.

L'eau était une concession aux ouvriers,le symbole du souci qu'avait le propriétaire de leur confort. C'est en tout cas ce que pensaient les gérants qui avaient imaginé le système. L'eau venait d'un torrent qui descendait de la montagne. Une jeune femme distribuait un à un les seaux aux garçons envoyés plus bas les chercher.

Lino Cavatore leva les yeux vers le haut de la pente raide, longue de cinq cents mètres. Ses bottines neuves étaient toujours inconfortables. L'anse du seau lui creusait déjà la paume. Il décida de suivre la pente du glissoir de la luge. Ce serait plus rapide que le sentier en lacets. Il entendit la cloche du chronométreur sonner midi. Il commença à monter.

CHAPITRE ONZE

Richard Christian était locataire avant nous de l'appartement de la Via Maddalena, et c'est Richard qui, en mai 1968, deux jours après son retour de Paris où il était allé étudier *L'Esclave mourant* au Louvre, ouvrit la porte de son logement pour se trouver nez à nez avec mon père et son sac à dos.

C'était le soir. Richard et sa petite amie italienne, Elena Conti, organisaient un souper pour quelques amis, dont ma mère. Tels sont les incestueux circuits immobiliers dans une ville provinciale italienne.

En face des boîtes aux lettres et du bruit métallique des barrières qui s'ouvrent sur des escaliers à l'avant de chaque propriété de la Via Maddalena, il n'y a pas de maisons. Il n'y a aucun bâtiment de l'autre côté de la rue. Il y a un garde-fou au bord duquel quelques voitures sont d'habitude stationnées. Et il y a un à-pic brusque jonché de détritus éparpillés jusqu'à un torrent qui dévale des collines et des montagnes par-delà ces collines. La Via Maddalena est parallèle au torrent et, comme lui, semble n'avoir pas de fin. J'ai toujours eu le sentiment que cette caractéristique convenait à l'homonyme sacré de notre rue, une idée d'enfant que j'ai sagement gardée pour moi.

Quand j'étais petite fille, il ne m'était pas permis d'assister à la messe, un interdit qui rendait mes dimanches complètement solitaires. L'anticatholicisme de ma mère est une conviction plus obstinément ancrée en elle que tous ses autres dogmes : son propre travail, la sculpture de Michel-Ange, du Bernin et de Constantin Brancusi, la musique de Gato

Barbieri et de John Coltrane, les chansons de Jacques Brel et de Leonard Cohen, les écrits d'Italo Calvino et de Charles Dickens, les effets du hashish blond libanais mélangé au tabac noir français et fumé en même temps que son premier café du matin.

J'étais jalouse de l'intimité de mon amie Clara avec les fêtes des saints et les miracles. J'étais jalouse de ses albums illustrés d'histoires de la Bible et de sa vaporeuse robe de confirmation. Pendant la brève période où Clara se convainquit qu'elle deviendrait une fiancée du Christ, j'essayai en secret de le lui voler en pensant avec dévotion à son poil bouclé et à son torse svelte, couchée sous mon duvet avec ma main entre mes jambes pendant que sonnaient les cloches de la première messe (un plaisir que je découvris longtemps avant Clara et que je crus résulter de quelque privilège divin).

Pour le reste, je m'amusais les dimanches à me promener sans but dans le voisinage. J'aimais alors imaginer qu'il était possible, même pour quelqu'un dont la mère pensait que le Saint-Père devrait être flanqué en prison, de remonter notre rue et de continuer de monter, de finir par escalader le ciel assez haut pour voir le visage délicat, gentil, désabusé de Marie-Madeleine elle-même.

Même aujourd'hui, avec tous les nouveaux développements qui se sont construits dans ce qui était autrefois la campagne autour de Pietrabella, le caractère infini de la Via Maddalena est resté intact. Aucun mur, aucune intersection, aucune vieille fontaine couverte de mousse n'obstrue la rue, au contraire des autres artères de Pietrabella. Elle continue de grimper. Toujours plus haut.

Via Maddalena escalade le versant qui s'élève au-dessus de la place principale de Pietrabella. Cette côte qui prend naissance à l'ouest, au bout des plaines en bordure de mer, monte vers les cimes blanches des Alpes apuanes à l'est. Elle est le début des contreforts verts et vallonnés que les voyageurs admirent par les fenêtres des trains rapides qui, depuis Paris, Nice ou Gênes, les emportent vers le sud ou vers Rome. Clara et moi travaillons toutes les deux à l'Agence régionale de tourisme et notre travail, pas le moins du monde le plus facile, consiste à persuader les voyageurs de s'arrêter à Pietrabella et dans ses environs. Mais pourquoi s'arrêteraient-ils? Question à laquelle j'essaie tous les jours de répondre, attablée au bureau de mon petit cubicule, de l'autre côté du corridor éclairé au néon où travaille Clara.

Il y a quelques années notre patron, Pier-Giorgio, a consacré une part considérable de notre budget de création annuel à trois panneaux de tuiles mosaïques de vingt mètres chacun. Ce triptyque (nom tout à fait prétentieux que Pier-Giorgio lui a donné) horrible (qualificatif personnel des plus exacts que je lui ai accolé) a été entrepris sans aucune espèce de consultation interne, ce qui est typique de Pier-Giorgio. L'expression la plus fréquemment répétée dans notre département résume assez bien son despotisme bureaucratique : Quel trou du cul! Une dynamique étrange s'est installée dans notre bureau : presque personne de ceux qui y travaillent n'est d'accord avec l'homme qui le dirige, ni surtout d'accord avec sa conviction que pour optimiser le marketing de l'industrie touristique de notre région, il faut mousser les nouvelles discothèques et les nouveaux bars de notre bord de mer, et passer sous silence les traditions, les carriers et la rude histoire de nos montagnes.

Les trois murales sont couvertes d'images et de photos de cabines de plage, de femmes en bikini, d'athlétiques surfeurs, de pilotes de hors-bord, de cafés et de restaurants qui ont vue sur la mer. Pier-Giorgio insiste pour que nous appelions ce littoral la Riviera de Pietrabella. Le triptyque décore la froide gare de chemin de fer, construite en marbre gris, de Pietrabella. Cette stratégie de commercialisation pourrait être plus efficace si les trains express s'arrêtaient vraiment. Ou à tout le moins y ralentissaient.

La Via Maddalena compte à peine une vingtaine d'adresses. Au bout de la côte, là où il n'y a plus de maisons, la rue devient un chemin de terre bordé de coquelicots et de fossés d'herbes longues qui sentent bon. Clara et moi jouions souvent là-bas, couchées à plat ventre dans des cachettes secrètes qui avaient l'air de gros nids. Parfois nous apportions un pique-nique.

Plus loin vers la montagne, le chemin se résume à deux ornières aplaties par les roues d'un tracteur. Elles zigzaguent dans les oliveraies dont certains arbres sont si vieux que Dante, raconte-t-on, en route un jour vers Pise doit les avoir vus.

Quand nous étions petites, Clara et moi, il nous était interdit de jouer sous les oliviers. Les seringues usagées des toxicomanes de la ville y étaient éparpillées, nombreuses au point de craquer sous les semelles de nos sandales blanches quand nous désobéissions aux ordres de nos aînés. L'héroïne était très courante à Pietrabella, si courante que le propriétaire du bar le plus important de la *piazza* entreprit de percer des petits trous dans le creux de ses cuillères à café. C'était sa façon de protester contre ce qu'il appelait la catastrophique évolution de l'Italie, passée du fier statut d'exportatrice de biens de renommée mondiale à celui de pathétique importatrice de merde.

Claudio Morello était un homme costaud. Il avait une crinière de cheveux argentés et une barbichette, une voix d'acteur de l'ancien temps, et exprimait sans aucune gêne d'anachroniques façons de voir. Ses opinions tranchées le singularisaient, sans doute parce que personne d'autre ne trouvait profitable d'être honnête à propos d'un passé pas tellement lointain. Le propriétaire du *Café David* était, selon la description de ma mère, « le seul habitant de Pietrabella qui admettait avoir été fasciste pendant la guerre. »

Même si les folles théories politiques de droite de Claudio étaient à l'opposé de la vague allégeance de ma mère à une révolution prolétarienne mondiale, ils prenaient tous les deux plaisir à leur longue et invraisemblable amitié. Il ne l'appelait jamais autrement que *bella* et elle, de son côté, admirait sa tonitruante franchise. Claudio était ingénieux. Les minuscules trous vrillés dans chacune des cuillères du *Café David* empêchaient qu'elles soient volées. Elles continuaient de bien brasser d'excellents cappuccinos mais n'étaient plus d'aucune utilité pour les adolescents blêmes et maigres, accroupis dans leurs jeans américains autour des racines noueuses d'antiques oliviers, qui chauffaient pour la faire fondre la poudre jaunâtre venue de Marseille au-dessus des flammes de leurs briquets *made in Japan*.

Plus loin que les oliveraies, les pistes de tracteurs deviennent des sentiers de chèvres qui continuent à travers bois et pâturages, passent sur de vieux ponts de pierre jetés par-dessus des biefs de moulins et se prolongent par-delà les pressoirs à olives d'antan et des bâtiments de fermes abandonnées jusqu'au village à flanc de colline de Castello, l'endroit où ma mère est née pendant les imprévisibles circonstances d'une terrible guerre.

CHAPITRE DOUZE

Le lunch débutait à midi. La cloche à main du chronométreur donnait le signal. Mais sur le front de taille il arrivait que les contremaîtres décident de ne pas le remarquer. Quand les hommes étaient au beau milieu d'un travail impossible à interrompre, comme hisser un bloc de pierre sur la luge ou la faire descendre jusqu'au pied de la montagne avec toute leur vigilance concentrée sur les grincements des cordes et les bégaiements des treuils, ils devaient continuer. Il ne leur était versé aucun temps supplémentaire quand la cloche sonnait de nouveau une demi-heure plus tard.

Les ouvriers expérimentés étaient capables de minuter leurs tâches en observant le soleil. Habituellement, ils étaient prêts à arrêter quand le chronométreur refermait le couvercle de sa montre, la glissait dans son gousset et tendait le bras vers le manche de bois verni de la seule et unique cloche de cuivre. En ce jour d'été 1922, l'équipe de la carrière Morrow avait bien calculé son temps.

Les hommes avaient attaché les sangles autour de la pierre et avaient cloué les cales en place juste avant le début de la pause-repas. Le bloc pouvait attendre.

Ils étaient assis sur les deux longs bancs d'une simple table de bois, couverte par un toit de vieilles feuilles d'étain.

Les équipes qui travaillaient dans d'autres parties de la carrière se reposaient, deux ouvriers à la fois ou en petits groupes de quatre ou cinq, sur n'importe quelle dalle de pierre ou n'importe quelle planche qui faisait l'affaire. Si le temps était mauvais, il arrivait que quelques-uns soient autorisés à manger dans la cabane du contremaître, un endroit enfumé qui sentait le hareng et la laine mouillée. Mais quand les journées étaient ensoleillées, ceux qui travaillaient le plus près de la vieille table de bois s'y installaient, selon la coutume, sans aucune contestation des autres.

L'endroit était abrité par une paroi de marbre, une section de la carrière haute comme une église. Elle n'avait plus été travaillée depuis longtemps, si bien que les câbles d'acier tendus en travers de la falaise pendaient, brisés et rouillés. Cette façade de roc s'élevait au-dessus d'un petit plateau juste assez pour donner un peu d'ombre à la table le midi et la protéger des vents de la montagne.

Les ouvriers parlaient d'une voix forte, comme s'ils criaient pour surmonter un grondement qu'eux seuls entendaient. Ils ouvraient leurs paquets d'épaisses tartines de pain blanc croustillant et de saindoux. Avant de manger, ils repliaient le tissu, y enroulaient la ficelle et les rangeaient de nouveau dans leurs musettes avec soin et parcimonie.

Il y avait aussi une bouteille de vin jeune. Chaque homme sortait de son sac un gobelet bien emballé, court et solide.

Il y avait les bonnes manières. Ces ouvriers se mouchaient avec les doigts pour se dégager le nez pendant qu'ils travaillaient et, sans en être embarrassés, s'accroupissaient pour déféquer au sommet d'un éboulis abrupt, bien à la vue de leurs camarades, mais l'idée ne leur serait jamais venue de boire le vin au goulot.

La route était visible beaucoup plus bas. Elle appartenait à la compagnie. Elle était entretenue par quelques vieux hommes qui avaient autrefois travaillé dans la carrière et qui passaient aujourd'hui leurs journées à égaliser le chemin et à ratisser le gravier où les attelages de bœufs et les chariots chargés fragilisaient les dangereux lacets. Les lourds chariots cheminaient lentement, descendaient avec précaution les virages en épingle à cheveux et creusaient des ornières dans les tournants.

Chaque matin, le chronométreur ouvrait les grilles. Il portait un képi de gardien de la paix et une veste en serge bleue. Il arrivait de Carrare, profondément endormi, dans le premier chariot de la journée, et y retournait dans le même état, dans le dernier. Il avait des mains blanches et douces.

Les ouvriers inclinaient la tête quand ils passaient devant lui avec la même déférence qu'ils manifestaient envers tous les représentants de leur incroyablement riche employeur. Les histoires qu'on racontait à son sujet étaient extravagantes.

On disait que le propriétaire de la carrière était plus riche que le duc de Milan. Quand il organisait une réception, sa villa était éclairée par des centaines de chandelles. Les cailles étaient arrosées du beurre le plus riche, il y avait plus de pommes de terre qu'on pouvait en manger et le vin était si parfait qu'il avait une couleur de vieux velours. Ses amantes étaient vêtues de soie. Leurs savons étaient faits d'huile de lavande et de la graisse fondue d'oiseaux chanteurs. Les meilleurs parfums français aromatisaient leurs chauds bains moussants. Le maître des lieux avait trois maîtresses : une blonde, une brune et une rousse, qui avaient toutes un cul plus doux que les fesses d'un ange et qui connaissaient tous les secrets de l'amour. Puccini avait été invité à sa table. C'est ce que l'on racontait.

Le chronométreur avait le pouvoir de faire rapport sur tous ceux qui arrivaient en retard. Mais il faisait preuve d'une certaine modération, pas pour être gentil avec ces ouvriers qui se hâtaient de traverser la barrière dix ou quinze secondes après six heures du matin, mais pour les obliger à se montrer plus reconnaissants envers lui. Avec pour résultat que tout le monde l'appelait monsieur et le traitait toujours avec le plus grand respect. C'est ce qu'on conseillait à tous les nouveaux travailleurs la première fois qu'ils s'approchaient de l'entrée de la carrière. Le chronométreur avait un jour occupé un poste important dans la villa du propriétaire, expliquaient d'une voix forte les hommes plus vieux aux plus jeunes quand ils franchissaient la grille. Le chronométreur, qui sentait toujours fort l'hamamélis, leur rendait solennellement leur salut, ravi par les yeux écarquillés et les salutations nerveuses des nouveaux. Puis, hors de portée de voix, les vieux ajoutaient : un poste important, il était chargé de vider les pots de chambre. Et, quelques pas plus loin : avant d'être envoyé enculer les chèvres dans les montagnes.

Les carrières étaient des endroits pénibles, des environnements de travail presque inimaginables aujourd'hui. La seule comparaison contemporaine possible serait un champ de bataille. Si un ouvrier n'était pas assez fort, pas assez prudent ou assez expérimenté, il lui arrivait souvent aussi de ne pas avoir assez de chance. D'invisibles erreurs prenaient lentement de l'ampleur pendant des siècles avant la seconde où elles devenaient fatales. Les accidents étaient dans la nature des choses.

Le pire accident dans la montagne se produisit lors de la descente d'un bloc. Les planches glissèrent, les câbles se brisèrent, les treuils furent arrachés de leurs pylônes de bois. La gravité, cette force que les ouvriers passaient leurs journées à essayer de mater, se libéra soudain et reprit le dessus.

Les hommes avaient crié et s'étaient enfuis au pas de course. La confusion s'était installée. Le travail s'était arrêté, brièvement. Et un peu plus tard, une fois que l'ordre fut rétabli et les hommes revenus au travail, une fois que les longs câbles s'étaient remis à bourdonner, l'appel lugubre et prolongé de quelque chose qui ressemblait à un cor de chasse s'était réverbéré dans toutes les vallées.

À l'époque romaine et pendant des siècles par la suite, on vrillait des trous dans les fissures naturelles de la pierre pour extraire le marbre. Des coins de bois y était ensuite enfoncés, puis détrempés. À mesure que le bois se dilatait, les sections de marbre choisies, de massifs cubes parfois aussi gros que l'abri d'un pressoir à olives, se détachaient de la paroi de la montagne.

Au cours des siècles plus récents, on introduisit une méthode d'extraction plus rapide mais beaucoup plus gaspilleuse. On fit exploser la pierre, d'abord avec de la poudre à canon et plus tard avec de la dynamite. Au cours de sa halte en 1846 dans la région de Carrare, Charles Dickens entendit la « mélancolique alarme du bugle ».

La sirène dont parlait l'écrivain était appelée *buccina*, buccin. Elle signalait l'imminence d'une explosion. Mais quand la dynamite devint d'un usage moins courant, la *buccina* prit une autre fonction. Une note plus longue, et même plus lugubre, devint le signal qu'un ouvrier s'était blessé ou était mort dans la carrière. C'était un événement des plus habituels. Un son auquel Julian Morrow ne s'habitua jamais. L'écho qui rebondissait sur la paroi de la falaise et se répercutait dans les vallées rendait difficile à quiconque, peu importe la distance où il se trouvait, de savoir de quelle carrière provenait l'appel. Une fois le signal entendu, les femmes et les enfants des villages dans la montagne n'avaient d'autre choix que d'attendre la fin de la journée pour apprendre si c'était leur père, leur mari ou leurs enfants qui avaient eu un accident. Morrow n'en apprenait les détails que plus tard, d'habitude lors d'une de ses réunions régulières avec ses gérants.

Le climat était excessif. L'hiver, des cordes gelaient et le matin il fallait dégager au marteau quelques treuils couverts de glace. Des surplombs glacés se formaient sur les bords des hautes parois de marbre, tellement transparents qu'ils se confondaient avec la pierre blanche jusqu'au moment où ils cédaient et tombaient. Il arrivait que quelqu'un hurle. Il arrivait que de grosses chaussures de travail piétinent en vain le sol.

Le printemps dans les carrières était humide et froid.

Il n'était pas rare que les routes de transport des blocs de marbre soit inondées.

Et puis il y avait les étés. En ce jour d'août 1922, quand les membres de l'équipe s'assirent à la table de bois, leur propre sueur les détrempait au point qu'ils avaient l'air d'être tombés dans une rivière.

Un des hommes se leva d'un des bancs de la table. Les intempéries avaient sculpté son visage tendu et ridé. Il marcha d'un pas calme, mesuré, typique d'un ouvrier de carrière expérimenté. Il traversa le petit plateau, quinze ou vingt mètres d'herbe piétinée et de thym bordés par une frange de sauge sauvage. Il se dirigea tout droit vers le bord de la montagne. Il ne ralentit pas quand il s'approcha de la falaise, mais s'y arrêta net. Ce que cet homme avait sous les yeux à une telle altitude aurait tout aussi bien pu se donner à voir depuis le hublot d'un avion. Il garda solidement son centre de gravité derrière la pointe de ses vieilles chaussures de cuir usé. Il se pencha vers l'avant.

Dans les carrières, la température d'une saison n'efface jamais entièrement les extrêmes d'une autre. Pendant les jours les plus froids, l'éblouissant éclat du soleil ne réchauffe pas les ouvriers autant qu'il les oblige à penser à la férocité de l'été. En ce mois d'août-là, la chaleur des à-pics de la carrière Morrow était pareille à celle des parois d'un four, mais ce fut l'hiver qui vint brièvement à l'esprit de l'homme qui regardait vers le bas. Debout au bord de la montagne, il ressentit une cascade de froid. Elle tombait du surplomb de marbre au-dessus de lui. Il était penché au-dessus du vide. Il avait les mains sur les hanches.

Loin plus bas, un minuscule chronométreur bleu ouvrait une barrière miniature pour laisser passer un petit chariot chargé de cailloux de marbre. Il y avait le ruban sableux de la route. Il y avait les vallées lointaines. Il y avait les marais distants et les plaines. Il y avait les plages au bord de la mer. Le jour semblait clair comme de la glace. Il se pencha un peu plus.

Il voyait son fils à présent. Lino remontait la pente avec peine, son seau à la main. Il avait déjà parcouru les trois quarts du chemin. Les manches du garçon étaient roulées. La visière d'une casquette cabossée protégeait son visage et ses cheveux du soleil.

Sa femme lui avait donné quatre fils. Trois d'entre eux travaillaient maintenant avec lui dans les carrières, mais non le plus jeune, Italo. Il avait de mauvaises jambes. Il serait un fardeau. Cette idée traversa rapidement l'esprit de l'homme. Comme la tendresse le faisait toujours. On ne pouvait rien y changer. Italo aiderait les femmes. Ou serait chevrier.

Prudemment, en gardant toujours son poids centré derrière le bord de la pierre, il regarda monter Lino. Il voyait les précautions du garçon et sa calme détermination. Elles lui faisaient plaisir. Puis l'homme fit demi-tour. Il traversa la grande saillie et revint à la table. Il enjamba le banc et dit à ses deux fils plus vieux : « L'hiver arrive. »

L'hiver ! Ils éclatèrent de rire dans la chaleur. Un des fils lui tendit un gobelet de vin. Et ce fut leur fin à tous.

Lino Cavatore voyait les quelques derniers chevalets. Il voyait le bloc de pierre blanche sanglé et incliné sur la luge de bois en équilibre au-dessus de lui. Puis il entendit quelque chose. Ou plutôt le ressentit. Un grondement sourd dans l'arrière de sa tête. Un son qui montait à l'intérieur de son corps à travers les semelles de ses inconfortables nouvelles chaussures.

Il était facile d'être désorienté dans les carrières. Elles étaient des endroits qui changeaient toujours. Leur permanence était illusoire. Les hommes travaillaient dur. Leur labeur assidu était aussi incessant que mal payé et, avec aussi peu que des scies, des cordes et des poulies, ils transformaient tout autour d'eux. Puis, sans la moindre interruption, ils transformaient tout de nouveau. Des murs rocheux qui avaient l'air immuables disparaissaient. Et quand le garçon dépassa le bloc de marbre attaché sur la luge de bois inclinée, il pensa pendant un moment s'être trompé de chemin.

Il avançait sur l'herbe du terrain plat et ne comprenait pas comment il avait pu se tromper à ce point.

Puis il s'arrêta lentement et, sans éprouver le moindre soulagement, déposa son seau. À terre contre un affleurement rocheux, il y avait le marteau de son frère, avec son manche taillé, comme il le lui avait montré, pour qu'il s'adapte bien à la main. Et là contre le treuil, au sommet de la pente : le rouleau de corde de son père. Mais tout le reste était différent. Il n'y avait plus de table de bois dans laquelle des initiales étaient gravées. Aucun toit de vieilles feuilles d'étain. Aucun banc. Il n'y avait plus de surplomb de pierre.

La pensée se forma très clairement, une pensée calme et terre à terre. Il se rendit compte que son petit frère ne serait pas d'un grand secours. Il se sentit raidir, comme s'il s'arc-boutait contre tout ce qu'il aurait à affronter. Je devrai m'occuper de notre mère, se dit tout bas le garçon. Ce sera ma responsabilité.

Sur la saillie, il n'y avait qu'immobilité ; un tombeau d'immobilité grossièrement empilée. Il n'y avait plus là aucune ombre.

CHAPITRE TREIZE

Il y a une bonne heure de marche de Pietrabella à Castello, un chemin qui ne cesse de monter, et c'est dans cette région accidentée, cette zone intermédiaire entre la ville et le village que ma mère loue sa petite maison de ferme. C'est là, en 1968, qu'elle a passé le seul temps qu'elle passa jamais avec mon père, un été qu'il n'oublia jamais et un été dont ma mère, dans son entêtement typique, ne voulut pas m'admettre avant très longtemps qu'elle était capable de se souvenir.

La terre qui entourait la maison avait été autrefois le domaine d'un ancien couvent. On disait qu'avant, elle avait été le site d'un temple encore plus ancien et d'une source sacrée.

Le couvent avait réquisitionné la propriété à peu près de la même façon que les fêtes chrétiennes s'étaient attribuées les dates des célébrations païennes. Mais dans ce cas-ci, le triomphe de l'Église avait été moins éternel qu'elle l'espérait. En même temps que la sœur de Napoléon, la princesse Elisa Baciocchi, inventait l'industrie des souvenirs, de la statuaire ornementale et des répliques de marbre, elle se lança aussi dans une campagne de réduction de la pléthore d'institutions religieuses de la région.

Cet exemple précoce de dégraissage déplaisait à plusieurs. De toute évidence, l'efficacité financière de la réduction des coûts ne correspondait pas à la volonté de Dieu s'il fallait renoncer aux quatre ou cinq derniers siècles de cathédrales, de tombeaux, de monastères, de fresques et d'une copieuse iconographie. Mais dans le cas du couvent dans les collines au-dessus de Pietrabella, la princesse Elisa et les forces du sens pratique n'eurent pas à intercéder avec trop d'acharnement. Le temps s'occupa des choses.

Les lits durs et étroits du couvent, ses longues tables nues, ses froids corridors de pierre, ses bancs de prière sans coussins n'avaient plus servi depuis des décennies au moment où le vieux bâtiment fut converti en villa. Les lieux devinrent la résidence de Julian Morrow et leur réaménagement n'obéit qu'à un seul critère : correspondre exactement à ce qu'il voulait.

Il fit creuser une piscine qu'il voyait depuis sa table de déjeuner. Elle était alimentée par une source naturelle. La brume légère et humide qui flottait quand il prenait son café les matins d'été adoucissait le panorama de cyprès, de statues de pierre et de collines qui cascadaient plus loin derrière. À cette heure-là, les angles doux des rayons du soleil frôlaient la piscine, sa terrasse, ses statues entourées d'une haie et ses jardins. Ce paysage lui rappelait toujours qu'il n'était pas au pays de Galles.

La seule raison pour laquelle je suis capable d'avoir une vague idée des dimensions physiques du couvent c'est que l'on sait, dans une certaine mesure, à quoi ressemblait la villa de Morrow. Dans les années vingt, un photographe local prit de nombreux clichés détaillés de la piscine, des jardins et des statues. Mais ce genre de chose n'intéresse que les historiens. Comme mon patron, Pier-Giorgio, qui n'en est pas un, me le fait fréquemment bien comprendre.

Les carrières de marbre et le travail des artisans de la région furent les sujets de prédilection du photographe Giovanni Belli. Ses images noir et blanc sont magnifiques, mais il ne devint jamais célèbre. En grande partie parce qu'il ne fut jamais obligé de l'être. Sa famille possédait des carrières dans la région depuis des siècles. Il adorait le marbre mais, jeune adulte, il conclut que l'entreprise familiale était gérée par un nombre suffisant de ses parents pour lui permettre de poursuivre une passion voisine. Il avait reçu un appareil photo quand il était enfant.

Avant que je fasse le voyage jusqu'à Cathcart pour rencontrer mon père, Clara et moi avions essayé de convaincre Pier-Giorgio de produire une brochure touristique pour les halls d'hôtels et les *pensiones* de la région de Carrare. Elle aurait eu pour titre *Les Montagnes de Michel-Ange*. Nous voulions l'illustrer avec les images en noir et blanc de Belli dont la plupart sont conservées dans des archives à Lucca. Nous pensions que ces vieilles photos combleraient une certaine nostalgie qui était alors à la mode. Nous pensions aussi que les sentiers de Michel-Ange et ses carrières qu'évoquaient les traditions locales contribueraient à promouvoir un bon écotourisme. Notre logique marketing était excellente.

La valeur historique et la splendeur de la composition des photos de Giovanni Belli n'expliquaient pas à elles seules qu'elles étaient un choix parfait pour illustrer notre brochure. Le nom de Belli est associé pas seulement à la photographie, mais aussi à ses efforts pour prouver que Michel-Ange a laissé quelque part des traces du temps qu'il passa dans nos montagnes. C'est, du moins dans la région, une obsession notoire.

La connaissance qu'avait Belli de Michel-Ange était considérable, et pas le moins du monde simpliste, même si la prémisse de sa conviction était d'une simplicité absolue. Il ne pensait pas que le grand sculpteur ait été capable de passer beaucoup de temps sans faire ce qu'il aimait le plus : travailler la pierre.

Clara et moi imaginions que notre brochure attirerait des foules d'auto-stoppeurs, tous chaussés de souliers *made in Italy* extrêmement chers et munis de nombreuses cartes de crédit. Nous nous représentions des chauffeurs de taxi, des serveurs et des commerçants affairés à satisfaire les voyages organisés venus de loin et de partout à la recherche des traces de Michel-Ange, si joliment documentées par Giovanni Belli.

Mais notre proposition fit chou blanc. «Je suis navré d'avoir à vous informer, écrivit Pier-Giorgio, que nous vivons au vingt et unième siècle. Pas à la Renaissance.»

Comme vous le constatez: Un vrai trou du cul!

On aperçoit la villa de Julian Morrow à l'arrière-plan de nombreuses photos de Belli. Ses études des sculptures sur les terrasses étagées sont si diversifiées et détaillées que l'on voit la bâtisse sous une instructive variété d'angles. Et c'est tout ce que l'on sait de l'aspect possible du vieux couvent. L'artillerie alliée en 1944 a détruit la résidence de Morrow, sa piscine, ses statues, ses fontaines et ses jardins étagés, bordés de haies. Une modeste maison de ferme fut bâtie à la place au début des années cinquante.

L'endroit est joli. Mais son caractère isolé et rustique qui avait plu à ma mère quand elle avait une vingtaine d'années s'avéra peu pratique après ma naissance. Elle conclut que la vie avec un bébé serait plus facile avec de l'eau courante fonctionnelle et de l'électricité fiable. Nous déménageâmes en ville dans l'appartement du 19, Via Maddalena, au cours de l'été 1969. Je n'avais que quelques mois.

Ma mère était mère-célibataire, ce qui n'était pas courant du tout à Pietrabella, même dans les années 1970. Et souvent quand elle était partie ou occupée ou simplement absente, je soupais et dormais chez Clara, une maison si bien rangée qu'elle me semblait l'étonnant contraire de notre appartement toujours en désordre et où personne ne passait jamais aucun aspirateur.

Certains points mineurs de compétence parentale faisaient un peu défaut à ma mère. Mais elle excellait dans les choses les plus importantes, et ses absences occasionnelles semblaient, plus qu'autre chose, vouloir me prouver qu'elle avait confiance en moi. J'étais très fière d'être assez grande pour élaborer de temps en temps mes propres plans.

Nos voisins ne partageaient pas la conviction de ma mère qu'une maison bien ordonnée est le signe d'une vie gâchée. Les citoyens de Pietrabella sont pour la plupart des gens respectables et travailleurs, et les Tagliani étaient exactement cela. Le marbre blanc du plancher de leur cuisine était aussi immaculé qu'un glacier. Le vieux buffet de noyer reluisait d'huile de citron.

« Bourgeois jusqu'au trognon. » C'est ainsi que ma mère les décrivait. Son évaluation était peu aimable mais pas inexacte. Pietrabella est un endroit conformiste, sauf pour une chose.

La ville dépend à ce point de la principale industrie de la région que sa population par ailleurs conservatrice a un profond respect pour les artistes et les artisans. Les habitants traitent les sculpteurs de la même manière qu'une communauté de croyants aurait pu traiter les saints mendiants. « Ta mère fait les choses à sa façon », voilà le commentaire le plus apparenté à une critique qu'émit jamais Mme Tagliani quand, sans signe de ma mère ou sans évidence de souper, je remontais lentement la rue jusqu'à la maison des parents de Clara avec mes livres et mes cahiers. J'étais toujours la bienvenue.

Dans les histoires que le père de Clara nous racontait pour nous endormir, le sentier qui commençait au bout de notre rue poursuivait sa lente, somnolente montée en zigzags, plus loin que les murs et le campanile de Castello, plus loin que la grande place pavée où se trouve une pierre commémorative en marbre blanc sur laquelle sont gravés quarante-trois noms en souvenir du terrible massacre qui s'y produisit en 1944.

Il traversait les pacages et les forêts plus haut, et montait vers les lacs d'eau claire, les cascades, les lits luxuriants de cresson de fontaine et les plateaux d'herbes alpines. Il poursuivait sa montée plus loin que les gorges et les affleurement rocheux escarpés. Il montait plus loin que les éboulis et les falaises. Il continuait jusqu'aux cimes des montagnes et jusqu'aux froides et scintillantes carrières de marbre où le grand artiste Michelangelo Buonarroti avait grimpé il y a si longtemps pour trouver sa belle pierre blanche. Et alors, au moment où Clara et moi fermions les yeux pour mieux nous dépeindre les hauteurs que M. Tagliani nous décrivait de sa voix grave et monocorde, ce sentier sinueux se poursuivait vers le ciel. Et là-haut dans les sommets enneigés, là-haut dans la clarté du bleu, là-haut dans les greniers où sont engrangés les nuages blancs, si nous suivions ce sentier doucement tortueux, nous trouverions peut-être des anges qui aident parfois les petites filles aux prises avec de vilains singes, dans la mesure où les petites filles n'oublient pas d'apporter aux anges des châtaignes, très difficiles à trouver dans le lumineux et saint royaume des Cieux.

J'adorais la sensation des draps frais et bien tendus. Même dans la pénombre, j'admirais le rebord de fenêtre vide et le crucifix qui pendait courageusement seul et décentré, accroché au mur blanc. Le père de Clara, un homme gentil et fatigué, qui travaillait comme commis de bureau pour une compagnie maritime à Viareggio, restait assis dans le noir sur une chaise en bois entre les deux lits et racontait ses histoires. Il les inventait au fur et à mesure.

Le but était bien sûr de nous endormir. Mais je pense que M. Tagliani se retrouvait souvent lui-même sous l'effet des sortilèges qu'il tissait. Il y avait des moments où le bourdonnement sourd et régulier de sa voix semblait se glisser dans ses propres rêves.

« Il n'y a pas de vilains singes à Pietrabella », dit Clara soudain complètement réveillée. Son père venait juste d'introduire dans un de ses récits ce détail étrange et inattendu.

« Mm ?

— Tu as dit "de vilains singes."

— Vraiment ?

— Pietrabella n'est pas en Afrique, monsieur Tagliani, carillonnai-je avec obligeance.

— Ah non ? » La voix somnolente du père de Clara me laissait dans l'incertitude. Je ne savais pas s'il nous racontait des blagues ou s'il nous avait révélé quelque secret trop mystérieux pour être compris.

Nous venions d'apprendre à l'école comment les inimaginables pressions des plaques tectoniques avaient transformé le calcaire en marbre il y a des millions d'années. *Signor* Lambrusco, notre instituteur, était un homme petit, rabougri, dont on pensait que le dos voûté était dû au fait d'être obligé de supporter tous les jours avec patience sa femme qui avait la réputation d'être très acariâtre. Il nous disait que si nous voyagions plus vite que la lumière nous remonterions dans le temps, bien avant Garibaldi et Verdi, bien avant Michel-Ange et de Vinci, bien avant Dante et Boccacio, bien avant les Égyptiens, bien avant les hommes des cavernes et bien avant tous les crétins de dinosaures, jusqu'à un âge où d'antiques mers vertes et tropicales s'asséchaient et où nos montagnes se formaient.

Le visage de *signor* Lambrusco prenait une expression rêveuse pendant cette leçon. Sa voix était d'habitude monotone et lasse. Mais il semblait ravi par l'idée de quitter le plus totalement possible le présent. Si nous étions capables de remonter dans les millénaires, nous dit *signor* Lambrusco avec nostalgie, nous verrions comment le marbre s'est créé. Il y a deux millions d'années, expliquait-il, la côte italienne était sous la mer de Tyr.

« Et pendant qu'elle l'était... » Le grand geste théâtral de son bras englobait tout : notre école, notre ville, sa femme. « Pendant que tout ceci était submergé, nous dit-il, savez-vous ce qui est arrivé au plus profond de la mer de Tyr ? »

Nous ne le savions pas.

« Des particules minérales, des débris végétaux et des fragments de corail ont dérivé vers le fond. Ont sombré jusqu'aux chaudes profondeurs. Ces éléments se sont accumulés en couches de limon sur le plancher océanique pendant des périodes de temps inimaginablement longues. Et d'autres dépôts ont à leur tour enseveli ces couches au cours de millions et de millions d'années successives. Et cette masse a été comprimée entre les couches de carbonate de calcium qui ont fini par devenir...»

Le *signor* Lambrusco s'arrêta pour voir si quelqu'un pouvait compléter sa phrase. Personne ne le pouvait. Irruption de silence qui d'habitude le rendait furieux. Mais il continua, agréablement perdu dans les infinis temporels successifs qui avaient précédé, entre autres choses, son mariage. Pour une fois, notre ignorance le laissait serein.

«Du calcaire, annonça-t-il. Ces strates seraient restés des couches de calcaire sous-marines si les plaques tectoniques n'avaient pas commencé à se soulever et à s'entrechoquer il y a des millions d'années.»

Les effets de la pression et de la chaleur furent intenses. «Le lit calcaire sous-marin se souleva et prit la forme d'une chaîne de montagnes côtières. Les Alpes apuanes», dit-il au cas où nous n'aurions pas compris ce qu'il avançait. «Mais quelque chose d'autre se produisit. Quelque chose de plus étonnant même qu'un lit océanique transformé en chaîne de montagnes.»

Savions-nous ce que c'était?

«Une métamorphose, dit-il. Cette force incompréhensible recristallisa le calcaire pour le transformer en dépôts d'une pierre entièrement neuve.»

Il traversa la salle de classe jusqu'à la fenêtre et leva les yeux vers l'est. «Le marbre, dit-il. Le marbre de Carrare. Comme vous le voyez. Les montagnes de Michel-Ange.»

C'étaient les mêmes sommets que décrivait M. Tagliani dans les sinueuses histoires qu'il nous racontait, à Clara et à moi, pour nous endormir: des montagnes qui avaient l'air blanches au loin, comme si elles étaient couvertes de neige même en été, comme si elles étaient le froid rempart du royaume des Cieux.

Couchée dans les draps frais et bien tendus du lit d'appoint dans la chambre de Clara, je m'endormais en me posant

des questions sur les désagréables singes de M. Tagliani.
Je pensais à la situation désespérée du *signor* Lambrusco.
Et je me demandais si le père de ma meilleure amie rêvait de
continents qui n'étaient pas encore partis à la dérive après
s'être séparés. Je me demandais si ses histoires provenaient
d'un temps qui ne s'était pas encore transformé pour devenir
l'ordre qui, pensons-nous, est celui d'aujourd'hui.

CHAPITRE QUATORZE

Il y avait, venu de très loin dans les carrières, le son lugubre d'un cor, si ténu que seul quelqu'un qui l'avait déjà entendu le distinguait dans l'agitation de la ville de Carrare. Une note basse, prolongée, assourdie et rendue indistincte par l'étalement des vallées qu'elle traversait. Elle ne semblait pas provenir d'une source unique mais du ciel en général.

Julian Morrow la remarqua au cours de ce matin d'été-là. Comme toujours, il s'inquiéta que ce soit le signal d'un accident. Ce l'était souvent. Et il s'inquiéta que le signal provienne d'une de ses carrières. Ce qui arrivait parfois. Il ne parvenait pas à accepter la manière bourrue de ses gérants qui considéraient que les blessures et la mort étaient des accidents naturels. En guise de mince consolation, pas entièrement convaincante, il devait l'admettre, Morrow s'obligeait à se rappeler que la plus grande beauté s'accompagnait toujours d'une inhérente tristesse.

C'était un thème sur lequel il aimait s'étendre. Et il le faisait souvent.

Il avait le don de rendre vivant ce qu'il décrivait au public attentif de ses allocutions. Il était capable d'amener les gens à découvrir des points de vue qu'ils n'avaient même jamais imaginés.

Il était fasciné par ce qu'il parvenait à faire voir à ses auditoires rassemblés dans ces centres communautaires, ces temples maçonniques, ces salles de réunion de bibliothèques et ces sous-sols d'églises : un ouvrier au travail dans une carrière, ses bottines juchées sur un instable amas de gravats, sa tête penchée sur un rail qu'il réparait.

Cet ouvrier avait peut-être entendu ce qui ressemblait à un coup de tonnerre. Il avait peut-être senti la terre trembler. Il avait peut-être levé les yeux pour voir, en cette ultime seconde de sa vie, une corde brisée qui se balançait dans le bleu de l'air. Il avait peut-être eu le temps de comprendre ce que voulaient dire ces poutres qui se fracassaient et l'éclair de cette masse blanche projetée à toute allure vers lui.

Morrow avait passé beaucoup de temps à Carrare au cours des quinze dernières années. Pour le reste, il s'occupait de sa vie familiale et gérait ses affaires dans la ville galloise froide et souvent déprimante qui restait son lieu de résidence officiel. Il abordait les thèmes du danger, de la tristesse et de la beauté dans ses allocutions sur les carrières de marbre de Carrare, même très récemment, quelques mois plus tôt, devant le public d'un déjeuner-causerie de la Société géographique royale de l'université de Cardiff.

Morrow s'était vite rendu compte que ces conférences prononcées devant les membres d'associations professionnelles, de clubs affiliés à Toastmasters international, de sociétés éducatives et de Dames auxiliaires, étaient la meilleure forme de publicité. Gratuite d'abord. Convaincante ensuite. Il se moulait dans le rôle de l'explorateur aventurier, et son public ne semblait pas remarquer que ses motivations étaient ouvertement plus commerciales que celles de Livingstone ou de Shackleton.

Julian Morrow possédait plusieurs carrières dans la région de Carrare. C'est lui qui utilisait l'adjectif « plusieurs », non par modestie, mais parce que leur nombre était toujours en négociations.

Il admit un jour à l'une de ses nombreuses maîtresses italiennes qu'il avait « un insatiable appétit », mais seulement parce qu'elle ne comprenait pas assez bien l'anglais pour que cet aveu de voracité puisse la déranger. Quand il n'achetait pas, il dépouillait. Et il dépouillait pour acheter plus.

Son visage taillé à la serpe n'aurait jamais pu être qualifié de beau. Son nez était long et ses petits yeux, fixes et impassibles. Mais c'était son énergie qui l'emportait, pas ses traits. Son enthousiasme donnait aux gens l'impression qu'il était séduisant. Certaines parties de lui l'étaient. Il avait des jambes d'adolescent.

Julian Morrow abordait les complexités du commerce en en contrôlant le plus de paramètres possibles. Ses ouvriers extrayaient sa pierre des parois de ses carrières. Elle était ensuite taillée dans ses ateliers et transportée sur ses bateaux partout où le besoin de marbre de Cararre était suffisant pour que le travail de ses excavateurs, de ses conducteurs de chariot, de ses artisans, de ses finisseurs, de ses expéditeurs, de ses distributeurs et de ses installateurs en vaille la peine.

Les culottes bouffantes, les bottes et la veste d'équitation étaient des éléments de costume dont il se servait à bon escient. Quand il prononçait une de ses conférences, il y avait toujours un bâton de marche appuyé contre le lutrin du podium. Mais d'habitude pour planter le décor, Morrow lisait un passage du journal que Charles Dickens avait rédigé pendant son voyage en Italie en 1846.

« "Mais la route, déclamait Morrow, par laquelle on descendait le marbre des montagnes, peu importe l'énormité des blocs !" »

Morrow ne recourait pas seulement à Charles Dickens pour emprunter le pouvoir des descriptions du grand auteur, mais parce que son nom commandait d'emblée un profond respect, surtout de la part du public des déjeuners-causeries dans les villes de province de Grande-Bretagne. Que Charles Dickens ait écrit sur Carrare conférait de la crédibilité aux songeries personnelles de Morrow sur le marbre et la beauté. Citer Dickens lui permettait aussi de ne pas réfréner sa propension aux déclamations théâtrales.

« "Imaginez un cours d'eau..." » Devant son public captivé, la main gauche de Morrow décrivait des méandres dans l'air comme si elle traçait le cours sinueux d'une rivière. « "Un cours d'eau qui coule sur un lit rocheux, bordé de gros amas de pierres de toutes les formes et de toutes les tailles, qui descend et se termine au milieu de cette vallée ; et c'est *ça* la route. Parce que c'était ça, il y a cinq cents ans !" »

Morrow marquait toujours un temps d'arrêt ici pour laisser se dissiper toute confusion grammaticale et laisser pénétrer cette remarquable notion. Parce que c'était vrai : les carrières qu'avait visitées Charles Dickens en 1846 n'étaient pas très différentes de celles que Michel-Ange avait connues.

Vers la fin de la première moitié du treizième siècle, la demande locale de marbre de même que les besoins de Pise et de Florence forcèrent la réouverture de plusieurs carrières de marbre désaffectées de Carrare. L'association du marbre aux traditions des Grecs et des Romains de l'Antiquité en faisait un médium suffisamment respectable pour exprimer les plus hautes aspirations.

Ce sentiment que le marbre avait des caractéristiques spirituelles et héroïques ne fit que s'amplifier à mesure que la Renaissance prenait son essor. Au milieu des années 1500, dans son livre *Les Vies des plus excellents peintres, sculpteurs et architectes*, Giorgio Vasari comparait le *David* de Michel-Ange à la grande statuaire de Rome, dont le matériau avait été extrait des carrières des colonies grecques de Naxos, Paros, Aphrodisias, Dokimeion et Marmara. Le marbre ne provenait plus des mêmes endroits, mais Vasari pensait que le même esprit prévalait.

« "Imaginez les lourds chariots d'il y a cinq cents ans utilisés jusqu'à ce jour et tirés comme ils l'étaient il y a cinq cents ans par des bœufs dont les ancêtres sont morts d'épuisement il y a cinq cents ans, comme leurs malheureux descendants mourront dans douze mois suite à leurs souffrances et au supplice de leur cruel travail !" »

Morrow était passionnant quand il parlait en public. C'était, au contraire de beaucoup d'orateurs, parce que ses conférences avaient un but. C'était un vendeur.

« "Deux paires, quatre paires, dix paires, vingt paires de bœufs attelés à un seul bloc en fonction de sa taille ; il faut que le marbre descende dans la vallée. Par ce chemin-là. Dans leur combat, bloc de pierre après bloc de pierre, avec leurs énormes chargements derrière eux, ils meurent fréquemment sur place ; et pas eux seuls ; parce que leurs charretiers passionnés que leur énergie fait tomber sont parfois écrasés et meurent sous les roues." »

« Les carrières que M. Dickens décrit de façon si vivante sont construites en terrasses », disait Morrow aux membres de la Société géographique royale de Cardiff, avec ses deux mains agrippées aux côtés du lutrin. « Il est possible de les concevoir comme des abstractions, d'énormes sculptures géométriques. Mais je suis trop vieux jeu pour l'art moderne de M. Brancusi, j'en ai peur. »

Morrow attendait les inévitables petits rires de protestation.

« Et je les vois comme des jardins d'agrément sculptés directement dans le flanc des montagnes, de magnifiques paysages étagés de pierre, d'une beauté extraordinaire. Mais les carrières sont dangereuses. Ce qui les rend plus belles encore. Parce qu'une beauté sans tristesse, disait-il avec sa voix qui prenait de l'ampleur avant sa conclusion, c'est avant tout de la joliesse. Mais être jolies, les carrières de Carrare le refusent. »

Les applaudissements étaient enthousiastes. Toujours.

CHAPITRE QUINZE

Après la mort de mon père en avril 2010 et après que j'eus contacté ses avocats à Cathcart, un paquet me fut livré par le cabinet juridique italien qui était leur correspondant local. Il contenait les détails du testament de mon père, ses dernières volontés et une lettre qu'il avait écrite. Le tout devait m'être remis par ses représentants légaux. Il avait expliqué ses dispositions en détail, même si leur clarté n'accéléra en rien les procédures des agences italiennes concernées. Nous étions toujours aux prises avec des coups de téléphone, des fax et de nombreuses réunions avec des avocats au moment où je décidai qu'il valait mieux, avant de devenir complètement folle, reprendre ma routine hebdomadaire de danse africaine à Casatori.

Casatori est à quinze kilomètres plus au nord sur la côte, et c'était le premier cours que je suivais après le décès de mon père. La période avait été stressante. De nombreuses complications surgissent quand quelqu'un arrive mort dans un pays autre que celui où il a vécu.

En route vers la maison, assise dans le siège arrière, Paolo me jetait des regards intenses. Il avait bougé le rétroviseur de l'avant vers l'arrière et l'avait réglé plusieurs fois, tour à tour en position de vision nocturne et diurne comme pour choisir la meilleure lentille pour son gros plan. Il le fait fréquemment quand il nous ramène. Cette intensité provocatrice est plutôt l'expression habituelle de Paolo chaque fois qu'il regarde une femme quand Clara ne le regarde pas. J'en suis venue à me rendre compte que cela ne voulait rien dire du tout. Vraiment rien du tout.

D'habitude pendant le trajet de retour vers le sud sur l'*autostrada* jusqu'à Pietrabella, Clara regarde à droite la mer et le coucher de soleil. Elle adore ce paysage. Mais cette fois-ci, même si sa femme ne faisait pas du tout attention à lui, Paolo n'essayait pas d'être Marcello Mastroianni. Ses yeux d'acteur de cinéma essayaient juste de me transmettre sa compassion.

Il dit: «Je suis navré mais il faut que je te le dise. C'est assez courant.»

Paolo affirme que la plupart des gens ont peur de prendre l'avion et qu'en plus, ils ne sont sans doute pas en forme. Ils ont peut-être dû courir pendant un demi-kilomètre dans le terminal avec leurs bagages parce qu'en route vers l'aéroport ils sont restés coincés dans le trafic. Cela arrive.

«C'est ça, la vie moderne», dit Paolo.

Puis ils doivent rester sans bouger. Pendant des heures. Ils sont incapables d'étendre les jambes, ce qui est d'habitude le problème. Il y a toujours trop de sièges dans des fuselages toujours trop étroits.

Il est étrange, pensai-je, que quelqu'un qui a passé une si infime fraction de sa vie dans les avions y meure.

Mon père souffrait, mais sans gravité, d'une maladie génétique qui affectait ses pieds et ses mollets. À mesure qu'il vieillissait, ses pieds rapetissaient. Ils tournaient vers l'intérieur. Le bas de ses jambes s'atrophiait légèrement par rapport au reste de son corps. La maladie n'était pas nécessairement invalidante. Dans le cas de mon père, elle se manifestait surtout dans sa difficulté de trouver des chaussures appropriées. Il perdait l'équilibre à l'occasion. La principale source d'irritation de la maladie, dans le cas de mon père, était son caractère aléatoire. Vers la fin de la quarantaine, ses symptômes semblèrent progresser. Mais de manière tout aussi brusque et mystérieuse, ils régressèrent. Sans état resta stationnaire jusqu'à l'année avant son départ du Canada pour l'Italie.

Je remarquai à ce moment-là que ses pieds s'engourdissaient comme s'ils étaient toujours froids. Il perdait l'équilibre à l'improviste. Il fit une mauvaise chute près de la piscine.

Il est possible que cette maladie ait contribué à la catastrophe qui le terrassa quelque part très haut dans l'obscurité au-dessus de l'Atlantique Nord. Ou peut-être pas. Mais même s'il n'y avait aucun rapport physique réel avec le caillot qui le tua, ses pieds problématiques étaient une des raisons principales pour lesquelles il s'était décidé à prendre l'avion. Il avait pensé que la chute au bord de la piscine était un avertissement.

Son médecin à Cathcart n'avait pas été d'un grand secours. « Les choses peuvent ne pas évoluer avant longtemps, avait-il dit. Où elles peuvent empirer. »

Mon père avait réfléchi à ceci. « C'est comme vieillir, avait-il répondu.

— Ça y ressemble », avait concédé le docteur.

Ce n'était que la troisième fois de sa vie que mon père voyageait. Il avait pris une première fois l'avion jusqu'à Paris en 1968 à l'âge de vingt ans, routard nord-américain typique qui vivait une aventure estivale typique. Quatre mois plus tard, il avait pris une seconde fois l'avion, un vol transatlantique qui le ramenait à la ville où il avait grandi et où il allait vivre et travailler pendant tout le reste de sa vie. Et quarante-deux ans après, il s'était embarqué pour un vol de Toronto à Milan, accompagné par une statue, un porte-documents rempli de papiers, une valise, un exemplaire du dernier livre de l'historien de l'art Rudolf Wittkower et un carnet Moleskine rouge encore ouvert sur sa tablette de passager quand l'agent de bord remarqua qu'Oliver l'avait posé à l'envers.

Il occupait un siège près du hublot. Le couple à sa gauche rapporta avoir pris des somnifères et n'avoir pas été conscient de ce qui était arrivé jusqu'au moment où le personnel de cabine annonça les préparatifs pour l'atterrissage.

Oliver apportait avec lui une grande et lourde caisse en bois qui ressemblait un peu à un cercueil, ressemblance gênante dans les circonstances. Le transport par avion de la statue avait coûté une fortune et deux porteurs me l'amenèrent sur roulettes deux heures après l'atterrissage du vol en provenance de Toronto. J'étais toujours au comptoir d'Alitalia à Milano-Malpensa occupée à transiger avec les représentants de la compagnie aérienne, les ambulanciers et la police.

Le contenu de la boîte était décrit comme étant une statue décorative. Mon père avait écrit sur le connaissement : « *Le Miracle*. Artiste inconnu. » Il utilisait toujours la même encre noire et fine.

L'agent de bord m'avait tendu son carnet rouge. L'équipage s'était occupé à la perfection de ses effets personnels. Son porte-plume avait été retrouvé sous le siège devant le sien.

« Le même vieux rêve me réveille. » C'était le seul texte. Il avait dû être écrit quelque part avant que se lève l'aube vers laquelle il volait. « Archie passe l'aspirateur dans la piscine. C'est la nuit. Je suis dans l'eau et je le regarde. J'ignore pourquoi le voyage commence ici. Mais il commence ici. »

« La prochaine fois que tu prendras un vol de nuit, me conseilla Paolo, jette un œil aux gens qui restent assis dans leur siège quand tu débarques. Surtout les plus vieux. » Il se tut un moment. Ses yeux d'un brun profond cherchaient les miens dans le rétroviseur. « Il est possible qu'ils ne soient pas endormis. »

Les tam-tams africains continuaient de battre en nous. Les rythmes de notre cours de danse Casatori se mélangeaient au rythme régulier de notre lisse trajet en Mercedes. Nous pensons, Clara et moi, que l'énergie de notre cours hebdomadaire dure des jours. Clara aime particulièrement les grands moulinets des bras, les ondulations des hanches et les mouvements de l'afrofusion. Ce soir-là, elle avait déclaré à plusieurs autres femmes qui assistaient au cours qu'après être obligée de rester assise dans un bureau toute la semaine, elle avait besoin de se défouler. Nzegwhua, notre monitrice, l'avait entendue. « Parfois tu bouges comme une guenon folle », avait-elle dit. À cause du doux sourire légèrement édenté de Nzegwhua, il était difficile de savoir si c'était ou non une critique. Clara parut hésiter un moment, puis décida que ce n'en était pas une. Elle me prit la main et la balança de l'avant vers l'arrière. « C'est nous, dit-elle. C'est ce que nous avons toujours été. Nous sommes les embarrassantes guenons du cours Casatori de danse afrofusion niveau débutant. »

Assise à présent dans le siège du passager, Clara regardait toujours fixement vers l'ouest, vers la mer qui s'obscurcissait.

Depuis le siège arrière, je remarquai pour la première fois que Paolo avait moins de cheveux au sommet de la tête. Je me demandai s'il le savait et en vins à la conclusion que non. S'il l'avait su, il aurait camouflé avec plus d'ingéniosité son début de calvitie.

Je le remerciai pour son information. Puis je fermai les yeux. Le ronron des excellents pneus radiaux m'apaisait. Je pensais à un modèle qui posait pour un artiste. J'étais bloquée dans sa pose. Je pensais à la difficulté de l'immobilité et je m'endormis en rêvant à la danse. Je ne me réveillai pas avant que la Mercedes s'engage dans la montée de la Via Maddalena.

Quand ma mère sculpte la pierre, elle dit qu'elle ignore quelle forme elle a en tête jusqu'à ce qu'elle la trouve. « Ne pas savoir est le point essentiel, avait-elle coutume de dire. C'est ainsi que nous sommes quand nous naissons. Et c'est ainsi que nous serons quand nous mourrons. Le reste du temps, les choses ne sont pas évidentes. »

Je me disais que c'était une de ses excuses vaguement mystiques pour n'avoir pas la patience de planifier plus soigneusement ses projets. Je suis, par nature, plus organisée.

Mes écrits professionnels à l'Agence régionale de tourisme, programmes de festivals culturels, communiqués de presse et brochures de voyage, commencent toujours par un aperçu détaillé. Même ces résumés subissent plusieurs versions et tout le monde au bureau régional a l'occasion de les commenter. J'accepte avec plaisir les critiques de mes collègues quand une idée passe de l'état de projet à celui d'aperçu et ensuite à celui d'ébauche. Il est encourageant de savoir exactement ce que l'on produira avant de le produire. Mais maintenant qu'il m'arrive de penser si souvent à mon père, je ne suis pas certaine que l'approche de ma mère ne soit pas la bonne.

D'ordinaire, Pier-Giorgio ne participe pas au long processus de mise au point d'un projet. C'est un homme occupé. Il n'exprime ses opinions que quand le texte est proche de sa forme finale. Ce jugement réservé ne contribue en rien à rendre notre bureau plus efficace, mais renforce sa position en rendant chacun de nous aussi peu sûr de soi que possible. Son refus de notre brochure *Les Montagnes de Michel-Ange* arriva à la toute dernière minute. Nous avions déjà retenu les services de l'imprimeur.

Mais je ne peux pas dire que ce fut une perte de temps.

Oliver aimait *Les Montagnes de Michel-Ange*. Il le dit du moins. Je lui apportai le document lors de ma première et unique visite à Cathcart. C'était en juin 2009. Et l'un des quelques rares souvenirs que j'ai gardés de mon père, outre l'entendre parler, est le regarder lire.

Nous étions dans le pavillon de natation de son étrange et vieille piscine. C'était le soir.

Je décrivais Michel-Ange comme un homme costaud aux yeux mélancoliques, qui avait de grandes oreilles, des mains calleuses et un nez brisé. Je fis remarquer que *scultore* était une description de lui-même que Michel-Ange ajoutait souvent à sa signature, même après qu'il eut peint le plafond de la chapelle Sixtine.

Dans l'introduction de la brochure, je disais que, plus que la pierre, c'était l'acte même de sculpter qui comptait pour Michel-Ange. « Le talent qu'il avait de mettre au jour les trois dimensions de la beauté d'un objet était le moyen, croyait-il, d'atteindre la finalité de son âme. » C'est en fait ce que j'avais écrit. Et c'est peut-être la phrase qui nous a coulées. Je ne pense pas que Pier-Giorgio ait lu plus loin. Les théories esthétiques n'étaient pas son fort.

Les figures que Michel-Ange avait en tête existaient déjà parfaitement, croyait-il, dans les blocs extraits des carrières. Son travail ne consistait qu'à libérer les formes, ce qui voulait dire qu'une grande part de ce travail dépendait de la pierre qui était choisie. C'est pourquoi il passa tant de temps dans les carrières.

Pendant que mon père lisait *Les Montagnes de Michel-Ange* en ce soir de juin à Cathcart, son seul mouvement était sa manière brusque de tourner les pages. Il ne leva pas une seule fois la tête pendant sa lecture. De profil, les traits de son visage étaient plus fins que l'idée que je m'en faisais. J'entendais des corbeaux quelque part dans les collines. Il y avait juste assez de lumière.

Les quelques jours que j'ai passés à Cathcart, une année de lettres manuscrites de mon père, quelques documents, le carnet rouge qu'il avait avec lui lors de son vol, une vieille statue et le désintérêt de ma mère pour l'exactitude histo-rique, voilà tout ce que j'ai à me mettre sous la main quand vient le temps de me rappeler Oliver Hughson. Il en va à peu près de même, j'imagine, dans le cas des familles plus tradi-tionnelles. La plupart des gens grandissent avec des histoires dont ils ne savent pas s'ils ont envie de se souvenir.

Un clerc d'avocat, employé à Viareggio, me remit le paquet en mains propres. Il resta assis immobile et silencieux. Je lus dans l'ordre indiqué : d'abord le testament, ensuite un relevé comptable de douze pages de l'actif de mon père et enfin sa lettre. « Ne te sens en aucune façon liée par ce que tu lis », avait-il écrit.

Je m'y sens donc, bien sûr, liée. Et j'en suis venue à penser que la façon dont ma mère travaille la pierre est un guide utile pour m'acquitter de mon obligation.

Personne n'aurait pu planifier ce qui est arrivé. Personne n'est capable de deviner les improbables connexions de l'amour. Mais c'est dans cette improbabilité que nos vies trouvent leurs meilleures surprises. Et c'est ça qui est étrange.

CHAPITRE SEIZE

Julian Morrow retrouva Grace et Argue Barton dans le hall de leur hôtel à Carrare à huit heures du matin. L'excursion avait été planifiée la veille pendant le lunch à sa villa.

Ils avaient également commencé, pendant ce repas-là, à parler d'un plan d'aménagement paysagé pour le terrain de la Maison Barton à Cathcart, même si Grace était absolument incapable de préciser qui avait le premier abordé le sujet. Il lui semblait que c'était sans doute Argue, quoiqu'à la réflexion une idée du genre semblait tout à fait étrangère au caractère de son mari.

Grace avait souligné la similitude de configuration des terrains.

« Je doute que l'on associe souvent Cathcart et la Toscane, dit-elle à Morrow. Mais la maison de mon mari... » Elle parlait et regardait Argue Barton, et quand leurs yeux se croisèrent, elle rectifia immédiatement. « Notre maison, dit-elle avec un sourire, se niche aussi sur un flanc de colline boisé. Elle a la même orientation, si je ne me trompe pas. »

Elle se souvenait clairement que Julian Morrow avait applaudi et avait dit : « Et bien voilà ! L'idée est magnifique. »

Mais d'où exactement était née cette magnifique idée ?

« Voilà ! » leur avait dit Morrow après qu'on les eut débarrassés de leurs assiettes et avant que soient servis le gâteau aux amandes et le café sur le patio de sa villa. Il se leva de table. « Buvez votre vin. Allons nous promener un peu. »

Il leur avait fait faire lentement le tour de sa piscine. «Les artisans locaux sont si habiles, dit-il, qu'ils seraient capables de créer exactement la même chose... pour vous... à Cathcart.» Le mouvement de son bras engloba la piscine, les murets, la haie et les sculptures. «Et vous auriez beaucoup de mal les soirs d'été à savoir si vous êtes en Ontario ou en Toscane. Vous ne distingueriez pas les répliques des originaux.

— Ah! Mais nous saurions que les statues sont des copies, dit Grace. Et cela gâcherait toute l'affaire.

— Vraiment? demanda Morrow.

— À coup sûr!

— Vos statues ne seraient pas aussi belles que les miennes?»

Grace voyait bien qu'il se moquait d'elle. Mais elle était prête à continuer le jeu. «Non, dit-elle en sirotant une gorgée de vin blanc délicieusement froid.

— Et vos jeunes filles en pierre ne seraient pas aussi adorables?

— Je crains que non.

— Et la fontaine? Elle coulerait de manière inauthentique dans votre piscine, je le concède.

— J'en suis certaine. N'est-ce pas, chéri?»

Son mari, qui n'avait pas suivi leur échange, opina.

«Alors dites-moi, poursuivit Julian Morrow. À quel point pensez-vous que ma vieille piscine soit "antique"?»

Ni Grace ni son mari n'étaient disposés à le deviner

Morrow en fut immensément ravi. «Certaines de ces statues sont vieilles. Très vieilles, en fait. Mais d'autres, certaines autres de ces antiques statues, je les ai fait faire. Elles ont été sculptées à Carrare, ici, dans mon atelier, par mes artisans... il y a tout au plus... quatorze mois.»

Il éclata d'un rire tonitruant. «Pouvez-vous l'imaginer? Quatorze mois! Certaines de ces œuvres sont aussi vénérables que ça!»

Il fit un geste vers la fontaine.

« Et je vous mets au défi de voir quelque différence que ce soit entre une de mes statues vieilles de quatre siècles et une autre qui n'a que quatorze mois. Non seulement je les confonds moi-même, mais il y a autre chose de plus important : cela m'est égal. Imaginez ! Cela m'est égal. Neuves ou vieilles, elles sont nées de la même tradition. Elles sont sculptées de la même façon, au même endroit, par les mêmes familles d'artisans. Elles sont faites de la même pierre. Si vous croyez, comme je le crois, que ce sont des générations d'artisans qui les produisent, et non le talent solitaire d'un seul sculpteur, il n'y a aucune raison de préférer les plus vieilles aux plus jeunes. Aucune raison au monde. »

Il expliqua que la patine convaincante des statues neuves n'était pas due à leur âge. Elles passaient trois mois enfouies dans un coin de la cour d'un des ateliers de Morrow à Carrare et ses hommes venaient le plus souvent possible uriner sur l'endroit bien délimité du sol où elles étaient enterrées, ce qui donnait à la pierre blanche ce gris cendré et les reflets dorés de sa surface. Morrow s'excusa auprès de Grace pour cette explication d'une méthode si grossière mais efficace, de reproduire la beauté qu'apportait le temps.

Morrow prenait, à ce moment-là, pour acquis que le projet Barton irait de l'avant. Il réfléchissait aux coûts d'expédition. Il envisageait la possibilité, une fois le temps venu, de déloger certaines des statues de sa propre piscine et de les envoyer. Il lui serait très facile de les remplacer. Ce ne serait pas la première fois qu'il vendait des œuvres de sa villa à un client.

Il y avait bien sûr un protocole à suivre. Il fallait que Grace et Argue s'en parlent. Ce n'était pas une mince affaire. Morrow leur dirait de prendre leur temps. C'était un investissement considérable après tout. Il avait connu des travaux qui avaient demandé des années de planification. Mais pendant qu'ils y réfléchissaient, il les aiderait à imaginer les jardins étagés, les sentiers, les fontaines et la piscine. Il recruterait un photographe (il connaissait l'homme qu'il fallait) qui enverrait à Cathcart des photos de son propre domaine. Ce serait utile.

Le paysage qu'il imaginait cesserait d'être pour eux un rêve. C'était un vendeur exceptionnel. Ils deviendraient propriétaires d'une piscine entourée de statues anciennes, mais sans encore la posséder.

Il les aiderait. Il leur faciliterait tout. Il trouverait quelqu'un pour superviser le travail, quelqu'un de talentueux.

Cela coûterait cher, bien sûr. Mais toutes ces choses ont un coût.

Et il leur montrerait les carrières d'où le marbre proviendrait. Il le ferait effectivement, c'est ce qu'il dit aux Barton. Il les ramena à la table sur laquelle étaient maintenant posés des gâteaux, des glaces et un vin liquoreux pour accompagner leur dessert.

«Je me demande si vous auriez envie de vous joindre à moi demain pour une promenade jusqu'aux carrières», dit-il.

Il ne savait pas si Grace serait ravie ou peinée qu'il ne tienne apparemment pas compte de son handicap. Il pensait qu'elle en serait plutôt contente. «Nous partirons le matin, si vous le pouvez.»

Grace et Argue se regardèrent, essayant d'évaluer ce qu'ils devaient répondre à cette seconde invitation inattendue de la journée.

«J'aime grimper là-haut de temps en temps, poursuivit Morrow. Cela me fait du bien à l'âme. Les montagnes offrent une rare combinaison d'intenses plaisirs. Et la randonnée est toujours plus agréable en compagnie.»

Il regarda le ciel. «La température a l'air de vouloir se montrer clémente. Je suis certain que vous trouverez l'excursion intéressante.

— Oh, Argue, dit Grace, ce serait toute une aventure!»

Troisième partie

LA GRADINE

Le Bernin traitait le marbre avec une telle tendresse
que la pierre ressemblait à de la cire
ou même à la chair elle-même.

ABBÉ FRANÇOIS RAGUENET, 1700

CATHCART, ONTARIO. AVRIL 2010.

J'espère qu'Herkimer, Mulberry, Cannon et Flatt ont fait preuve de sérieux et t'ont satisfaite. Même si je ne puis en être absolument certain, bien sûr. Vu les circonstances. Nous sommes en avril 2010. Mais les choses vont changer. Je suis ici sous un éclatant soleil printanier. J'écris cette lettre près d'une vieille piscine, certain d'à peu près rien d'autre.

Mais d'après mon expérience, le cabinet Herkimer a toujours été d'une prévisible fiabilité. Ses avocats ont représenté mes parents adoptifs, ont exécuté dans les plus petits détails les dernières volontés de Winifred Hughson en 1976, puis après le décès de mon père quatorze ans plus tard, se sont occupés de l'acte de cession en ma faveur de la propriété de l'avenue Hillside et de la majeure partie de ses biens. Tout le monde (en tout cas tous ceux qui sont du monde en ville) les appelle les gars de chez Herkimer. C'est l'étude légale de prédilection des familles établies de Cathcart. Les familles auxquelles Archie Hughson faisait référence en les appelant « les braves vieux ». Les anglicans, en d'autres mots.

Archie et Winifred fréquentaient l'église unie Montrose. Archie avait été élevé dans une tradition plus austère. Ce ne fut cependant pas la doctrine qui motiva son passage de l'Église presbytérienne à l'Église unie, mais plutôt la proximité de l'église unie Montrose et de sa maison, avenue Hillside. « La même baignoire, résumait Archie. Une eau un peu plus chaude. »

Il était professeur. Il voyait sa profession comme une vocation honorable, une vocation qui combinait les plus grandes responsabilités possibles avec le plus bas salaire imaginable et qui cadrait avec les sérieux et puritains dimanches de son enfance.

Mais il écrivit un manuel de géographie. Il n'avait pas d'aspirations littéraires et aucun espoir de succès commercial. Il rédigea *Notre Monde* uniquement parce que l'ennuyeux manuel à partir duquel il était obligé d'enseigner était atroce.

Le manuel *Études de géographie* avait été publié pour la première fois à la fin des années 1920. Archie l'ignorait dans la mesure où le programme scolaire le lui permettait, parce que le monde y était découpé en chapitres qui tous commençaient par des illustrations, de petites photos floues noir et blanc, par exemple : « Une rue animée de Rome » ou « Indigènes récoltant la canne en Afrique », et qui se terminaient tous par des exercices de mémorisation pour réussir les tests. La pluviosité annuelle en était un sujet favori. Mais son manque d'intérêt, reconnu par le Département, n'était pas le pire défaut du manuel, d'après Archie. « Rien dans cet ouvrage ne se raccorde à rien, se plaignait-il à Winifred. Et c'est un vrai problème. Parce qu'en géographie tout est interdépendant. »

Archie était un professeur très aimé. Il avait une fougue dont il ne se départait jamais, une sincérité qui amenait ses élèves à comprendre, quand il entrait dans une salle de classe, qu'il y était non pas parce qu'il devait se conformer aux exigences du programme scolaire ou parce qu'il fallait terminer le trimestre, préparer les examens départementaux ou parce que c'était son travail. Il y était, ouvrant sur son bureau sa serviette de cuir usée, remettant des devoirs annotés avec soin, parce qu'il avait quelque chose de très intéressant à leur communiquer.

Archie lisait avec passion des descriptions d'endroits qu'il ne verrait jamais et encourageait ses élèves à fréquenter régulièrement la bibliothèque publique de Cathcart. Il les encourageait aussi à apprendre les réalités du monde en prêtant attention à tout ce qui les entourait. Pour leur enseigner les conditions naturelles de l'Amazone, il lui arrivait de les amener voir les marécages au printemps à la périphérie de Cathcart. Il leur enseignait les chaînes de montagnes européennes en les guidant sur les sentiers calcaires derrière sa maison. Il espérait que ce qui pouvait s'observer ferait naître de la curiosité pour ce qui ne le pouvait pas. La fonte d'un banc de neige était comparée au recul d'un glacier. Une flaque à côté de la cour de récréation était une mer préhistorique. Une fissure qui s'élargissait dans le trottoir de l'entrée des filles était à l'image de la dérive des continents. Il n'y avait jamais de raisons de ne pas apprendre.

Archibald Hughson était connu (connu, c'est-à-dire à Cathcart) pour sa nature amicale, la sévérité de ses notes, ses nœuds papillon et ses promenades géographiques. Mais ce fut un légendaire examen final qui établit le plus solidement sa réputation. Cela ne se passa qu'une fois. Ce n'était pas le genre d'examen qu'il était possible de répéter, mais pendant des années, en fait chaque année jusqu'à la retraite d'Archie Hughson, son impact resta constant. Tout étudiant qui préparait un examen final en géographie pour M. Hughson savait que son professeur était capable de demander n'importe quoi.

En ce mémorable jour de juin, ses élèves qui étaient entrés inquiets en file indienne dans sa salle de classe, la tête bourrée des noms de rivières qu'ils avaient mémorisés, des taux de précipitations et des statistiques de production de potasse, furent confrontés non pas à une page de questions imprimées déposée sur chaque pupitre, mais à deux objets placés sur une petite table métallique blanche à l'avant de la classe : un gros morceau de calcaire brut et une réplique miniature en marbre du *David* de Michel-Ange. Sur le tableau, écrite d'une écriture inhabituellement grande et massive, il y avait une phrase soulignée deux fois : « Comparez et mettez en contraste. »

« Je veux qu'ils réfléchissent, avait-il dit à sa femme le jour où l'idée lui était venue. Je ne veux pas qu'ils régurgitent. »

Notre Monde était le produit du même instinct pédagogique. Il fallut à Archie trois vacances d'été successives pour l'écrire. Le succès du nouveau manuel de géographie fut totalement imprévu. Il fit de lui un atypique client d'une des firmes d'avocats les plus respectées de Cathcart. Archie ne s'était jamais attendu à avoir de l'argent. Les familles de la ville qui avaient toutes les raisons de croire qu'elles en auraient toujours en abondance appréciaient fort le cabinet Herkimer.

Je me rappelle les hauts plafonds de ses bureaux dans le vieux centre-ville. Ils allaient être démolis peu après que je m'y sois assis avec Archie une semaine après la mort de Winifred. Les pièces aux murs lambrissés de bois se trouvaient au dernier étage – le cinquième – d'un bâtiment dont le hall d'entrée était en marbre, le plancher des corridors en bois franc verni, les fentes des chutes de courrier en cuivre et où, même à l'époque, les garçons d'ascenseur étaient gantés de blanc.

Je ne suis pas exactement une antiquité. Mais j'appris d'un jeune reporter du *Chronicle,* avec qui je commis un jour l'erreur de prendre un café, que la disparition graduelle du vieux Cathcart fut suivie par l'oubli, beaucoup plus rapide, du souvenir même de l'existence de cette vieille ville. Le jeune reporter avait un diplôme en histoire, m'a-t-il dit. Peut-être. Mais son diplôme ne lui a pas permis de comprendre grand-chose du passé récent.

Je lui parlais, j'ignore pourquoi, des fontaines à eau potable de Cathcart. Ces fontaines sur pied étaient aménagées dans le centre-ville à certains coins de rue, le plus souvent là où des érables ou des ormes offraient leur ombre tachetée de lumière aux passants assoiffés. En ce temps-là, les trottoirs de Cathcart étaient larges. Ces fontaines n'arrêtaient pas de couler. L'eau d'une fraîcheur exquise qui en jaillissait scintillait dans la lumière claire et pure de leurs cuvettes en acier inoxydable. «Vraiment? demanda mon ami journaliste. Pouvait-on en boire en toute sécurité?»

Pour lui, *Ozymandias* aurait aussi bien pu être l'architecte de la vieille montée qui gravit Hillside et dont les fondations de pierre envahies par les herbes sont toujours visibles entre les arbres. Mes plus lointains souvenirs de Cathcart : ses trottoirs marron doré, les auvents de ses magasins de porcelaine et de ses couturiers, les entrées à colonnades de ses théâtres et de ses cinémas, ses fontaines victoriennes et ses toilettes de marbre froid sous des massifs circulaires de fleurs entretenus par la municipalité, lui étaient aussi exotiques que Babylone. J'appréciais de moins en moins ma conversation avec le jeune journaliste à mesure que je les évoquais. Vers la fin de notre entretien, je me sentis beaucoup plus antique qu'à son début.

Une seule transformation peut se comparer au vieillissement physique : penser que rien ne disparaît pour se rendre soudain compte qu'en fait tout disparaît. Il y a maintenant des magasins à prix réduits et des Money Marts dans les rues principales du centre-ville. On y trouve des sous-marins et des pointes de pizza.

Le Cathcart qu'ont connu mes parents a quasiment disparu. Et il ne faudra pas longtemps avant que les derniers de ceux qui s'en souviennent disparaissent à leur tour. Ainsi se perdent les choses. Et c'est la raison, je suppose, pour laquelle avant de m'arrêter ici pour prendre un lunch suivi sans doute d'une courte sieste, je te demande, ma fille, ma seule enfant, de te souvenir de temps à autre de quelque chose que tu n'as jamais connu.

Il ne serait pas exact de dire que je suis tombé amoureux de ta mère la première fois que je l'ai vue. Voici ce qui est exact : la première fois que j'ai rencontré ta mère, je savais que je tomberais amoureux d'elle si je la rencontrais une ou peut-être deux autres fois. Dans une petite ville comme Pietrabella, rencontrer de nouveau Anna dans la rue, au *Café David* ou au marché était inévitable. Et c'est ce qui fut scellé la première fois que je la rencontrai. Il ne restait que deux questions : dans combien de temps cela se passerait-il et Anna s'en rendrait-elle compte ?

Son énergie qui avait toutes les apparences d'une grande beauté rendait vivants des traits qui auraient pu être ordinaires : un visage fin, un nez plutôt long, des yeux bruns, circonspects. Ses cheveux étaient si parfaitement assortis à sa personnalité que c'était la première chose qui venait d'habitude à l'esprit quand on pensait à elle. Ils étaient comparables, ai-je dit un jour, dans leur abondante et sauvage splendeur, à la cascade de plis du grand manteau de sainte Thérèse tel que l'a sculpté Le Bernin dans sa statue *Sainte Thérèse et l'ange*. Je suis gêné d'avouer que c'étaient exactement mes mots.

La sculpture fut une des matières qu'Anna décida de m'enseigner pendant l'été. Son amour de la pierre semblait associé à tout. Il y eut des soupers pendant lesquels nous ne parlâmes de rien d'autre. J'ai toujours eu du respect pour l'art, attitude typique de la classe moyenne qu'Anna pensait acceptable à condition d'être étoffée un peu. Elle m'amenait faire des excursions d'un jour à Florence et après être débarqués du train, nous commencions toujours avant d'aller à l'Académie, à la Galerie des Offices ou au musée du Bargello, par nous rendre dans un bosquet du jardin de Boboli pour fumer un joint.

Un jour, nous allâmes à Rome. Anna me passa son exemplaire de poche du traité sur Le Bernin, écrit par Rudolf Wittkower, à lire pendant le trajet en train. Les pages de l'ouvrage étaient retenues par un élastique plus que par sa reliure disloquée. Le texte était abondamment souligné ; peu de mots ne l'étaient pas.

Comme pour toutes les autres matières de son programme d'études de cet été-là, j'étais un étudiant enthousiaste. Et j'étais impatient de montrer ce que j'avais appris. Mais quand je mentionnai le sujet de sainte Thérèse, je fus accablé de découvrir que je n'étais pas le premier à émettre des commentaires sur les baroques associations – du haut baroque, en fait – de la statue et d'Anna au lit.

Pietrabella était une ville où les sculpteurs abondaient et Anna avait préparé le café du matin dans le désordre de sa cuisine pour bon nombre d'entre eux. C'était un lieu où les noms du Bernin, de Michel-Ange, Brancusi, Canova ou Moore faisaient presque partie du ménage. Tout le monde connaît *Sainte Thérèse et l'ange*. Il n'est donc pas surprenant que quelques-uns de ses amants aient fait la même association que moi. À Pietrabella, elle était plutôt notoire.

Ces fractions de seconde extatiques, transfigurantes, attiraient Le Bernin. Et tout grand sculpteur qu'il ait été, cette spectaculaire compulsion le rend moins grand que Michel-Ange. C'était du moins l'opinion d'Anna en la matière. La maîtrise avec laquelle Le Bernin maniait la pointerolle, le poinçon, la gradine, la râpe et le marteau de taille était inégalée. Peu d'objets ont l'air moins sculptés dans la pierre que le manteau de sainte Thérèse. Et peu de chevelures ressemblent plus à ce somptueux désordre de lourde soie que les cheveux d'Anna. Le Bernin était incapable de créer rien d'aussi inélégant et peu féminin que certaines des pires statues de femmes de Michel-Ange. Mais il lui manquait quelque chose qui se retrouvait dans chaque bloc de pierre que Michel-Ange touchait.

« Il est terrible, comme vous pouvez le voir, et intraitable », disait le pape Jules II de Michel-Ange, et c'est cette qualité, cette *terribilità*, plus que le siècle qui sépare les deux grands artistes, qui distingue les furieuses préoccupations de Michel-Ange du génie lisse du Bernin. Michel-Ange concevait des figures qui, peu importe la niche ou le socle qu'elles devaient occuper, existeraient de façon plus importante dans l'espace infini de l'imaginaire de ceux qui les regarderaient. Le Bernin, par ailleurs, plaçait les siennes dans des cadres d'un manque de naturel élaboré et coordonnait à la perfection sculpture et architecture. Il imposait sa propre perspective à celui qui regardait ses œuvres, et il expérimentait la théâtralité d'une lumière à la fois mise en scène et cachée. Il était un « showman ». Non seulement Le Bernin aimait les histoires, mais il raffolait d'habitude de leur moment le plus spectaculaire.

À l'époque du Bernin, le marbre des montagnes apuanes était le matériau de prédilection des sculpteurs et, de manière plus importante, de leurs clients hollandais, espagnols, anglais, italiens et français. Par un hasard géologique, la composition du matériau avait la force requise pour accommoder le travail de taille le plus délicat. Le Bernin était un virtuose du marbre. Il a sculpté *Sainte Thérèse et l'ange* dans la pierre de Carrare.

La figure à demi-allongée est sur le point d'être transpercée par la flèche de l'Esprit Saint brandie par l'ange au-dessus d'elle. Ses yeux semblent venir de se fermer. On réfère souvent à l'œuvre en l'appelant *L'Extase de Sainte Thérèse*, un titre qu'Anna préférait. « C'est ce que c'est », disait-elle. Elle m'avait à l'œil lorsque nous étions ensemble à Rome dans la lumière grise de la chapelle Cornaro. Elle voulait s'assurer que je comprenne. Elle se disait que je ne comprenais pas. La candeur d'une éducation reçue à Cathcart était une perpétuelle source de fascination pour elle. « C'est la statue de l'orgasme », se sentait-elle obligée de préciser comme si elle devait expliquer quelque chose à un élève particulièrement lent. Et comme je n'ai pas de photo d'Anna, je garde épinglée au-dessus de mon bureau à la maison une illustration en noir et blanc d'une page qui s'était détachée de la reliure en lambeaux de son Wittkower : « *Sainte Thérèse et l'ange, 1646-52. Chapelle Cornaro, église Sainte-Marie-de-la-Victoire, Rome. Le Bernin.* »

Je suis arrivé à l'appartement de Richard Christian et Elena Conti, Via Maddalena à Pietrabella, en mai 1968, après trois démoralisantes journées d'auto-stop depuis Paris. Ma dernière et seule partie chanceuse du trajet a commencé quand un chauffeur m'a embarqué à la sortie de Gênes. Il fumait des Marlboro. Sans arrêt, à en juger d'après le cendrier. Et il avait écouté des chansons de Ramblin' Jack Elliot et de Jerry Jeff Walker pendant toute la route depuis la Hollande, à en juger par son manque d'intérêt à faire jouer d'autres cassettes pendant le reste du voyage.

Il allait à Pietrabella et comptait y rester pendant les six prochains mois. Peut-être plus. Il y avait déjà été. Il y avait un atelier. En plus, il connaissait l'adresse gribouillée sur le bout de papier que Richard m'avait donné au Louvre. Il était heureux de m'y amener tout droit. Après avoir tiré d'un coup sec la manette de son frein à main, sa Deux Chevaux s'arrêta dans la rue en pente devant le mur du jardin du numéro 19.

Des marches traversaient des vignes étagées et menaient à une grande et vieille demeure. La sonnerie de la porte avant alluma la minuterie de l'éclairage de la cage d'escalier intérieur. L'entrée de marbre ne réverbéra pas le bruit, mais donnait l'impression froide et étincelante qu'elle pourrait raisonner très fort si on lui en laissait ne fut-ce qu'une petite chance.

Elena était debout à côté de Richard dans l'embrasure de la porte ouverte de leur appartement. Elle me regardait, moi et mon sac à dos, avec suspicion. J'entendais des voix et des bruits de couverts qui s'entrechoquaient derrière elle. « Bien, bien ! dit Richard. Regarde moi ça ! C'est mon esclave mourant. »

De nombreux soupers identiques eurent lieu dans cet appartement pendant le temps que je passai à Pietrabella. Je ne suis donc pas certain de me souvenir du premier ou de toute une série d'autres soirées semblables. Quelques jeunes artisans italiens devaient y être : d'abord Giuliana qui travaillait dans un des ateliers de la ville et qui avait un sourire si large et si blanc que c'était la poussière de marbre de son travail qui semblait l'avoir dessiné. Il devait y avoir aussi quelques sculpteurs étrangers. Peut-être Luc, grand et émacié avec ses cheveux noirs frisés, qui sculptait de longs totems de marbre poli qu'il vendait par l'intermédiaire d'une galerie à Zurich. Deux sculpteurs suédois étaient souvent chez Richard et Elena. Ils travaillaient ensemble à des commandes pour des vignobles californiens et pour des promoteurs en Floride. Ils habitaient ensemble la même maison nichée dans les montagnes avec leurs petites amies et des enfants dont tout le monde s'occupait. Ils portaient des salopettes en denim et à l'occasion prenaient ensemble des petits buvards d'acide. Ils essayaient de lever des fonds pour sculpter un mémorial aux travailleurs de la région morts dans les carrières. Leur idée, née du projet avorté de Michel-Ange de sculpter un colosse à flanc de montagne, était de créer un tableau d'ouvriers des carrières d'environ dix-neuf mètres de haut sculpté directement dans les flancs du mont Altissimo. C'est le genre de chose qui vient à l'esprit quand on prend du LSD.

Et bien sûr, il y avait ta mère.

Elena et Richard faisaient sans doute rôtir du poulet et des légumes ce soir-là. Ils en préparaient souvent. On me fit entrer. Ils me présentèrent à leurs invités. Ta mère était intriguée, comme elle l'admit plus tard, quand Richard répéta ce que j'avais rapidement expliqué à la porte de l'appartement. Sa version était plus courte, mais plus haute en couleur que la mienne. Il dit à ses amis qu'il m'avait rencontré au Louvre et que j'étais maintenant en cavale pour échapper à la police française.

Je déposai mon sac à dos dans la chambre d'amis comme on me l'avait demandé.

Quand je revins à la cuisine, Elena se retourna et rit. Je ne suis pas certain des raisons de son rire. Le moment n'était pas particulièrement signifiant. Elle était très petite ; petite, c'est-à-dire pour quelqu'un dont le rire subit devenait toujours le centre de la pièce dans laquelle elle se trouvait.

Elle s'habillait de couleurs vives. Elle avait un grand sourire expressif. « Des yeux comme des bassins, dit un jour Richard. De profonds bassins pleins d'espièglerie. »

J'ai toujours gardé le souvenir d'Elena qui se retournait et riait devant le comptoir de cette cuisine. Parce que j'étais seul, je suppose. Et parce qu'elle était gentille. Rien dans son rire et rien dans la manière dont son visage franc regardait tous ceux qui étaient présents dans la pièce ne m'excluait.

Elena se retourna et rit, puis elle me demanda si je voulais bien aller chercher un peu plus de romarin pour la cuisine. J'eus l'impression que c'était une façon spéciale de me souhaiter la bienvenue. Ce n'est pas le genre de chose qu'on demande à un étranger.

Derrière la maison, il y avait un terrain en pente planté de légumes et de fines herbes. Il était bordé d'un muret et s'élevait en terrasses soigneusement entretenues jusqu'à la vieille muraille de la ville. Je me penchai et farfouillai dans les plantes. J'avais l'impression de chercher quelque chose dans des classeurs.

Quand les voyageurs parlent de leurs voyages, ils évoquent les paysages, les bruits, les événements et les gens qu'ils ont rencontrés. Mais ils mentionnent rarement l'air ou s'ils le font, ils n'en décrivent qu'un aspect fragmentaire, peut-être sa chaleur, peut-être son caractère vif et salé. Ils font rarement référence à son effet plus général : cet amalgame d'humidité, d'altitude et de température qui rend tout si différent dans des lieux différents.

Je n'ai jamais ressenti un air pareil à celui du soir où j'ai rencontré ta mère. Le ciel était mauve et la température si fraîche que j'avais l'impression que la gravité avait perdu son emprise habituelle sur les choses.

Je ne trouvai pas de romarin.

La cuisine donnait sur le corridor central du premier étage. Le tourne-disque jouait du jazz. L'air était lourd de tabac, d'huile chauffée et d'une odeur d'ail dont les gousses doraient dans une poêle à frire.

On ne remarqua pas tout de suite mon retour les mains vides. Pendant ces repas entre amis, tout le monde se lançait dans de grands discours sur n'importe quoi : Coltrane et Brancusi, Django Reinhardt et Henry Moore, Kerouac et Donatello. Les quelques soupers que les Hughson avaient organisés à Cathcart étaient des trucs collet monté, graves et formels. Je pense que c'est lors de ce premier souper à Pietrabella que je compris que la raison d'être de ces rencontres était de parler, rire, blaguer et raconter des histoires.

Richard aimait particulièrement parler de musique et de sculpture, et il n'était pas toujours évident de déterminer duquel de ces deux sujets il était question quand il en parlait. En ce sens, il était comme Anna : pas très porté à faire des distinctions. Il n'était pas toujours facile à suivre, mais quelque chose dans son accent texan donnait un air sensé à ses paroles ; sensé, c'est-à-dire pour un artiste, sensé pour quelqu'un qui refusait tout argent de ses riches parents et était capable de faire tout le trajet jusqu'à Paris pour y regarder une seule et unique sculpture.

Richard subissait toujours les violentes contradictions de l'exil. Il était tombé amoureux de l'Italie aussi totalement qu'il était tombé amoureux d'Elena, et il vivait dans une sorte de jubilation comme si cet ajout à sa vie était totalement miraculeux. Il échappait à une guerre avec un sentiment d'indignation et un sens de la justice qui révélaient chez lui, d'une certaine façon, une assurance typiquement américaine. Mais parfois tard la nuit, d'habitude quand il était ivre, il souffrait de la tristesse de ceux qui adoptent un pays. Parfois ses sourcils broussailleux s'abaissaient comme pour cacher ses yeux brillants. Parfois son accent traînant disparaissait comme s'il n'était pas sûr de pouvoir contrôler sa voix.

La cuisine d'Elena et de Richard avait de grandes fenêtres et un petit poêle. Il y avait un pot en terre cuite sur un réchaud au gaz. Il y avait un four. Il y avait une planche à découper sur la table de la cuisine. Il y avait une salade qui attendait d'être préparée. Il y avait une petite cruche d'huile. Un morceau de fromage à pâte ferme. Une râpe. Il y avait deux bouteilles de vin ouvertes.

Cette cuisine, même à l'époque, semblait une pièce à l'ancienne avec ses appareils ménagers rudimentaires, ses hauts robinets et son évier minuscule et profond. La table, autour de laquelle un nombre surprenant de convives pouvaient s'asseoir, avait un dessus en marbre gris. L'allège de la fenêtre était également en pierre.

Pas de romarin? Elena eut un sourire patient devant ma stupidité. Tout le monde rit. Mais ce fut Anna qui se leva. Elle portait une chemise d'homme blanche et déboutonnée, un pantalon kaki et de vieilles baskets, sans chaussettes.

Elle m'amena hors de l'appartement et me fit franchir la haute porte à deux battants au bout du corridor pavé de marbre.

Anna s'arrêta à l'arrière du 19, Via Maddalena, et me montra du doigt un buisson de romarin. Il avait la taille d'un gros rocher rond. «Tu n'es pas si intelligent que ça, dit-elle. Pour un desperado.»

Je précisai à Anna l'image que j'avais du romarin.

«Des brins? demanda-t-elle. C'est quoi, des *brins*?»

Maintenant je suis ici. Après toutes ces années. De nouveau près de la piscine. Je me conforme aux instructions du jeune Robert Mulberry.

Je suis ici, maudit par la fureur de ta mère d'être obligé de continuer à vivre dans un pays où le romarin vient en brins et le spaghetti en boîte. Maudit avec raison. J'étais lâche. La plupart des gens le sont. Je suis ici, toujours à Cathcart.

J'ai une écritoire à pince et un peu de papier. Avec un peu de chance, cette chaise de jardin qui doit être aussi vieille que la piscine ne s'écroulera pas avant quelques autres jours. Je bois du Prosecco et du jus de raisin. En souvenir du bon vieux temps.

J'en ai maintenant presque terminé avec les affaires que je dois finaliser avec le jeune maître Mulberry ; ce qui, à trois cents dollars l'heure, est tout aussi bien. Et j'ai maintenant mis au point les détails de la visite que je compte te rendre à la fin de ce mois.

Tu remarqueras que j'écris « visite ». La vente de la propriété de Cathcart ne signifie pas que j'ai l'intention de rester en Italie plus longtemps qu'un parent en visite le devrait. C'est-à-dire pas longtemps. À mon avis. Non pas que je m'objecte à l'idée de rester plus longtemps. Rester plus longtemps est une des possibilités maintenant que je n'ai plus de maison, plus de travail et aucune famille auprès de laquelle revenir. Cela arrive parfois aux voyageurs. Il est toujours possible que je rencontre quelqu'un qui changerait tout.

Le temps est chaud à Cathcart en ce mois d'avril, conséquence sans doute des catastrophiques changements climatiques planétaires, mais heureux concours de circonstances pour ce qui est de mes objectifs personnels. Le délicat équilibre entre la chaleur du soleil et le vent frais qui vient de souffler au-dessus de la dernière neige qui recouvre les bois de Hillside me rappelle Pietrabella. Il y a cette même grâce dans l'air que j'avais ressentie quand ta mère m'a montré le romarin lors de ma première nuit passée en Italie.

Elle soutenait m'avoir vu tomber amoureux le soir de mon arrivée à Pietrabella, mais pas de ses yeux bruns, de sa chemise blanche froissée ou de ses cheveux en bataille. Elle disait qu'elle m'avait vu tomber amoureux de l'air. « Cela a été le début pour toi, avait-elle dit. C'est à ce moment-là que les changements ont commencé à s'opérer en toi. Tu as ressenti d'abord le tout. Les détails sont venus plus tard.

— C'est toi, les détails ?

— L'amour, voilà les détails.

— Je pense que tu t'emballes un peu trop.

— Ton gros problème, avait-elle répliqué, c'est que tu ne t'emballes pas assez. »

C'était vrai, quoique beaucoup moins vrai vers la fin août qu'en mai. Ta mère réussissait très bien à nous emballer tous les deux.

Les autres clients de la *pensione* mal insonorisée que nous avions choisie près du Campo de' Fiori ont dû s'apercevoir de notre présence à Rome. Le matin, nous n'étions pas allés dans la salle du petit déjeuner. Et quand, cette après-midi-là, nous nous sommes retrouvés ensemble dans la chapelle Cornaro, il m'est apparu évident que la tragédie en matière d'appréciation de l'art est qu'Anna n'est pas toujours là pour l'enseigner l'après-midi après une matinée passée à faire l'amour.

« Imagine son corps », me dit-elle. Son murmure rauque dénotait clairement que sa directive n'avait rien d'innocent. Nous regardions la *Santa Teresa* du Bernin depuis presque dix minutes sans parler. « Es-tu capable d'imaginer son corps sous ce somptueux vêtement ? »

Anna me regarda directement un moment. Ses yeux sont d'une beauté exceptionnelle. Puis elle retourna à sainte Thérèse. « Vois-tu ? Le Bernin la saisit juste quand elle commence. Tu ne connais pas cette sensation. Alors laisse-moi te dire. Ne te donne pas la peine d'essayer. Tu ne peux pas te figurer à quel point elle est délicieuse. »

Elle m'embrassa rapidement, comme par commisération pour cette injustice.

« Le Bernin la saisit quand son orgasme vient de commencer. Quand il s'amplifie. Elle commence à monter pour rencontrer la flèche de l'ange. » Anna écarta les cheveux qu'elle avait devant les yeux. « Tout chez elle dit la même chose. Vois-tu ? »

La main d'Anna remua dans l'air devant elle comme pour caresser la forme qu'elle décrivait. « Même les plis de son manteau ressemblent aux vagues du... »

La tête d'Anna était légèrement inclinée vers la gauche. T-shirt. Foulard rouge. Salopette blanche. Vieilles chaussures de tennis. Pas de chaussettes. Ses cheveux étaient dans le désordre habituel. Elle était là : *Anna : Chapelle Cornaro, église Sainte-Marie-de-la-Victoire, Rome.* Son anglais lui faisait parfois défaut.

« Du plaisir ? suggérai-je.

— Exactement, répondit-elle. Les vagues du plaisir. Qui arrivent tout droit du centre de la pierre. »

Je me suis toujours senti heureux d'être capable de me rappeler ce genre de chose...

CHAPITRE DIX-SEPT

Le chevrier arriva en courant au village. Ses petits pieds ressemblaient à des onglons. C'était le mois d'août 1944. Les hommes étaient partis.

O partigiano portami via / O bella ciao, bella ciao, bella ciao ciao ciao!

La démarche du chevrier était heurtée. Ses jambes étaient mauvaises. Il bougeait avec raideur et difficulté. Il avait l'air beaucoup plus vieux que ses trente-trois ans.

Quand il était petit, Italo Cavatore regardait son frère aîné, Lino, jouer sur la place du village bâti à flanc de colline. Les feintes de Lino étaient astucieuses, comme aussi l'imprévisible danse de son corps mince quand il courait. Mais même si les mouvements des deux frères étaient tout à fait dissemblables, ils se ressemblaient plus que le laissaient croire leurs maigres visages. C'était comme si l'infirmité dont souffrait Italo avec ses jambes filiformes et ses pieds tournés vers l'intérieur avait frappé aussi son frère aîné, mais de manière plus générale et moins grave. Lino était un de ces garçons crispés, maigres et nerveux dont il est facile de prévoir quel effet aura l'âge sur leurs traits anguleux. Il n'avait jamais eu l'air vraiment jeune. Mais il était très rapide.

Italo aimait imaginer que c'était lui qui courait et sautait avec les autres enfants. Le soir tombait, les merles volaient en rond et les cloches anciennes des villages dispersés dans les vallées carillonnaient leurs notes monotones. Et dans son rêve éveillé favori, il courait et courait.

Il sentait l'odeur des câpres sur la pierre de la vieille muraille contre laquelle il était appuyé. Il avait les jambes écartées et ses pieds étaient cachés sous ses cuisses pâles, et leur mère appelait les deux garçons quand le souper était prêt. *Lino. Italo.*

Il lui arrivait encore parfois de penser entendre la voix de sa mère. *Liiino. Iiiitalo.* Par temps sec, quand il surveillait ses chèvres, le vent émettait un son long et familier. Quand il s'asseyait sans bouger, il l'entendait. Et dans la rumeur de la chaleur sèche de l'été, il entendait : *Lino. Italo.*

Il rêvait de rendre un jour visite à son frère. Lino vivait dans une maison qui avait l'électricité, du tapis à chaque étage et où l'eau chaude coulait de robinets argentés. Lino était parti depuis treize ans. Une longue période. De longues années sans que la mère voie un de ses fils. Lino lui avait envoyé de l'argent chaque mois jusqu'à la guerre.

Italo se sentait spécial d'avoir un tel frère. Les oliviers, les rochers dans la montagne, les oiseaux, les papillons et les petites guêpes le traitaient avec respect quand il passait clopin-clopant sur les sentiers de chèvres avec son troupeau. Il aimait penser qu'ils disaient tous quand ils le voyaient assis immobile à flanc de coteau à l'ombre d'un vieil arbre : « C'est le frère de Lino Cavatore. »

Lino Cavatore recrutait de jeunes hommes dans les villages des collines et leur offrait de travailler pour lui comme apprentis. « On m'a donné une chance, expliquait-il, et maintenant je suis capable d'en donner une à d'autres. »

Mais la guerre l'avait interrompu. La guerre interrompait tout.

Italo ne perdait pas trace de son troupeau même s'il ne tournait pas la tête pour surveiller ses chèvres. Il ne bougeait pas un muscle. Il écoutait les tintements de leurs clochettes. Elles se déplaçaient non loin. Des papillons se posaient sur lui. Il rêvait de filles, des rêves qui ressemblaient à des nuages.

Ce jour-là, il était assis à l'ombre près du sentier dans les collines. Il avait fermé les yeux. Ses rêves dérivaient autour de lui. C'est alors qu'il entendit les bruits. Loin en contrebas.

Les oreilles d'Italo étaient comme des yeux de lynx, disaient les gens.

Il sut tout de suite. Il entendait le danger qui montait sur le sentier. Alors il se mit à courir. Il courut aussi vite qu'il le pouvait. Il poursuivit son chemin, raide et maladroit, vers le mur d'enceinte gris de Castello et les fondations de pierre de l'église. Il pressa le pas pour traverser l'oliveraie. Il grimpa le sentier poussiéreux, passa à travers une haie de ronces et déboucha sur la rue pavée.

Le chevrier courait sur ses étranges pieds qui avaient l'air d'onglons. Ils n'avaient aucune sensibilité. « Ils n'ont aucune sensibilité », disait-il toujours. Il riait, le visage ridé par toutes ces années passées dans le vent et sous le soleil, et quand les enfants, comme ils le faisaient toujours, demandaient à Italo si c'était vraiment vrai, il les ébahissait. Il retirait une de ses vieilles bottines usées, enlevait sa chaussette reprisée, s'asseyait et grattait une allumette. Il la tenait sous la plante de son pied. Les yeux des enfants s'ouvraient tout grands.

Il courait à présent sur ses pieds qui n'avaient aucune sensibilité. Il courait du mieux qu'il pouvait. Et il tambourinait contre les lourdes portes de bois et il criait.

Il avait entendu un vacarme de moteurs dans la vallée. Des pneus sur le gravier. L'arrière des camions qui s'abaissait. Des bruits de lanières, de bottes et de cartouches.

Italo se dépêchait dans les rues étroites. *Tedeschi*. Il allait de porte en porte et criait d'une voix suraiguë. Les Allemands.

Très vite son cri le précéda. Très vite son alerte le devança et rebondit, vive et agile, de seuil en seuil dans le village de Castello.

CHAPITRE DIX-HUIT

Personne n'est jamais certain de l'endroit où se trouve Pietra-bella. C'est un défi professionnel auquel Clara et moi sommes confrontées tous les jours à l'Agence régionale de tourisme. C'est une chose que mon père et moi avions en commun. Personne non plus ne savait d'où il venait. Personne n'avait entendu parler de Cathcart.

On l'y avait trouvé en 1948 dans une boîte en carton près d'une piscine qui avait un air antique. La boîte avait été déposée à côté d'une statue de marbre.

Le groupe de statues de la fontaine comptait deux autres nus féminins plus petits, d'une facture moins précise et, par une astuce de perspective, apparemment situés plus loin. Ces femmes avançaient avec leurs urnes sur leurs épaules vers la piscine derrière la figure centrale, plus grande. Il y avait une dizaine d'autres statues de pierre autour de la propriété, certaines plus érodées que d'autres par les intempéries. Mais c'étaient les porteuses d'eau partiellement nues qui suscitè-rent la blague que fit Michael Barton la première fois qu'il proposa à Archie Hughson de lui acheter sa piscine.

Michael hérita de la Maison Barton et de son vaste domaine après que son père, Argue Barton, se soit écroulé sur le trottoir devant les bureaux du *Chronicle* de Cathcart le 15 août 1945. Ses journaux comptaient parmi les quelques rares sur terre qui ne firent pas leur une ce jour-là avec la reddition du Japon.

Michael Barton et sa jeune épouse anglaise généralement enceinte avaient si rarement fréquenté la piscine que les Hughson en étaient venus à penser pendant les années après la guerre que c'était une sorte d'aire de conservation aménagée au bout de leur propre jardin, un terrain vierge couvert de neige l'hiver, et l'été un espace vide réservé aux grillons et autres insectes avertisseurs de chaleur. Pendant l'été 1946, le système de filtration de la piscine qui ne fut jamais très efficace se brisa complètement. Les grenouilles devinrent partie prenante du paysage sonore.

Ce fut le premier des nombreux lots de la propriété Barton dont se départit Michael. Mais à vrai dire, il n'avait jamais pris soin du domaine. Sa mère était morte quand il avait huit ans et ce deuil devint pour lui un puits de tristesse si profond et indicible qu'il ne passait jamais un jour sans y plonger le regard. Quand, trois mois après sa mort, la tombe que son père avait commandée fut terminée, Michael en fut terrifié. Elle était blanche et froide et ne ressemblait en rien à sa mère.

Le besoin de son père de maintenir vivante la mémoire de sa femme, honorée par son mausolée, honorée par les jardins et la piscine, honorée par la création du Programme de bourses de voyage commémoratives Grace P. Barton, rappelait toujours à Michael l'honorée tristesse dans laquelle il avait grandi.

Il avait fait arpenter le secteur de la piscine et était allé voir les avocats de chez Herkimer pour qu'ils séparent ce lot du reste de la propriété. Mais avant de le mettre officiellement en vente, Michael avait téléphoné à M. Hughson.

Michael avait cessé d'être riche. Mais il ne perdit jamais l'habitude d'en avoir l'air. Sa voix était joviale et condescendante, typique du ton qu'adoptent presque toujours les nantis quand ils conversent avec leurs anciens professeurs. « Monsieur Hughson, *sir*. J'aimerais vous soumettre une proposition d'affaires, dit-il. Entre voisins. »

Archie fit le tour du pâté de maisons jusqu'à la porte avant de la Maison Barton. Ils y restèrent à bavarder un moment, puis descendirent les sentiers qui traversaient les parterres étagés de fleurs et le jardin de pierres jusqu'à la piscine. C'est justement pendant qu'ils en faisaient lentement le tour que Michael fit la blague qu'Archie, pour une raison ou une autre, n'oublierait jamais.

Michael Barton dit qu'il avait peur que s'y construisent des maisons en rangées ou que le terrain abrite même un petit bloc-appartements de trois ou quatre étages. Les règles de zonage étaient d'une flexibilité alarmante. Il ne voulait pas que les Hughson subissent les inconvénients de sa décision de vendre une portion du terrain qui lui était de peu d'utilité.

Les Hughson n'étaient pas prêts à sacrifier le plaisir qu'ils prenaient à passer leurs longues soirées d'été dans leur jardin au profit de ce que le *Chronicle* appelait (de manière un peu écervelée, pensait Archie Hughson) le « miracle économique de Cathcart ». Cathcart était loin de devenir une métropole majeure, mais elle prospérait en ces années d'après-guerre. Elle était proche de la frontière américaine, ce qui était un avantage. L'énergie et l'esprit d'initiative étaient dans l'air de la municipalité, et personne ne voulait contrarier de si solides aspirations.

Mais les Hughson étaient reconnaissants d'avoir un refuge où se protéger des gaz d'échappement et des panneaux publicitaires, symboles de ce progrès, et ce refuge était leur jardin à l'arrière de leur maison, à l'écart de tout. Leur cognassier et leurs buissons de cassis produisaient des fruits qui donnaient une excellente confiture. Mme Hughson et son mari les faisaient bouillir et les mettaient en conserve. Leurs pots Mason étiquetés avec soin étaient très appréciés lors de la vente de charité annuelle de l'église unie Montrose. Ils faisaient d'excellents cadeaux à offrir aux hôtesses. Leurs rosiers buissonnants fleurissaient abondamment et les fleurs roses étaient souvent les centres de table de leurs soupers familiaux. Au crépuscule surtout, le jardin semblait aussi calme qu'un vallon perdu dans la campagne. Pendant les chaudes soirées d'été, ils mangeaient souvent des cerises assis dans la balançoire du jardin pendant que M. Hughson lisait à voix haute à sa femme un des volumes, à la reliure rouge, de la collection complète des œuvres de Charles Dickens qu'ils gardaient à côté de quelques figurines Royal Doulton sur les étagères de leur salon.

L'avenue Hillside longe la bande de boisés et de saillies rocheuses trop abrupte pour être développée, et sépare la vieille ville plus basse et ses nouveaux lotissements situés plus haut. Cette géographie accidentée ravissait les Hughson. Quand le soir devenait trop sombre pour que M. Hughson continue de lire, ils restaient souvent assis tous les deux en silence. L'épaisse masse des arbres s'élevait derrière la vieille piscine au bout de leur jardin.

Mais le monde changeait rapidement. M. Hughson en était convaincu. S'il n'achetait pas la propriété de Michael Barton, quelqu'un d'autre le ferait, et ce n'était pas une perspective satisfaisante.

« Sommes-nous capables de nous l'offrir ? » avait demandé Mme Hughson, l'air ouverte à l'idée, mais un peu inquiète quand son mari lui transmit la surprenante proposition de Michael.

« Nous ne devons pas nous attendre à ce que mes droits d'auteur me soient éternellement versés, lui avait-il répondu, mais pour le moment l'achat est possible. Je pourrais toujours contracter un petit emprunt, je suppose. Je ne pense cependant pas que ce soit nécessaire. » C'était une rare entorse à la sécurité financière qu'ils aimaient assurer à leur vie, un risque dont ils se demandaient dans les circonstances s'il valait la peine d'être pris. Ils avaient toujours admiré cette propriété. Il ne leur était jamais venu à l'esprit qu'un jour ils la posséderaient.

Rien dans la piscine ne suggérait la contrefaçon. Les statues accusaient un âge plus vénérable que tout le reste de Cathcart. Le pavillon de natation en pierre, bâti du côté profond, le pavement craquelé autour du périmètre de l'eau, les épaisses dalles de marbre délinéées par des pousses de thym, le reflet vert, immobile des arbres des alentours, tout dans cette piscine était probant. C'était comme si une grotte avait été transportée d'une villa toscane avec, pour preuve de son vieil âge, son manteau de mousse et ses épaulements de lierre. Cet endroit secret s'adossait à la spirée « couronne de mariée » des Hughson, à leur traditionnelle glycine et à leurs commodes rangées de *tamates*, délimitées par des piquets.

Cette piscine était très différente de ce à quoi ressembleraient plus tard les piscines nord-américaines. Elle n'était pas un rectangle turquoise autour duquel les gens prennent des bains de soleil, boivent des boissons gazeuses et écoutent des transistors. Elle venait d'un monde beaucoup plus ancien.

Mon père ne sut jamais si la figure de marbre centrale, celle qui déversait doucement l'eau de sa cruche dans la piscine, représentait Marie-Madeleine sur le point de laver les pieds du Christ, Rebecca qui donnait à boire aux étrangers envoyés par Abraham ou juste une femme anonyme à côté d'un puits anonyme.

Tous ces détails proviennent des réponses de mon père aux questions que je lui posais. Ses lettres répondaient souvent à mes questions. Et quand elles n'y répondaient pas, elles étaient d'habitude des comptes rendus de ses activités quotidiennes à Cathcart. « Je viens de rentrer après avoir arrosé le jardin », c'était plutôt le genre de chose qu'il écrivait. « Les tuiles de mosaïque au bord de la piscine s'ébrèchent méchamment. » Seule sa dernière lettre, celle que je ne devais pas, pensait-il, lire avant des années, racontait des histoires que je n'aurais pas su lui demander. Le plus souvent, il commençait ses lettres en me disant qu'il était trop fatigué pour écrire ce qui ressemblait à une lettre. La température était un de ses sujets favoris. «Je ne me souviens pas d'un mois de février plus froid.» C'était l'équivalent écrit de l'insignifiant papotage qui rendait ma mère folle.

«Belles cruches», avait dit Michael Barton à Archibald Hughson en faisant un geste vers la fontaine.

Il y eut un moment de silence, un long silence gêné, pendant lequel Michael attendit qu'Archie réagisse. Michael avait tellement coutume de plaisanter que sa voix semblait hésiter quand ses boutades n'étaient pas accueillies par au moins un gloussement. Mais Archie ne gloussa pas. Il attendait sur les dalles de marbre de la vieille piscine, poliment perplexe, que Michael continue.

Michael se racla la gorge, une habitude nerveusement joviale. Récemment ses raclements de gorge s'étaient transformés en borborygmes prolongés de fumeur de deux paquets de cigarettes par jour. Au début, ce toussotement était plutôt comme une facétie. Comme ses célèbres gueules de bois, il accentuait sa réputation de fêtard. Il avait toujours été trop jeune et avait toujours eu trop belle prestance pour être affligé d'une toux de fumeur. Mais c'était il y a longtemps. Les choses n'étaient plus du tout aussi amusantes. Il avait les yeux fatigués.

Cela peut sembler bizarre à dire, mais il avait toujours été doué pour les vacances d'été. Il y excellait et, avec l'âge, il commit l'erreur de penser qu'il lui serait facile de transformer en commerce son expérience des quais, des bateaux et des petites amies. Mais il n'était pas un homme d'affaires. Il avait beaucoup de difficulté à se concentrer sur ses objectifs commerciaux et il ne parvenait pas non plus à les promouvoir avec sérieux.

Mais Archie Hughson était habile à déchiffrer les choses. Il était professeur. Il était habitué à détecter les bons étudiants et à trouver les bonnes réponses enfouies au milieu de détails déconcertants. Et le premier point pertinent qu'il parvint à extraire de l'explication confuse de Michael fut le suivant : le lot sur lequel se trouvait la piscine avait été légalement dissocié du reste de la propriété Barton. Le second point faisait allusion à quelques déplaisantes possibilités : la construction de résidences, de garages ou même d'un petit bloc-appartements.

« Vous me suivez ? » demanda Michael, comme si ce n'était pas son explication confuse mais un manque de compréhension d'Archie qui risquait de provoquer un malentendu.

« Oh, oui, répondit Archie. Je vous suis. Parfaitement bien, merci. Et je suis très intéressé par ce que vous semblez dire. »

Quelques jours plus tard, quand Archie informa Michael Barton qu'ils avaient décidé, sa femme et lui, d'acheter la piscine, Michael marqua l'événement en lui offrant une réplique miniature du *David* de Michel-Ange, souvenir de voyage ramené d'Italie par ses parents l'été avant sa naissance.

Le statut d'Archie Hughson dans la communauté était en grande partie dû à sa profession, à ses manières vieux jeu et à la calme dignité avec laquelle il s'acquittait de ses obligations de membre du conseil de l'église unie Montrose chaque dimanche. Il était un personnage aimé et sa personnalité publique ne différait en rien de ce qu'il était en privé pour sa femme et son fils adoptif. C'était un homme timide au cœur doux et gentil.

Il avait rencontré Winifred à l'École normale de Cathcart. Elle mesurait 1,58 mètre et avait des yeux tristes et bleus. Lors de leur premier rendez-vous, il l'avait amenée à la plage. Ils avaient rangé leurs vélos sous un saule derrière les travées pourpres et ombragées du pont surélevé. Le bord du lac n'était pas loin, juste de l'autre côté des rails du chemin de fer, avec l'eau qui scintillait entre les herbes longues comme à la Côte d'Azur. Il avait pris la main de Winifred pour l'aider à traverser l'épaisse étendue de sable chaud. Et il lui avait dit, comme il était toujours fier de le répéter : « Je ne lâche jamais. »

Mais le respect dont on l'entourait à Cathcart était aussi dû au fait qu'il « avait les moyens », une description qui semblait lui être accolée en permanence dans les conversations des habitants de la ville.

À la grande surprise d'Archie, *Notre Monde* se vendit à de très, très nombreux exemplaires. Le manuel fut publié pour la première fois en 1946. Et pendant près de vingt-cinq ans, il fut largement distribué et fréquemment republié. Ce succès inattendu fit d'Archie un homme riche, riche dans la mesure où l'on comparait son aisance financière à celle d'un enseignant moyen, ce qui ne voulait pas dire grand-chose mais qui était quand même une véritable aubaine pour les Hughson.

Ils éprouvaient plus de gratitude d'être à l'abri des soucis d'argent que pour les possibilités que leur offrait leur relative richesse. « Avoir les moyens » n'avait pas beaucoup d'impact sur des gens qui dépensaient si peu. Mais cela avait quand même quelques avantages. En premier lieu, Mme Hughson pouvait se consacrer à temps plein à son travail de bénévole à l'Hôpital général de Cathcart, une activité que son mari et elle considéraient comme un emploi sérieux et exigeant, même s'il ne lui procurait aucun revenu.

Leurs besoins étaient modestes : leur nourriture était frugale, ils voyageaient rarement et fréquentaient régulièrement l'église. Ils habitaient une maison confortable, mais sans prétention. Les Hughson avaient atteint la mi-quarantaine quand ils trouvèrent Oliver. En soi ce n'était pas vraiment vieux, bien sûr, mais vieux quand même pour décider, eux qui n'avaient pas d'enfant, d'en adopter un.

Contrairement à l'avis de presque tout le monde, et personne en la matière ne se montrait plus critique que son propre père, Michael Barton s'était désintéressé des journaux de sa famille, avait pris l'argent qu'il avait hérité le jour de son vingt et unième anniversaire et, avant même la fin de la guerre, avait créé sa propre compagnie. Il voulait posséder une entreprise qui correspondait plus à l'image qu'il avait de lui-même. Son père avait en vain essayé de le convaincre que ce genre de motivation n'était pas une base solide pour générer du profit.

La grisaille du travail n'était pas le sujet de la dispute. Être propriétaire de journaux et les diriger n'était pas une activité flamboyante, Argue Barton l'admettait. Mais dans une ville petite et modeste comme Cathcart, les journaux étaient un produit beaucoup plus sûr que les hors-bords, argument sur lequel Argue Barton insista, mais sans aucun effet sur son fils unique.

Il y eut des pertes financières lors de la phase de démarrage de Barton Marine. Et les bilans trimestriels et annuels subséquents reflétèrent plus de pertes encore. La qualité du produit n'était pas en cause. Au contraire. Les canots automobiles avec leurs longues proues, leur impeccable vernis étaient bien manufacturés et bien conçus. La demande devint très vite très forte. Mais la structure de financement de Michael ne permettait pas d'assurer l'augmentation de production nécessaire pour suivre le succès. Ce fut la première d'une série d'anicroches.

La tournure des choses devint bien vite évidente. Mais le progressif déclin se poursuivit pendant longtemps sans qu'aucune décision ne soit prise pour redresser la situation, assez longtemps pour que les amis de Michael apprennent à décliner ses invitations à des lunchs inutilement longs au *Cathcart Club*. Sa joyeuse confiance de trouver des investisseurs parmi ses vieux camarades d'école, ses copains de régiment ou parmi les associés de son père se transforma lentement, au fil d'innombrables verres de whisky-soda, en une déception qui finit par le définir lui-même. Il buvait de plus en plus. Il se disputait plus fréquemment avec sa femme. Il se réveillait en plein milieu de la nuit pour fumer une cigarette. Mais pendant des années, Michael fut capable de prolonger l'étiolement de son entreprise et la spirale de sa propre chute en se défaisant de parcelles de son domaine à Cathcart.

Pendant des années, il resta tout de même convaincu que son père avait eu tort. La guerre était terminée depuis longtemps, mais il continuait de croire que plein d'hommes dans le pays pensaient que la meilleure façon de célébrer leur chance d'en être sortis vivants était de se payer du bon temps dans la brume de gouttelettes d'un hors-bord Barton lancé à toute allure, avec une main sur le volant et l'autre autour du corps de la fille en maillot de bain à côté d'eux.

Archie Hughson acheta la piscine à la fin 1947. Cette transaction fut l'un des signes avant-coureurs de ce que l'on prit l'habitude à Cathcart d'appeler la période des « grandes difficultés financières » de Michael Barton. Cette période dura plus d'une décennie. Et elle finit mal.

Michael se tira une balle dans la tête au début novembre 1958. L'hôtel se trouvait juste en face de la gare routière. On trouva dans sa poche le talon d'un billet de bus émis à Cathcart. Il n'avait rien d'autre à part ses vêtements, son portefeuille, un paquet entamé de cigarettes Silk Cut, un briquet Zippo, une demi-bouteille de whisky Cutty Sark et un Luger.

CHAPITRE DIX-NEUF

« Que c'est beau ! s'exclama Grace Barton.

— Oui, dit Julian Morrow. Mais ceux dont c'est le quotidien ne disent pas que c'est beau. Ça fait partie d'eux. Pas de ce qu'ils voient. »

Et Morrow avait raison. Les habitants des villages nichés dans ces coteaux et ces montagnes ne pensaient pas à ce qui les entourait en termes de beauté. Ils appréciaient plus et tiraient une plus grande fierté de leurs rues pavées. De leurs murs pâles. Et des sombres escarpements du soir dans leurs vallées. Ils ne l'exprimaient pas en mots mais c'était quelque chose qui leur manquerait terriblement s'il leur arrivait d'être un jour obligés de partir. Comme beaucoup l'étaient. Ce n'était pas de la beauté. Pas pour eux. C'était plus de la tristesse, la tristesse qui accompagnerait un jour la perte de cette beauté.

En cette radieuse journée d'été, Morrow et ses invités, Grace et Argue Barton, avaient grimpé toute la matinée. La veille, ils avaient lunché à sa villa.

Pendant qu'ils marchaient, Morrow regardait avec attention les herbes sauvages qui poussaient dans le gravillon tombé du bord de la route. Il s'arrêta, ouvrit un canif et coupa l'origan qu'il avait repéré. Il sortit un peu de ficelle d'une autre poche, attacha le petit bouquet avec adresse et le glissa dans sa veste pour sa cuisinière. Il aimait lui apporter ce genre de menus cadeaux.

Ils continuèrent de monter.

Morrow avait été forcé de changer ses plans. Un accident s'était produit la veille dans la carrière où il amenait d'habitude ses invités. Ces événements étaient pénibles. Il n'était pas habitué aux caprices inattendus du marbre. Il doutait d'être capable de s'y habituer jamais.

Mais la carrière vers laquelle il guidait Grace et Argue Barton était tout aussi spectaculaire, sinon même un peu plus. Cependant, la montée était plus difficile.

Ils finirent par arriver sur le plateau d'une carrière en exploitation qu'ils devaient traverser pour prendre ensuite un sentier à l'autre bout de cette surface unie comme une patinoire. Morrow expliqua que leur montée se ferait sur une pente raide à côté d'une vieille *lizza*, le glissoir en rondins de bois sur lequel on faisait autrefois descendre les blocs de marbre.

Comme le chemin étroit s'était ouvert brusquement sur le vaste espace plat du plateau de la carrière et que le soleil était maintenant plus haut dans le ciel, et comme la pierre lisse veinée de gris réfléchissait si fort l'éclat d'une journée sans nuages, Julian Morrow et ses amis étaient passés d'un coup sec de l'ombre à la lumière, comme s'ils étaient sortis d'une forêt pour s'avancer sur la vaste étendue dégagée d'un glacier. Cette rapide transition avait changé le jour. Même le bruit de leurs pas avait soudain cessé d'être le même. Le son étouffé de leurs semelles sur la pierre froide avait remplacé leurs craquements et crissements sur le gravier.

Dans cette clarté éblouissante, les sommets environnants, les collines vertes, les routes, qui serpentaient pendant des kilomètres vers la vallée, la Corse, comme une meule de foin sur l'horizon bleu, empêchaient les dimensions de la carrière de paraître effrayantes. C'est du moins ce que ressentait Grace, habituée à évaluer les paysages avec un œil de peintre. Mais l'aspect poli du sol, les angles droits tranchants des parois et les étages de marbre que les ouvriers avaient travaillés l'amenaient à se sentir soudain toute petite. Elle rit. « Nous sommes pareils à de minuscules souris d'église qui franchissent les escaliers d'une cathédrale. »

Deux câbles coupants tendus à l'extrême traversaient le ciel au-dessus d'eux. Ils se prolongeaient vers le haut jusqu'à ce qu'on les perde de vue par-delà une lointaine saillie et ils suivaient la pente de la montagne vers le bas pour finir par disparaître.

« Le marbre s'épuisera-t-il un jour ? » demanda Grace à leur hôte. Elle marchait à côté de lui avec énergie et détermination.

Morrow sourit. « Comme vos bisons ?

— Oui, dit-elle. Je suppose. Comme mes bisons. »

Morrow n'était pas petit. Il poussa un grognement quand il se hissa au-dessus d'un rebord de pierre.

« Un jour, le soleil s'éteindra. Un jour, le temps se terminera. Je ne pense pas que nous devions nous inquiéter que le marbre s'épuise. Et vous ?

— Je suppose que non, dit-elle.

— Du moins pas par une journée aussi adorable que celle-ci. »

Le sentier étroit et abrupt à côté de la vieille *lizzatura* était la section la plus difficile à escalader. La pente semblait déraisonnablement prononcée et raide. Les nouvelles chaussures de marche d'Argue Barton n'étaient pas aussi confortables qu'il l'avait espéré et il dut s'arrêter plusieurs fois pour en ajuster les lacets. Mais à la longue les trois randonneurs trouvèrent leur cadence. Ils établirent le rythme régulier de leur ascension.

On n'entendait plus que leurs souliers sur la rocaille de marbre, les cris des hirondelles qui volaient en cercle au-dessus d'eux et le bruit de ferraille dans le vent d'une feuille de revêtement métallique abandonnée.

De temps à autre, Grace s'arrêtait. Elle se penchait vers l'arrière, les yeux fermés, tournée vers le soleil, et laissait les brises la caresser.

Il était midi quand ils atteignirent la partie supérieure de la carrière. Arrivés là, ils avaient l'impression que les gouttes de leur sueur étincelaient dans l'air de la montagne.

« Ça va ? » demanda Morrow à Grace. Il se faisait du souci pour sa jambe.

« Je suis follement heureuse ! » répondit-elle.

CHAPITRE VINGT

Avant que vous lisiez ce que j'ai écrit concernant mon père quand il avait vingt ans, je dois vous parler du dieu. Une idée que conçut ma mère. C'était pendant l'été de 1968, à peu près à la même époque où elle me conçut, moi.

Elle la vola à Constantin Brancusi, un de ses sculpteurs préférés. Sculptez comme un dieu, avait dit Brancusi, injonction que ma mère prenait rigoureusement au pied de la lettre.

Ce dieu particulier n'a pas grand-chose d'un dieu cependant. Il n'est pas exactement tout-puissant. Il est seulement antique dans le sens qu'il n'est pas chrétien, qualité importante pour ma mère. Il est païen, une sorte de païen, ou du moins c'est un dieu plus intéressé par le vin, la nourriture, la beauté et l'amour que par être la source de bonté d'où coulent toutes les grâces et toutes les faveurs.

Il est omniscient parce qu'il est un dieu. Mais il est paresseux. Ce qui veut dire qu'il est observateur, mais peu porté à se compliquer la vie en intervenant dans les choses qu'il voit. Son grand avantage (décida ma mère pendant qu'elle l'inventait), c'est qu'il n'est pas empêtré dans l'ordre stupide du temps et de l'espace dans lequel les mortels sont d'ordinaire confinés.

Elle pensait que ce dieu était une idée qui pourrait s'avérer utile pour mon père. Parce qu'il était, dans son opinion à elle, un peu idiot.

Ma mère croit que l'univers est ordonné, un ordre évident que la plupart des mortels ne décryptent pas. Elle pense que toute tentative de promulguer un alignement plus séquentiel du passé, du présent et du futur n'est qu'une propagande au service des forces dépourvues d'imagination qui dirigent malheureusement presque tout. Et plus particulièrement les salles de rédaction.

Elle avait peur qu'Oliver n'en soit pas suffisamment conscient. Son sens biaisé du devoir risquait non seulement de le renvoyer en Amérique du Nord, mais pire : il lui faisait courir le danger de devenir journaliste.

Pour comprendre pleinement le mépris que ma mère éprouve pour les médias, il faut savoir à quel point elle pense qu'ils sont impliqués dans le déclin général de la civilisation. La réponse courte, même si aucune de ses réponses ne l'est jamais, c'est qu'elle pense qu'ils sont « très, très » impliqués. Il n'existait pas d'incarnation du journalisme qu'elle détestait plus que la voix assurée, méthodique qui semblait si souvent le personnaliser.

Elle estimait qu'il s'agissait d'une dangereuse distorsion de la réalité, d'une outrecuidance qui démentait le seul fait essentiel de l'existence : à savoir que nous n'avons, comme elle a coutume de dire, aucune foutue idée de ce qui se passe. Le ton mesuré, sûr de soi des bulletins météorologiques la rendait furieuse.

Elle pensait que les deux choses dont mon père avait le plus besoin étaient d'améliorer son italien et d'être moins raisonnable. Ces exigences semblaient aller de pair. Elle décréta qu'il serait bien inspiré d'adopter les qualités plus avenantes d'un demi-dieu païen légèrement éméché et parlant un italien respectable. Et à la maison ce matin-là, elle le lui dit.

Le cadre était approprié pour une telle déclaration, comme mon père me le fit remarquer dans une de ses lettres. Même s'il ne voulait pas que j'imagine qu'il avait de bonnes raisons de le préciser. Sa connaissance de l'histoire de la région venait presque entièrement de ce que ma mère lui racontait, un condensé des histoires locales qu'elle avait ramassées au fil des années, certaines vraies, d'autres sans doute pas.

Elle connaissait très peu de choses de ses propres origines, c'est-à-dire très peu avant l'histoire du massacre de Castello dont l'importance semblait obscurcir tout le reste de ses antécédents. Et elle en était contrariée.

En 1944, avant leur retraite définitive, les Allemands avaient stratégiquement reculé jusqu'à quelques kilomètres au nord de Pise. Mais ce revirement ne correspondit pas à ce qu'ils avaient imaginé. Leur échec temporaire poussa les forces germaniques à redescendre plus au sud et à y établir une ligne de bataille qui allait s'avérer désastreuse.

Quand les régiments blindés allemands reprirent Pietrabella, ils n'imaginaient pas que leur triomphe serait si bref. Ils étaient revenus avec l'autorité d'une force d'occupation. Et quand ils trouvèrent les cadavres de cinq de leurs soldats qui avaient tous, semble-t-il, été brûlés vifs, il était certain qu'il allait y avoir des représailles. Les corps étaient sur la Via Aurelia, pas loin du cimetière, juste de l'autre côté d'un petit pont à la périphérie de Pietrabella.

Il avait dû y avoir un véhicule. Mais les gens du pays avaient déjà récupéré l'acier et même les lambeaux de pneus. Les corps n'avaient pas été enterrés.

C'est ma mère qui raconta à mon père comment les Allemands prirent leur revanche. Ils organisèrent leur assaut sur Castello à partir d'un lieu où se trouvait une source considérée jadis comme sacrée. On disait qu'à l'époque païenne, les femmes de la région lentes à devenir enceintes venaient au crépuscule du solstice d'été se baigner dans ce point d'eau caché dans un bosquet d'arbres à flanc de coteau. Les mères d'enfants infirmes y apportaient leurs bébés. Ma mère, disposée à accepter généreusement toute spiritualité dans la mesure où les prêtres et les religieuses n'avaient rien à y voir, pensait que l'endroit avait de puissants pouvoirs.

Et c'est à ce même endroit – le temple, le couvent et la villa avaient disparu – que mon père sortit par la porte de la cuisine d'une modeste maison de ferme dans la lumière du soleil à la fin de l'été 1968. Il avait reçu une lettre d'Archie qui l'informait de la maladie de Winifred Hughson, une tumeur découverte lors d'un examen médical de routine. Mais Oliver ne le mentionna jamais à Anna. Cela aurait été une fausse excuse, il le savait très bien.

Cette nouvelle en provenance de Cathcart n'amena pas Oliver à prendre une décision. Elle lui fit réaliser qu'il avait déjà décidé ce qu'il ferait.

Il comptait descendre à Pietrabella plus tard ce matin-là pour y acheter un billet de train, une intention dont il n'avait pas parlé à ma mère.

Ma mère tire orgueil de n'avoir jamais payé pour un bloc de pierre. Elle se fait toujours un point d'honneur de dire : « Pas une seule fois. » Tout comptoir ou toute planche à découper qu'elle posséda jamais provenait de pièces de marbre laissées pour compte dans un des dépôts de Pietrabella. Toutes ses figures étaient sculptées dans des fragments locaux de Statuario, de Bianco P, de Bardiglio ou d'Arabescato.

Elle connaît tous les ouvriers du marbre en ville. Et ils la connaissent tous. Tout le monde connaît ma mère.

Pour sa table, elle s'était procuré un panneau biseauté d'Ordinario, le marbre gris, banal, utilisé dans les gares, les toilettes et les halls des bureaux de firmes ordinaires. La plaque avait à peu près le format d'une porte. Elle avait été mise à l'écart parce qu'après avoir été coupée et polie, un coin en avait été cassé. Ma mère l'avait installée à l'extérieur de la maison sur deux tréteaux de charpentier.

Il y avait à cet endroit un plateau de la taille d'une grande salle à manger environ, vestige du jardin en terrasse de la vieille villa. Et c'était là, cet été-là, que ma mère et mon père prenaient souvent leur déjeuner. C'est ainsi que je l'imagine.

Anna ce matin-là s'était tournée pour sourire à mon père encore somnolent. « Comment va Monsieur-Lève-Tôt-Pour-Écrire ? »

La journée était déjà chaude. Ma mère était assise à la table extérieure avec son café et sa première cigarette de la journée. Elle portait l'ample T-shirt blanc qui lui servait toujours de pyjama. Ses cheveux bruns étaient échevelés comme tous les matins. Oliver avait une serviette nouée autour de la taille.

Elle dit : « J'ai réfléchi à ce que tu as dit hier soir. Te rappelles-tu ce que tu as dit hier soir ? »

Il ferma les yeux et enfonça pendant un moment son visage dans les cheveux d'Anna, comme si cela lui permettait de se rendormir pendant quelques secondes.

« Tu disais que ce n'étaient pas les paragraphes qui t'embêtaient... »

Il avait toujours la voix pâteuse. « C'est l'espace entre les paragraphes.

— Ah, tu t'en souviens, dit-elle en roulant son épaule et en inclinant sa tête pour recevoir son baiser. Alors j'ai réfléchi.

— Vraiment ?

— Et j'ai décidé que tu devais ressembler plus à Brancusi. Tu dois ressembler plus à un dieu. Comme Brancusi quand il sculpte la pierre. C'est ainsi que tu dois écrire.

— Je vois », répondit-il.

Ils ne parlaient pas vraiment de sa façon d'écrire, mon père le savait. Ils parlaient de ses obligations de récipiendaire de la bourse de voyage commémorative Grace P. Barton.

Ce n'est pas mon père qui m'apprit le nom officiel de ce programme de bourses. Il ne l'utilisa jamais dans toute sa longueur. C'est ma mère. Quand elle décida de me parler de mon père, elle n'utilisa jamais que le nom complet et officiel de la bourse, comme si n'importe quoi de plus court n'aurait pas compté un nombre suffisant de syllabes pour être à la mesure de l'ampleur de ses sarcasmes.

Le Programme de bourses de voyage commémoratives Grace P. Barton avait été créé par l'unique journal de Cathcart, le *Chronicle*. Le prix était offert de façon irrégulière au gagnant d'un concours de rédaction d'essais, ouvert aux étudiants universitaires. La fondation attribuait mille huit cents dollars pour « un séjour d'un été en Europe afin d'élargir les horizons culturels du récipiendaire » et pour « un emploi à temps partiel jusqu'à l'obtention de son baccalauréat ». Il était entendu que la bourse débouchait presque certainement sur un poste au *Chronicle*.

Et c'était donc ce à quoi pensait ma mère quand elle émit l'idée d'un dieu antique et paresseux. Mon père pouvait retourner à Cathcart, comme s'y attendaient les Hughson et les administrateurs du Programme de bourses de voyage commémoratives Grace P. Barton. Ce serait sensé. Ce serait dans l'ordre des choses. Ce serait raisonnable. Ou il pouvait, comme le croyait ma mère, faire quelque chose de divinement déraisonnable et imprévisible. Quelque chose de vraiment inattendu. Il pouvait rester avec elle.

« Il ne faut pas que tu renonces à tout ça », dit ma mère d'une voix étonnamment grave la première fois que mon père lui lut un extrait de son journal. Et même après avoir étudié attentivement ses yeux, il lui fut impossible de savoir si elle plaisantait. Et ce n'était pas clair non plus si « tout ça » référait aux mots qu'il avait écrits ou à ce qu'ils décrivaient : les oliveraies poussiéreuses, les caressantes volutes de fumée d'un feu de broussailles allumé par un fermier dans l'air calme et bleu, la cloche ténue, monotone de l'église d'un village plus haut dans les collines.

Cette idée de ma mère, il la considéra au début comme la plus folle des fantaisies : ne plus être un simple visiteur de l'Italie mais en devenir un résident permanent. Même si une bonne description de son été consisterait à dire qu'il était enclin, un peu plus chaque jour, à envisager cette possibilité. Au moment où il dut prendre une décision, les deux options avaient un poids presque égal dans la balance, un changement de perspective dans lequel ma mère joua un rôle important.

D'abord, elle lui apprit à cuisiner, des leçons qui commençaient quand elle était debout devant la planche à découper en marbre de sa cuisine. Les yeux écarquillés d'incrédulité, elle tournait lentement autour de lui avec une gousse d'ail dans une main et un petit couteau à éplucher dans l'autre.

Et il y avait d'autres leçons. En fin de matinée, les weekends, ils s'asseyaient au soleil à la table extérieure, fumaient des joints et buvaient du Prosecco. Ils passaient le temps à se raconter des histoires qu'ils inventaient. Mais d'habitude quand le jour devenait plus chaud et plus soporifique, ils finissaient par retourner au lit.

Ma mère a toujours tenu à être franche avec moi concernant les questions de sexe. C'est un de ses moyens personnels de contrebalancer les tabous de la bourgeoisie. Je n'étais jamais à l'aise quand elle en parlait. Mais que je sois à l'aise ou non n'était pas la question. Ma mère ne s'attendait pas à ce que ce combat soit gagné avant plusieurs générations. Elle avait le sentiment de devoir donner l'exemple.

Elle n'était pas exhibitionniste. Ce serait exagéré de l'affirmer. Disons seulement qu'elle n'était jamais silencieuse, une succession de gémissements, de soupirs et de cris aigus que je prenais, quand j'étais enfant, pour une sorte de déferlement de coups de tonnerre, juste un peu plus fréquents que pendant un orage. Toute petite, je savais ce qu'était un amant parce que j'en rencontrais de très nombreux à la table où nous déjeunions.

Quand il fut ouvertement question du jeune Oliver Hughson, ma mère ne vit aucune raison d'être discrète uniquement parce qu'il était mon père. « Au début, il savait faire l'amour à peu près autant qu'il savait cuisiner», me dit-elle. Après un moment de silence, elle avait ajouté : «Il fallait que je lui explique ce qu'était l'ail.»

Toutes les fois (d'habitude tard dans la nuit et d'habitude après beaucoup de vin) où ma mère s'obstinait à convaincre mon père qu'il avait tort de vouloir rester raisonnable, il évitait de l'affronter directement. Même quand, sur un ton badin, elle lui faisait clairement comprendre qu'elle ne plaisantait pas quand elle lui disait qu'il était important qu'il reste.

Il affirmait ne pas connaître assez le marbre, l'histoire de la région ou celle de la sculpture pour écrire le genre de livre qu'elle avait imaginé qu'il pourrait écrire, avec au moins pour effet de détourner la conversation du sujet de l'immigration. C'était plus sûr pour lui de prétendre qu'il doutait de son talent (ce qui à coup sûr était moins susceptible d'enrager ma mère) plutôt que de la nécessité de s'engager.

Il lui avait dit : «Relier les choses entre elles, voilà le problème.» Il savait qu'elle était précisément sensible à ce genre d'abstraction.

Les faiblesses de ma mère ont un rapport étroit avec sa relation au futur. La sécurité financière de sa retraite, par exemple, est dans sa tête une chose aussi illusoire qu'elle l'est dans la réalité. «Je suis une artiste, dit-elle. Je ne mets pas d'argent de côté pour pouvoir m'offrir de ne pas en être une.»

Mon mari qui a toujours un esprit très pratique a essayé de lui expliquer que son attitude n'était pas responsable. Les gens tombent malade, disait Enrico. Les gens vieillissent. Mais un dicton dans les villes des montagnes dit : le seau de la force et le seau de la faiblesse puisent l'eau du même puits. Et ça, c'est ma mère tout craché.

Son manque de considération pour l'avenir a toujours été affolant. Mais il se compense par la plénitude avec laquelle elle occupe le présent. Son expression m'est familière : les yeux fermés, les lèvres entrouvertes, le cou légèrement incliné vers l'arrière comme si elle marquait un temps d'arrêt, comme pour se donner l'ordre de s'imprégner à fond de la sensation d'être vivante. Ouverte et attentive, elle se déplace dans l'air comme si elle faisait une petite balade.

La foi en la nature improvisée du présent est une sorte de credo personnel, un credo qui correspond à ses plus importantes recherches artistiques. Ma mère croit que les grands sculpteurs, qu'ils soient maîtres de la représentation comme Michel-Ange et Le Bernin ou maîtres de formes plus abstraites comme Brancusi, passent d'un plan à un autre sans penser à rien d'autre qu'à l'instant de leur travail. « Ils sont pareils à des dieux antiques qui baissent les yeux vers leur univers de marbre, a-t-elle dit un jour. Ils sont dans la statue. Ils sont à l'extérieur. Ils sont près. Ils sont loin. C'est un talent que possèdent les sculpteurs. »

Elle avait marqué un temps d'arrêt.

« C'est pourquoi nous sommes si mauvais pour tout le reste. »

En cette fin de matinée du mois d'août, Anna souriait de voir le sommeil continuer de s'accrocher à Oliver Hughson. « Mais je pense que tu es trop endormi pour faire des choses magiques, dit-elle. Tu seras donc un dieu antique et paresseux. »

Les rapports de ma mère avec le passé sont plus compliqués que pour la plupart des gens. Elle l'habite avec plus de réflexion que n'importe qui. Ce à quoi elle choisit de ne pas penser, elle l'écarte avec beaucoup de discipline comme si elle le rangeait dans un tiroir fermé à clé. À titre d'excellent exemple, elle était tellement furieuse contre mon père qu'elle n'a pas pensé à lui pendant quarante ans.

Cela ne veut pas dire qu'elle était incapable de se souvenir de lui. Cela veut dire que lorsqu'elle sentait son souvenir se profiler à l'horizon, elle s'en détournait comme un bègue apprend à esquiver une consonne difficile. En fait, comme j'ai fini par m'en rendre compte, elle se rappelle très bien cet été 1968.

« Se souvient-il du dieu antique et paresseux ? » m'enjoignit-elle de lui demander. Nous étions assises à la table extérieure un soir de printemps, en 2009. Je venais de lui annoncer que je m'apprêtais à partir rencontrer mon père à Cathcart.

Elle aspira une bouffée de sa rouleuse, exhala lentement sa fumée dans le soir tranquille et l'examina avec attention. Je me rappelle avoir été surprise. C'était la première indication qu'elle lèverait peut-être l'embargo sur sa mémoire.

Et c'est donc ainsi que je m'imagine mon père : assis pendant l'après-midi sur une chaise, les yeux levés vers le ciel. Mais il pourrait tout aussi bien avoir les yeux baissés. La direction du regard est sans importance quand il s'agit de dieux antiques et paresseux. C'est presque aussi peu pertinent que la chronologie.

C'est pourquoi ma mère dit préférer une sculpture inachevée de Michel-Ange à l'œuvre la plus léchée d'un grand artiste, fût-il aussi considérable que Le Bernin. Elle ne veut rien qui oblige à ce qu'on l'observe d'un unique point de vue – comme ces mises en scène théâtrales dont abusait régulièrement Le Bernin. Elle aime tourner autour des objets. « C'est à ça que sert l'espace », dit-elle.

Même une divinité paresseuse a de bonnes chances de repérer la bonne ville italienne quand les nuages se dissipent. Mais ce n'est pas facile. Depuis tout là-haut où les dieux dérivent, il est difficile de distinguer les couleurs tout en bas. Tout ressemble à une carte grise, embrumée, un plancher de marbre bien poli. Les pigments et les tonalités terrestres deviennent plus clairs quand la divinité descend, mais cela ne lui est quand même pas d'un grand secours. Toutes les villes toscanes ressemblent aux génériques qui défilent au début des films. C'est la lumière.

Le dieu antique et paresseux regarde la terre en bas et, plus loin que les campaniles et les toits aux tuiles rouges, aperçoit la bonne *piazza*. Il est tombé sur le bon moment de la journée, la bonne année. Il faut être habile.

On est à la fin de l'été 1968. À une table du *Café David*, sur la place principale d'une petite ville située dans le coin nord-ouest de la Toscane, une mousse laiteuse couvre le bord supérieur du cappuccino du jeune Oliver. Il a vingt ans.

Son journal est ouvert. La fumée de sa cigarette flotte au-dessus de sa table et dévie vers le côté sud-ouest de la place centrale de la vieille ville de Pietrabella. Il a un billet de train en poche.

CHAPITRE VINGT ET UN

En début d'après-midi, les trois randonneurs avaient atteint cette altitude dans la montagne où on a l'impression que la lumière du soleil est couverte d'un mince vernis de froid. La montée avait pris quatre heures. Grace Barton avait refusé de ralentir.

Le sentier semblait se terminer environ trente mètres plus bas que l'endroit où ils devaient arriver. Morrow était debout au pied d'une échelle de câbles d'acier attachée au bord extérieur d'une paroi de pierre. «C'est un peu dangereux», dit-il à Grace.

Elle le regarda, inquiète.

«Mais, ajouta-t-il avec un sourire rassurant, plutôt amusant.»

Elle posa son pied sur le premier échelon. Il tendit le bras pour l'aider.

Elle commença à monter sans oser regarder vers le bas. L'échelle se terminait sur une large saillie beaucoup plus haut que le sentier d'où son mari angoissé la regardait. Julian Morrow attendit qu'elle soit arrivée au sommet avant d'aider Argue Barton à commencer son ascension.

Grace, restée seule pendant plusieurs minutes, regarda les toits rouges des villes lointaines et le bleu plat de la mer. Son mari la rejoignit et Morrow suivit. «*Ecco*», dit-il en faisant un grand geste. Et quand Grace se retourna, elle fut surprise de n'avoir pas vu ce qui était derrière elle : une haute grotte coupée dans le flanc de la montagne qui lui donna l'impression d'être devant le portail d'une cathédrale. « *Luci di marmo*, dit Morrow. La lumière du marbre. Rien nulle part ailleurs sur Terre ne ressemble à ceci. »

Ils allaient prendre leur lunch sur la couverture que Morrow déplia à l'avant de cette carrière depuis longtemps abandonnée. De cet endroit, ils voyaient le plafond de la grotte. Ils voyaient les hautes échelles et les échafaudages. Des piquets rouillés étaient enfoncés dans la partie supérieure des parois de coupe du roc. Quelle utilité avaient-ils à l'origine ? s'étonna Grace. Pourquoi les toiles d'araignées des câbles de fer montaient-elles si haut là-bas ? Déjà dans les plus calmes des circonstances, il était impossible d'imaginer que l'on puisse travailler à de telles hauteurs. « À quoi cela ressemblait-il, demanda-t-elle, d'escalader les échafaudages, de traverser ces passerelles pendant que soufflaient avec violence les vents d'hiver ?

— Difficile », dit Morrow. Ce fut sa seule description. « Il arrive que le travail dans les carrières soit très... difficile. »

L'accident s'était produit la veille dans une autre carrière. Julian Morrow ressentit à quel point ces montagnes étaient parfois implacables et froides, et l'idée l'attrista. Comme elle l'attristait toujours. Son gérant lui donnerait les détails.

On grimpait, traversait et s'accrochait à ces échafaudages, à ces cordes et à ces échelles qui se balançaient, expliqua Morrow. « Le travail des ouvriers, dit-il, consistait à détacher et enlever les blocs de pierre instables très haut au-dessus des grands pans de marbre qui devaient être découpés de la paroi. » Ici et là, un rayon de soleil frappait un angle de pierre blanche brisée et rebondissait en cristallines étincelles appelées parfois « larmes du Christ ».

Morrow fit remarquer à ses invités qu'ils avaient aussi le choix de regarder dans l'autre direction. Ils apercevraient de très haut les villes côtières où se trouvaient, dit-il, les cours et les entrepôts de marbre, les quais de chargement, les scies, les ateliers et les bureaux d'où les agents des sociétés marbrières contactaient leurs acheteurs londoniens, new-yorkais ou parisiens. Et plus loin là-bas, il y avait la mer.

« Mon univers », dit-il.

Il sortit leur lunch de son sac à dos. Sa cuisinière avait enveloppé dans des toiles humides le vin de leur repas pour qu'il reste froid.

« Une simple excursion, dit Julian Morrow. Mais j'espère que vous y avez pris plaisir. »

CHAPITRE VINGT-DEUX

Jusqu'à l'année précédant sa mort, j'ignorais qui était mon père. J'avais quarante ans quand j'en découvris l'existence. Et la première chose que je fis quand j'appris l'identité d'Oliver Hughson fut d'essayer de savoir où il vivait.

Obtenir quelque information que ce soit de ma mère ne fut pas facile. Elle dit d'abord : « Il est parti. » Elle réagit avec calme, mais fermeté quand elle entendit prononcer un nom dont elle n'avait plus entendu parler depuis des décennies. « Pour toujours », ajouta-t-elle, comme si elle était un juge qui se rappelait une sentence prononcée il y a longtemps.

« Mais il était important pour toi.

— Jadis.

— Le reverras-tu un jour ?

— Il faudrait un miracle. »

Elle me fixa des yeux avec cet exaspérant mélange d'ennui et de déraison qui lui est caractéristique. « Pourquoi veux-tu le connaître ? Aujourd'hui.

— Parce qu'il est mon père.

— Et alors ?

— J'ai besoin d'apprendre qui je suis.

— Tu n'as pas besoin, répondit-elle. Tu veux. Il y a toute une différence. » Et pendant un temps, nous en restâmes là.

Mais quand ma mère finit par m'admettre qu'elle était capable de se rappeler qui était mon père, elle dit qu'elle ne savait pas vraiment d'où il venait. Pas précisément. Elle ne l'avait jamais su.

« De quelque part près de New York, dit-elle. Ou de Chicago. Ou d'Hollywood peut-être. »

Cela ne m'était pas d'un grand secours.

Il n'y avait aucune mention de pays dans le peu d'informations qui s'était frayé un chemin jusqu'à elle. Elle fut soulagée d'apprendre qu'aucun bébé phoque n'avait jamais été tué à coups de gourdin à Cathcart. Elle avait lu quand elle était petite un livre écrit par Grey Owl, mais ne se souvenait pas de ce qu'il racontait. Elle se demandait parfois quand elle passait sur la surface blanche et lisse du plateau d'une carrière ce que l'on pourrait sculpter avec des lames de patins à glace transformées en lames de ciseau. Elle aimait une chanson de Joni Mitchell dans laquelle il était question d'une rivière gelée. C'était à peu près tout ce qu'elle connaissait du Canada.

Anna pensait que la ville d'où venait Oliver portait le même nom que la province où elle était située. Quand je le mentionnai à mon père le soir de notre première rencontre à Cathcart, il me sourit un peu tristement. « Voilà très longtemps que je n'ai plus entendu ça », dit-il.

Pietrabella est en Italie, mais personne non plus ne sait où elle se trouve parce qu'elle n'est pas très remarquable et est entourée d'endroits qui le sont. La ville est poussiéreuse, bruyante, et sans doute seul mon père qui avait peu voyagé ailleurs dans le monde pouvait la trouver magique. Il m'a dit que lors de son premier matin passé ici, il avait ouvert les volets de la chambre d'amis de l'appartement de Richard Christian et d'Elena Conti, Via Maddalena (Heureux hasard ! Cette chambre dans laquelle j'écris maintenant) et qu'il n'avait jamais vu d'endroit plus beau.

Ce n'est pas un point de vue courant. Pietrabella n'est pas du tout ce que les gens imaginent quand ils pensent à la Toscane – même quand je leur suggère d'oublier complètement les scènes de film qui montrent des voyageurs découvrant de pittoresques propriétés qui ont besoin de rénovations ou qui décrivent l'irruption de beaux commerçants locaux dans la vie de femmes esseulées. Je leur dis de penser au coin nord-ouest ordinaire de la Toscane couvert de plaines ordinaires entre les Alpes apuanes et la mer. Malgré tout, les regards ébahis que les gens, même les Italiens, me lancent me surprennent souvent. Alors j'ajoute : « Pas loin de Carrare » et d'habitude tout le monde sait où c'est. Au moins approximativement. Même si j'ai remarqué que les Nord-Américains restaient parfois désorientés. Comme ils le sont souvent.

Carrare est un de ces noms que les Américains pensent connaître. Il leur semble familier, mais ils ne savent pas trop pourquoi. Ils pensent parfois que c'est une marque de skis alpins. Ou une sorte de voiture sport. Ou une ligne d'appareils électroménagers de luxe. Ou un immeuble de logements en copropriété. Je dis alors : « Les carrières de marbre. » Ce qui n'aide quand même pas toujours.

Deux ambulanciers sortirent mon père de son siège du vol Alitalia Toronto-Milan et le portèrent le matin du 23 avril 2010. Ils le portèrent parce que les roues de la civière de l'ambulance ne passaient pas dans l'allée étroite de l'avion. Il y avait trop de sièges.

À l'aéroport, il devint évident en épluchant ses documents qu'il avait vendu sa maison de Cathcart peu avant son départ pour l'Italie. C'était dérangeant, en partie parce qu'il ne m'en avait pas parlé et en partie parce que les fonctionnaires avec qui je devais traiter commençaient à le qualifier d'« individu sans domicile fixe ».

« Ce n'est pas un clochard, dis-je à l'agent d'immigration. C'est évident. »

En fait, ce n'était pas si évident que ça. Si mon père avait une adresse, il nous était impossible de la trouver.

« Mais où habite-t-il ? » demanda l'agent d'immigration. Une pointe de frustration était perceptible dans sa voix, réaction bureaucratique à la troublante absence d'informations requises. Apparemment les procédures concernant mon père ne pouvaient se poursuivre, pas de manière satisfaisante, s'il s'avérait que le corps venait de nulle part.

Personne ne savait que faire. Et j'étais plantée là dans la lumière crue et moderne de l'aéroport, entourée par un demi-cercle de policiers, de fonctionnaires de l'immigration, de représentants de la compagnie aérienne et de deux porteurs déconcertés par le chariot sur lequel était posée une caisse en bois de la taille et du format d'un cercueil. Une des employées de la compagnie aérienne pensa que je n'avais pas entendu la question. Après un moment de silence, elle la répéta plus gentiment.

« Savez-vous où il réside ? » demanda-t-elle.

Quelques secondes de plus se passèrent en silence. Les haut-parleurs annoncèrent un retard pour un vol en direction de Nairobi.

« Cathcartario », répondis-je autant pour moi-même que pour les autres. Et ce fut alors, finalement, que je fondis en larmes.

CHAPITRE VINGT-TROIS

Le jeune Oliver Hughson n'était pas athlétique. Ses bras étaient un peu maigres, son torse un peu affaissé. C'était vers la fin de l'été 1968 à une table du *Café David* sur la place principale d'une petite ville située dans le coin nord-ouest de la Toscane.

Pietrabella n'est pas loin des carrières de marbre de Carrare. Les sculpteurs connaissent la ville depuis des siècles mais, en vérité, le lieu n'intéressait pas beaucoup Michel-Ange. D'ailleurs, mon patron, Pier-Giorgio, n'oublie jamais de souligner avec ironie que l'endroit, voué depuis toujours avec tant de bruit, de poussière et si peu de charme à l'industrie de la pierre, semble tout simplement contraire à la principale obsession de Michel-Ange.

Michel-Ange était un de ces génies imprégnés d'histoire de l'art, non parce qu'elle l'intéressait particulièrement mais parce qu'il y puisait son inspiration et en tirait des leçons. Anna avait coutume de dire que Michel-Ange n'étudiait pas le passé. Le passé faisait partie de lui.

En 1506, sur le mont Esquilin à Rome, un fermier qui creusait la terre dans un vignoble tomba sur ce qu'il pensait être une roche grise enfouie dans le sol. Elle avait l'air usée, ravagée par le passage du temps. Après avoir continué de creuser, la taille de ce qu'il découvrit le surprit et il se rendit compte que ce n'était pas une roche.

Un homme barbu et nu, et deux figures plus petites et plus jeunes, apparurent. Le fermier les tira de la boue, des cailloux et des tessons de terre cuite qui les entouraient depuis des siècles. Il dut continuer de creuser pendant plus d'une heure avant de s'apercevoir que les trois figures ne formaient qu'une seule pièce. Les personnages luttaient contre deux grands serpents.

La découverte fit sensation. Il s'agissait peut-être d'une œuvre grecque originale ou d'une copie romaine plus tardive. Des foules se rassemblèrent. Des artistes accoururent de très loin pour étudier la statue de marbre.

La brutalité et la dignité du combat de Laocoon et la violente torsion du personnage central fascinaient Michel-Ange. Comme aussi les serpents envoyés par les dieux pour tuer un père et ses deux fils. Mais c'est surtout la fonction pratique des serpents enroulés qui intéressa Michel-Ange. Il admirait l'ingéniosité. Les serpents soutenaient le poids des bras tendus de Laocoon, qu'il aurait été impossible de soutenir autrement.

À l'époque où Michel-Ange était dans la région de Carrare pour chercher la pierre destinée au tombeau du pape, il avait achevé sa première *Pietà* et son *David*. Il n'était plus jeune mais avait toujours sa passion de jeunesse pour la pierre. Il n'aimait pas beaucoup l'endroit où, sur ordre du pape, il s'était retrouvé. Il était impatient, agité et irritable.

Il y a des villes plus belles. La tragédie de Pier-Giorgio, c'est qu'il a léché juste assez de culs pour être nommé directeur exécutif d'une agence touristique ici, et pas assez pour être nommé à Lucques ou à Florence, des cités qui auraient mieux convenu à sa barbichette et à ses costumes milanais. Ici, les choses ne sont pas aussi grandioses.

La plupart des artistes qui travaillent à Pietrabella sont d'anonymes étrangers. La plupart sont jeunes. Et la plupart se rendront compte à la longue par eux-mêmes, à moins que d'autres le leur disent, qu'ils ne seront pas de grands sculpteurs. Le plus souvent, ils ne seront pas sculpteurs du tout. Mais il y a un temps dans la vie où cela n'a pas grande importance. Il y a un temps dans la vie qui est, pour certains, le plus beau de tous. Cela ne dure parfois que quelques jours. Parfois un an, parfois deux. Cela se passe d'habitude ailleurs, quelque part où l'on peut être ce que l'on veut être, et non ce que l'on est.

Pour les aspirants sculpteurs à qui Brancusi, Moore, Le Bernin ou Michel-Ange donnent le vertige, Pietrabella est ce quelque part. La ville a beau être le centre de l'industrie marbrière de la région de Carrare, le quartier général affairé des carreaux de salles de bains, des halls d'entrée d'immeubles en copropriété, des dosserets de cuisine, elle est aussi une capitale d'aspirations artistiques.

Des artistes établis vivent dans la région. D'autres la visitent régulièrement pour y choisir la pierre, y travailler ou pour superviser la transposition d'un petit modèle en plâtre ou en argile en statue de marbre, assez grande pour être installée sur une place publique à Berlin ou à l'entrée d'un ensemble de tours qui abritent les sièges sociaux d'entreprises à Shanghai. Ce sont les artistes locaux, presque plus que la pierre elle-même, qui rendent l'endroit célèbre.

Henry Moore visitait souvent Pietrabella. Un des ateliers de marbre engagea une fois ma mère comme guide pour ses excursions dans les carrières. Elle se rappelle qu'il avait le nez très rouge. Botero habite non loin. Certaines photos de Giovanni Belli sont des portraits de Jacques Lipchitz et de Jean Arp attablés au *Café David* après leur journée de travail. Mais Pietrabella est surtout peuplée de manutentionnaires, d'opérateurs de scies diamantées, de chauffeurs de camion, d'ouvriers du marbre et de tailleurs de pierre commerciale. Ce qui n'est pas, comme Pier-Giorgio le fait toujours remarquer, très prestigieux.

Au-dessus du *Café David* sur la place principale, une plaque marque la sombre pièce au premier étage où Michel-Ange a signé un contrat d'achat du marbre dont il avait besoin pour l'un des nombreux projets qu'il n'acheva jamais. Mais les bidets du sultan du Brunei viennent aussi des ateliers de Pietrabella. Les artisans de la ville, des hommes vêtus de salopettes bleues et coiffés de chapeaux en papier journal plié, capables de sculpter les yeux fermés les boucles de la barbe du Christ ou les plis de la robe de Marie, produisent à la chaîne, matins et après-midi, des crucifix, des pietà, des téléphones, des éviers, des cupidons et des calices de communion. Ces traditions, transmises de génération en génération, sont anciennes. Mais elles ne sont pas, comme le souligne fréquemment Pier-Giorgio, très sexy.

Notre bureau reçoit régulièrement des plaintes de clients d'hôtels qui imaginaient que leurs vacances seraient tranquilles et pittoresques mais qui se font réveiller à huit heures du matin par le vacarme de dizaines de burins pneumatiques et par les bip-bip des véhicules à chargement frontal des ateliers de marbre de la ville. Les touristes assis aux terrasses de nos cafés protestent contre le bruit et les exhalaisons des semi-remorques et des fardiers chargés de pierre. En conséquence, Pier-Giorgio rejette toute initiative de marketing qui met l'accent sur l'industrie de la région. Il prend un malin plaisir à nous rappeler que le plus important de nos artistes visiteurs n'a rien fait d'autre que de se plaindre de l'endroit merdique où il avait abouti.

Le déplaisir de Michel-Ange de se trouver ici, conjugué à son manque d'enthousiasme à laisser des preuves qu'il y fut un jour, ne constitue pas un élément de commercialisation très évident pour le tourisme régional. Le projet présente des défis, je l'admets. Mais l'attitude de Pier-Giorgio, quand je suis assez stupide pour aborder le sujet en présence de ma mère, la rend folle. « La grandeur est la grandeur, dit-elle. Et les crétins sont des crétins. »

Pour saisir la pleine portée des théories esthétiques d'Anna Di Castello, il faut s'asseoir avec elle à la table de son patio pendant qu'elle parle d'art en long et en large. Ce que fit mon père pendant la longue et dernière soirée qu'il passa avec elle. Le lendemain matin, il s'achèterait un billet de train. Le lendemain, il s'assiérait pour la dernière fois au *Café David* où il écrirait dans son journal. Puis il reviendrait de Pietrabella à la maison de ferme et dirait à Anna qu'il la quittait. Mais le soir avant que cela n'arrive, elle lui parla d'art jusque tard dans la nuit.

Ma mère croit que l'art est un esprit, pas un musée d'objets, et que le travail des vrais grands artistes, qui sont très peu nombreux, devient une part de ce qu'est l'humanité et n'est pas ce que les humains observent quand ils prennent le temps de visiter une galerie d'art. Cet esprit est bien sûr visible dans des institutions comme l'Accademia et le Louvre, mais il se donne également à voir dans le quotidien. En fait, il se donne à voir surtout dans le quotidien parce que la raison pour laquelle le grand art est le grand art, du moins selon ma mère, c'est qu'il est le quotidien. Les formes de la beauté apparentes dans une rue pavée, dans un torrent de montagne, dans la voûte que forment les branches au-dessus d'un sentier, dans les collines sont les mêmes que celles qui se retrouvent dans les courbes et les surfaces planes, la lumière et l'ombre d'œuvres comme *David*, *Santa Teresa* ou le *Baiser de l'Amour*. Ma mère conçoit l'art comme un chant ininterrompu auquel contribuent des siècles de voix. Et quelques-unes de ces voix, Michel-Ange est toujours l'exemple qu'elle cite, sont si amples qu'elles deviennent la mélodie avec laquelle d'autres se mettent en harmonie.

Ce dernier soir, assise à sa table extérieure plongée dans l'obscurité, pendant qu'elle buvait du vin et parlait, heureuse, avec mon père, elle insista sur le fait que tous ceux qui se donnent la peine d'écouter entendent ce chant. Elle émietta son hash, roula son tabac, cala son joint dans le coin de sa bouche, craqua une allumette sur le dessous rugueux de la plaque de marbre, toujours sans cesser de parler. Et ses descriptions de la musique qu'elle entendait étaient variées. C'était de l'énergie. C'était un champ magnétique. C'était une grille globale de paroxysmes mystiques, responsable de l'explosion de génies comme, entre autres, Charles Dickens, Dizzy Gillepsie et Leonard Cohen. Elle croyait que le choc qu'avait créé Michel-Ange dans l'univers en sculptant le marbre se ressentait encore aujourd'hui. Elle éteignit l'allumette en expirant sa fumée et demeura silencieuse pendant un unique et bref moment.

Je ne suis pas certaine si c'est ma mère ou Pier-Giorgio qui en serait le plus horrifié, mais je pense parfois que même le plus anéanti et le plus épuisé des touristes espère toujours que quelque chose de magique se produise pendant un voyage en Italie. Même celui qui a le plus mal aux pieds, le plus mal au dos, qui est le plus ennuyé par les radotages d'un guide de musée doit vouloir ressentir dans l'air ces frôlements de fantômes que ma mère ressent tout le temps. Ce n'est pas que Michel-Ange ait été un jour dans les parages de sa maison qui l'excite. Elle pense qu'il y est toujours.

Au cours des années 1920 et 1930, Giovanni Belli passa beaucoup de temps à chercher des preuves du travail entrepris par Michel-Ange pendant la période apparemment insatisfaisante qu'il passa dans la région de Carrare et de Pietrabella. Quand mon père s'étonnait que Michel-Ange ait tant bougonné contre un endroit qui semblait tellement beau, du moins aux yeux d'un visiteur comme lui, venu d'un coin si petit et si terne d'Amérique du Nord, ma mère répondait que la morosité de Michel-Ange était moins provoquée par l'endroit où il se trouvait que par ce qu'il se trouvait à y faire. C'est à dire : ne pas sculpter le marbre.

En 1968, assis à la terrasse du *Café David*, Oliver avait quelque chose. Et ce qu'il avait, c'était vingt ans. Il pensait que c'était le fait d'être en Italie. Il n'était pas le premier à confondre les deux.

Oliver était venu à Pietrabella avec l'intention de n'y rester que quelques jours, le temps qu'il faudrait à la Société générale de Paris pour transférer ses fonds dans une banque de Pietrabella. Une fois cette affaire réglée, il recommencerait à voyager. Sa perception optimiste de l'efficacité des transactions financières en Europe à la fin des années 1960 était irréaliste, comme il allait s'en rendre compte.

Il n'avait jamais imaginé travailler comme modèle et ne se sentirait plus jamais capable d'assumer de nouveau ce travail. Mais pendant ses quatre mois en Italie, ses quatre mois avec Anna Di Castello, ses seuls quatre mois passés ailleurs qu'à Cathcart, dont la moitié se résuma à attendre que la Société générale dégage les fonds de la bourse de voyage commémorative Grace P. Barton, il vivait un état de parfait équilibre entre sa jeunesse et son âge adulte, un moment de grâce dont il fut capable de profiter. Il avait besoin de gagner un peu d'argent et travailla donc pour Richard Christian : debout, assis, accroupi, tordu et, pour un des personnages du *Tombeau du pape*, pendu sans être étranglé pour de vrai, nu dans l'atelier de Richard. Parce que dans l'idée de Richard, ses esclaves, les statues qui peupleraient les socles et les niches de son tombeau, seraient des figures fantasques de l'ère moderne : les assassinés, les torturés, les affamés, les êtres déchirés par la guerre. Mais ce ne serait pas facile. Certainement pas pour son modèle. « Ce personnage-ci, expliqua Richard alors qu'il montrait la position accroupie et recroquevillée qu'il voulait pour un de ses esclaves, vient d'être aspergé de napalm. Je veux sentir sa peau bouillonner. » C'étaient, comme Richard le décrivait, des « poses tuantes ».

Mais Oliver y était disposé. C'était du travail, assez d'argent pour subvenir à ses besoins. Il était arrivé dans une ville de sculpteurs au seul moment de sa vie où être modèle était un emploi envisageable.

Assis à une table du *Café David* le dernier jour de son séjour ici, avec une mousse laiteuse à la surface de son cappuccino, la fumée de sa cigarette qui dérivait sur la place, et un billet de train en poche, Oliver Hughson copiait de son écriture ronde et cursive de la poésie dans son journal. Il aimait que les citations y soient soignées. Il écrivit avec grand soin :

Et tu attends, tu attends l'unique,
qui amplifie à l'infini ta vie ;
la chose puissante, extrême,
le réveil des pierres,
profondeurs qui t'appartiennent.

C'était un extrait de *Souvenir*, et Oliver n'était certainement pas la seule personne de son âge assise à ce moment précis à la terrasse d'un café et occupée à recopier soigneusement Rilke dans son journal. On était à la fin de l'été 1968. Les auberges de jeunesse, les gares et les galeries d'art européennes étaient pleines d'Oliver.

Dans ce café de la place principale de Pietrabella, Oliver aspira maladroitement une dernière bouffée de sa cigarette. Il n'était pas un vrai fumeur. Il aimait simplement l'air qu'il avait quand il fumait. Il termina son café, revissa le capuchon de son porte-plume, fourra son journal et son exemplaire de Rilke dans son sac à dos et se leva pour partir.

C'était le moment où la matinée flânait à mi-parcours entre le matinal *caffè corretto* des artisans en chemin vers leurs ateliers et le dernier cappuccino des touristes qui, l'air perdu, se retrouvaient souvent par accident à Pietrabella.

Oliver laissa un pourboire plus généreux que d'habitude. Il reviendrait un jour, il en était certain. Peut-être l'été prochain. Ou dans deux ans. Il n'y avait pas encore réfléchi comme il faut.

Il regarda autour de lui, embrassa du regard les géraniums rouges sur la vieille balustrade de briques, le magasin de tabac, le cinéma, la fontaine, les larges marches vides de la cathédrale. Il leva les yeux vers l'est et regarda les collines par delà la muraille de la ville. Il voyait les versants gris et escarpés de la chaîne occidentale des montagnes apuanes. Il aurait aimé maintenant avoir tenu son journal avec plus de rigueur au cours des quatre derniers mois. Il se demandait s'il garderait un souvenir précis des soirées où Anna assise à sa table de marbre lui apprenait à connaître les figures de la beauté qui inspiraient tant son imagination. « La forme, disait-elle. Michel-Ange était grand parce qu'il comprenait que nous n'avons rien d'autre que la forme. Ici. Maintenant. » Oliver se demandait s'il garderait un souvenir clair du visage d'Anna, de sa voix, de ses enseignements.

Un jour qu'il marchait sur un des sentiers à flanc de colline de la région, Michel-Ange conçut l'idée de sculpter un géant dans une falaise de pierre nue abrupte et lisse. C'était un projet qui le fascinait. D'abord, l'œuvre serait gigantesque. Ensuite, sculpter directement la paroi rocheuse, cela voulait dire qu'il n'aurait besoin d'aucun intermédiaire : pas d'entrepreneur chargé des chariots, pas de capitaine de barge et pas de fripouille d'agent de compagnie marbrière.

Les lettres de Michel-Ange à Rome se succédèrent presque sans arrêt. « Je pense que l'on m'a dupé, écrivit-t-il en avril 1518. Et c'est pareil pour tout. Je maudis mille fois le jour et l'heure où j'ai quitté Carrare ! »

Michel-Ange supervisait tous les aspects de l'extraction du marbre, depuis le choix de la falaise qui devait être découpée jusqu'au sciage lui-même, et ensuite la descente des blocs sur la grosse luge jusqu'au fond de la vallée et leur chargement sur des chariots tirés par des bœufs. Il louait les barges. Il accompagnait les blocs jusqu'à la côte. Un périple ardu et dangereux.

Sur la place principale de Pietrabella, Oliver quitta sa table et fit le bref et habituel salut de la main à Claudio Morello, le propriétaire du café. Claudio, comme d'habitude, tapotait sans arrêt sa machine à expresso.

Anna aimait le *Café David*. Elle y faisait partie des meubles. Claudio l'appréciait. Leurs allégeances politiques n'auraient pu être plus contraires. Étant donné l'histoire d'Anna, il était difficile d'imaginer qu'une amitié entre eux soit possible. Mais un point d'accord majeur balayait leurs désaccords. Aucun des deux n'était indulgent à l'égard des artistes qui ne s'efforçaient pas de se comparer aux plus grands. Claudio Morello, propriétaire de bar et fasciste, était celui qui partageait le plus ouvertement la foi d'Anna en l'importance absolue de la beauté.

Au *Café David*, Anna devenait d'ordinaire le centre d'intérêt des tables pleines de sculpteurs étrangers. Son anglais, sa connaissance de toutes les réalités locales et sa beauté l'amenaient à ne rester jamais très longtemps assise seule à une table.

Claudio avait donc l'habitude de la faire payer moins cher. Les *stranieri* voulaient boire de la grappa avec elle. Et parler de Brancusi avec elle. Et lui demander où acheter la meilleure huile d'olive, la meilleure pancetta, la meilleure gradine, la meilleure râpe. Et tard la nuit, peu de temps avant que Claudio leur présente leur facture, brusque rappel à la réalité, ils voulaient qu'Anna chante *Bella Ciao*, un chant des partisans du temps de la guerre.

Oliver aimait descendre en ville avec Anna le soir. Ils s'habillaient, un peu. Ce qui veut dire qu'Anna enlevait ses jeans coupés, ses grosses chaussures de construction, son T-shirt et son bandana. Elle prenait une douche ou parfois, quand il faisait très chaud, se lavait à l'eau froide à la vieille pompe à bras du fond du jardin.

Oliver n'avait jamais connu personne qui avait plus fière allure vêtue d'une chemise d'homme blanche et d'une paire de blue-jeans. Au *Café David*, il s'asseyait un peu à l'écart, presque au bout des tables collées les unes contre les autres. On y commandait et recommandait du vin et de la grappa. Il regardait Anna. Elle était le centre de tout. Et quand elle riait et battait des mains, le rythme de ses bras musclés, de ses épaules et le mouvement de ses cheveux lustrés donnaient la cadence du chant à tous.

O partigiano portami via / O bella ciao, bella ciao... La chanson racontait l'histoire d'un partisan qui quittait sa bien-aimée pour aller se battre. C'était le chant de tous les jeunes hommes partis à la guerre.

Bella ciao ciao ciao !

Anna aimait ces rencontres. Mais Oliver préférait le moment de leur départ du bar. Alors la nuit froide tombait des montagnes sur la place. L'air sentait la pierre humide quand ils commençaient à remonter la Via Maddalena, poursuivaient jusqu'à l'oliveraie, puis prenaient le sentier dans les collines qui menait à la maison de ferme d'Anna. Des lucioles dansaient dans le noir dès qu'ils franchissaient les murailles de la ville. « Nous marchons dans une campagne que Michel-Ange a connue, disait Oliver. C'est comme si nous reculions dans le temps. »

Michel-Ange arpentait les montagnes, inspectait les carrières, analysait des fragments, examinait le marbre pour y repérer les fractures, en étudiait les veines. Il écoutait la pierre, donnait des petits coups secs de marteau pour entendre le bruit métallique d'une imperfection ou la clarté d'un son parfait. Il arrive que le marbre cache des surprises, d'indésirables minéraux accessoires, des défauts ou d'invisibles creux. Et quand Michel-Ange étudiait la pierre, il étudiait aussi les ouvriers qui l'extrayaient. Son regard se posait sans cesse sur eux.

Ils levaient, ils tiraient, ils traînaient, ils forçaient. Il regardait leurs muscles bandés, leur peau hâlée et la façon dont la sueur coulait dans les replis de leurs cous. Il regardait leurs corps tordus, tournés, penchés pour s'adapter aux exigences de leur travail. Ils étaient le plus souvent jeunes. Mais ils avaient à leur actif quelque chose de plus irrésistible même que leur jeunesse : la camaraderie qui les unissait pour effectuer un travail dangereux. Ils étaient des sortes de soldats.

Personne ne réussissait ses personnages masculins aussi bien que lui. Vasari dit que sur le chantier de la basilique Santa

Maria Novella à Florence, le jeune Michel-Ange « commença à dessiner l'échafaudage, les tréteaux, les divers équipements et le matériel, mais aussi certains des jeunes hommes qui y étaient embauchés. »

Parti du café, Oliver traversa la place et disparut sous les nids de corbeaux logés dans le haut de la porte de la vieille muraille. Il avait toujours aimé cette promenade.

Il passa devant la gare où il avait acheté son billet pour Paris. Il passa devant le restaurant dont il aimait la soupe aux haricots blancs. Il passa devant la petite quincaillerie où il s'était procuré un peu de corde un jour. Il passa devant les étals des quelques marchands de légumes qu'il était venu à connaître. Il passa devant le meilleur endroit où acheter du vin et de l'huile d'olive, celui qu'Anna lui avait montré. Il traversa l'intersection avec la Via Aurelia. Il embrassa tout cela du regard. Il était conscient que tous ces endroits lui échappaient déjà. Ils étaient tout ce qu'il quittait.

Ce ne fut jamais une dispute, jamais même une vraie discussion, mais plutôt une plaisanterie récurrente d'Anna, qui remplaçait la dispute et la discussion. Mais le sujet restait toujours le même. « Tu es orienté dans une toute nouvelle direction, dit Anna une après-midi dans leur chambre à coucher. Par le sort. Par le destin. » Elle fermait toujours les volets quand le jour devenait chaud. Ils entendaient le tracteur du propriétaire dans une lointaine parcelle de soleil. Toutes les brises apportaient l'odeur du foin qui séchait. « Ton vrai chemin t'est montré. » Elle essayait, sans y parvenir, de ne pas rire d'elle-même. « Pourquoi n'es-tu pas capable de le voir, espèce de *stupido*? »

Oliver continua vers le sud sur le bord de la route, protégé par les platanes du trafic des voitures, des scooters et des poids lourds qui passaient avec fracas. Il marchait le long d'un mur clair qui, vingt-trois ans après la guerre, était toujours criblé des trous laissés par les balles lors de l'avance alliée et de la retraite allemande de la Ligne gothique. « Cinq soldats allemands tombèrent dans une embuscade à ce triste endroit», expliquait une plaque (que le piètre italien d'Oliver parvenait à peine à déchiffrer). «Leur mort déclencha la terrible vengeance des forces nazies et les tragiques événements de Castello, le 12 août 1944.»

Plus loin que le cimetière, Oliver était en pleine campagne. Il n'avait en réalité aucun point de comparaison. Il n'avait pas beaucoup d'expérience en amour. Ce qui revient à dire qu'avant sa rencontre avec Anna, il n'en avait aucune.

Il avait dit un jour à Anna que l'odeur de ses cheveux était pareille à ce qu'il imaginait que sentirait une forêt s'il s'y réveillait dans l'ombre après une sieste au milieu de l'été.

Elle avait ri et dit: «Tu es fou.» Et il lui avait embrassé l'arrière de la nuque et dit: «Ah! ça, tu as raison!»

Oliver savait donc qu'il était amoureux. Mais ce qu'il ne savait pas et qu'aurait pu lui dire n'importe quel dieu antique et paresseux, c'est qu'il ne serait plus jamais de toute sa vie aussi heureux et aussi amoureux.

La lumière était un mélange de brume légère et de clarté. Le découpage des collines. Les veines de fumée des petits feux aux lisières des oliveraies.

Michel-Ange était venu un jour dans la région signer un contrat pour l'achat de marbre et il avait dû marcher sur le même chemin. Plus ou moins. Et s'il n'y avait pas marché, Anna et Oliver avaient décidé qu'ils avaient le droit d'affirmer le contraire. Qu'y avait-il d'autre à dire?

«Il retourne au couvent où il loge, avait décidé Anna. La vieille abbesse s'assoit toujours au bord de la fontaine dont Michel-Ange doit s'occuper.»

CHAPITRE VINGT-QUATRE

Michel-Ange portait de longs bas que recouvraient en partie ses brodequins en cuir de Cordoue. Il avait un travail à faire, un service à rendre à une vieille et sainte dame d'une grande sagesse. La restauration d'une pièce de marbre statuaire : à peine plus que faire disparaître une nodosité à un endroit de la pierre où un fragment brisé avait été maladroitement jointoyé.

De vieux tailleurs de pierre lui avaient appris la technique de jointoiement quand il était enfant : une languette de pierre très finement coupée, implantée en zigzag dans le sillon d'une longue rainure afin de maximiser la solidité de l'assemblage. La pierre avait parfois une imperfection que personne n'avait devinée. Et aucun travailleur ne voulait abandonner une pièce quand un bras, une main ou les boucles d'une barbe sur lesquels il avait laborieusement travaillé pendant des heures et des heures se brisaient soudain. La résine et la poussière de marbre étaient mélangées pour créer une colle époxyde. Puis le joint était finement et soigneusement poli. Ce truc utile était connu par toute main experte dans les ateliers de marbre. Michel-Ange était amusé que la réfection presque invisible de la statue dessine ce qui ressemblait à un *M*.

Il est possible que ce défaut dans la fontaine du couvent n'ait pas été une erreur du sculpteur, mais dû à sa hâte d'achever un travail pour un client impatient. Michel-Ange connaissait bien ce genre de problème.

Le tombeau du pape Jules II était un projet d'une envergure inégalée. Ascanio Condivi, un des élèves du sculpteur, écrivit que « le tombeau devait avoir quatre faces, deux de dix-huit *braccia* qui en seraient les côtés et deux de douze pour les extrémités, de sorte que ce serait une surface rectangulaire équivalente à un carré et demi. Sur tout le pourtour, il y aurait des niches qui recevraient des statues et, entre ces niches, il y aurait des figures ornementales auxquelles seraient reliées d'autres statues, comme des personnages de prisonniers posés sur des socles carrés s'élevant du sol et en saillie par rapport au monument. »

Les raisons de la mauvaise humeur de Michel-Ange étaient évidentes. Ses journées étaient trop occupées à signer des contrats : contrats avec les propriétaires de carrières, contrats avec les transporteurs, contrats conclus dans des pièces sans air au premier étage de bâtiments en présence d'obséquieux négociants en marbre ou d'avides agents des carriers. Tenir un ciseau lui ferait du bien.

Michel-Ange s'affairait au-dessus de l'eau qui coulait dans la petite buse. Son travail au couvent n'était pas ardu. C'était un agréable changement. Les responsabilités qu'on lui avait intimé d'assumer pour Jules, toutes préliminaires au véritable travail de sculpteur qu'il aspirait à accomplir, étaient fastidieuses. « J'ai commandé de nombreux blocs de marbre et déboursé de l'argent ici et là, et l'extraction a commencé en divers endroits », écrivit-il dans une de ses lettres à Rome. Toutes ces démarches étaient nécessaires, mais il n'aimait pas s'empêtrer dans le commerce du marbre. Cela lui donnait la migraine. Il voulait revenir à ce qu'il aimait le plus : le travail de la pierre. Ce qu'il avait toujours fait.

Pendant la période qu'il passa dans la région de Carrare, il est peu probable que Michel-Ange ait laissé quoi que ce soit au hasard, comme l'aurait laissé quelqu'un de moins perfectionniste que lui. Il escalada, grimpa et rechercha l'exacte et parfaite blancheur éclatante du Statuario, l'exacte et parfaite teinte sombre du Bardiglio, les exacts et parfaits motifs crémeux de l'Arabescato.

Il commit quand même quelques erreurs. Une carrière de marbre a ses spécialistes, mais même les plus expérimentés ne peuvent pas savoir ce que l'on trouvera une fois le marbre découpé de la paroi de la carrière. Il arriva une fois qu'un bloc sur le point d'être hissé sur une luge de bois se fracassa sur le sol, révélant une cavité en son centre dont aucun des *minatori* n'avait deviné la présence. Cette réalité des carrières de marbre était curieuse et permanente : des endroits qui semblaient si monumentalement immobiles avaient le potentiel de bouger soudain et de s'effondrer.

Contrairement à son habitude (parce que Michel-Ange exprimait sa fureur chaque fois qu'un contretemps contrariait son calendrier), il commenta dans une de ses lettres non pas le retard, mais le fait que tous les membres de son équipe de travail, lui inclus, n'avaient échappé au désastre que par chance.

CHAPITRE VINGT-CINQ

La première partie de leur excursion ce matin-là n'avait pas été agréable, à tout le moins pas aussi agréable que Grace Barton l'avait imaginé quand son mari et elle avaient accepté l'invitation de Julian Morrow. Les premiers trois kilomètres, tout en montées et en descentes sur le gravier, avaient été raides et difficiles, surtout pour elle. Le gravier était épais. Le soleil n'était pas encore assez haut pour les réchauffer. Ils entrevoyaient à l'occasion à travers les arbres le sommet vers lequel ils se dirigeaient. Il semblait à Grace très lointain.

« La montagne de Michel-Ange, dit Morrow. Le seul endroit de la région où il se procurait sa pierre, à en croire la légende. » Le Gallois haussa les épaules avec amabilité. « Il existe trois ou quatre autres "seuls endroits" dans la vallée d'à côté. »

Après environ un kilomètre de marche, Grace cessa de se demander si elle réussirait à continuer pour se demander si elle en avait vraiment envie. Elle se prit à penser à ce qu'elle aurait pu faire à la place de cette randonnée. Elle aurait pu passer la journée à lire sur le balcon de leur hôtel à Carrare.

C'était le long d'une gorge qu'ils grimpaient plus que sur le flanc d'une vallée. Le bord de la route tombait à pic sur leur gauche à travers un enchevêtrement d'arbres, de sentiers de chèvres et un maquis tapissé de vignes jusqu'à une petite rivière. Ils entendaient l'eau, mais la rivière était trop loin en contrebas, trop cachée dans les branches et les ombres pour qu'ils la voient.

Ils arrivèrent au bout de la route et à l'entrée d'une carrière en activité. Ils devaient la traverser pour atteindre le chemin qui continuait jusqu'aux falaises abandonnées plus haut.

Sur le plateau de la carrière, ils remarquèrent une silhouette au loin. Ni Grace ni Argue ne parvenaient à deviner ce que faisait cet homme. Quand ils s'en approchèrent, ils se rendirent compte qu'il était plié au-dessus d'un tripode. Il avait des culottes de golf, des souliers de randonnée, un blouson d'alpiniste en worsted et une écharpe de soie. Son visage intelligent lui donnait un air de hibou.

Giovanni Belli parcourait en moto toute la région de Carrare, avec son tripode et ses appareils photo chargés dans son sidecar. Il était l'ami de nombreux artistes célèbres qui venaient travailler la pierre à Carrare. Il jouait de la musique américaine à la trompette au cours de leurs turbulentes soirées. Ses portraits de sculpteurs au travail dans les ateliers de Carrare étaient très recherchés.

Mais Belli était surtout célèbre pour ses photos des carrières : les passerelles à la Piranèse et les hautes échelles en diagonale, les cabanes en pierre où les hommes mangeaient leurs lunchs et la noire minceur des câbles tendus sur le ciel comme des fissures dans l'air. Il saisissait sur sa pellicule les casquettes en tissu des ouvriers, leurs manches roulées, leurs vestes déboutonnées, leurs moustaches à la gauloise et les Borsalino cabossés du *capi*. Il prenait de longues vues panoramiques des vallées distantes. Il captait les hommes accroupis, tendus, penchés et minuscules, comparés aux énormes voûtes inclinées et aux découpes dans les parois de pierre blanche veinée.

Julian Morrow le héla : « *Ciao, Maestro.*

— *Ciao, Padrone*», répondit Belli. Il leva les yeux et hocha la tête avec juste ce qu'il fallait de politesse, mais sans arrêter sa prise de vue. «La lumière...» commença-t-il à expliquer.

Morrow lui fit un cordial petit mouvement de la main

pour dire qu'il comprenait. « Venez me voir bientôt, mon ami. Pour le lunch. J'aimerais discuter d'un projet avec vous.

— Avec grand plaisir », répondit le photographe.

Ils le dépassèrent. Belli se pencha de nouveau sur son appareil photo.

Un peu plus loin, Morrow parla aux Barton sur le ton bas de la confidence. « Un brillant photographe. Et un homme intéressant. Il est convaincu qu'il trouvera la preuve que Michel-Ange a passé du temps ici. Dans la région. Peut-être même sur le sentier que nous suivons maintenant. »

Grace était ravie. La montée était devenue plus facile, ou plutôt elle s'était habituée à sa difficulté.

Morrow était curieux de nature, surtout à propos des femmes. C'était un de ses penchants. Son amour des femmes s'exprimait par sa curiosité à leur égard. Il les abreuvait de questions : Où avaient-elles grandi ? Qu'est-ce qui les passionnait ? Quelles étaient leurs opinions politiques ? Quels artistes admiraient-elles ? Son enthousiasme n'était pas sélectif. Il s'enquérait des suffragettes. Il s'enquérait des parfums. Il s'enquérait des livres qu'elles lisaient. Il s'enquérait de leurs voyages, de leur formation académique, de leurs croyances. Il s'enquérait de leur enfance. Il voulait tout connaître d'elles. Il ne pouvait s'en empêcher. C'était la forme de séduction la plus efficace qu'il connaissait.

Il posa à Grace des questions sur son travail et elle lui parla de ses peintures. Ensuite elle lui parla de son travail pour les journaux Barton.

« Ah ! dit-il. Journaliste.

— Critique d'art », le corrigea-t-elle tout de suite.

Il s'enquit avec la plus aimable déférence de ce qui était arrivé à sa jambe. Il présumait que c'était une malformation de naissance. Mais elle le corrigea sur ce point-là aussi. Elle lui parla de l'école d'art à Cathcart où elle avait enseigné quand elle n'était encore qu'adolescente et de la mezzanine où le matériel d'artiste était rangé.

« Les garçons ont enlevé l'échelle pour me jouer un tour, dit-elle. Ils ne pensaient pas à mal. »

Elle avait juste voulu leur montrer. Elle avait sauté, avec sa jupe qui tournoyait, ses cheveux auburn qui flottaient dans l'air, juste pour l'emporter sur leurs sourires, leurs visages levés.

« C'était une chose très idiote à faire », dit-elle. Et elle resta silencieuse un moment.

Au bout d'un certain temps, Morrow aborda le sujet de la sculpture. Il finissait toujours par en parler.

« Un village appelé Pomezzano, dit-il avec un geste de la main vers les collines au sud, se spécialise dans la fabrication d'outils pour la sculpture. Chacun a un nom qui lui est propre : *gradino, subbia, dente di cane,* et chacun joue un rôle précis dans la réalisation d'une sculpture. » Les gradines s'utilisent après les pointerolles, les râpes après les ciseaux. Avec le marbre, lui dit-il, l'encoche dépend moins de la puissance du coup de burin que de l'angle de frappe.

« Qui admirez-vous ? » demanda-t-il.

La question la laissa perplexe.

« Quel sculpteur ? »

Elle chercha un nom qui ne serait pas trop évident. « Brancusi, dit-elle.

— Ah ! Vous êtes une moderniste.

— Non. Surtout une amoureuse de la beauté pure. Une admiratrice de la sculpture directe. Et vous ? Avez-vous un favori ?

— Michel-Ange, répondit-il sans hésiter. Personne ne lui arrive à la cheville. »

Quand ils commencèrent à manger ce jour-là, Grace et Argue se rendirent tous les deux compte à quel point leur appétit s'était aiguisé. Plus tard, quand il leur arrivait de se rappeler les heures qu'ils avaient passées dans les montagnes, ils étaient obligés d'admettre qu'ils avaient dû se retenir pour ne pas engloutir la nourriture et ne pas écluser le vin. Tout était si bon. Tellement, tellement bon : la mie moelleuse du pain sous la croûte, la bouchée de fromage, le sel des olives, la viande fumée qui s'émiettait. Le vin jeune et vif était étonnamment désaltérant, pas tout à fait pétillant même s'il donnait l'impression de l'être. Si Grace avait à choisir le repas préféré de sa vie, ce serait ce lunch-là à l'entrée de cette carrière de marbre désaffectée.

Elle se nicha contre l'épaule de son mari. Ils écoutaient leur hôte parler. Et il parlait. C'était envoûtant : son accent gallois, la riche histoire, cet endroit surprenant. « Là-bas, disait-il. C'est là-bas quelque part dans cet horizon bleu que Shelley s'est noyé. » Il récita *Ozymandias* sans se tromper, et dans le silence prolongé qui suivit leurs applaudissements impressionnés, ils prirent tous conscience que la nourriture, le soleil et leur montée matinale les plongeaient dans une somnolence à laquelle il devenait de plus en plus difficile de résister. Cela ressemblait à un sortilège dans un conte de fées. Morrow dit : « Il y a un coin chaud. Là-bas. Derrière ce rocher. À l'abri du vent. Vous verrez que les herbes hautes aplaties autour de vous sont très douces. J'y ai moi-même souvent fait la sieste. Pourquoi ne pas vous y reposer une demi-heure avant d'entamer notre descente ? J'avais en tête d'entreprendre quelque exploration de la saillie en contrebas. Vous n'aurez qu'à m'appeler quand vous serez prêts à vous aventurer de nouveau sur l'échelle. Vous êtes experts maintenant. Mais je la tiendrai pour la stabiliser pendant que vous descendrez. »

Grace eut une brève hésitation. Comme aussi son mari. L'idée avait quelque chose d'impudique.

« Allez-y, dit Morrow. Je serai un niveau plus bas. En train de méditer aux énormes jambes de pierre dépossédées d'un buste, et de contempler ce qui s'étend au loin. »

Il se leva, refit son sac à dos et en brossa les miettes de pain. Il se dirigea vers le haut de l'échelle après avoir hissé son sac sur ses épaules, se retourna, fit un dernier petit geste de la main et montra à ses deux invités l'endroit où il leur avait suggéré de se reposer. Puis son corps pivota au-dessus du rebord de pierre et il commença à descendre avec précaution.

La mousse et les longues herbes que Morrow leur avait promises adoucissaient l'endroit chaud et ensoleillé. Il était à l'écart. Les brises qui s'enroulaient autour d'un rocher protecteur semblaient assourdir même le son. Cet espace éloigné de tout s'avérait trop délicieux pour qu'ils ne cèdent pas. Comment était-ce arrivé ? Grace se le demandait toujours.

Cela ne leur ressemblait pas. Mais le pique-nique avait été particulièrement exquis. Et l'air bien sûr était clair et splendide. « Une rare combinaison d'intenses plaisirs », dit Argue pendant qu'ils rajustaient leurs vêtements. Ils rirent tous les deux. L'accent gallois d'Argue était étonnamment bon.

Michael naquit près de neuf mois plus tard. Grace choisit de croire que sa conception s'était produite là.

Leur comportement avait été scandaleux, une idée qui la faisait toujours sourire. Comment cela avait-il pu leur arriver ? En pleine nature. Pratiquement en public. Et ses seules réponses étaient : Parce que le jour était si clair, parce que le soleil était si bon, parce qu'ils venaient tout juste de tomber amoureux ; et peut-être parce que le vin leur était monté à la tête.

CHAPITRE VINGT-SIX

Oliver s'arrêta sur la passerelle. C'était le dernier point de la promenade où il lui était encore possible de changer d'idée. Il n'était pas certain. Il regardait les terrasses plantées d'oliviers et les murs gris, distants de la ville nichée plus haut dans la colline, et il n'était pas certain du tout de sa décision. De manière un peu ridicule, avec une profonde et dérisoire tristesse qu'il commençait à connaître, il pensait : Anna a le plus beau dos de la terre.

Oliver traversa la passerelle. Il savait qu'il commettait peut-être une erreur. Mais il n'était pas assez assuré pour croire, comme Anna, que certaines choses étaient impardonnables. Il était assez naïf pour penser qu'il y avait des erreurs qu'il était parfois nécessaire de commettre.

Il remonta le chemin sous un ciel vide. Il coupa à travers la roncière qui servait de brise-vent, franchit la grille de fer déformée et monta vers la petite maison de ferme au sommet de l'étroite vallée.

Un chemin de campagne, à peine plus large que les deux sillons creusés par le tracteur et les voitures à foin du fermier propriétaire, traversait le fond du jardin. Il y avait une masse rouge de coquelicots dans la haie. Le clapier du fermier se trouvait entre les champs. Il avait été construit en bois et en grillage à l'endroit où il y avait autrefois une piscine. La villa avait été détruite pendant la guerre.

Bronzée, svelte et le torse nu, Anna était debout devant la pompe à bras à la limite de la propriété. Le puits y est profond. Peu importe la chaleur du jour, l'eau est toujours froide. Anna remplissait une cruche pour rincer ses cheveux de l'infusion de romarin qu'elle leur avait appliquée.

Elle avait quelque chose de différent ce jour-là. Un dieu antique et paresseux pouvait le voir, même si elle ne le pouvait pas. Pas encore.

Anna se méprit sur la rougeur de sa peau et l'attribua au soleil de fin d'avant-midi. Elle pensa que ses frissons étaient dus à l'eau froide dans son dos et sur ses épaules. Elle pensa que son hébétude n'était que le vestige d'un long sommeil.

Oliver ne l'appela pas. Il ne lui fit pas signe. Il avait décidé qu'il n'y avait aucun moyen d'adoucir ce qu'il allait faire. Il marcha droit vers elle.

Ils étaient tous les deux debout, face à face. Il parla.

Et c'est alors qu'elle cria. C'est alors qu'elle tendit le bras vers l'arrière comme pour brandir quelque chose.

Anna cria *espèce de merdeux de lâche* et elle frappa fort, cogna le visage lisse, encore immature d'Oliver.

Quatrième partie

LES RÂPES

L'absence d'un bloc de marbre ne fait pas disparaître le concept qui vit dans l'esprit de l'artiste.

MICHELANGELO BUONAROTTI

CATHCART, ONTARIO. AVRIL 2010.

Au bout d'un certain temps, j'ai renoncé à espérer toute forme de correspondance avec Anna. Elle n'a jamais répondu aux lettres que je lui ai envoyées après mon retour à Cathcart. Je suis incapable de déterminer si le fait de les avoir gardées toutes, trente-trois comme tu m'en as fait part, veut dire qu'elle m'appréciait plus que j'aurais pu l'espérer. Ou si cela veut dire plutôt, comme elles étaient toutes rangées dans le fond d'une boîte en carton bourrée d'avis de cotisation d'impôts et de factures qui n'avaient pas été ouvertes non plus, qu'elle avait une plus piètre opinion de moi que je le craignais. Quoi qu'il en soit, elle ne m'a jamais encouragé à lui écrire.

Autant que je m'en souvienne, installé aujourd'hui au bord de la piscine en cette très lumineuse, presque fragile après-midi d'avril, il n'y a que trois personnes qui m'ont jamais demandé d'écrire des lettres : toi (la fille qui vient de me tomber du ciel), Robert Mulberry (mon avocat toujours tiré à quatre épingles) et Christopher Barton (pendant un temps, mon meilleur ami).

La propriété des Barton jouxtait celle des Hughson. Elles étaient séparées du côté des Barton par la clôture de la piscine et par une haie de lilas, de forsythias et de vignes sauvages que personne n'entretenait jamais. Mais Christopher et moi aurions aussi bien pu passer nos plus jeunes années séparés par dix coins de rue. Depuis sa pré-maternelle, il fréquentait Charlton House, une école privée locale. Les Hughson étaient naturellement de chauds partisans du système scolaire public.

Même sans sa haute clôture maillée, couverte de luxuriantes belles-de-jour, même sans son mur de ronces laissées à l'abandon, le terrain des Barton semblait distant et impénétrable aux yeux de ses voisins plus modestes, plus ordinaires, plus modernes. Plus que son aménagement, c'étaient les rumeurs qui couraient à son sujet qui en faisait un lieu enveloppé de mystère. Le chagrin qui planait sur ses parterres de fleurs sauvages, ses statues couvertes de mousse et ses terrasses avaient rendu la propriété célèbre (célèbre, du moins à Cathcart).

Comme l'avait exigé Argue Barton, le monument funéraire de Grace s'inspirait dans sa conception austère et solennelle d'un gisant que sa femme avait admiré à Paris dans une église grise et glaciale qu'ils avaient visitée la veille de leur départ pour l'Italie lors de leur lune de miel pendant l'été 1922. Grace avait toujours adoré les musées et les vieilles cathédrales. Des choses du genre.

Pour sa tombe, le choix du marbre de Carrare, que la carrière Morrow avait livré en toute hâte à Lino Cavatore, était une décision des plus judicieuses, et Argue Barton l'approuvait du fond du cœur. C'était le genre de détail que sa femme aurait pu lui expliquer. L'intérêt d'Argue pour l'art, s'il était réel, n'avait jamais été autre chose en fait que l'intérêt d'être amoureux de Grace. Les subtilités de l'histoire culturelle d'habitude le dépassaient.

Argue Barton avait remarqué une légère réserve dans les nombreuses lettres de condoléances qu'il reçut après le décès de Grace, comme si elles étaient réticentes à admettre l'ampleur de la tragédie qu'était cette mort pour lui. Ce sentiment presque unanime était sans doute inconscient, exprimé en tout cas de façon allusive, plus apparent dans ce qui n'était pas dit que dans ce qui l'était. Son mariage dix ans plus tôt avait à coup sûr surpris ses amis et ses collègues bien intentionnés. Ils lui faisaient à présent comprendre dans leurs cartes bordées de lisières noires qu'ils s'attendaient à ce qu'il tienne le coup, avec l'aide de Dieu. Il se rendait compte que cela n'avait rien de mesquin. Il n'y avait aucun manque de sensibilité dans leurs suppositions qu'il se remettrait. Il n'était plus jeune après tout. Il venait, à la mort de Grace, d'avoir cinquante-cinq ans. Elle n'en avait pas encore trente.

Mais la vérité était ailleurs : dans la cadence ralentie de son pas quand il ferait à pied pendant le reste de sa vie l'aller-retour de sa maison à ses bureaux dans les locaux du *Chronicle*, dans l'inébranlable sérieux qu'il mettrait à diriger les journaux Barton, dans la façon dont il resterait debout dans son jardin gelé pendant les plus froides nuits d'hiver. Il sentait que son cœur n'aurait pas volé plus en éclats, même s'il avait été aussi jeune que Roméo. Son deuil aurait été plus facile si les gens avaient présumé qu'il se précipiterait en gémissant sur la pierre de la tombe. Il dut donc être inconsolable en privé. Il cacha son chagrin sous une attitude sévère, dépourvue de tout humour, que ses employés, ses voisins et son fils vinrent à connaître. Parce qu'ainsi, elle était morte. Une mort irrévocable que l'arithmétique de son âge ne rendait pas moins cruelle, mais plus.

Ils n'avaient jamais parlé de cette tombe. Pendant le temps passé avec elle, c'était bien la dernière chose qu'il avait en tête. Et de toute façon, s'ils en avaient parlé, il était certain qu'il aurait mal compris. Il s'était toujours trompé dans le choix de ses cadeaux pour Grace : les bijoux, dont il se rendait compte plus tard qu'elle ne les aurait jamais choisis elle-même, le peignoir, qu'elle faisait si gentiment semblant d'aimer. Mais que faire d'autre ? Il fallait que quelqu'un prenne une décision.

Quelque chose de plus italien aurait peut-être été approprié, mais les tombes en marbre ne lui venaient pas à l'esprit quand il pensait au temps qu'ils avaient passé en Italie. Il se souvenait d'une seule occasion où Grace lui avait fait part des monuments funéraires qu'elle préférait, et ce n'était pas en Italie mais en France.

Ils marchaient au bord d'un étang dans un parc parisien le matin avant leur départ pour Carrare. Quand il se mit à pleuvoir, ils durent entrer à toute vitesse dans un étrange café désert pour y prendre leur lunch. Ses cheveux étaient décoiffés. L'ourlet de sa jupe s'était en partie décousu. «Bonté divine!» s'était-elle exclamée quand elle le remarqua, en trouvant toutefois très drôle le ballonnement du tissu de soie. «Je vais peut-être créer une nouvelle mode.» Elle avait dit que le *Café de la Paix* serait bientôt bondé de beautés de la haute société traînant derrière elles la doublure de leurs jupes.

Cela manquerait à Argue, cela lui manquerait terriblement, cette manière de parvenir à le faire rire. Elle parvenait même à le faire rire du fait qu'il ne riait pas. Il entendait parfois très distinctement sa voix. «Oh! Argue, disait-elle, ne sois pas aussi ennuyeux.» Puis, embarrassé par le temps qu'il lui fallait pour se décider, il riait aussi.

Il avait l'impression de sentir encore parfois son pas chaloupé, quand elle marchait à côté de lui. Il se rappelait qu'elle avait glissé son bras autour du sien plus tard cette après-midi-là dans cette église glaciale et grise de Paris. Elle était une guide touristique infatigable. Ils visitaient la crypte de l'église Saint-Denis.

Isabelle d'Aragon, reine de France et première épouse de Philippe III, mourut en 1271. C'est en France que les effigies furent sculptées dans le marbre italien bien avant de l'être en Italie. L'élégante et fine taille du gisant amena les historiens de l'art à conclure qu'il avait été taillé dans une colonne romaine dont la pierre provenait sans doute d'une carrière de Luni, près de Carrare.

«Oh, mon Dieu! dit Grace à son mari. Imagine-toi! Être rappelé à la mémoire des gens par un monument aussi exquis.»

Grace regarda rapidement autour d'elle pour s'assurer qu'aucun gardien ne soit témoin de ce qu'elle s'apprêtait à faire. Elle tendit une main gantée vers la figure de pierre et la passa une fois, sans se presser, sur les plis droits du corsage de marbre. « Je suis incapable de résister », dit-elle à Argue.

Elle laissa retomber sa main et, pendant une longue et silencieuse pause, se contenta de regarder. Son mari était debout derrière son épaule gauche, et pendant cette même pause, il se demanda si de nombreux hommes avaient jamais assisté à un tel spectacle.

Elle relevait le plus souvent ses cheveux avec une certaine désinvolture. Une mèche retombait toujours à l'arrière de son cou. Avant de rencontrer Grace, Argue ne s'était jamais rendu compte à quel point l'arrière d'un cou pouvait être joli. Il admirait la coupe du manteau de sa femme et l'élégance de son chapeau. Quand il ne regardait pas Grace, son chapeau ou son col, il regardait le tombeau qu'elle admirait de toute évidence.

« Je suppose, dit Grace, que même si la mort est froide, elle reste d'une certaine manière belle quand même.

— Je suppose, répondit-il. Dans le grand ordre des choses. »

Elle posa de nouveau son bras sur le sien. Ils poursuivirent leur visite.

Et c'est tout ce dont il disposait, tout ce qu'il pouvait dire quand il parla à Lino Cavatore, le jeune artisan que Julian Morrow avait embauché pour superviser la conception et l'installation des jardins de la Maison Barton. L'anglais de Cavatore était rudimentaire, mais Argue s'arrangea pour se faire comprendre. Il trouva quelqu'un au journal pour effectuer les recherches nécessaires et fournir à Lino les références photographiques.

Lino commença à dégrossir le bloc avec une massette carrée, un ciseau à pointe et un taillant. Puis ses coups frappés avec son ciseau plat, sa gradine à grain d'orge et finalement sa gradine plate, devinrent régulièrement plus obliques et, très graduellement, de plus en plus raffinés. La figure qui émergea, après qu'il eut appliqué ses râpes, ressemblait plus à du liquide en suspens qu'à de la pierre. Il termina en la frottant avec des abrasifs de sable et d'émeri de plus en plus fins. Le tombeau lui demanda presque trois mois de travail. Tout le monde l'admirait.

Je me souviens du moment où tu m'as demandé de t'écrire. Je suis certain que tu t'en souviens aussi. C'est, je suppose, une demande que fait fréquemment une fille à son père. Mais dans notre cas, cette correspondance était capitale.

Tu me l'as demandé quand tu es revenue vers moi à travers la foule massée devant les points de contrôle de sécurité à l'aéroport de Toronto. Tu retournais en Italie après ton arrivée surprise à Cathcart l'été passé. La surprise étant (comme je suis certain qu'elle était voulue de ta part) une litote.

Je suis sûr que tu excelles dans ton travail. Tu possèdes un talent qui doit être très utile dans un bureau. Tu es très douée pour que l'on ne se rende pas compte que tu poses autant de questions que tu en poses. Je suis certain que je t'aurais demandé de me parler beaucoup plus de l'Agence régionale de tourisme, du poste de professeur de ton mari à son collège et de tes fils. Mais j'ai passé le plus clair de mon temps à répondre aux questions que tu me posais à mon sujet.

J'ai quand même réussi à poser quelques questions. J'étais évidemment curieux de l'enfant, de l'adolescente et de la jeune adulte que tu avais été et que je n'ai pas connue. Mais c'est au cours de notre dernière soirée passée ensemble que j'ai fini par te poser la question que tu n'avais pas envie d'entendre, j'en suis certain. Je me l'étais souvent posée au fil des années mais jusqu'au jour où tu as traversé à grands pas le jardin, elle n'avait plus grand lien avec la réalité.

Que serait-il arrivé si? Et si nous avions partagé jusqu'au bout le même chemin? Cette vaine conjecture m'a toujours hanté. Mais ta venue a tout changé.

T'en souviens-tu ? Nous étions assis dans le noir, dans le pavillon de natation près de la piscine.

« Penses-tu que ta mère voudra me voir si je venais te rendre visite ? »

Ta réponse m'a surpris. « Je le lui ai demandé avant de partir.

— Et ?

— Tu veux vraiment le savoir ?

— Bien sûr, je veux le savoir.

— Elle a dit que cela prendrait un miracle. »

Cela n'avait pas l'air encourageant.

Mais pas désespéré pourtant. Plus j'y ai pensé, plus je me suis demandé si sa réponse n'était pas ambiguë. Anna l'était souvent.

Tu n'as rien ajouté concernant ta mère ce soir-là, même si nous avons veillé assez tard comme je m'en souviens.

La pente boisée se dressait par-delà les haies du côté profond de la piscine, pareille à un amas de nuages noirs. Et devant eux, encadrées par les ombres des arbres qui les entouraient, se profilaient la masse et les tourelles de ce que j'appelle toujours la Maison Barton. Ce soir-là, tu m'as posé des questions à son propos. La regarder m'a ramené dans le passé, mais pas pour des raisons sentimentales. Les chaudes nuits d'été, debout près de la piscine, je ne sais honnêtement pas ce qu'il y a d'autre là, à part le passé.

Les samedis matin chauds et ensoleillés, Christopher Barton se joignait rarement à moi et aux autres garçons du voisinage. Il se tenait à l'écart. Il ne jouait presque jamais au base-ball. Il était grand pour son âge et donc un peu gauche. Mais nous n'avons jamais pensé que c'était à cause de sa carrure peu athlétique qu'il ne s'approchait jamais du terrain vague où nous avions tassé avec les pieds quelque chose qui ressemblait vaguement à un diamant de base-ball. Nous avions le sentiment que Christopher avait des choses plus capitales, meilleures à faire.

Il savait manier une fraise électrique. Il connaissait la différence entre une tronçonneuse et une scie à refendre. Il possédait un établi. Il était à l'aise et prudent avec les outils électriques.

Il était totalement incapable d'attraper une balle – détail que je n'ai jamais trouvé révélateur de quoi que ce soit. C'était simplement un trait de la personnalité de Christopher, pas plus important que ma propre incapacité de clouer un clou droit. Je n'ai jamais accordé la moindre importance à ses rares et navrantes tentatives de frapper quelque balle vicieuse que ce soit.

Nos parties de base-ball improvisées avaient lieu le samedi. C'est le dimanche que je passais du temps avec Christopher. Le plus souvent sur les chemins de Hillside. Mais au contraire de la plupart des souvenirs d'enfance, la fin de celui-ci fut abrupte.

Cette soirée du 18 novembre 1958 était pluvieuse. J'avais soupé tôt. Il fallait que je parte quelques minutes plus tard à l'église unie Montrose. C'était la première répétition du spectacle annuel de Noël: *L'Agneau rétif*, mis en scène par Myriam Goldblum.

Archie Hughson avait secoué son parapluie près de la porte d'entrée, puis l'avait appuyé, un peu replié pour qu'il sèche, contre la table ronde teinte en noir du vestibule. Il avait enlevé son imperméable et, après avoir dégagé un espace dans la penderie pour que son vêtement humide ne touche pas le manteau en laine de Winifred, l'y avait suspendu. Puis il s'était dirigé vers le salon où, installé sur le tapis, je lisais la page de bandes dessinées du *Chronicle*. Winifred Hughson, légère comme un oiseau sur le canapé vert, attendait le retour d'Archie pour manger et lisait le premier cahier du journal. Archie avait dit: «Je crains d'avoir de très tristes nouvelles. »

La Maison Barton avait semblé refermée sur elle-même pendant ce glacial automne. Les rideaux étaient tirés depuis longtemps. Puis tout d'un coup, sembla-t-il, la maison fut inoccupée. Peu après le suicide de Michael Barton, sa veuve et leurs enfants déménagèrent.

Je reçus une carte postale de Christopher environ un mois plus tard. Elle était expédiée de Bristol. Ils étaient retournés dans la famille de sa mère en Angleterre. Le texte disait : «Cher général Eisenhower, écris s'il te plaît. «Toujours là, toujours prêts». Ton Monty.»

Je n'ai pas écrit. J'ai fini par perdre l'adresse de retour, mais ce n'est pas la vraie raison pour laquelle je n'ai jamais répondu. Je ne savais pas quoi dire.

Depuis longtemps je n'avais parlé à personne de Christopher jusqu'à cette nuit où nous sommes restés debout à bavarder dans le pavillon de natation. Le même soir, tu m'as donné à lire ton texte, *Les Montagnes de Michel-Ange*. Et le lendemain je t'ai conduite, très nerveusement comme tu l'as remarqué, à Toronto pour prendre ton vol.

«Je n'ai jamais vu ça», as-tu dit à un moment donné sur l'autoroute encombrée. Tu t'es tournée dans le siège du passager pour mieux voir.

«Tu n'as jamais vu quoi?» ai-je demandé sans que mes yeux quittent une seule seconde le pare-chocs devant moi.

«Les articulations de tes doigts. Elles sont vraiment blanches.»

Je n'ai jamais eu grand plaisir à conduire. Et plus les autoroutes sont rapides, plus le trafic est dense, moins je m'y sens à l'aise. Je suppose que cela doit te sembler un signe de mon âge, mais mon interprétation est différente. C'est un signe de l'âge dans lequel nous vivons. Nous sommes quand même arrivés sains et saufs à l'aéroport. Et nous nous sommes quand même stationnés.

Tu as reçu ta carte d'embarquement. Tu as enregistré tes bagages. Je n'avais aucune idée de la manière de dire au revoir à une fille adulte que je n'avais rencontrée que trois jours plus tôt. Mais notre adieu – notre premier de toute façon – fut étrangement dépourvu de toute émotion. Nous eûmes une brève et maladroite accolade. Je te fis un geste d'au revoir à la barrière de sécurité aussi calmement que si tu étais une journaliste qui retournait chez elle après une affectation.

La surprise fut ta ré-émergence.

À cet instant précis, je m'étais pris à penser que ce serait agréable de rencontrer mes petits-enfants un jour. Je me disais aussi que je ne les rencontrerais peut-être jamais. Je ne peux m'empêcher de souffrir de ce genre d'anxiété. Elle m'arrive chaque fois que je dois me souvenir du niveau du parking souterrain où j'ai stationné ma voiture.

J'ai une peur bleue de rester piégé pour toujours dans un labyrinthique stationnement souterrain à multiples niveaux. Je m'inquiète que la machine à la sortie n'accepte pas ma carte de crédit et que je paralyse tout le système en finissant coincé parce que j'ai pris les rampes dans le mauvais sens. J'ai du mal à me dépeindre les choses en trois dimensions, surtout quand elles sont remplies, étage après étage, d'automobiles qui se ressemblent toutes. Les aires de stationnement des hôpitaux et des aéroports sont les pires.

Je quittai des yeux le ticket qui ne me reconduirait pas, j'en étais certain, au bon étage, au bon code de couleur et à l'endroit précis où ma voiture était garée. Et tu étais là ! Tu te frayais un passage à travers la foule des autres voyageurs qui venaient en sens inverse, comme si tu te creusais un chemin pour te dégager de ce qui t'avait presque ensevelie.

La manière dont Robert Mulberry me demanda d'écrire la lettre que j'écris maintenant fut beaucoup moins théâtrale.

Il me le suggéra calmement, assis dans l'énorme fauteuil de cuir noir derrière son bureau. La réplique miniature en marbre du *David* de Michel-Ange que je venais de lui donner était posée entre les dossiers de notre récente transaction.

Aujourd'hui, le cabinet juridique Herkimer est logé au onzième étage d'une tour à bureaux près de l'autoroute. Il n'est plus au centre-ville dans les locaux lambrissés de bois que je me souviens avoir visités avec mon beau-père au moment du décès de Winifred Hughson en 1976. La démolition des vieux bureaux fut une honte – une honte pas vraiment surprenante. Les choses changent.

À l'époque où ma mère adoptive décéda, le centre de Cathcart était profondément plongé dans les affres de sa rénovation. Terme impropre s'il y en eut ! Pendant la très longue maladie de Winifred, on abattit les arbres qui bordaient l'élégant petit parc entre les deux rues principales parce qu'ils étaient majestueux et vieux, et parce que leurs branches majestueuses et vieilles obstruaient la vue des automobilistes qui dévalaient à toute vitesse les rues récemment devenues à sens unique.

Une fois les arbres partis, il ne fallut pas longtemps pour qu'on enlève aussi les bancs et les fontaines. Qui veut s'asseoir dans un parc qui n'a plus d'arbres ? Encerclé par le trafic ? Apparemment, le conseil municipal ne se posa par ce genre de questions. À voir aujourd'hui les restes ravagés du centre-ville, on se demande lesquelles il se posa.

Peu après la disparition des arbres, des bancs et des fontaines, on ferma les toilettes publiques et on démolit au bulldozer les marches en pierre froides et humides qui y menaient. Les installations du centre commercial récemment ouvert en plein cœur de la ville rendaient les toilettes souterraines superflues.

Les planchers, les murs et les comptoirs de marbre sont maintenant scellés comme un tombeau de pharaon, en même temps que les bouteilles de sherry vides, bues par les derniers habitués de l'endroit. De l'autre côté de la rue animée, une salle de bingo et un commerce d'encaissement de chèques occupent le rez-de-chaussée d'une adresse qui fut un jour la porte d'entrée du bâtiment victorien dans lequel Herkimer avait ses bureaux principaux tout en cuivre et en acajou.

Robert Mulberry était évidemment bien payé pour son travail. Les avocats le sont en général. Mais il se voua quand même, clause après clause, à protéger des intérêts qui sont maintenant les tiens avec un empressement qui semblait dépasser ses obligations professionnelles. C'est pourquoi je lui apportai la réplique souvenir du *David*. Je voulais qu'il garde une trace de la transaction pendant laquelle il s'était avéré un guide si habile et si dévoué. Je savais que le cadeau lui plairait. Il connaissait la provenance de la statuette.

Julian Morrow l'avait envoyée, avec sa carte de visite, à Argue Barton qui l'avait léguée avec ses autres biens à son fils, qui ne savait pas trop quoi en faire. Ensuite Michael Barton, pour marquer la vente de la piscine, l'avait donnée à Archie Hughson. Elle m'était donc tombée entre les mains.

Mon geste toucha Robert Mulberry. Ce sont les petites choses qui font plaisir aux gens.

Je sais que NewCorp remblaiera la piscine. La compagnie veut le terrain, pas un vieux rectangle d'eau verte bordé de mosaïque. Il n'y avait aucun moyen de contourner ce fait-là. Même si je suis profondément triste à l'idée que cette gentille pataugeoire n'existera bientôt plus, je n'aurais jamais été capable d'en assurer la sauvegarde. C'était évident depuis le début. La capitulation était nécessaire.

Mais ce fut ma seule concession aux développeurs. Une fois la piscine concédée, mon pouvoir de négociation s'accrut. J'étais capable de faire pression sur l'acheteur de manière un peu plus combative que ne le peuvent la plupart des vendeurs.

Je voulais un très bon prix pour la propriété (franchement bien au-dessus de sa valeur marchande). Et je voulais sauvegarder les statues de la piscine et garder trace des jardins en terrasses originels et du vieux domaine de la Maison Barton. C'étaient des conditions de vente qu'il m'était possible d'imposer.

Je voulais que toutes les statues soient intégrées à l'aménagement paysagé des nouveaux condominiums. Toutes les statues, sauf une : la figure centrale de la fontaine, personnage partiellement nu, trois quarts grandeur nature, en marbre blanc de Carrare, était exclue des biens mis en vente. Cette seule pièce, une femme penchée qui verse l'eau de sa cruche, restera en ma possession. C'est le cadeau que j'apporterai à ta mère.

Robert admit que mes conditions étaient inhabituelles, mais il n'en fut pas le moins du monde découragé. Il savait que le terrain que je possédais était d'une importance capitale pour les projets de développement de NewCorp. La parcelle sur laquelle se trouvait la piscine devait devenir l'entrée d'un parking intérieur. La construction serait difficile sans cet accès. Le stationnement pour les habitants des maisons en rangées et des condominiums serait affreusement compliqué si je m'obstinais à rester propriétaire du lot. Ce n'était pas un bout de terrain sur lequel NewCorp avait l'intention de construire un bâtiment, et c'est peut-être pourquoi les développeurs n'en avaient pas étudié attentivement l'importance au début. Mais toutes les propriétés du voisinage étaient moins commercialement viables si la piscine ne faisait pas partie des acquisitions de la compagnie. Sans elle, ce trou au centre de ses avoirs fonciers menaçait tout.

Une intense indignation fut, bien entendu, la première réaction de NewCorp face à mes exigences. Le refus des trois premières offres de leurs négociateurs, poli mais formulé avec fermeté par Robert, eut à la longue pour résultat un prix assez généreux pour que nous le prenions en considération. « Un bon point de départ », dit Robert à ses homologues. Ce n'était pas ce que NewCorp s'attendait à entendre, mais sa quatrième offre s'avéra effectivement un bon point de départ. Nous avions des exigences encore plus déraisonnables à formuler.

Robert Mulberry était expert à évoquer des intérêts commerciaux qui pouvaient facilement passer pour de la philanthropie. Il fit remarquer aux promoteurs de NewCorp que l'histoire était une grande chose. Ils n'en étaient pas si certains. Mais Robert poursuivit alors en disant que les futurs propriétaires, quand ils achèteraient une maison, aimeraient aussi acheter l'histoire locale. Les gens aiment penser qu'ils achètent un passé quand ils achètent un chez-soi.

« Mon client ne vous cause pas un problème, dit Robert d'une voix extrêmement patiente. Il vous donne un outil, une image de marque. »

C'était l'idée de Robert de transformer ma demande en une tentative de faire un important don d'art public. Et une fois que l'hôtel de ville de Cathcart et *The Chronicle* intervinrent dans le débat, NewCorp commença à voir que notre position n'était pas sans mérite. Certains résidents locaux préoccupés par le nouveau développement domiciliaire s'y étaient opposés et Robert souligna que quelques statues pèseraient beaucoup dans la balance pour démontrer la bonne conduite citoyenne de la compagnie et son engagement envers la communauté – même si ces deux objectifs n'étaient sans doute pas ceux de NewCorp. Les trottoirs, l'entrée principale et le stationnement souterrain de ce qui serait connu comme « Le Développement immobilier Carrare, de NewCorp » seraient décorés avec les statues que Lino Cavatore avait installées il y a si longtemps le long des sentiers et près de la piscine du domaine paysagé de Grace et Argue Barton. Il y avait même des avantages fiscaux.

Pour être tout à fait précis, cette propriété est celle d'Archibald Hughson. Les économies que lui avaient permises son manuel de géographie et le portefeuille d'actions qu'il avait constitué une fois qu'il avait eu assez d'argent pour investir, sont toujours restés l'essentiel de son capital. Les revenus tirés de mon travail n'y ont pas ajouté grand-chose, je le crains. Mon salaire de chroniqueur culturel au *Chronicle* et d'animateur d'un programme de télévision par câble a rarement été plus qu'honorifique, même si l'on y ajoute les tarifs habituels de mes déjeuners-causeries et de mes autres prestations de conférencier ; bref, un niveau de rémunération typique du secteur culturel, qui requiert soit que l'on se fiche d'être pauvre soit que l'on vienne d'hériter.

La réussite financière d'Archie m'a permis de vivre confortablement dans la maison de mes parents adoptifs à Cathcart. Mon train de vie a toujours été très modeste. D'abord je n'ai presque jamais voyagé ; fait curieux, qui me donne à penser que ta mère dans sa fureur m'a jeté le sort de rester un éternel provincial. Mais je réussis à garder secret cet étrange immobilisme. Les gens que je voyais au printemps et que je revoyais seulement l'automne suivant présumaient, j'ignore pourquoi, que j'avais voyagé entretemps. Le plus souvent, ils imaginaient que c'était quelque part en Europe. Je les laissais donc imaginer. Mais en vérité, je ne suis jamais allé nulle part.

J'ai vécu plus à l'aise que ce qu'auraient permis les moyens pécuniaires normaux d'un critique culturel pigiste dans une petite ville pas exactement obsédée par la culture. Disons-le ainsi : j'ai été le seul chroniqueur du *Chronicle* qui a pu se payer le luxe de passer ses étés assis au bord de sa piscine.

Je n'avais bien sûr jamais planifié de vivre avenue Hillside des fonds qu'Archie m'avait laissés. Il s'en est fallu de peu que j'aie une tout autre vie, une vie qui t'aurait incluse. Mais ce n'est pas ce qui est arrivé.

Ce qui est arrivé, c'est que j'ai quitté ta mère. Et ce qui est arrivé, c'est que le temps a passé. Le temps a passé en un enchaînement de petites choses et je n'ai pas été assez perspicace pour me rendre compte qu'il s'agissait bien d'un enchaînement. Et à mesure que le temps passait, autre chose s'est produit : c'est moi qui suis devenu la donnée la plus bizarre.

Les jeans ont graduellement disparu. Les conversations avec les voisins à propos de ce que j'allais faire et où je comptais aller ont graduellement cessé. Je suis lentement devenu le désormais-plus-très-jeune-homme vêtu d'un pantalon bien repassé, d'une chemise à col ouvert en tissu d'Oxford et chaussé de mocassins ; un plus-très-jeune-homme qui, pour des raisons qui ont toujours étonné les gens, n'a jamais bougé de la maison dans laquelle il a grandi.

J'aimais mon travail au *Chronicle*. Je tirais plaisir à respecter les dates de tombée, à trouver de bons débuts et de bonnes chutes d'articles, à travailler dans les limitations qu'impose le quotidien. Un tel travail n'est pas déshonorant. Même si ta mère pense tout à fait le contraire. Écrire ma chronique au *Chronicle*, donner au caméraman du studio de *Cable 93*, qui s'ennuie à mourir, un cours sur l'impressionnisme et la sculpture de la Renaissance, livrer d'épisodiques allocutions lors des déjeuners-conférences du Rotary Club et enseigner la critique d'art aux élèves du programme d'enseignement pour adultes du collège de la ville, me tenait occupé. À l'occasion, je rédigeais des notes pour les catalogues d'une galerie de peinture et pour les programmes d'une troupe de théâtre locale.

Une bonne décennie après m'y être installé en chair et en os, je m'installai dans l'idée de ne jamais déménager de la maison de l'avenue Hillside. J'aidai Archie pendant le long déclin de Winifred. Puis je restai coincé et continuai de l'aider à entretenir la maison et la piscine. J'occupais la niche d'expert culturel pigiste volant de Cathcart ; une niche extrêmement petite mais, sans doute pour cette raison, entièrement vacante.

Archie en vint à se fier sur moi. D'abord pour avoir de la compagnie après la mort de sa femme, ensuite pour faire l'épicerie et pour rapporter ses livres à la bibliothèque. Je me chargeai de conduire sa voiture après qu'un policier, qui se montra très gentil à propos du feu rouge qu'il venait de brûler, eut suggéré que ce serait sans doute une bonne idée. Je pris l'habitude d'aider Archie à entrer et à sortir de la baignoire. Je devins le cuisinier. Je m'occupai des factures. J'époussetai les figurines Royal Doulton sur la tablette de la cheminée. Je me levai aussi chaque fois qu'il fallait changer de face les disques symphoniques classiques du *Reader's Digest* quand, assis au salon les soirs d'hiver, nous écoutions la chaîne haute-fidélité.

La piscine est toujours restée le travail d'Archie. Quand il est devenu plus faible, vieux et chancelant, il s'asseyait sur une chaise de patio blanche pendant qu'il la nettoyait. C'était son travail, et pendant tout le temps qu'elle restait ouverte, aussi longtemps que le filtre vétuste bourdonnait dans son abri et que la couverture d'hiver n'était pas encore installée, le travail n'était jamais terminé. Archie s'aidait de ses deux mains pour traîner lentement la tête de l'aspirateur dans le fond du bassin. Il avait maîtrisé cette tâche il y a longtemps.

Mais c'est moi qui pelletais le chemin, ratissais les feuilles et sortais les poubelles le dimanche soir. Et c'est moi aussi qui, à la suggestion d'Archie, partais de la piscine pour aller chercher à la cuisine les biscuits et la limonade quand des visiteurs venaient dire bonjour au cours de l'été.

Le temps qu'il me fallait pour quitter le jardin, mettre les biscuits sur un plateau et remplir de limonade les gobelets de plastique était à peu près le même qu'il fallait à Archie pour parvenir à orienter la conversation jusqu'au point où quelqu'un se sentait obligé de lui poser des questions à propos de sa défunte épouse. Winifred Hughson était le sujet de conversation préféré d'Archie Hughson. Je l'entendais dire : « Elle était toute petite, vous savez. » C'était souvent pendant que je montais l'escalier près de la grille de la piscine et traversais avec le plateau les dalles jusqu'au pavillon de natation que j'entendais son entrée en matière. C'était toujours ainsi qu'il commençait.

Comme la plupart des histoires, elle s'écartait un peu parfois de la réalité et s'enjolivait avec le temps. Non pas que je remette en doute la vérité fondamentale de son récit. Mais quand j'entendais Archie Hughson la raconter à ses visiteurs au bord de la piscine tout en portant à ses lèvres une tremblotante limonade glacée, je ne pouvais m'empêcher de me représenter le fantôme de Mme Hughson penchée dans son fauteuil de patio recouvert d'un plastique tissé brun, jaune et vert. Je ne pouvais m'empêcher de me représenter ses yeux brillants, sa posture de petite fille et ses cheveux blancs coupés ras. Je la voyais sourire à son mari avec plus de plaisir que d'embarras. Elle disait, pas tant à Archie qu'aux amis venus rendre visite : « Bien, chéri, ce n'est pas tout à fait ainsi que cela s'est passé. »

Le succès du manuel de géographie d'Archie Hughson avait permis à Mme Hughson de se consacrer entièrement à son bénévolat. Elle le prenait au sérieux. Elle était membre de divers comités à l'hôpital, présidait les Dames auxiliaires, supervisait les jeunes filles qui s'occupaient des œuvres de bienfaisance, organisait des ventes de pâtisseries maison pour lever des fonds en vue de renouveler le mobilier des salles d'attente et de remplacer les fenêtres qui laissaient passer les courants d'air dans la vieille carcasse de briques qu'était l'Hôpital général de Cathcart. Elle se dévouait à son travail. Mais ce fut la Seconde Guerre mondiale qui lui donna la vocation.

« Vous voyez, disait Archie, quand elle est devenue présidente des auxiliaires féminines, elle a demandé à faire le tour de tout l'hôpital. Elle y travaillait déjà depuis quelques années. Mais elle n'en connaissait pas toutes les ailes. Il y avait des étages où elle n'avait jamais mis les pieds. Et c'est pendant qu'on lui montrait tous les locaux qu'elle remarqua une porte sur laquelle était écrit : "Accès interdit au public".

— Oh, Archie. Rien de tel n'était écrit. C'était juste une porte.

— Et c'est là qu'ils étaient, continuait Archie. Une dizaine environ. Dans cette pièce sombre et sans air. Dans de vieilles chaises roulantes en osier et au dossier droit...

— Honnêtement, Archie...

— Assis là. Juste assis là. »

Elle les appelait ses gars. Ils étaient des fantassins, des aviateurs et des marins relégués dans le Département des grands brûlés, aménagé dans une aile de l'Hôpital général : des jeunes hommes pour qui la guerre s'était terminée après qu'ils eurent été piégés dans des tanks minés, coincés dans des écrasements d'avion, saisis dans des explosions, encerclés par des carburants en flammes.

Elle était retournée leur rendre visite quelques jours plus tard. Et elle y était retournée une autre fois. Bien vite, cela fit partie de sa routine quotidienne. « Oh, j'essaie juste de leur remonter le moral. » Voilà comment elle décrivait une tâche souvent impossible.

Elle les aidait à écrire des lettres à leurs familles. Elle leur apportait des gâteries au beurre et des sodas. Elle leur lisait des histoires. Elle les réconfortait quand ils pleuraient, comme cela leur arrivait parfois.

Les invités étaient tous prévenus. Ils savaient à quoi s'attendre. Parmi eux, il y avait toujours quelques jeunes femmes de l'Institut pédagogique de Cathcart parce que Mᵐᵉ Hughson pensait que les jolies filles étaient sans doute ce qui tracassait le plus ces jeunes hommes.

On avait dit aux filles de ne pas les regarder fixement. Elles passaient les sandwiches. Elles bavardaient. Et elles riaient avec ces jeunes hommes qui avaient sans doute pensé qu'ils ne riraient plus jamais avec de jolies filles. Quelqu'un jouait du piano. Et ils chantaient des chansons que tout le monde connaissait à cette époque-là.

Après deux ou trois de ces lunchs, Mᵐᵉ Hughson organisait

ce qu'elle appelait leur cérémonie de remise de diplôme. Elle amenait les mutilés l'un après l'autre au restaurant. «Sortir en public, vous voyez, expliquait M. Hughson à ses visiteurs au bord de la piscine, la seule chose qu'ils pensaient ne plus être capables de faire. Sortir prendre le thé au *Royal Cathcart Hotel*. »

Le personnel la connaissait et les serveuses étaient gentilles. Mais il y avait toujours quelqu'un, une fille à une table voisine, un nouvel aide-serveur, un bambin invité au restaurant pour sa fête par une grand-mère, qui les montrait du doigt. Ou riait. Riait d'un œil boursouflé. D'un pan de peau lisse où aurait dû se trouver la moitié d'un visage. D'une reconstruction ratée d'une mâchoire ou d'un nez. D'une bouche sans lèvres. D'une touffe de cheveux clairsemés.

Et quand une petite fille pouffait de rire, qu'un enfant montrait du doigt ou qu'un aide-serveur essayait de cacher un ricanement, le jeune homme qui s'était déjà montré si courageux, assez courageux pour être allé à la guerre quand il était à peine plus âgé qu'un gamin, sentait quelque chose sur son genou. C'était une petite main ferme sous la nappe. «Sois courageux, disait Winifred Hughson. Sois courageux et tu te sentiras bien. »

Son déclin fut long, lent et affreux. Elle fut admise et sortit plus d'une dizaine de fois de l'hôpital. C'est ainsi que se passa la plus grande partie de la décennie qui précéda sa mort.

Je me rappelle la couleur verte du poste de soins infirmiers, les plateaux-repas auxquels elle ne touchait pas, la légère mais persistante odeur d'urine. Archie et moi lui lisions tour à tour Dickens. Et ce fut là, dans cette chambre d'hôpital, que je me trouvai à lire des choses qui évoquaient ce que j'avais laissé derrière moi huit ans plus tôt. Winifred Hughson était blême et épuisée, et je lui lisais un texte qui parlait des plus vertes des vertes collines, des plus bleus des ciels bleus. Elle bougeait à peine. Elle portait des chaussettes de laine sur ses pieds gris et glacés.

« C'est là où tu étais, disait-elle faiblement. En Italie. L'été où tu es parti.

— Pas loin. Dickens écrit : "Les carrières sont d'innombrables brèches très haut dans les montagnes, de chaque côté de ces cols où ils font exploser la roche et excavent le marbre ; ce qui peut s'avérer bon ou mauvais, qui peut faire très vite la fortune d'un homme ou le ruiner à cause des dépenses considérables qu'il doit engager pour travailler ce qui ne vaut rien. Certaines de ces grottes furent ouvertes par les anciens Romains et elles sont restées jusqu'à ce jour telles qu'ils les ont laissées."

— Carrare, disait-elle en esquissant un sourire, façon de montrer qu'elle avait encore toute sa tête à elle.

— Oui, c'est juste. Pas loin de Carrare. » Et je continuais à lire.

Ta mère pense que les objets, les objets physiques réels, sont l'une des rares choses que nous avons et que l'éternité n'a pas. Comme elle le faisait souvent remarquer, sans eux la lumière est inutile. Son appréciation des objets dans l'espace – que ce soit un arbre, un corps ou un bloc de pierre – était, disait-elle, sa façon de savoir qu'elle était vivante. C'était une des leçons qu'elle estimait nécessaire de m'enseigner. Elle me trouvait affreusement conventionnel. « Sais-tu, me demanda-t-elle un jour, que faire l'amour se passe en trois dimensions ? »

Et c'est pourquoi je n'aime pas oublier les objets. Même perdre une voiture pendant un bout de temps dans un terrain de stationnement me contrarie exagérément. Oublier les choses, avait l'habitude de dire Anna, c'est ce qui arrive quand nous mourons.

Quand j'ai débuté au *Chronicle*, les curriculum vitae n'étaient pas examinés avec la même rigueur, j'en suis certain, qu'ils le sont aujourd'hui. La vague idée que j'étais quelqu'un qui avait passé beaucoup de temps quelque part en Italie se transforma en conviction partagée par la plupart du monde que j'avais passé des années à voyager en Europe. Les gens s'imaginaient que j'étais un historien de l'art ou un critique culturel ou, de par mes études, un expert de la sculpture de la Renaissance. Cela devint, pour une raison ou pour une autre, ma réputation.

J'ai beaucoup lu, bien sûr, au fil des années. J'ai toujours eu un faible pour les livres d'art dispendieux. Mais plus qu'à mon auto-apprentissage, c'est à mon bref séjour en Italie que j'attribue l'habileté que j'ai à percevoir la beauté, et pas seulement à cause des chefs-d'œuvre artistiques que j'ai vus lors d'excursions d'un jour à Florence ou lors de ma seule visite à Rome avec Anna. Elle m'a montré de manière tout aussi importante la stupéfiante beauté d'un vieux mur, d'un linteau de pierre, de pots de terre cuite sur de larges rebords de fenêtres, d'une fontaine en forme de tête de lion verdie par le temps et nichée dans un mur de moellons au bout d'une rue étroite, ordinaire, couverte de fils tendus où séchait du linge.

C'étaient des choses quotidiennes à Pietrabella, exactement comme les érables rouges et poussiéreux qui entourent la piscine sont des choses quotidiennes à Cathcart. C'étaient les icônes de la religion d'Anna. Elles étaient sa manière d'adorer. Et maintenant que je suis devenu plus vieux, j'ai appris à porter une grande attention aux choses.

C'est cette beauté qui me manquera. Les escarpements calcaires de Hillside, le soleil et l'ombre sur la fontaine près de la partie profonde d'une vieille piscine, le toit raide et gris d'un voisin, raide et gris comme un fait réel sous la pluie. Leur forme que je serai désolé de ne pouvoir emporter. Plus désolé, pour être honnête, que d'avoir à laisser derrière moi un tas de gens que je connais.

Quand viendra mon tour de dire adieu à une chambre d'hôpital trop brillamment éclairée, je pleurerai la perte du plus ordinaire des cailloux, un lourd morceau de pierre brute que j'aurais pu ramasser dans le lit d'un ruisseau, tenir, regarder, soupeser délicatement, en tourner les ternes facettes vers le ciel comme si c'était un joyau. Quelque chose de quotidien. Quelque chose qui piège la lumière. La beauté de la forme, voilà ce que perd le mort : la forme des haies, des érables, des fauteuils de jardin, des aspirateurs de piscine, de la barre transversale verte d'une vieille balançoire où les Hughson avaient l'habitude de se lire Dickens jusqu'à ce que le soir devienne trop sombre.

Ce sera agréable de rencontrer mes petits-enfants. L'adjectif semble assez faible, je sais ; le genre de litote, de pondération affective, qui rendait ta mère folle. Mais il n'en reste pas moins que je pense effectivement que ce serait agréable de rencontrer mes petits-enfants. J'espère que ce sera plus qu'agréable. Je m'inquiète que ce pourrait l'être moins, non pas par la faute de tes deux beaux jeunes fils, bien sûr.

Voilà à quoi je pensais quand j'étais debout devant la barrière de sécurité à l'aéroport de Toronto, en essayant de donner un sens aux chiffres inscrits sur le ticket de stationnement que je tenais dans ma main.

Et c'est alors que ta silhouette ré-émergea. C'est alors que tu fis soudain demi-tour.

Je voyais la mince encolure de ta chemise, le désordre artistique de tes cheveux orange, le châle drapé autour de tes épaules, les plis de tes bottines. Tu avais un sac de voyage en cuir sur ton épaule droite.

Pour être honnête, je trouve que regarder partir des gens dans un aéroport est un embarrassant rituel, un malaise identique à celui qui se vit dans une chambre d'hôpital quand on dit au revoir à des personnes pour qui les au revoir ne sont déjà plus de mise. À part l'occasionnel geste penaud du bras, les voyageurs ne regardent pas beaucoup en arrière pour voir ceux qui leur souhaitent bon voyage. Leur attention est ailleurs : les files d'attente, leurs portables, la monnaie qu'ils ont en poche.

J'étais mieux vêtu que tous les autres à l'extérieur de la zone de sécurité. Ce qui ne veut pas dire grand-chose. J'avais pensé que l'occasion exigeait une tenue un peu plus formelle. J'étais un père qui voyait partir sa fille. Ma cravate était la seule visible dans les parages. J'étais entouré de survêtements de sport et de shorts de basket-ball en nylon.

L'agent qui avait vérifié ton passeport et ta carte d'embarquement portait de grands verres fumés à monture noire, ce qui donnait l'impression que tes documents étaient scrutés à la loupe par une junte militaire. Ta mère t'avait sans doute avertie qu'il fallait t'attendre à ce genre de dictature dans les coins les plus reculés du continent nord-américain.

En fait, l'agent fit un geste pour t'empêcher de rebrousser chemin et de sortir de la zone de sécurité. Mais même avec ses épais verres fumés, même avec les épaulettes sur sa chemise bleue à manches courtes, il n'avait pas grand-chose d'un dictateur. Il y avait quelque chose dans ton expression qui lui fit réaliser que rien ne t'empêcherait de continuer. Tu marchais aussi vite que tu le pouvais. Tu tirais le châle en soie à motifs floraux au-dessus de ton épaule. Ton visage était rond, mais les lignes fines de tes traits équilibraient sa grande simplicité. Ton expression était très précise : c'était, sous le coup de la détermination, le visage d'une femme qui n'aime pas demander quelque chose, mais qui est sur le point d'en demander une.

Tu te cognais contre des bagages à main et te glissais entre des épaules qui te laissaient passer. Tu disais : « *Permesso. Mi scusi.* »

La lumière était si vive et moderne qu'elle semblait blanche.

Tu as levé les yeux, tu m'as regardé en face. « Écris-moi, as-tu dit. S'il te plaît. Tu me dois ça. Tu ne m'as jamais raconté aucune histoire. »

Les gens avançaient autour de nous alors que nous restions collés l'un contre l'autre beaucoup plus longtemps que nous nous y étions attendus. J'étais reconnaissant d'avoir fourré comme coquet accessoire un petit mouchoir dans la poche avant de mon blazer.

L'agent t'a laissé te faufiler de nouveau dans la zone de sécurité. Tu m'as fait un dernier petit geste d'au revoir. Puis ta silhouette a disparu...

CHAPITRE VINGT-SEPT

L'*Apollon du Belvédère* a été sculpté, sans doute dans de la pierre de Carrare, environ un siècle après la naissance du Christ. Perdu pendant plusieurs centaines d'années, il a été redécouvert pendant des travaux d'excavation à Rome à la fin du quinzième siècle.

On admirait son âme héroïque, comme aussi sa tête tournée vers la gauche et l'exquise beauté de sa forme. L'homme jeune fait un pas vers l'avant et soulève son talon gauche. Le marbre est si lourd et si dense que le défi technique de stabiliser un poids aussi massif devait être surmonté par un appoint structurel choisi par le sculpteur. Un tronc d'arbre soutient la jambe droite de la figure. L'*Apollon du Belvédère* a été la sculpture la plus glorifiée dans le monde occidental. Il est sans doute exact de dire qu'elle l'est restée jusqu'en 1504.

Ce fut l'année où Michel-Ange descendit pour la dernière fois de l'échafaudage de planches rêches qu'il avait érigé autour d'un bloc de marbre dans une cour de Florence. Il était couvert de poussière blanche.

David fut sculpté dans un bloc de pierre de Carrare de six mètres de haut qu'un sculpteur appelé Simone da Fiesole avait déjà commencé à travailler. De nombreux artistes florentins, et sans doute Simone lui-même qui avait abandonné sa médiocre ébauche, avaient le sentiment que le dégrossissement avait été affreusement bâclé et qu'il n'y avait plus moyen de rien faire avec ce bloc de marbre. Il resta des années sans que personne n'y touche.

Mais Michel-Ange vit une figure dans la pierre qu'aucun autre n'avait imaginée. Ce qu'il avait en tête s'ajustait aux dimensions du bloc. Tout juste. Il n'y avait presque rien dont il pouvait se passer. Il n'y avait pas de place pour l'erreur.

Michel-Ange mesura, dessina, fit un modèle en cire, construisit un échafaudage autour de la pierre. Puis, dans la cour de l'Office des travaux de Santa Maria del Fiore, à Florence, il se mit au travail.

Léonard de Vinci se moquait de Michel-Ange quand il comparait le calme travail du peintre aux efforts et à la sueur du sculpteur. Léonard et Michel-Ange ne s'aimaient pas beaucoup. Toutefois la description de Léonard dépeint aussi bien que n'importe quelle autre Michel-Ange à l'œuvre dans la cour de Santa Maria del Fiore. « Le sculpteur crée son œuvre avec la force de son bras qui ronge le marbre ou n'importe quel autre matériau têtu dans lequel son sujet est enfermé. Cet exercice est des plus mécaniques. Il s'accompagne souvent d'une grande sueur qui se mélange à la poussière de marbre et forme une sorte de boue barbouillée sur tout son visage. »

Le travail de Michel-Ange dans la cour se poursuivit. Et se poursuivit. Il semblait parfois qu'il ne finirait jamais. Mais il se termina finalement.

Le sculpteur descendit lentement de l'échelle. L'échafaudage serait enlevé le lendemain. Alors le monde verrait.

Mais Michel-Ange n'était pas de nature optimiste. D'après lui, l'optimisme n'était spontanément dévolu qu'à très peu d'artistes, s'il fallait se fier à sa propre expérience.

Cinq ans plus tôt, il avait terminé la première de ses grandes *Pietà*. Elle lui avait demandé plus de temps qu'il n'avait pensé. Tout lui prenait plus de temps qu'il pensait. La forme de cette *Pietà* sculptée dans du marbre de Carrare est imposante, triangulaire, et les plis très lustrés des vêtements de la mère en constituent la base. Le drapé somptueux de la jupe est exagérément ample, mais c'est l'âge apparent de Marie qui fut l'objet des critiques les plus prosaïques.

La Marie de Michel-Ange a l'air beaucoup trop jeune pour être la mère du Christ crucifié.

On a traditionnellement expliqué cette invraisemblance par l'idée que c'est la virginité de Marie qui l'a si miraculeusement préservée. Inutile de dire que ce n'était pas une théorie à laquelle ma mère souscrivait. Elle pensait que Michel-Ange créait comme un dieu crée. Elle pensait que Michel-Ange ignorait les irritantes contraintes du temps. Elle pensait qu'il avait sculpté deux idées en même temps. Ma mère affirmait avec insistance que la jeune Marie baissait les yeux vers ce qui était à la fois visible et invisible. L'invisible pour nous était le bébé endormi sur ses genoux ; le visible, son fils adulte étendu dans ses bras. « C'est ainsi que le temps travaille », disait ma mère.

Comme elle le soulignait, c'était une idée familière à Michel-Ange. Le sculpteur qui reproduisait la sensuelle splendeur de la jeunesse mieux que n'importe qui d'autre, et jamais de manière plus exquise que dans son *David*, avait écrit un jour : « Ma passion seule sait comment sculpter la mort : c'est la pauvre puissance de mon talent. »

Anna aimait se dépeindre Michel-Ange qui descendait l'échelle du grossier échafaudage de planches rêches dans la cour de Santa Maria del Fiore ce soir-là. Personne n'était dans les parages. La clarté du jour s'était affaiblie. Il avait faim. Il se demandait sans doute combien de temps il faudrait pour qu'un quelconque imbécile se plaigne de la grandeur des mains de Marie.

CHAPITRE VINGT-HUIT

Le chevrier accourait sur ses pieds petits comme des onglons.

Dans une des maisons de l'étroite rue pavée, un bébé souffrait de coliques.

Italo Cavatore trébuchait dans sa maladroite précipitation. Quand il courait, son corps faisait une brusque embardée à gauche, puis une brusque embardée à droite, comme s'il tentait de retrouver son équilibre perdu.

La jeune mère était incapable d'empêcher sa fille de pleurer.

Les cris d'alarme d'Italo le précédaient déjà, remontaient la rue à toute vitesse, se propageaient d'une corde à linge à l'autre, rebondissaient de fenêtre en fenêtre dans le village à flanc de montagne de Castello. C'était comme si ses hurlements continus s'étaient transformés en un fourmillement de peurs, un essaim qui volait au-dessus des larges escaliers blancs et pénétrait dans les intérieurs sombres des maisons frustes et nues.

Italo tapait sur les portes avec les paumes de ses mains. « *Tedeschi* », criait-il de sa voix stridente et tendue. « *Tedeschi.* » Puis il courait du mieux qu'il pouvait jusqu'à la maison suivante. Puis jusqu'à la suivante.

Le jour avait été étrange, son calme interrompu par de soudains tourbillons de vent. L'artillerie avait semblé distante, loin vers le nord, puis plus proche vers l'est et le sud. Puis le silence était retombé.

La jeune mère entendit le chevrier se rapprocher. Elle était dans sa cuisine et essayait de calmer sa fille.

À part le chevrier et quelques vieux grands-pères, tous les hommes du village étaient partis. Ils connaissaient chaque sentier des montagnes et des collines. « *Bella ciao*, chantaient les partisans. *Bella ciao, ciao, ciao.* » Elle pensait que son jeune mari était très beau.

Maintenant la poussière se voyait depuis la muraille de Castello. Elle flottait plus bas, sur les oliveraies. C'était un nuage soulevé par les pneus, les chenillettes et les bottes qui remontaient les épingles à cheveux de la route.

Le chevrier courait aussi vite qu'il le pouvait. Mais il était raide et gauche sur ses petits pieds. Quand il était jeune, les autres enfants se moquaient de lui et marchaient sur leurs talons pour imiter sa démarche laborieuse et déséquilibrée.

Et il lui était impossible à présent de courir aussi vite que sa peur. Il ne le pouvait pas. Ne le pouvait pas.

Et cette peur qui le devançait dans sa course, qui le précipitait en cercles inutiles autour de la petite place, qui dévalait à toute vitesse la rue pavée se résumait à ceci : il n'y avait nulle part où se cacher dans un endroit si petit, enfermé dans sa muraille.

Pardonne-moi, répétait la jeune mère à son bébé. Encore et encore. Le bébé s'étirait, ses bras grassouillets et ses jambes battaient l'air. Mais la mère ne savait pas quoi faire d'autre. Elle la tenait fermement sur ses genoux. C'était le seul moyen de la faire taire.

Le chevrier cognait à sa porte maintenant. Il criait. Et maintenant le voilà déjà parti à la maison suivante. Et à la suivante.

Le bébé était malade. Elle avait des coliques. Elle n'arrêtait pas de pleurer. Et la jeune mère la berçait dans ses bras et lui versait de la grappa dans la bouche, et le bébé tapait des pieds et suffoquait, et la mère la calmait et lui versait de la grappa dans la bouche. Puis, finalement, la mère l'embrassa et respira l'odeur des cheveux noirs de sa petite fille.

Elle tira des lattes de bois sur le couvercle d'un bac en marbre, un des petits bacs dans lesquels elle laissait se figer le saindoux que son mari apportait avec son pain à la carrière. Le bac était vide à présent. Il n'y avait plus de travail depuis des mois. Il n'y avait jamais assez de nourriture.

Elle plia un linge sur le couvercle de bois et y posa une cuvette en pierre ferrugineuse brune. Le bébé était silencieux. La maison était silencieuse.

Elle était incapable de penser à rien d'autre. Quand les hommes reviendraient le lendemain ou le surlendemain, ils entendraient peut-être un bébé pleurer.

Elle voulait s'éloigner le plus possible de la cuisine avant que les Allemands arrivent. Elle voulait s'éloigner le plus possible de la maison. Elle courut. Elle quitta le corridor et se précipita dans la rue et c'est alors qu'elle entendit les premiers crépitements des fusils.

CHAPITRE VINGT-NEUF

Michel-Ange a trente ans quand il arrive dans les montagnes de Carrare. Son voyage l'amène dans des couvents et des abbayes isolés qui hébergent les pèlerins qui se rendent à Rome ou en reviennent, par la route que l'on appelle depuis des millénaires la Via Francigena.

En chemin, Michel-Ange entend sonner les vêpres. Ces routes raides, en épingles à cheveux, traversent des bois de châtaigniers, passent par-dessus de tumultueux torrents qui alimentent les roues à aube des moulins. Une grive, effrayée par les craquements sur les cailloux de ses vieux brodequins en cuir de Cordoue, passe comme un éclair entre les branches. La lumière dorée ne durera plus longtemps. Il arrive non loin d'un couvent. Les religieuses l'accueilleront chaleureusement. Comme toujours. Elles lui donneront la même chambre nue.

Il s'inquiète de savoir si le messager est venu de Florence avec des fonds pour les hommes des carrières, des fonds pour le capitaine des attelages de bœufs, des fonds pour les bateaux. Y a-t-il eu une lettre ? Les sœurs disent que non.

Tout est difficile.

Il n'a pas changé ses brodequins en cuir de chien depuis des semaines. Le soir, il s'assoit dans le cloître avec l'abbesse. Il vaut mieux ne pas faire allusion au pape en présence du sculpteur. Michel-Ange n'est pas exactement facile de compagnie.

Son âme est agitée. Il grince des dents.

Mais la quiétude de la religieuse le calme. Michel-Ange

la trouve apaisante. Son visage est tellement lisse qu'il pourrait être en cire. Il imagine que son expression sereine est le reflet d'une plénitude spirituelle.

Elle pense : je suis ici. Ensuite, à peu près une demi-heure plus tard, elle pense : aucune eau ne coule de la fontaine.

Elle parle si peu souvent que le son de sa voix ressemble au bruissement d'une feuille morte. Il n'est pas certain de comprendre sa question. Mais pendant qu'elle émet ces bruits, elle montre du doigt la figure centrale d'un trio de statues vers sa droite.

On sollicite mon opinion d'expert, déduit Michel-Ange. Cela lui plaît, bien sûr. C'est un artiste.

Il se lève, fait le tour de la pierre et dit : « C'est parfait. Vous voyez les cheveux, ici. Le déhanchement, là. *Contrapposto*. Cette jambe. Cette jupe. C'est un beau travail. »

Elle pense : eau. Elle pense : *plouf plouf plouf*. Mais Michel-Ange est intéressé par autre chose.

« Cela vient d'un bon atelier », dit-il. Local, devine-t-il. « Même si le travail ici, et peut-être ici, aurait pu être meilleur. » Il montre le contour de la partie supérieure du bras et du coude. Il voit clairement le défaut. L'articulation n'a pas été bien achevée.

« On demande toujours aux sculpteurs de se dépêcher », confie-t-il à l'abbesse.

Cette information ne semble pas affecter la religieuse.

Avec l'index, Michel-Ange esquisse au-dessus de la partie antérieure de l'épaule un trait qui aligne de façon plus appropriée l'avant-bras, le coude et le poids de l'urne remplie d'eau que verse la figure. Il voit les légers ajustements qui pourraient être apportés aux plis de sa jupe. L'abbesse suit sa lecture attentive de la statue avec ce qu'il pense être un grand intérêt.

Puis, après quelques instants de réflexion, Michel-Ange propose quelque chose d'incroyable.

Elle accueille sa suggestion avec équanimité.

Il aurait préféré que l'abbesse proteste. Juste un peu. Cela ne lui aurait pas échappé, si elle avait dit quelque chose comme : « Vous êtes trop occupé, c'est certain. Vous êtes un grand artiste et n'avez pas de temps à consacrer à un couvent sans importance comme le nôtre. » Quelque chose du genre.

Il est sensible à ce type de réaction. L'ingratitude lui rappelle toujours le pape.

Son temps est précieux, Dieu le sait. C'est ce que pense Michel-Ange. Même si personne d'autre ne semble jamais le penser. Il regarde intensément l'abbesse. C'est une de ses habitudes : fixer les gens du regard. Elle n'en semble pas dérangée.

Puis il comprend. Puis il se rend compte de ce dont il est témoin. C'est le calme de la béatitude, se dit-il tout bas. La sainteté. L'expression du visage de l'abbesse est identique au regard fixe, infini, de la Vierge de sa *Pietà* à Rome, la sculpture dont quelques ignares à Saint-Pierre ont dit qu'elle était l'œuvre de Gobbo, le creuseur de tunnels. Gobbo ! Ils l'ont dit tout haut ! Pour que Michel-Ange l'entende !

Qu'ils aillent se faire foutre, avait-il pensé. Le lendemain, il avait gravé son nom sur un pan du manteau de la Vierge. Ce fut la seule pièce qu'il signa jamais.

L'expression de l'abbesse est la sérénité même. À coup sûr, la grâce de Dieu.

Ses outils accompagnent Michel-Ange. Ils sont emballés dans de la toile. Son serviteur les a trimballés depuis Pise, tout le long de la Via Aurelia, bordée de fourrés où se cachent des voleurs et des putains.

Michel-Ange insiste. Non pas qu'il ait vraiment besoin d'insister. Mais il aime souligner la générosité de son offre. Il insiste donc. Il insiste pour dire qu'il corrigera l'épaule et le coude le lendemain.

Son intervention était acceptable. De nombreuses mains étaient déjà intervenues pour sculpter cette pièce. C'était l'œuvre d'un atelier, pas d'un seul artiste. Et même si elle était l'œuvre d'un seul artiste, Michelangelo Buonarroti de Florence n'est pas vraiment modeste quand il s'agit de comparer son talent à celui des autres sculpteurs. Adolescent, il n'avait déjà aucun doute sur son savoir-faire. Vasari nous dit qu'il « avait retouché les contours d'une figure et l'avait amenée à la perfection ; et qu'il était merveilleux de voir la différence entre deux styles, et de constater le talent et le jugement supérieurs d'un jeune artiste tellement impétueux et sûr de lui qu'il avait le courage de corriger le travail de son maître. »

Michel-Ange s'attelle donc à la tâche le lendemain.

Il veut corriger le joint. Il construit une petite armature dans un trou qu'il a creusé. Il applique la résine époxyde que son serviteur a préparée. Le travail au ciseau et les hachures croisées ne lui demandent que quelques heures. Et il lui faut le même temps pour le limage et le ponçage.

Il étudie son travail. La courbe du bras est élégante à présent. Si l'on ne savait pas où se trouve précisément le zigzag, on ne verrait jamais le *M*. Michel-Ange n'était pas sûr de le voir lui-même.

Il remarque un petit tas de feuilles et de branches mortes à la base de la fontaine. Il se penche et quelques coups de son ciseau lui suffisent pour déblayer la cavité humide. Il entend gargouiller l'eau d'une source qui semble très profonde et lointaine. Aucune eau ne coule de l'urne de la statue, mais les sporadiques borborygmes de la citerne l'amènent à penser qu'elle finira par couler.

Il est satisfait. Il a aimé ce petit travail. Il se sent beaucoup mieux. Maintenant il doit regagner sa chambre. Il dort toujours bien quand il a travaillé.

Michel-Ange s'en va le lendemain matin, longtemps avant l'aube, longtemps avant que les nonnes se réveillent. Le chemin qui grimpe jusqu'aux carrières dans les montagnes est long et difficile, et il vaut mieux parcourir le plus de distance possible avant que le jour devienne chaud.

Ce matin-là, quand l'abbesse gagne sa place habituelle dans le couvent et que les premiers rayons obliques de la lumière matinale touchent le haut du bras et le coude de la statue, une chose incroyable se produit !

De l'eau. Qui coule de la fontaine. Il n'y a personne pour entendre le petit halètement de surprise de la religieuse.

CHAPITRE TRENTE

Même un dieu mineur a des facultés qui dépassent de loin nos limites. Même s'il a bu du Prosecco et du jus de raisin depuis tôt le matin.

« Travaille comme un esclave, gouverne comme un roi, crée comme un dieu », proclamait un des plus grands sculpteurs modernistes. Ma mère adorait cette citation. Le travail de Constantin Brancusi est célèbre pour ses horizons courbes et ses plans lisses et géométriques. Plusieurs de ses œuvres les plus glorifiées sont en marbre Statuario de Carrare.

« Certains imbéciles définissent mon travail comme abstrait », a dit un jour le beau Roumain à la barbe grise. Brancusi parlait sans se soucier le moins du monde de se montrer diplomate. Dans ses déclarations, comme dans sa sculpture, son imagination s'était libérée de toute obligation envers l'inutile. C'était une qualité que ma mère adorait.

Dans les années 20, le grand public amateur d'art associait le créateur de *La Muse endormie*, de *L'Oiseau dans l'espace* et du *Baiser* à la nouvelle abstraction. En d'autres mots, Brancusi pensait que la plupart des gens qui avaient un jour entendu parler de lui étaient des imbéciles ; une affirmation que son regard sombre, farouche et intelligent n'avait aucun mal à défendre. « Ce qu'ils appellent abstraction est ce qui est le plus réaliste », poursuivait-il dans un grondement de voix, une voix dont on rapporte que certaines femmes juste à l'entendre se sentaient défaillir. « Ce qui est réel, déclarait-il, n'est pas l'apparence, mais l'idée, l'essence des choses. »

Et c'est ce qui distingue la plupart des mortels des dieux, et qui distingue aussi la plupart des mortels des artistes aussi grands que Michel-Ange ou Constantin Brancusi. Nous n'allons pas souvent à l'essence des choses. Ce défaut est particulièrement évident quand la chose en question est le temps. S'agissant de cette dimension particulière, les dieux pensent que nous sommes débiles. Des trous-du-cul de débiles, précise ma mère.

La plupart des dieux ne sont pas aussi directs, mais tous seraient d'accord. Même une divinité intermédiaire peut observer un superbe hors-bord verni, pendant l'été 1939, et entrevoir, avec le même regard désinvolte, un revolver allemand à crosse noire sur une table de chevet dans une chambre d'hôtel minable, presque vingt ans plus tard. Les dieux sont éclectiques dans leurs observations. Ils voient différentes choses en même temps. Le passé et l'avenir sont pareils pour eux.

C'était l'été magnifique et ensoleillé que tous ceux qui l'ont connu appelleraient toujours «l'été juste avant la guerre». Michael Barton a seize ans. Sa chemise blanche ouverte sur sa poitrine lisse et maigre bat au vent. La brise marine aplatit ses cheveux noirs. Il rit dans le nuage de gouttelettes, exalté par la vitesse. Le bateau est une beauté. Cette photo est un instantané de la régate annuelle sur le lac. Une fille en maillot de bain est assise à côté de lui.

Voilà comment tout dieu antique connaît le temps : les éclaboussures d'un canot automobile qui rebondit sur l'eau d'un lac l'été sont, en fait, les odeurs d'un terminus de bus qui parviennent par la fenêtre ouverte d'une chambre d'hôtel minable. Le geste d'au revoir d'un beau garçon est aussi le goulot d'une bouteille de Cutty Sark à moitié vide à côté d'un lit. Les brûlures de cigarettes des prostituées et des voyageurs de commerce marquent les bords de la table de nuit. Le sillage argenté d'un hors-bord en acajou est l'acier coincé dans un ultime serrement de dents, finalement décidé.

La police a répondu à l'appel affolé d'un préposé à la réception.

Voilà la différence entre les mortels et les dieux. Et c'est pourquoi, pense ma mère, les dieux plus mineurs admettent qu'ils envient parfois la seule chose qui sépare les meilleurs d'entre nous des pires d'entre eux. Ils souhaitent parfois ignorer certaines choses.

Les dieux regardent vers le bas à travers les veines grises du ciel. Ils regardent à travers les branches. Ils voient cette régate sur ce lac bleu. Aucun jeune homme n'est capable de deviner ce que vingt ans apporteront, surtout si ces vingt ans incluent une guerre. Mais les dieux le peuvent. Ils voient cet hôtel bon marché et cette bouteille de Cutty Sark. Et ils voient, peu de temps avant que Michael Barton achète un billet aller simple de Cathcart à Toronto, ce qui se passait sur le flanc de la colline boisée derrière sa maison. Ils voient deux garçons qui s'y cachent. L'un est le fils de Michael Barton. L'autre est le meilleur ami de Christopher Barton. C'était l'été des Indiens.

« Non. Comme ceci », murmurait Christopher allongé à côté d'Oliver Hughson. Ils étaient tous les deux couchés sur le ventre, enveloppés dans l'odeur âcre de la spirée d'octobre, la « Couronne de mariée ». L'escarpement descendait en pente raide.Ils avaient tous les deux dix ans. Christopher avait glissé son bras droit autour de l'épaule d'Oliver. On était en 1958. Cette année-là, tous les garçons portaient des tricots de sport sans manches. L'haleine de Christopher était chaude à force d'avoir fumé.

« Avec tout ton doigt », disait-il. Sa main droite couvrait celle d'Oliver. « Pas juste avec le bout.

— D'accord.

— C'est ça. » Il était si près qu'Oliver sentait dans son oreille le souffle du murmure de son ami. Ils devaient être silencieux.

Le mécanisme du Luger était efficace. Le chargeur avait des chambres où loger huit balles et s'emboîtait parfaitement dans la crosse. Les deux boutons ronds à l'arrière de la culasse devaient être levés, puis rabaissés pour charger l'arme. Le revolver était lourd. Il pesait presque un kilo. Oliver était obligé de se servir de ses deux mains pour le garder stable.

La mire verticale en fer était pointée sur un couple qui gigotait en contrebas. Le rose de la peau de l'homme entre son pantalon baissé et le pan de sa chemise noire était impudent. Oliver appuya sur la gâchette. Même sans munition, le rebond du détonateur était brutal, satisfaisant.

Ce dimanche était la dernière explosion de chaleur de l'automne. Et la température rendait les sentiers de la colline exceptionnellement beaux pour les rares promeneurs qui s'y aventuraient si tard dans la saison. Les garçons avaient repéré le couple en dessous de la saillie où ils avaient établi leur poste d'observation cette après-midi-là. Le fait de ne posséder qu'un seul revolver allemand s'expliquait par les difficultés qui avaient suivi leur évasion. Cet épisode de la Seconde Guerre mondiale est peu connu, mais le général Eisenhower et le maréchal Montgomery se sont bel et bien évadés ensemble d'un camp de prisonniers.

Le bois en pente de Hillside avait été jadis le rivage d'une vaste et ancienne mer. Un escarpement s'était formé quand les couches plus friables de grès et de schiste s'étaient érodées sous les couches plus dures de calcaire. Les remparts gris sur lesquels jouaient les enfants avaient l'air posés à l'envers, plus étroits à leur base qu'à leur partie supérieure couverte de buissons. À certains endroits, les grosses racines de vieux arbres semblaient seules empêcher les pans rocheux de s'effondrer. Les sentiers qui serpentaient entre les fougères, les sabots de la vierge, les trilliums et les rues des murailles, contournaient ici et là d'énormes blocs de pierre tombés des hauteurs. Le terrain n'était pas sûr. La pente brune était parsemée de fragments gris. Les tumultueux lits des ruisseaux ressemblaient, même asséchés, à des torrents de pierre. Les bois semblaient toujours avoir la même allure que si l'éboulis de roches venait juste de s'immobiliser.

L'homme sur la femme et la femme en dessous de lui étaient étendus dans un bosquet juste à côté de l'un des sentiers. Ils avaient rapidement déplié leur couverture entre les aulnes et les argousiers. Les mains longues et minces de l'amoureuse creusaient le dos de son compagnon à la recherche de ses os.

« Les merveilles cesseront-elles jamais ? » demanda Christopher avec un accent qui se voulait celui d'Alfred Hitchcock.

« Vas-tu regarder ça ? » répondit Oliver dont la voix espérait reproduire les gargouillis monocordes du Midwest et des publicités pour les Lucky Strike.

Tomber sur Adolf Hitler et Eva Braun qui s'envoyaient en l'air dans les buissons était toute une fête pour les Alliés. Le tournoyant derrière était une cible parfaite.

« Reste calme. Respire, dit Christopher. Laisse venir les choses, lentement, avec douceur.

— Comme eux ? »

Le canon du revolver balayait les alentours. Oliver baissa l'arme.

Leurs rires étaient plus bruyants qu'ils le pensaient. L'homme aux cheveux noirs s'était remis à genoux maintenant. La femme était assise maintenant. D'une main, elle redescendait son soutien-gorge et de l'autre remontait sa culotte. L'homme tournait la tête et regardait vers le haut maintenant. Son visage était cramoisi. Il criait maintenant.

Mais les deux garçons avaient déjà déguerpi. Ils couraient le long de la saillie et dévalaient un sentier qui coupait à travers bois jusqu'au chemin principal.

Leurs maisons se trouvaient au pied de la pente boisée que tout le monde à Cathcart appelait toujours *Hillside*, le flanc de la colline. Oliver voyait celle de Christopher depuis la fenêtre de sa chambre. C'était d'habitude la nuit qu'il la regardait. Les hideuses tourelles brunes de la Maison Barton étaient les dernières formes visibles avant la noirceur.

Oliver s'asseyait parfois sur le côté de son lit et appuyait sa tête contre l'odeur froide et métallique de la moustiquaire. Tard la nuit, des rires lui parvenaient parfois par-dessus les jardins, parfois des chansons, parfois du brouhaha. Une fois, le son d'un tuba. Pendant un temps, les Barton organisaient des soirées, toujours qualifiées chez les Hughson d'« un peu débridées ». Plus récemment, il y avait eu des disputes : une voix de femme, une voix d'homme.

Les dimanches qui suivaient les partouzes prolongées du samedi soir, la Maison Barton était sombre et muette. Des grands verres remplis au quart et des cendriers pleins traînaient toujours sur les tables basses et sur les rebords des fenêtres. L'air immobile et épais informait Christopher que ses parents ne descendraient que beaucoup plus tard au rez-de-chaussée.

Il prélevait des Rothmans dans le sac à main de sa mère. Comme d'habitude. Puis les garçons descendaient au sous-sol chercher le revolver. C'était un souvenir de guerre de M. Barton.

L'espace obscur et confiné qui s'ouvrait au bas des marches était gréé de toutes les installations d'une salle de récréation moderne : des tissus écossais aux couleurs neutres, des meubles décontractés et bas, la cible d'un jeu de fléchettes, une télévision, des étagères pleines de trophées de régate, un bar. Mais il y avait quelque chose dans les lourdes tentures et l'atmosphère stagnante du sous-sol qu'Oliver n'avait jamais trouvé amusant.

« C'est bizarre », dit Christopher. Normalement le revolver était gardé dans le tiroir supérieur d'un meuble où se rangeaient les boissons alcoolisées. « Le Luger n'est pas là. »

C'est Oliver qui en aperçut la crosse noire. Il la fixa des yeux sur le bar pendant quelques secondes avant de se rendre compte de ce que c'était. Elle ne lui était pas familière parce que l'arme n'était pas à sa place. Elle était posée à côté d'un verre de liquide brun dans lequel flottait un mégot. Christopher glissa le pistolet dans son sac à dos.

Ils n'avaient jamais trouvé aucune munition. Pas faute d'en avoir cherché. Mais le Luger était toujours lourd entre leurs mains et avait toujours pour effet de rendre les audacieuses évasions du général Eisenhower et du maréchal Montgomery à travers les campagnes de l'Europe occupée conformes à ce qu'ils imaginaient que devait être le jeu de la guerre. Le revolver ajoutait une énorme vraisemblance à leurs dimanches : comme la fois où ils avaient dévalé le sentier au pas de course après qu'Adolf Hitler et Eva Braun eurent commencé à leur hurler des insultes. « Espèces de sales garnements ! Si jamais je vous revois... »

Christophe et Oliver avaient bondi de racines en rochers avec leurs souliers qui frôlaient à peine le sol, leurs jambes comme des ailes de moulins à vent. Ils avaient commencé par glisser de biais comme des skieurs qui dévalent une pente dangereuse, mais cela n'avait pas marché longtemps. Ils couraient à présent comme pour essayer de rattraper leur propre poids. Oliver tenait le revolver par le canon et dissimulait sa crosse dans le repli de son avant-bras.

Hillside n'est pas du tout le flanc d'une colline. C'est une crête de roches sédimentaires, un muscle de calcaire sous le plancher doux des bois, qui s'élève abruptement ici et là, et forme des stries grises, horizontales, clairement délimitées et empilées en strates si apparentes que ses fissures semblent avoir été taillées dans le visage de la pierre. Archie Hughson connaissait parfaitement les processus qui avaient conduit à cette formation. Il amenait ses classes faire des excursions géographiques sur le même chemin que les garçons dévalaient au pas de course.

Archie Hughson parlait distinctement. Il s'exprimait dans un dialecte aujourd'hui pratiquement disparu, qui mêlait à une tradition langagière modeste et rurale le respect de Shakespeare, de Milton, Dickens et Tennyson, des auteurs avec qui sa génération avait été élevée. Les étudiants qui passaient son célèbre examen de fin d'année réussissaient parce qu'ils étaient capables de se souvenir de cette voix. Ils ne l'oublieraient jamais.

Ils se rappelleraient M. Hughson debout dans le lit d'un ruisseau dans les bois de Hillside, avec son sac d'échantillons à l'épaule. Le papier ciré d'un sandwich d'œufs en salade dépassait de la double poche droite de sa veste de tweed. Ils se rappelleraient qu'il se penchait avec une surprenante souplesse pour ramasser un gros caillou gris qu'il tenait en l'air et tournait lentement devant eux comme s'il s'agissait d'une énorme pierre précieuse qu'ils devaient admirer. Et ils se rappelleraient son accent monocorde et simple : « Imaginons qu'un roc, dont l'origine serait à peu près identique à celui-ci, soit dans le fond d'un océan. Effectivement, imaginons que ce roc-ci se soit formé sous un océan. »

Les racines des plus gros arbres étaient aussi horizontales que les strates de la falaise rocheuse. Les garçons les utilisaient comme escaliers secrets pour leurs fuites rapides. Ils étaient fiers de connaître les moindres détails du terrain.

Oliver courait le plus vite des deux, ce qui en fait ne voulait pas dire grand-chose. Il n'était pas le garçon le plus rapide de la terre, mais son agilité débridée, comparée aux lourdes enjambées de Christopher, semblait souvent comique. Il était un peu cabotin. Et c'est sur ce sentier ce jour-là, en dégringolant au pas de course du rebord rocheux, après avoir considérablement réduit la qualité de vie du Führer, qu'Oliver céda à la tentation de laisser glisser le poids du revolver jusqu'à ce que sa crosse se loge dans sa paume.

Les deux amis riaient. Une haie d'herbes hautes les cachait des unités de choc ennemies qui les poursuivaient. Oliver courait dans le bois en brandissant un revolver comme une star d'Hollywood.

Il freina soudain. Ses baskets dérapèrent. Christopher s'immobilisa derrière lui, avec ses bras qui tourbillonnaient vers l'arrière comme si un précipice venait de s'ouvrir devant ses orteils.

Oliver s'accroupit et tourna sur lui-même. « Tireur embusqué, murmura-t-il à son ami. À onze heures. »

Oliver visa très vite et toucha mortellement l'Allemand qui se cachait derrière un tronc d'arbre sur la falaise au-dessus d'eux.

Le recul eut le même effet qu'un choc électrique dans la main d'Oliver. Le fracas clair de la détonation du pistolet les effraya à mort tous les deux. Ils fixaient l'un et l'autre sans en croire leurs yeux le nuage de poussière grise qui, suspendu dans la lumière du soleil, flottait au-dessus de la pierre plus haut qu'eux.

CHAPITRE TRENTE ET UN

Un dimanche matin du printemps 1968, environ dix jours après l'arrivée d'Oliver Hughson à Pietrabella, Anna Di Castello l'amena grimper dans les montagnes apuanes de la région de Carrare au sud-ouest de la Ligurie et au nord-ouest de la Toscane. Ces sommets étaient connus de Boccace et de Dante sous le nom de *Lunae Montes,* les « montagnes de la lune ».

Charles Dickens avait traversé la région de Carrare en 1846 et rédigé une chronique de son voyage en Italie. Il avait intitulé son journal *Images d'Italie.* Ce dernier est inclus dans le volume XVIII de ses œuvres complètes reliées en toile rouge, dont Oliver hérita en même temps que d'une maison, d'une piscine, de quelques figurines Royal Doulton, de quelques meubles déprimants, d'une réplique miniature du *David* de Michel-Ange et d'un confortable portefeuille de placements, tout à fait adéquat pour permettre à un célibataire de vivre à l'aise.

Oliver n'avait pas de photos des mois qu'il avait passés en Italie. Son appareil (pas très bon de toute façon) avait terminé sa vie en mille morceaux sur le plancher de la cuisine de la petite maison de ferme qu'il avait partagée pendant un été avec Anna. Cette fois-là, Anna s'était plantée sur la caméra en lançant des regards noirs à la ronde, couteau à la main, comme pour guetter s'il lui restait quelque signe de vie. Si l'appareil avait tenté un dernier clic agonisant d'obturateur, elle aurait enfoncé la lame de son couteau à éplucher et le morceau d'ail qui y était toujours accroché dans son cœur d'Instamatic. C'était en tout cas ce que son expression transmettait à Oliver ébahi.

Avec pour conséquence que ses souvenirs étaient singuliers, pour ne pas dire plus. Il possédait un exemplaire du recueil, depuis longtemps sans reliure, de conférences sur la sculpture données par Rudolf Wittkower à l'École Slade des Beaux-arts. Il avait une photo noir et blanc de *Sainte-Thérèse et l'ange*, du Bernin, épinglée au-dessus de son bureau à Cathcart. Et il avait les Dickens.

« Il y a quatre ou cinq grandes vallées... avait écrit Dickens. Les carrières ou "grottes", comme on les appelle ici, sont autant de brèches très haut dans les collines de chaque côté de ces cols où ils font exploser la pierre et où ils extraient le marbre... »

Anna avait l'air affreuse ce dimanche matin-là. C'était caractéristique. Avant d'avoir bu son café, elle semblait vouloir rembarrer brutalement tout le monde. Mais sa mine renfrognée n'était pas menaçante. C'était avant tout un avertissement : une mise en garde destinée à tous ses proches leur intimant de l'éviter jusqu'à ce qu'elle ait fini de siroter sa deuxième tasse en silence et que ses yeux gonflés aient désenflé d'eux-mêmes. Et c'était d'habitude à sa table extérieure, en T-shirt et sous-vêtements, qu'elle se détendait lentement et oubliait son mécontentement de ne plus être endormie.

Les cheveux d'Anna avaient l'éclat de l'acajou. C'est ce qu'avait fini par décider Oliver. Même s'il avait essayé de les décrire d'une dizaine de façons différentes dans son journal cet été-là, aucune de ses descriptions n'était tout à fait exacte. Oliver pensait que ses yeux aussi étaient indescriptibles. Littéralement. Son carnet de notes était rempli de tentatives de description qu'il avait lui-même rejetées : en forme d'amande, pareils à des joyaux, profonds. « Étincelants » était rayé à gros traits. C'étaient des approximations, d'autant plus fausses qu'elles n'étaient rien d'autre.

Les yeux d'Anna étaient bruns; l'adjectif à peu près le plus juste qu'Oliver arriva jamais à trouver. Ses yeux étaient l'équivalent visuel des voyelles qu'il ne fut jamais capable de maîtriser, peu importe à quel point il s'acharnait à potasser son exemplaire de *L'Italien pour débutants*. C'étaient des yeux qui n'avaient pas peur d'être démonstratifs, peu importe l'humeur qu'Anna était d'humeur à démontrer.

Elle était tellement opposée aux convenances qu'elle s'empêchait de sourire tant qu'elle n'en avait pas vraiment envie. Son rire ressemblait plus alors à un changement soudain des conditions météorologiques qu'à une expression du visage. C'était extrêmement gratifiant pour quiconque se trouvait à observer le ciel au moment où le soleil pointait derrière les nuages.

Mais si on l'avait forcé de nommer le trait physique d'Anna qu'il préférait, Oliver aurait sans doute choisi ses cheveux. Il les laissait souvent se déployer sous ses doigts levés juste pour le plaisir de les voir retomber.

Les cheveux d'Anna étaient de toute beauté le soir quand elle était assise au centre de plusieurs tables pleines de *stranieri* qui riaient et chantaient au *Café David*. Sa journée semblait les avoir peignés, peignés par les mouvements de sa tête quand elle travaillait, par les vents légers à travers lesquels elle avait pédalé sur son vieux vélo rouillé. Pas du tout par un peigne.

Et ils étaient minables quand elle venait de sortir du lit. Les tempêtes qui avaient traversé ses oreillers pendant la nuit laissaient un fouillis qui, si elle avait été un paysage, aurait été un enchevêtrement de lignes de fils électriques et de routes impraticables, et non comme Oliver (à distance sécuritaire) le lui avait suggéré un matin : « Une tête de somnolente grognonne. »

Oliver n'avait pas de photo d'Anna parce qu'Anna n'aurait jamais laissé Oliver en prendre une ; interdiction qu'il n'évalua pas à sa juste valeur jusqu'au jour où il la photographia pendant qu'elle épluchait de l'ail debout à son comptoir à côté de la fenêtre de la cuisine. En conséquence, l'appareil se retrouva lancé avec violence contre le mur. Elle le lui avait arraché avec une rage surprenante, irrépressible. « Je ne serai pas un putain de souvenir », avait-elle hurlé.

« Putain » était un mot qu'Anna utilisait beaucoup. Mais elle cracha le mot « souvenir » avec une telle fureur qu'il avait l'air d'être un juron. Oliver n'avait jamais imaginé que les bourrasques de la colère puissent atteindre de tels extrêmes. Du côté positif : il n'avait jamais imaginé non plus que faire l'amour puisse être à ce point féroce.

Plutôt qu'un shampoing commercial, Anna utilisait une infusion de romarin qu'elle préparait en la laissant mijoter sur le poêle pendant des heures avant de la refroidir dans son problématique réfrigérateur au kérosène. La pression de l'eau dans la maison était tout aussi aléatoire, et Anna se lavait les cheveux pendant les chaudes journées de l'été sous la grinçante pompe à bras au bout du jardin. Oliver regardait. Il était toujours stupéfait que cette scène soit réelle : Anna qui se retournait, sa peau halée, une serviette enroulée autour de la tête, et qui lui souriait. Cela semblait impossible. Mais de toute façon toute l'Italie lui semblait impossible.

Il était arrivé le soir à Pietrabella après un long et souvent très ennuyeux voyage depuis Paris. Quand il s'était réveillé dans la chambre d'ami de Richard Christian et d'Elena Conti, la matinée était avancée. Il avait dormi profondément. Mais la pièce était toujours sombre.

Richard était parti tôt à son atelier. Elena avait déjà sauté dans un train pour Rome où elle était colocataire d'un appartement et où elle travaillait comme traductrice pigiste.

La fenêtre de la chambre avait de lourds et hauts volets. Oliver les ouvrit. Il ne voulait qu'un peu de lumière pour déballer son sac à dos. Il ne s'attendait pas à un tel panorama. Il avait l'impression d'être dans un film. Il y avait les oliveraies et les vignobles étagés. Il y avait les sentiers qui bordaient les champs. Il y avait les routes poussiéreuses en épingles à cheveux et les toits couverts de tuiles rouges. Et pour ce qui est du bruit, il y avait un vacarme de coquericos, le klaxon lointain d'un bus engagé dans un virage serré plus loin dans les collines, le vrombissement des burins pneumatiques des hommes qui travaillaient la pierre. Une poussière blanche flottait dans l'air. Il y avait une odeur de feux de broussaille. Il y avait le son paisible, étrangement distinct de couverts disposés pour le repas dans la maison voisine. Et qui surplombaient tout cela (proches ou lointains, il n'en était pas certain), il y avait les contreforts des Alpes apuanes.

On avait l'impression de tomber, presque de défaillir. Dans une «joyeuse luminosité», avait écrit Dickens. La première fois qu'il ouvrit ces épais volets de bois, la lumière de la Toscane le fit chanceler. Oliver perdit l'équilibre ce matin-là. Il ne se rappelait pas avoir déjà ressenti la même chose. Il bascula vers l'arrière, ses pieds nus déséquilibrés sur le plancher froid de terre cuite.

Après avoir été lavés avec l'infusion de romarin, les cheveux d'Anna sentaient le bois, une odeur aussi exotique que celle des coffrets à bijoux en bois de rose ou des parois de cèdre de tiroirs remplis de soie parfumée. Non pas qu'Oliver ait déjà respiré l'un ou l'autre. Il n'avait jamais connu non plus l'expérience de côtoyer quelqu'un comme Anna. La difficulté qu'elle avait à survivre aux matins était souvent liée à ses interminables soirées passées au *Café David* avec un groupe de sculpteurs étrangers.

Le crépuscule tombait sur la *piazza* centrale de Pietra-bella. On commandait plus de vin. Les collines environnantes s'assombrissaient. Les guirlandes d'ampoules électriques s'allumaient sur la place. Les histoires commençaient. Puis les discussions. Puis les chansons. Puis tout le monde décidait d'aller Via Piastrone dans un petit restaurant qui préparait de si bonnes cailles grillées. Il y avait plus de vin. Il y avait de nombreuses possibilités. Il y avait plus de chansons. Il y avait de la danse.

C'était le genre de nuit qui précédait le genre de matin où Anna avait l'air la plus affreuse. Ce que découvrit Oliver quand il cogna à la porte de sa maison nichée dans la campagne. Il était huit heures du matin. C'était un dimanche.

Anna avait invité Oliver sans façon, sur un ton de simple bavardage, à monter voir les carrières ce dimanche matin-là. Elle le lui avait offert au *Café David*. Ils s'étaient déjà rencontrés une fois, chez Richard et Elena Via Maddalena le soir où Oliver était arrivé en ville. Au *Café David*, Anna était assise au milieu d'un groupe de sculpteurs. Elle s'était aperçue qu'Oliver l'avait regardée plusieurs fois.

Son franc-parler était dû autant à son absence de nuances quand elle s'exprimait en anglais qu'à son caractère. À l'époque, elle terminait une liaison avec un sculpteur américain. Anna ne mettait pas fin à ses relations avec beaucoup de diplomatie. Et ce fut en réaction à une des remarques de l'Américain qu'elle se leva soudain d'un coup sec, quoiqu'un peu chancelant. Elle se dirigea vers la table où Oliver était assis seul. Sans s'encombrer de préambule, elle parla assez fort pour que tout le monde l'entende. « Viens chez moi demain matin. À huit heures. Nous partirons faire une petite escalade. »

Quand elle se retourna, elle faillit renverser la chaise vide en face d'Oliver. « J'habite dans les collines, dit-elle. En direction de Castello. » Anna jeta un ultime regard à la table où elle avait été assise. « Tout le monde sait où. »

C'était une sortie impressionnante, même si elle ne l'était pas assez pour qu'Anna s'en souvienne. Elle ne s'attendait pas à l'arrivée d'Oliver à sa maison à huit heures le lendemain matin. Apparemment pas, du moins.

Elle n'avait pas l'intention de dire un seul mot avant d'avoir bu une tasse de café. Ses cheveux, les cernes noirs sous ses yeux à demi clos, son long T-shirt chiffonné, ses pieds nus qu'elle traînait comme des pieds plats sur le sol de sa cuisine négligée étaient convaincants. Ils étaient l'équivalent précis de la seule réplique polie qu'Anna, avec son honnêteté coutumière, pouvait adresser à Oliver : « Comment ça va, ce matin ? »

Pour soigner une gueule de bois d'une telle gravité, dit Anna à Oliver en se versant sa deuxième tasse d'expresso chaud et épais, rien de tel que la thérapie combinée d'un café, d'un joint et de l'air vif et frais des Apuanes. Et elle entreprit alors de prouver que c'était vrai.

Une heure plus tard, l'impression que la campagne toscane était encore plus belle qu'il le pensait vint à bout des inquiétudes d'Oliver quant à la façon de conduire d'Anna. Ils dévalèrent le dangereux et cahoteux chemin depuis sa maison jusqu'aux rues de Pietrabella, désertes pour la plupart en ce dimanche matin. Puis ils prirent la route vers les carrières.

La Fiat Cinquecento d'Anna était tellement rouillée qu'on voyait défiler la route sous le plancher. La voiture, bourrée de leurs deux corps, était de plus encombrée par le sac à dos qu'Anna avait rempli à la hâte de leur lunch, par des cartables, des livres, des outils de sculpture, des bouteilles de vin vides et du linge sale qui remplissaient déjà l'improbable espace réservé à un passager.

Anna n'avait pas d'argent, bien sûr. Oliver non plus. Il était embarrassé de l'admettre. Mais Anna pensait avoir assez d'essence pour arriver sur une des hautes routes en lacets à l'endroit d'où elle avait décidé que débuterait leur randonnée. Ils s'inquiétaient de la manière dont ils redescendraient quand viendrait le temps de redescendre. Au pire, dit-elle, ils n'auraient qu'à descendre en roue libre.

Oliver trouva l'idée pleine de bon sens. C'était la première fois de sa vie qu'il fumait du hash.

Après s'être stationnés, Anna alluma ce qui restait du joint qu'ils avaient fumé avec leur café. La voiture s'emplit de fumée. L'odeur rappelait celle d'une pelletée de fumier jetée sur un feu. Oliver n'avait pas l'habitude du tabac noir. Il se mit à tousser.

« Est-ce dangereux ? crachota-t-il.

— Le hash ?

— Non. L'escalade.

— Ah ! dit Anna. Elle est très saine, l'escalade.

— Qu'allons nous escalader ?

— Nous allons grimper jusqu'aux montagnes de la lune. »

Pendant la plus grande partie de la deuxième heure de leur escalade, ils progressèrent sous ce qui ressemblait à la boucle d'une corde à linge géante. C'était une invention belge.

Les câbles ne tournaient pas le dimanche. Mais tous les autres jours, sauf bien sûr à Noël, les révolutions régulières de ces épais fils d'acier tressés vrombissaient dans les vallées. Ils étaient si longs qu'ils avaient l'air d'étais qui consolidaient les montagnes. Depuis la fin du dix-neuvième siècle, ils étaient la principale méthode d'extraction du marbre.

Pendant que le câble coupant tournait sur son énorme boucle, on le descendait lentement dans le marbre. On versait une bouillie d'eau, de quartz broyé et de sable dans la rainure qui s'approfondissait. Certains ouvriers étaient tellement expérimentés qu'ils parvenaient à juger de l'avancée du câble dans la pierre sans même le regarder. Ils apportaient les ajustements requis uniquement au son.

La friction constante rendait la ligne de coupe extrêmement chaude. Pour cette raison, beaucoup plus bas que les carrières, d'habitude plus bas que les aires de rassemblement où les ouvriers franchissaient les grilles et où l'on chargeait les camions, des plans d'eau étaient aménagés. Les câbles y passaient pour être refroidis avant de remonter jusqu'aux grottes blanches.

Au moment où ils s'arrêtèrent pour le lunch, les étangs de refroidissement très loin en contrebas avaient l'air miniaturisés.

Anna connaissait un endroit. Il y avait un ruisseau. Il s'élargissait, gonflé par une chute qui tombait d'une saillie de pierre. Elle se défit à coups de pied de ses vieux tennis, chaussures qu'Oliver pensait dangereusement peu résistantes pour une escalade aussi difficile. Mais Anna semblait s'en moquer.

Elle était debout pieds nus dans l'eau peu profonde. Elle montra à Oliver les diverses variétés de galets qu'elle avait ramassés en ne plongeant qu'une seule fois la main dans le lit du ruisseau. Elle avait eu raison. Sa guérison de la nuit passée était maintenant complète.

Anna lui tendit une poignée de pierres lisses et mouillées. «Regarde, dit-elle. C'est du marbre. Mais chaque caillou est différent. Regarde. Ils sont emportés par le torrent depuis les carrières plus haut dans les montagnes.» Elle s'approcha de lui avec précaution parce que les rochers sous ses pieds étaient instables. «Le gris, c'est de l'Ordinario, dit-elle. Utilisé surtout en construction. Il est partout. Les rebords de fenêtre, les escaliers. Les planchers. La pissotière sur le chemin vers Via Maddalena...

— Comment le sais-tu?» demanda Oliver. Il avait posé la question pour plaisanter, mais Anna la prit au sérieux.

«J'étais curieuse quand j'étais petite.

— Et le galet blanc?

— Statuario, dit-elle. Le gros lot pour les sculpteurs. Nous voulons tous ce marbre-là, comme nous voulons la neige. Ou des ailes d'ange. Ou des étoiles. Parce qu'il est tellement pur pour la sculpture. Sa beauté est une absolue perfection. C'est à cause de cette qualité de marbre-là que Michel-Ange est venu. Et peut-être a-t-il vu précisément ce caillou avant qu'il soit détaché de son bloc de Statuario.

— Tu penses?

— C'est possible. Il a peut-être fallu des siècles pour qu'un fragment de marbre dégringole, soit délavé et devienne plus petit et plus lisse au bas du ruisseau qui descend des montagnes là-haut où Michel-Ange travaillait. Des siècles pour parvenir jusqu'à nous ici et maintenant. »

Elle montra d'autres pierres. Oliver regardait, écoutait, se délectait de sa manière généreuse de rouler les voyelles autant que de ses yeux expressifs. Elle leva un galet ovale et lisse. Elle dit : « Bianca Oscura. Il vient de la carrière où nous irons. Après avoir mangé. » Elle lança à Oliver un regard plutôt prosaïque. « Et après avoir mangé nous pourrions peut-être prendre un petit repos, si tu veux. »

Elle laissa retomber les pierres l'une après l'autre dans le ruisseau.

Ils mangèrent sur une grande dalle rocheuse près de l'eau. La lumière tombait oblique à travers l'abri de châtaigniers. Après leur pique-nique, avec ses yeux rivés sur Oliver pendant qu'elle parlait, elle roula lentement la tête. *Arabescato. Bardiglio. Breccia.* Il écoutait la cascade des voyelles. Il regardait Anna détacher et secouer ses cheveux.

CHAPITRE TRENTE-DEUX

Julian Morrow avait des idées impossibles en tête. C'est du moins ce qu'affirmaient les gérants de ses carrières et les surveillants de ses ateliers. Non pas que Morrow se fichait de ce qu'ils disaient. C'est qu'il y prêtait attention à sa manière, une manière inhabituelle.

Il insistait pour tenir régulièrement des réunions et on pouvait compter sur lui pour apparaître à l'improviste dans une carrière ou un atelier, d'habitude avec des questions. Morrow avait quelque chose de l'amateur enthousiaste, une curiosité pour tout ce qui touchait au marbre et que tous ceux qui étaient à son emploi trouvaient souvent épuisante. C'est ainsi qu'il acquit si rapidement son expertise. Il en fut de même avec son italien. L'aisance acquise à le parler le poussait à le maîtriser encore plus.

Mais ce serait plutôt qu'il prêtait trop attention à ce que son personnel, ses employés, ses domestiques avaient à dire, une attention toujours enrichie par des pensées qui n'avaient pas de rapport évident avec ce qui était discuté. Pas évident en tout cas pour ses gérants et ses maîtres d'atelier.

Le gérant de la carrière était assis dans la villa de Morrow en ce lundi matin. Son calepin à couverture de cuir était ouvert sur ses genoux. Il était vêtu d'un lourd pantalon. Ses chaussures de travail étaient propres et cirées parce qu'il les nettoyait et les cirait chaque dimanche soir en vue de la réunion hebdomadaire avec le propriétaire.

L'inébranlable optimisme de Morrow était sujet par

moments à des accès de profonde tristesse. Cela lui arrivait peu souvent. Mais il en était ébranlé. Comme cette fois-ci.

« Le père du garçon ? demanda-t-il.

— Oui, répondit le gérant.

— Et deux de ses frères ?

— Oui. Il y en avait quelques autres à la table aussi. Pas apparentés. Ou du moins pas apparentés de près. Les villages sont petits.

— C'est triste », dit Morrow.

Le gérant ne répondit rien. C'était ainsi que cela se passait dans les carrières. C'était toujours triste.

Pendant ses allocutions, Morrow faisait d'habitude référence à sa villa en Toscane en l'appelant « mon chez-moi loin de mon chez-moi », surtout quand sa femme et sa belle-mère étaient dans le public. Elles y étaient souvent. Et dans son for intérieur, il était amusé qu'elles ne devinent jamais que cet aveu, émis avec la courtoise mention de leur présence, prêtait à interprétation.

La villa avait une histoire intéressante, pensait-il. Et c'est ce qu'il expliquait à ses auditoires attentifs. Pendant des siècles, l'édifice avait été un couvent, érigé en pierre, glacial pendant les mornes hivers, demeure de quelques dizaines de dévotes austères et silencieuses, un arrêt pour les pèlerins et autres saints voyageurs. La rumeur voulait que Michel-Ange y ait séjourné. La prétention que Michel-Ange ait dormi dans des chambres, mangé dans des maisons ou signé des contrats dans des bureaux d'agents marbriers et de propriétaires de carrière était très répandue dans le secteur. La région se spécialisait dans de telles fables.

À l'instar des échos de plus en plus ténus de leurs vêpres, les nonnes disparurent après un dernier cercueil rugueux et une ultime et simple croix en marbre blanc. Le bâtiment tomba en ruines et Julian Morrow finit par l'acheter. Il en fit démolir deux ailes, garda les statues, les planchers de marbre usé et les panneaux biseautés et marbrés des murs de pierre. Il creusa une piscine à l'endroit où le sol était toujours détrempé de toute façon. Après une considérable rénovation, Morrow fit de la partie centrale restante du bâtiment sa maison. C'était son bureau préféré.

Le gérant de la carrière en avait terminé avec le premier point qui figurait à son ordre du jour. Il avait fait rapport à Morrow de l'accident survenu deux jours plus tôt.

Morrow continuait de rester debout, comme toujours lors de leurs réunions hebdomadaires. Les mains serrées derrière le dos, il regardait par la fenêtre.

Le gérant était soulagé qu'il ne semble pas vouloir consacrer plus de temps à l'accident. Il n'y avait rien à faire de toute façon. C'était toujours ainsi. Il y avait d'autres points à l'ordre du jour. Le gérant consulta son propre griffonnage enfantin. Il fallait envisager d'acheter une nouvelle sorte de scie. La *lizzatura* avait besoin de certaines réparations.

Morrow pensait que l'aménagement du terrain des Barton serait une très bonne commande, même s'il savait déjà, après ses conversations avec Grace, que la mise au point des plans ne serait pas un processus rapide. Il se rendait compte qu'elle avait l'œil. Il se rendait compte aussi qu'elle avait l'œil pour les détails. Et c'étaient les détails qui prenaient du temps. Et de l'argent. Et plus de temps. Et plus d'argent.

Cela ne se réaliserait pas vite. Il se rappela qu'il avait fallu presque dix ans de planification pour le terrain récemment terminé du domaine Morris-Jones dans le Suffolk. Il laisserait donc du temps à Grace Barton. La patience était la clé.

Le chronométreur, lui disait son gérant, a demandé qu'un petit poêle soit installé dans le poste de garde à l'entrée de la carrière parce que les mois d'hiver sont très froids et que c'est pendant cette période que le pauvre homme souffre le plus terriblement des hémorroïdes causés, croit-il, par le fait de rester assis sur le banc de pierre glacé d'où il s'acquitte de ses importantes fonctions.

Morrow avait le sentiment que ce n'était pas une matière qui requérait sa pleine et entière attention. Il opina vaguement à ce que son gérant disait. Ses réflexions concernant les Barton l'avaient amené à penser au déjeuner-causerie dont il serait le conférencier invité à Swansea dans quelques semaines. Il pourrait reprendre dans son allocution, avec quelques ajustements mineurs, certaines des informations qu'il avait fournies aux Barton.

Morrow se détourna brusquement de la fenêtre et virevolta sur lui-même. Une nouvelle idée venait de lui traverser l'esprit. Son italien était étonnamment convaincant. « Ce garçon a-t-il un quelconque talent? demanda-t-il.

— Quel garçon? » Le gérant de la carrière leva les yeux de son calepin.

« Le garçon dont tu m'as parlé. Le porteur d'eau.

— Oh! » dit le gérant. Cela faisait presque quinze minutes qu'il avait expliqué à Julian Morrow les détails de l'accident à la carrière. Le gérant pensait qu'ils avaient depuis longtemps abordé d'autres sujets. « Du talent?

— Oui, du talent. »

Morrow avait la réputation de demander des choses inattendues. Mais pour une fois le gérant était capable de répondre à sa question. Il connaissait la famille. Il avait, lui aussi, de la parenté à Castello. « On dit qu'il a un don pour modeler l'argile.

— Vraiment? dit Morrow.

— Avant de commencer dans les carrières, il a gagné quelques sous en façonnant des petits portraits pour les naissances et les confirmations.

— Ah, oui. Vraiment? »

Puis Morrow sembla glisser pendant un moment dans l'une de ses avenues mentales personnelles. « Assure-toi que l'on subvienne aux besoins de la veuve », dit-il. Il regarda le gérant qu'il connaissait et dont il admirait le caractère économe. Il sourit donc quand il ajouta : « Avec un peu plus de générosité que tu le jugerais approprié. »

Le gérant hocha la tête et écrivit une note pour se le rappeler.

« Et envoie-moi ce garçon. Je n'aime pas l'idée qu'il recommence à travailler dans les carrières. C'est trop de s'attendre à ce qu'il y retourne. »

Le gérant commença à faire remarquer que les accidents y étaient monnaie courante. Mais Morrow lui coupa la parole. « Nous ne manquons pas de travailleurs. Si ça se trouve, nous en avons trop. Et si ce garçon est un petit gars brillant, nous lui organiserons un bon apprentissage dans un de nos ateliers en ville. »

CHAPITRE TRENTE-TROIS

Quand je revins en Italie après mes quelques jours passés à Cathcart en juin 2009, je fis part à ma mère des conversations que j'avais eues avec mon père. Anna se roula une cigarette et écouta. Nous étions assises à la table extérieure. Mais quand elle finit par se décider à parler, elle resta comme d'habitude indirecte. Elle dit : « Je me souviens qu'il m'a demandé un jour ce qui faisait de Michel-Ange un si grand artiste. Alors je le lui ai montré. Tout l'été, je le lui ai montré. »

C'est ainsi qu'elle commença à parler de lui. Ses souvenirs lui revinrent lentement au début. Mais à la longue, j'eus de la peine à l'arrêter.

Pendant quarante ans, elle n'avait jamais mentionné son nom. Elle n'avait jamais fait allusion à son existence et, chaque fois que je me montrais curieuse de mon ascendance, elle se contentait de froncer les sourcils ou de hausser les épaules. Elle n'avait jamais caché ses raisons. Elle pinçait les lèvres et haussait les épaules. « Ma vie était un peu débridée, disait-elle. C'était ainsi en ce temps-là. »

Je découvris donc mon père par accident. J'étais insultée que Pier-Giorgio ait refusé *Les Montagnes de Michel-Ange*. Et pour me sortir de la tête son visage suffisant et m'occuper l'esprit à autre chose, je m'étais lancée dans une de mes campagnes occasionnelles, et pas toujours efficaces, pour que ma mère mette de l'ordre dans ses affaires et soulage un peu les souffrances du malheureux comptable chargé de ses déclarations de revenus. Ce fut pendant ce futile exercice que je tombai sur les lettres de mon père au fond d'une boîte en carton sur une étagère dans la chambre de ma mère. Les lettres étaient cachées sous un rabat au fond de la boîte. Je remarquai le coin de papier bleu des enveloppes par avion.

À ce moment-là, j'avais pratiquement renoncé. Ou peut-être ma curiosité avait-elle été suffisamment satisfaite par la présence intermittente de nombreux hommes dans la vie de ma mère. Ils agissaient un peu comme des pères pour moi quand j'étais petite. Certains auraient même pu être mon père : une possibilité que la désinvolture de ma mère, s'agissant de mon intérêt pour ma propre conception, ne confirma jamais tout à fait et n'infirma jamais tout à fait non plus.

À Pietrabella, des sculpteurs apparaissaient de Hollande, d'Amérique, d'Allemagne, de Grande-Bretagne, du Japon. Certains restaient quelques semaines, des fois quelques mois, et ne revenaient jamais. D'autres finissaient pas faire partie des meubles, soit qu'ils s'installaient en ville pour de bon ou qu'ils y revenaient régulièrement. Pieter Henk était un de ces meubles.

Une ou deux fois par an, Pieter descendait de Hollande en voiture. Il n'était pas devenu sculpteur professionnel. Peu de *stranieri* le devenaient. Mais il continua à sculpter la pierre même après avoir commencé à travailler pour une entreprise d'art commercial à l'extérieur de Rotterdam. Sculpter était plus un passe-temps qu'un métier. Il habitait derrière une haute et épaisse haie de rhododendrons dans une banlieue verte et ancienne, une maison bâtie sur une double parcelle de terrain herbeux, envahie par la végétation, plantée de pommiers et de châtaigniers, peuplée par ses poules, son coq et ses statues de marbre. Mais il continuait de venir en Italie quelques fois par année pour choisir la pierre dont il avait besoin et s'installer pendant quelques semaines à un banc de travail dans l'un des ateliers de la ville.

Ses voitures devinrent de plus en plus luxueuses au fil des années. Mais les Ramblin' Jack Elliott et les Jerry Jeff Walker qu'il écoutait en route ne changèrent jamais. Et lui non plus, pas beaucoup. Il ne cessa jamais d'être blond et gentil. Il ne prit jamais beaucoup de poids en vieillissant. Il ne cessa jamais de fumer des Marlboro. Et même après s'être marié, il continua de loger chez Anna chaque fois qu'il venait en visite en Italie. Les habitants de Pietrabella ne savaient pas de façon certaine, malgré de nombreuses années de spéculations collectives, si la femme de Pieter était au courant ou non, ou si elle s'en doutait simplement.

Il n'était pas quelqu'un dont la présence à Pietrabella s'oubliait quand il quittait la ville. Il y venait depuis des années. Son italien était plus que passable. Il avait ses restaurants préférés. Il y avait un endroit au comptoir du *Café David* où il prenait toujours, debout, son café matinal en route vers le travail. Il assistait toujours aux séances de cinéma sur la place les samedis soirs, même si les films étaient d'habitude vieux et d'habitude américains. Anna l'accompagnait. Ils formaient un joli couple.

Anna adorait la manière dont la lumière oblique captait les choses en noir et blanc : un imperméable à ceinture, un calibre.38 sur une table de cuisine, les cheveux de Veronica Lake. Elle pensait que c'était à ça que ressemblait l'Amérique.

Quand j'étais gamine, Pieter m'amenait de temps en temps à la *gelataria* ou à la plage. Il m'envoyait des cartes d'anniversaire.

Ses visites devinrent moins fréquentes quand il commença à vieillir. Je ne l'avais pas vu depuis plusieurs années quand la nouvelle arriva qu'il était malade. Et dès le départ, cette nouvelle n'était pas encourageante. Je lui écrivis, à son adresse au bureau. Je lui demandai s'il voulait bien, s'il vous plaît, me tranquilliser l'esprit. Pieter accepta de passer un test sanguin.

Ma mère avait raison. Sa jeunesse avait été un peu débridée.

« Personne n'a jamais mentionné ton nom, dis-je à Oliver le premier jour que je passai à Cathcart. J'ai demandé à plein de monde. Je suis une chercheuse opiniâtre.

— Je m'en rends compte.

— Mais ton nom n'a jamais été évoqué. »

Je me rendis tout de suite compte que ce devait être blessant. « *Mi dispiace.* »

Oliver haussa les épaules. La fontaine faisait un doux clapotis dans l'eau noire de la vieille piscine que rien n'éclairait.

« L'homme invisible.

— Je ne t'aurais pas retrouvé si je n'avais pas trouvé les lettres. »

Des lettres toujours restées sans réponse. Oliver fut rapide à le souligner. Aucune réponse. Personne n'avait jamais fait la moindre allusion à moi. Il voulait que ce soit clair.

Qu'un temps qu'il se rappelait si distinctement ait si complètement disparu était moins douloureux pour lui qu'étrange. Ses quatre mois en Italie, quatre mois qu'il avait visités et revisités dans sa mémoire, avaient été oubliés par tous ceux avec qui il les avait partagés.

C'est vrai que son italien rudimentaire avait réduit ses relations avec la plupart des gens de Pietrabella à n'être que de simples signes de tête. Et le fait d'avoir passé une bonne partie de son temps à poser pour Richard Christian dans un atelier, par ailleurs désert, ne lui avait pas permis non plus de se faire beaucoup d'amis.

L'atelier de Richard était une pièce nue au plafond haut, avec de grandes fenêtres en verre dépoli qui donnaient sur l'est. Le local était baigné dans le gris satiné de la lumière naturelle et il y régnait l'aimable mélange de fouillis et de vide qui caractérise souvent les lieux de travail des artistes. L'endroit était encombré d'outils, de livres de références, de bouteilles de propane, de règles, de compas, de tablettes à dessin, de différentes pièces en cours de production et d'armatures qui attendaient d'être utilisées. Il y avait de poussiéreuses tables de bois, des bancs de travail et une longue étagère fixée très haut pour ses œuvres achevées. Un grand poster de *La Grande Odalisque* d'Ingres était épinglé sur un mur.

Poser comme modèle présentait de grands désagréments : le froid humide, la difficulté de certaines poses, le léger mal de tête après une longue matinée sans avoir mangé. Il y avait aussi divers degrés d'irritation : des démangeaisons que l'on ne pouvait gratter, un cil dans les yeux que l'on ne pouvait enlever. Mais ce n'était pas le pire. La vraie douleur était l'immobilité. Peu importe qu'une pose soit pénible ou facile. La statue sur laquelle Richard travaillait quand Oliver lui servit de modèle requérait des postures d'une difficulté considérable. Des formes recroquevillées. Des formes tordues. Un des personnages pendait de l'arche d'un pont ; une idée que Richard avait eue peu après qu'Oliver se soit montré sur le seuil de la porte de son appartement Via Maddalena. « J'essaie de me servir de ce qui croise ma route », avait dit Richard.

Mais le plus gros problème d'Oliver n'était pas la difficulté des poses. C'était simplement ne pas bouger qui devenait intolérable. Parfois il en était malade. Il trouvait que plier simplement un genou de la manière la plus décontractée, porter de façon détendue son poids sur une hanche, appuyer avec la plus extrême légèreté le coude sur un bord de fenêtre devenait petit à petit d'insupportables positions. Le mal commençait comme s'il ne valait même pas la peine d'y penser puis, après cinq ou dix minutes, devenait une idée fixe. Oliver savait que son supplice finirait un moment donné (Richard travaillait d'habitude pendant une heure avant de décréter une pause) mais cela ne soulageait pas son tourment. En fait, cela l'empirait. Il se rendait compte, quand il lui était interdit de bouger, qu'il risquait constamment de ne plus être capable de penser à rien d'autre. Il rêvait à des débauches de mouvement : il courait comme un gamin sur un sentier dans les collines, marchait pendant de lourdes nuits d'été dans les oliveraies et les vallées, faisait l'amour avec Anna. Mais ce n'étaient jamais des rêves dans lesquels il lui était possible de se perdre. Ils étaient des aspirations, sans plus. Il n'avait jamais trouvé le présent aussi interminable. Aucun redressement, aucun pas gratuit, aucun étirement ne parvenait à soulager cet accablement.

Pourtant, même avec ce temps étiré, les quatre mois s'effacèrent. Même avec des poses qui parurent à Oliver durer des siècles et non des après-midi, son été en Italie disparut. Je n'entendis jamais prononcer son nom par aucun des sculpteurs, des artisans, des propriétaires d'atelier ou de restaurant, des barmans et des commerçants, vers qui je me tournai pour trouver la clé de mes origines. Oliver avait traversé le passé de Pietrabella sans faire la moindre vague. C'était comme s'il n'y était jamais venu.

Michel-Ange était à Rome. Il attendait que le marbre qu'il avait fait extraire pour le tombeau arrive de Carrare quand, en 1506, un homme qui travaillait dans un vignoble sur l'Esquilin découvrit *Laocoon et ses fils*. La pièce fascina Michel-Ange. Ce fut une inspiration pour lui. Il considérait que la forme héroïque était la plus magnifique expression de la beauté, et cette forme venait des anciens. Et de manière plus importante encore, c'est aussi des anciens que venait la philosophie qui transformait la corvée poussiéreuse et collante de sueur du maillet et du *gradino* en un processus presque divin. Le don qu'avait Michel-Ange de découvrir la beauté d'un objet était sa manière à lui, pensait-il, d'atteindre la finalité de son âme.

Cette quête était un élément si central de son identité que Michel-Ange ressentait chaque retard dans les expéditions de marbre de Carrare comme un désastre. Chaque obstacle n'était pas juste un obstacle : c'était une idée qui, une fois entravée, risquait de devenir banale.

Au moment où Michel-Ange, de retour à Rome, était parti voir la statue du Laocoon découverte dans un vignoble local, il souffrait de la pernicieuse et lente blessure qui accable presque toujours les artistes. Ceux qui l'estimaient, qui l'honoraient, qui l'encourageaient, qui s'étaient un jour vantés de le connaître semblaient lui tourner le dos. Il éprouvait la solitude, le vide de l'attention qui se détournait de lui.

La beauté du corps masculin pendant l'effort, tendu à l'extrême, occupé à tirer, à se battre, avait toujours attiré Michel-Ange. Et Laocoon – le personnage triste et ignoré de l'*Énéide* qui avertit ses compatriotes troyens des intentions des Grecs – est une figure d'une angoisse si frémissante que certains ont suggéré que Michel-Ange avait vu ses propres combats dans les furieuses tentatives du Troyen de se libérer des deux serpents enroulés autour de ses bras tendus et de ses jambes musclées. À ce moment-là, Michel-Ange comprenait bien ce qu'était le combat. Rien n'était facile. Et le moins facile de tout, c'était de travailler pour Jules II.

Ce n'était pas une époque simple pour être pape, ce qui était plutôt bien puisque les complications, pour lesquelles Jules II avait un talent certain, lui réussissaient si bien. Il devait s'inquiéter des Français. Et des Espagnols. Les Florentins étaient toujours difficiles, les Vénitiens pires. Et il voulait reprendre le contrôle des fiefs pontificaux de Pérouse et de Bologne. Malgré tout, avec un programme militaire et politique assez chargé pour occuper pleinement l'esprit et la trésorerie d'un serviteur de Dieu plus humble, Jules choisit ce moment de l'histoire pour bâtir un héritage de loin plus important qu'un simple tombeau.

Les plans de la nouvelle basilique Saint-Pierre occupaient celles de ses pensées qui n'étaient pas déjà mobilisées par la diplomatie, la politique et la guerre. Le projet qu'il avait commandé à Michel-Ange, ce chef-d'œuvre, dont le sculpteur avait imaginé qu'il serait le couronnement suprême de ses juvéniles triomphes d'artiste, ne fut pas exactement annulé.

C'était juste que Jules avait maintenant d'autres choses plus importantes en tête.

Michel-Ange a dû voir, dans le visage tourmenté de Laocoon, les tribulations qu'il connaissait comme artiste. Même le plus grand des sculpteurs devait se soucier d'argent, de planification, de clients impatients, de propriétaires de carrière malhonnêtes, des machinations d'agents, de chariots brisés sur les chemins de montagne, de barges de fret sur des mers démontées. Tout cela était insupportable. Pas étonnant qu'il grinçait des dents pendant la nuit. Mais il avait un souci encore plus grand. Tout dépendait de l'importance de son travail aux yeux de ceux qui l'engageaient. Il avait besoin de leur argent, bien sûr. Mais l'argent n'était que la mesure d'une autre chose plus importante : l'affirmation de soi. Être ignoré était une cruauté que Michel-Ange trouvait intolérable.

Quand elle ressentait le besoin de m'enseigner quelque chose à propos de la sculpture sur pierre, ma mère avait l'habitude de me dire : « Imagine un sculpteur grec de *kouroï* en marbre en 600 av. J.-C. » Elle me suggérait de me dépeindre ce Grec de l'Antiquité qui tapait sans arrêt sur un bloc.

Il travaille à angles droits sur la récalcitrante surface. Il cogne son maillet sur un poinçon de bronze. Parce que c'est un siècle environ avant l'arrivée des outils en fer capables de tailler le marbre en oblique. Cette malchance professionnelle a pour conséquence qu'il est obligé de créer sa figure par petites empreintes répétées dans la pierre plutôt que par les sillons plus longs que permettront bientôt les coups plus efficaces des sculpteurs et des tailleurs de pierre. Et disons que ce sculpteur en a assez de sentir ses bras frapper comme des béliers. Et disons que ses figures le fatiguent un peu, car même lorsqu'elles sont terminées, elles ressemblent beaucoup au bloc de marbre d'où elles viennent.

Les *kouroï* sont majestueux, à leur façon. Ils ont... *quelque chose*. C'est ce que disait ma mère. *Quelque chose*. Elle aurait pu dire «de magique». Mais elle imagine que ce sculpteur grec particulier commence à penser à la pierre de manière différente de tous les sculpteurs grecs avant lui. Il se demande : Et si ce n'était que de la pierre ?

Et ainsi, un jour, avec son maillet brandi et son visage couvert de poussière de marbre, et le soleil qui brille sur l'alliage bientôt obsolète de son poinçon de bronze, et ses mains qui s'engourdissent à force de marteler constamment un matériau qui ne semble pas vouloir se laisser marteler, le sculpteur grec de l'Antiquité pense : Merde ! Il va donc montrer moins d'ardeur. Juste un peu moins. Dans chacun de ses coups de maillet, il ne se souciera plus de mettre absolument toute la force, toute la grâce, tout le savoir-faire, toute l'inspiration, et toute l'appréhension de la beauté physique qui se trouve au cœur de l'âme d'un sculpteur. Il pense que personne ne le remarquera de toute façon.

C'est un moment qui a des conséquences. Ma mère pense qu'à partir de là tout a changé.

Elle disait : «Il ne faut pas longtemps avant que tout cesse de fonctionner de la même manière qu'avant. Très vite, les sources magiques redeviennent de simples endroits où puiser l'eau. Très vite, il n'y a plus d'esprits dans les bois. Les cygnes ne sont plus que de simples cygnes. Les sortilèges de la mi-été deviennent des histoires que les gens inventent. Tout est différent. Mais personne ne le remarque. »

Personne ne le remarque ; c'est-à-dire ne le remarque jusqu'au jour où un artiste aussi grand que Michel-Ange se présente. Parce que non seulement l'Antiquité l'inspire, mais parce qu'il se souvient de quelque chose que le monde persiste à oublier.

Si vous étiez dans la Galerie des sculptures italiennes du Louvre, comme le jeune Oliver Hughson au printemps 1968, et que vous faisiez et refaisiez lentement le tour de

L'Esclave mourant et concluiez que, de toute votre vie, vous n'avez jamais vu de forme investie de plus de beauté, vous décideriez sans doute que Michel-Ange luttait contre des forces beaucoup plus grandes que les difficultés matérielles. Sa vraie bataille était la quête de la beauté. Elle n'était jamais facile à trouver. Il n'avait d'autre choix que de mettre, dans chacun de ses coups de maillet, tout ce qui se trouve au cœur de l'âme d'un sculpteur.

Le genre de virtuosité technique incarné au dix-neuvième siècle par un artiste aussi efficace et aussi couronné d'un succès facile que le sculpteur vénitien Antonio Canova aurait sans doute semblé aux yeux de Michel-Ange n'être pas autre chose que de l'habile ingéniosité. Pour créer les pièces de Canova, ses assistants avaient recours à un système de pointage qui consistait à rapporter sur un bloc de pierre plus gros les dimensions clés d'une petite maquette d'argile, qui servait de modèle. C'était de la mécanique, disait toujours ma mère, pas de la magie. Oliver, sans jamais parvenir à déterminer comment il le savait, était certain pourtant de saisir exactement ce qu'elle voulait dire.

Même jeune, même ignorant presque tout de la sculpture, Oliver Hughson avait été sidéré de voir les gens s'agglutiner autour de la *Psyché ranimée par le baiser de l'Amour*, de Canova, dans la Galerie des sculptures italiennes du Louvre, et passer ensuite à toute vitesse devant les œuvres inachevées de Michel-Ange. Comment était-il possible de comprendre à ce point tout de travers ?

C'est ce que ma mère veut toujours savoir. « Pourquoi les gens sont-ils incapables de voir ce qu'il y a à voir ? » demande-t-elle. Souvent. Parce que quand vient le temps de reconnaître l'importance du grand art, la plupart des humains, pense-t-elle, sont des barbares. Et elle aime ajouter : des barbares du même acabit que ceux qui, descendus au sud, sont tombés sur le village de Luni, un avant-poste de l'Empire romain, un empire qu'ils s'étaient mis dans leurs têtes à poux de conquérir.

Luni se trouvait dans les plaines en contrebas de ce qui est aujourd'hui la région de Massa-Carrara. C'était un endroit terne et provincial qui ne servait à rien d'autre qu'à fournir en pierre blanche la capitale de l'empire. Avec le temps, l'accumulation constante de vase à l'embouchure du fleuve Magra qui coulait un peu plus au nord de l'actuelle ville de Carrare, transforma le port de Luni en un marais malsain et peu rentable. Mais les barbares tombèrent sur Luni longtemps avant son ensablement. Et ils en furent éblouis. Éblouis par son seul temple. Son seul aqueduc. Ses seuls thermes.

Les barbares lancèrent leurs nombreux effectifs barbus et furieux contre la poignée de soldats interloqués et de travailleurs qui se trouvaient sur place. Il y eut les destructions habituelles. Ensuite, quand ce fut terminé et que les charognards se mirent à voler en cercle dans le ciel, les barbares remontèrent au nord. Ils étaient tout à fait ravis de leur immense triomphe. Mais c'étaient des imbéciles. De vrais imbéciles. Ils pensaient qu'ils venaient de saccager Rome.

Quand Pier-Giorgio nous convoqua, Clara et moi, à son bureau pour nous communiquer sa décision, il en vint directement au fait. « Cela ne fait pas l'affaire », dit-il.

La brochure devait être distribuée dans toute la région, offerte dans les gares, présentée aux comptoirs de réception des auberges, des hôtels et dans les restaurants que fréquentaient les étrangers. Pier-Giorgio tenait le texte des *Montagnes de Michel-Ange* par le bout des pages, comme si tenir le document d'une main plus décidée aurait traduit qu'il en cautionnait le contenu ; ce qu'il n'était pas du tout disposé à faire. « Vous semblez penser que notre travail consiste à envoyer des touristes à Rome », dit-il.

Clara commença à bredouiller une réponse, mais il lui coupa la parole. « Non, dit-il. Rome n'a pas besoin de notre aide. Nous n'avons pas besoin d'envoyer nos touristes au Vatican. Nous voulons uniquement qu'ils viennent... » Il marqua un temps d'arrêt pour rendre clair qu'il affirmait ce qu'il estimait être une douloureuse évidence. « ... Ici. Nous voulons qu'ils dépensent leur argent... » Nouveau temps d'arrêt tout aussi ironique, mais plus long. « ... Ici. »

Le tombeau de Jules II, tel que Michel-Ange l'imaginait, ne fut jamais achevé. Les blocs de pierre de Carrare qu'il avait choisis dans les carrières étaient arrivés à Rome par bateau. Ils avaient été embarqués selon toute vraisemblance quelque part aux alentours de Forte dei Marmi et expédiés au port fluvial de Ripa Grande sur le Tibre, puis traînés jusqu'à Rome dans des chariots tirés par des bœufs. Mais peu après qu'ils se furent entassés sur la place Saint-Pierre, non loin des modestes appartements de Michel-Ange, il devint évident qu'autre chose sollicitait l'attention du pape. Jules prétendait que ce n'était qu'un détail sans grande importance, essentiellement une redistribution de fonds.

Mais la vérité était autre : Michel-Ange avait le cœur brisé. Il devait renoncer aux ambitions les plus difficiles à abandonner. On le forçait à abandonner l'artiste qu'il pensait être en train de devenir. Et cela, bien sûr, s'avérait impossible.

Pendant les huit mois qu'il passa dans les carrières, Michel-Ange avait étudié le combat quotidien des ouvriers contre la gravité ; car c'est à cela que se résumait leur travail. Les conditions étaient pénibles, les exigences des propriétaires de carrière terrifiantes, les rétributions des travailleurs dérisoires. Tout ceci, il le comprenait. C'était comme travailler pour le pape.

Ce n'est pas clair aujourd'hui, et ce ne l'était sans doute pas non plus à l'époque : Jules en était-il venu à croire qu'édifier son propre gigantesque monument funéraire était de mauvais augure, ou Michel-Ange était-il tombé en disgrâce, victime des murmures malveillants de ses compétiteurs ? Jules lui fit savoir que le tombeau ne serait pas poursuivi dans un avenir immédiat.

Michel-Ange était furieux. Si furieux qu'il le laissa savoir au pape. Une dangereuse impertinence que seul un artiste de l'envergure de Michel-Ange pouvait oser se permettre. Mais la monumentale suffisance de Jules le rendait insensible à toutes les raisons que pouvait avoir un artiste de se sentir indigné, même si cet artiste était un des plus grands du monde. Michel-Ange n'était après tout que quelqu'un que l'on embauchait. Ou que l'on n'embauchait pas. Quand Jules changea d'idée concernant son propre tombeau, il s'estima généreux et attentionné d'offrir à Michel-Ange une autre commande en guise de compensation.

Le nouveau travail ne lui plaisait pas du tout. Il « fit tous les efforts possibles pour qu'on l'en débarrasse », écrivit Condivi. Il se voyait plus sculpteur que peintre. Mais de façon plus importante encore, il lui était impossible d'abandonner une idée qui avait été aussi dévorante. La splendeur esthétique qu'il avait imaginée pour ce tombeau occupait toute son imagination. Il lui était pratiquement impossible de se défaire d'une telle vision.

C'était l'argument central du texte de notre brochure. Nous affirmions, Clara et moi, que Michel-Ange n'abandonna jamais sa vision, jamais tout à fait. Il y mettait ses espoirs. Il y mettait tout ce qu'il avait vécu et vu, et tout ce dont il avait rêvé quand, endolori par les éraflures de ronces dans les sentiers de montagne et courbaturé par sa longue journée de travail, il s'allongeait sur le lit dur que lui offraient les saintes sœurs dans leur austère couvent caché dans les collines.

De retour à Rome, attelé à la nouvelle commande du pape, les carrières restaient en lui. Le sciage. Les coups de marteau. Le hissage. Le traînage. Rien n'était facile, ni extraire la pierre ni créer la beauté. Rien, jamais. Ce qu'il pensait ne devoir lui demander que quelques semaines, lui prenait toujours des mois, lui prenait des années. Tout était impossible.

Certains visiteurs de la région de Carrare luttent aujour-d'hui encore pour escalader des sentiers, fouiller des éboulis, se glisser sur des chemins oubliés depuis longtemps à la recherche d'un *M* gravé dans une falaise abandonnée et couverte d'herbes sauvages, même s'il est difficile d'imaginer Michel-Ange occupé, pour s'amuser ou amuser la postérité, à graver une initiale dans un rocher. Il y a des gens qui partent en randonnée dans la montagne sur des corniches dont ils pensent qu'elles ont été les routes pavées de Michel-Ange, et qui grimpent jusqu'aux grottes sombres, étonnamment petites, dont ils pensent qu'elles ont dû être ses carrières. Il y a partout des officines où il est censé avoir signé des contrats pour la pierre. Et des bâtiments où on dit qu'il a dormi.

Mais il se pourrait que le plus riche souvenir des huit mois que Michel-Ange a passés dans la région de Carrare ne soit pas inscrit dans la pierre. C'est ce que nous proposions, Clara et moi. Il se pourrait que les touristes qui veulent connaître quelque chose des montagnes de Michel-Ange trouvent ce qu'ils cherchent bien au sud de Carrare. Il se pourrait qu'ils doivent aller à Rome.

Résigné finalement à sa nouvelle commande, Michel-Ange a tiré son inspiration des efforts qu'il a dû consentir dans les montagnes. Il l'a puisée dans les énergies de sa jeunesse, dans ses souvenirs des ouvriers des carrières qui ont peiné à côté de lui, dans leurs bras luisants, leurs dos amples, la chute de leurs cheveux épais sur leurs cous halés. Il les voyait travailler dans l'air raréfié, les voyait s'étendre sur une saillie rocheuse pour manger en plein soleil leur pain et leur lard. Il les voyait à demi tournés, les bras tordus vers l'arrière pour tendre un câble. Il les voyait s'asseoir pour prendre leur repas, s'étirer avec un gobelet de vin dans leurs larges mains. Il les voyait bander leurs muscles, tirer, allonger les bras, pousser, résister à l'invincible force à laquelle ils étaient chaque jour confrontés. Ces images semblaient déferler en lui, ces silhouettes accroupies, penchées, tourmentées, ces mains tendues, ces visages modelés à la perfection et levés vers le ciel.

Il fallut quatre ans à Michel-Ange pour terminer le plafond de la chapelle Sixtine.

CHAPITRE TRENTE-QUATRE

Grace était adolescente quand elle sauta de la mezzanine qui servait d'entrepôt à l'école d'art de Cathcart. À l'époque déjà, elle défendait avec véhémence le principe de l'égalité des femmes. Dans une dissertation primée, rédigée pour son mémoire de troisième année d'études en sciences sociales, elle avait écrit : « Saviez-vous que la question du vote des femmes a mobilisé l'attention de tout le monde civilisé ? Que tout au long de l'année 1911, la presse de ce pays a consacré plus d'espace au droit de suffrage des femmes qu'à toute autre question publique ? » Cette passion, comme aussi sa foi en l'art, ne la quitta jamais.

Grace n'avait jamais oublié l'après-midi où elle posa pour la première fois les yeux sur le terrain de la villa. Elle le décrivait souvent à ses amies. Elle marchait avec Julian Morrow. Ils s'approchaient sans se presser de la piscine au bord de laquelle leur lunch devait être servi.

Grace avait le talent de jauger avec précision la difficulté physique de tout ce qu'elle était sur le point d'entreprendre, sans que personne ne se rende compte de sa circonspection. Elle n'aimait pas que les autres soient au courant, mais il lui fallait se maîtriser pour venir à bout de l'effort. Elle conversait avec Julian Morrow quand ils arrivèrent au bas des marches de pierre qui traversaient ses jardins et menaient à sa piscine. Morrow lui expliquait que les terrasses des carrières de marbre l'avaient inspiré pour concevoir l'étagement des plates-bandes de fleurs et des jardins de rocaille, divisés par ce seul long escalier central. « Des plans inclinés sont aménagés pour le transport vers le bas des blocs de marbre extraits des parois des carrières, disait-il. J'ai toujours beaucoup admiré leur aspect. On les appelle *lizzatura* et elles sont étrangement belles dans leur dangereuse déclivité. » Les deux derniers mots de son explication poussèrent Grace à regarder derrière elle.

Dans la limite des entraves que son accident lui avait imposées, Grace se déplaçait avec une heureuse et évidente vitalité. Elle avait le même style qu'un joli garçon avenant et le visage criblé de taches de rousseur. Son corps athlétique et svelte donnait l'impression que son handicap n'était pas une infirmité mais une particularité physique. Ce n'était pas un boitillement, juste sa manière énergique de gravir un escalier de pierre entre des talus de romarin et de lavande.

C'était cette fois-là qu'elle vit la piscine de Julian Morrow pour la première fois. Son mari se trouvait quelques pas derrière elle.

« Oh, mon Dieu ! » avait dit Grace. Elle s'était arrêtée au portillon et avait embrassé du regard tout ce qui se trouvait devant elle : le rectangle d'eau verte, les figures de pierre, la calme cascade. Une statue, l'effigie d'une femme nue, positionnée entre deux autres, penchait une urne dont l'eau coulait et clapotait doucement dans le bassin. C'était le plus bleu des ciels bleus, le vert le plus vert des châtaigniers et des cyprès. Du thym poussait entre les dalles du patio. La chaleur du soleil amplifiait l'odeur. Les herbes hautes bourdonnaient. Une cloche d'après-midi, lointaine et ténue, sonnait dans le campanile d'un village plus haut dans la montagne.

« Oh, mon Dieu ! »

C'était un très agréable souvenir. C'est ce qu'Argue Barton penserait toujours. Il se rappellerait toujours à quel point sa femme avait été radieuse pendant ces vacances-là. Au début, il ne s'était pas montré très enthousiaste à l'idée de ce voyage. Il s'était demandé tout haut s'il aurait du temps pour une lune de miel jusqu'à l'instant où, pendant qu'il parlait, il avait levé les yeux des journaux étalés sur son bureau et vu le regard calme de Grace. Bien sûr, il y aurait une lune de miel.

Elle l'avait convaincu. Oh, pas juste convaincu! Le voyage des Barton avait été une réussite totale. Et pour ce qui est du souvenir : quelque chose de spécial, quelque chose de grandiose, quelque chose d'aussi audacieux que d'avoir osé toucher sa jeune épouse dans les chambres sombres des hôtels européens.

Argue Barton avait commandé une piscine identique pour leur propre résidence à Cathcart. Il n'imaginait pas comment une idée aussi extravagante lui était venue. Mais elle lui était venue. Un éclair de pure inspiration, aimait-il penser.

Son terrain, comme celui de Morrow, était étagé et situé sur la pente abritée du vent d'un flanc de colline boisé. La similitude des paysages, du moins en été, était frappante. L'hiver à Cathcart, c'était autre chose.

Grace Barton et Julian Morrow travaillèrent ensemble aux plans. Des dessins, envoyés par la poste, firent de nombreux allers-retours entre le Canada et l'Italie. Morrow avait anticipé que le processus demanderait beaucoup de temps. Grace, il le savait, prenait le projet trop à cœur pour en précipiter l'exécution. Mais il fallut plus de temps encore qu'il ne l'avait pensé.

Au début, la naissance prochaine de son seul enfant absorba Grace. Michael naquit en mai 1923. L'accouchement ne fut pas facile. La mère ne récupéra pas rapidement. Argue était d'avis que sa femme ne recouvra pas complètement la santé, qu'elle ne la recouvra jamais.

Julian Morrow s'attendait à ce que l'aménagement paysagé et les jardins d'agrément de la résidence privée des Barton débouchent sur quelques autres petites commandes à Cathcart. Il avait un instinct pour ce genre de chose. Mais pour une fois ses attentes étaient trop modérées. Argue Barton, longtemps avant que débutent les travaux pour ses jardins et sa piscine, avait recommandé que l'on confie à Morrow

International divers importants travaux publics. Et à Cathcart, les recommandations d'Argue Barton avaient du poids. Morrow avait sous-estimé la vigueur économique qui prévaudrait en Amérique du Nord jusque vers la fin de la décennie.

Les années 1920 étaient des années prospères pour la construction institutionnelle, et l'industrie du marbre s'était développée avec l'expansion de l'économie mondiale, exactement comme elle s'était évaporée avec le ralentissement de la consommation pendant les hostilités. La demande de marbre brut et fini s'était pratiquement éteinte pendant la Grande Guerre. Mais après 1918, le marché s'améliora régulièrement et, pendant la deuxième moitié des années 1920, la production de marbre à Carrare atteignit les 340 000 tonnes par an. Les trois quarts de cette production étaient exportés.

En 1926, on décida d'aménager le terre-plein central du centre-ville de Cathcart. L'espace n'était pas tout à fait assez vaste pour être qualifié de parc. C'était en fait accidentel : un terrain vacant inhabituellement large entre les deux rues principales de la ville qui existait uniquement parce que le premier marché de producteurs agricoles y avait été établi. Ce terrain communal serait prestigieux, même à la petite échelle de Cathcart. Il traduirait un respect du domaine public qui se perdrait entièrement vers la fin du siècle au profit du développement privé. De grands arbres ombrageraient l'endroit. On y aménagerait des plates-bandes de fleurs. Il y aurait des bancs publics et des fontaines d'eau potable. Et en dessous de tout cela, en dessous des sentiers sur lesquels se promèneraient les citoyens, il y aurait des toilettes publiques. Morrow International obtint le contrat des panneaux de marbre.

Il y eut aussi en 1927-28 la construction de l'église unie Montrose, une entreprise pour laquelle Argue Barton fut un généreux donateur.

Puis il y eut octobre 1929. Mais les journaux survécurent. Et même très bien. Il semblait que les gens étaient heureux de payer pour lire à quel point les choses allaient mal.

317

Dix ans après le voyage de Grace et Argue Barton en Italie, l'aménagement paysagé de leur résidence privée était en cours. Un artisan italien recommandé par Morrow supervisait le travail.

« Lino Cavatore est jeune », avait avoué Julian Morrow dans la lettre d'entente envoyée à Argue Barton. Mais même au moment d'écrire cette phrase, assis à son bureau, regardant par la fenêtre de sa villa ses propres jardins, sa piscine et les quelques piédestaux vides qui attendaient que l'on remplace leurs statues, il s'était rendu compte que l'assertion n'était pas tout à fait vraie. Lino Cavatore n'avait jamais été jeune. Du moins pas d'après ce que Morrow en savait. La première fois qu'il avait rencontré le garçon, son sérieux l'avait frappé. Mais ce n'était pas surprenant. Sa gravité brisa le cœur de Morrow, il considéra cependant que c'était la manière naturelle d'un enfant de réagir à la perte de son père et de ses frères, et de se voir soudain catapulté à la tête de la famille. Le frère cadet de Lino Cavatore avait des jambes atrophiées et des pieds déformés. Et Lino devait aussi prendre soin de sa mère.

Qui ne serait pas sérieux face à de telles nouvelles responsabilités ? Qui ne serait pas grave et soucieux après avoir été introduit dans le bureau du riche propriétaire de la carrière pour se faire dire qu'il n'y retournerait plus jamais travailler ? Qui ne semblerait pas plus vieux que son âge ?

Morrow aimait être gentil. Cela faisait partie du plaisir qu'il tirait de sa propre personnalité. Et donc, d'une voix douce, il dit au garçon qu'il avait cru comprendre qu'il possédait certains talents qui méritaient d'être encouragés. Cette information eut l'air d'inquiéter le jeune, mais Morrow lui dit de ne pas s'en faire. On prendrait soin de sa mère pendant le temps où Lino serait à Carrare. Il y serait apprenti dans un de ses ateliers marbriers.

Pour ce qui est de son logement, de son éducation morale et religieuse, il habiterait à l'orphelinat de Carrare, tenu par des prêtres, Via Sacristi. Il apprendrait à sculpter la pierre sous la direction des meilleurs artisans de Morrow. C'était une tradition qui remontait de génération en génération jusqu'à l'époque du grand Michel-Ange, se plaisait toujours à dire Morrow.

Lino Cavatore était jeune. Mais quelque chose dans son visage, dans sa démarche, dans sa manière de faire face au monde équivalait à la conduite et à l'attitude d'un homme plus âgé, plus endurci.

« Il n'a pas encore vingt-deux ans, écrivit Morrow à Argue Barton, mais il travaille comme artisan dans un de mes ateliers de Carrare depuis qu'il a douze ans. On peut compter sur Lino. C'est un bûcheur. Et plus important encore : il a l'œil. Il se pourrait que vous pensiez qu'il s'agit là de la moindre des compétences requises pour votre travail. Mais croyez-moi, mon ami, ce ne l'est pas ; surtout quand il s'agit d'harmoniser paysage, sculpture et architecture. Lino sait ce qui est beau et ce qui ne l'est pas. Cela vous surprendra peut-être, mais c'est un talent rare. Vous serez enchanté de son travail, je vous l'assure. »

Argue s'attendait à l'être.

Il se voyait flâner avec sa femme sur des sentiers bordés de figures de marbre. Il imaginait qu'ils s'assoyaient sur un banc de pierre illuminé par un rayon de soleil à l'entrée d'une grotte. Il voyait la piscine. Il entendait le doux clapotis de la fontaine. Il voulait un souvenir pour Grace. Il voulait quelque chose qui leur rappelle toujours comment ils s'étaient sentis au début de leur vie commune.

« Oh, mon Dieu ! » avait-elle dit la première fois qu'elle avait posé les pieds sur les dalles de marbre qui entouraient la piscine de Julian Morrow.

Argue Barton voulait concrétiser ce bonheur par un décor physique réel. Mais au moment où le travail de Lino Cavatore était en cours, ce cadeau d'un mari à sa femme devint quelque chose d'entièrement différent.

La péritonite était due à une lésion de l'appendice. L'intervention chirurgicale était risquée. La procédure requérait donc l'autorisation de son mari. Mais Argue Barton était en voyage d'affaires à Halifax. Les efforts pour le rejoindre avaient échoué.

Les juvéniles opinions politiques de Grace se fondaient sur sa présomption que les femmes étaient à maints égards supérieures aux hommes. Mais le monde étant ce qu'il est, elle gardait cette idée pour elle. Une conviction qui n'avait néanmoins rien de suffisant. C'était plutôt une sorte de tristesse quand il lui arrivait de s'évaluer elle-même. Adolescente, elle ne pouvait s'empêcher de remarquer qu'elle appartenait à un sexe qui, dans une considérable mesure, était attiré par les imbéciles. Les preuves ne manquaient pas.

Et c'étaient des imbéciles. Pire, de petits imbéciles. Elle voulait avoir le dessus sur ces garçons qui avaient retiré l'échelle de la mezzanine où était entreposé le matériel de l'école d'art de Cathcart. Elle y était montée chercher un nouveau pinceau en poil de martre numéro six. Elle leur montrerait.

Elle s'écarta de l'armoire à fournitures située à l'arrière sans hésitation. Elle ne ralentit pas quand elle approcha du bord. Les jeunes petits imbéciles virent sans doute son sarrau bleu se gonfler et ses cheveux auburn se déployer quand, avec un sourire confiant, Grace fit un pas dans le vide au-dessus de leurs visages tournés en l'air.

Cinquième partie

SABLE

Sculpter, c'est articuler quelque chose qui existe déjà dans le bloc. La forme sculptée ne devrait jamais, en aucun sens imaginatif profond, être entièrement libérée de sa matrice.

ADRIAN STOKES, *The Stones of Rimini*

CATHCART, ONTARIO. AVRIL 2010.

Tu es ma fille. Tu fais les choses à fond et tu es curieuse de nature. J'ai su que c'était vrai à la fin de ta visite l'été passé. Tes questions étaient motivées par la curiosité, et non par quelque considération morale. Je l'ai constaté. Et je constate que ce que tu écris trahit la même impulsion. Sous l'information bien organisée de ta brochure, tu poses une impérieuse question : À quoi cela ressemblerait de remonter dans le temps ? À quoi cela ressemblerait de rencontrer Michel-Ange sur un des sentiers de montagne qu'il a sans doute arpentés ?

Je me perds donc en conjectures. Mais en tant que lectrice attentive de cette lettre et en tant que femme qui pose de si nombreuses et si pertinentes questions, tu risques de te demander comment il se fait que Myriam Goldblum, fille d'Hannah et de Haïm, soit devenue metteur en scène du spectacle de Noël de l'église unie Montrose. C'est, dans cette histoire, la première question qui m'est venue en tête ces jours-ci. Je ne m'en étais jamais étonné quand j'avais dix ans et que j'étais amoureux d'elle.

Pour moi, l'implication de Myriam, aux cheveux de jais, était naturelle dans notre église pendant la période de l'avent ; aussi naturelle, je suppose, que la lecture de l'Ancien Testament qui prophétise les joyeuses célébrations du Nouveau. Mais Winifred et Archibald Hughson m'apprirent beaucoup plus tard que Myriam avait été le sujet d'intenses discussions au sein de l'église. Elle avait exprimé pour la première fois son désir de mettre en scène le spectacle de Noël en 1947.

« Mais tu es juive », avait dit Norbert Owen, le trésorier de l'église, qui aimait penser qu'il parlait clairement.

«Alors, c'est quoi ici? Le bunker du Führer?» avait répondu Myriam.

La réplique était digne de Sarah Bernhardt. Le mouvement de son bras avait englobé le sofa couvert de chintz pâle, les aquarelles encadrées et les appliques murales de la salle de réunion de la Fraternité chrétienne Elsie McClintock de l'église unie Montrose.

Les discussions qui avaient porté sur cette question pendant l'automne 1947 n'avaient pas toujours été aussi généreusement œcuméniques qu'on aurait pu l'espérer. Les passions étaient exacerbées. Il y eut des moments carrément déplaisants lors de la seule réunion conjointe du conseil d'administration de l'église et des comités d'action jeunesse. Les débats se perdaient dans ce que la plupart des participants considéraient comme des domaines théologiques inutilement obscurs, mais les domaines théologiques inutilement obscurs étaient une spécialité du révérend Arthur Gorwell, le pasteur de Montrose. Il avait prononcé devant de nombreux paroissiens à la Saint-Michel un sermon sur les prophéties et la révélation.

Au bout du compte, cette controverse révéla aux Hughson quelque chose de méchant et de stupide. Winifred et Archie suspectèrent que cela se cachait quelque part dans les bancs d'église d'une assemblée de croyants dont ils étaient eux-mêmes des membres fidèles.

Ce fut au mois de juin suivant, c'est-à-dire le mois de juin qui suivit les débats sur le statut de metteur en scène de Myriam à l'église unie Montrose, qu'Archie, venu à la piscine pour sa baignade matinale, découvrit une swastika dégoulinante, grossièrement peinte, blasonnant un côté du pavillon de natation.

Il se baigna de toute façon, car le matin était sombre et lourd, la pluie imminente, et il ne voyait aucune raison de ne pas se baigner. Pendant qu'il nageait et passait au-dessus des meubles de jardin qui avaient été jetés dans la partie profonde de la piscine, il réfléchissait à la nature du mal et à la grâce du pardon. Au moment où il lui restait encore dix longueurs à faire pour compléter son programme d'exercices matinaux, le ciel se mit à déverser des trombes d'eau, mais comme il n'avait entendu aucun tonnerre, il continua ses brasses pleines de dignité.

Archie avait l'habitude de garder ses lunettes quand il nageait. Il aimait voir les statues de pierre qui entouraient le bassin. Il admirait particulièrement les trois jeunes filles avec leurs urnes, au coin de la partie profonde. La figure centrale, la seule qui versait vraiment une petite cascade d'eau dans la piscine, était assurément ancienne et très bien exécutée. Le regard d'Archie semblait ne tomber que sur elle. Elle possédait une qualité qui la différenciait des autres. De jolies cruches, pensait-il toujours.

Ses lentilles étaient mouillées et striées d'eau, mais la pluie battante n'embrouillait pas sa vision au point de l'empêcher d'être témoin d'une preuve de la justice immanente de l'univers. À chacun de ses retours tranquilles et réguliers du côté profond, il regardait le pavillon où la peinture rouge hydrosoluble, qui de toute évidence n'était pas destinée à être appliquée sur un mur de pierre, se faisait délaver un peu plus. À sa huitième longueur de piscine, les marques étaient parties. Il ne restait plus qu'une flaque rose sur les dalles. À sa dixième longueur, la flaque avait disparu aussi, infiltrée dans les petites rainures de terre et d'herbe entre les plaques de marbre vieilles et usées.

La même après-midi, un adolescent du voisinage, heureux d'être chargé d'une telle mission, arriva à la piscine avec son masque, ses palmes et son tuba pour attacher solidement les cordes avec lesquelles Archie et Winifred comptaient tirer les meubles hors de l'eau.

C'était peut-être un geste aléatoire, commis par des crétins trop stupides pour vérifier qui faisait réellement partie du groupe qu'ils affirmaient mépriser. Si c'était le cas, les Hughson refusèrent quand même de tirer quelque réconfort que ce soit de l'erreur d'identité. Pour eux, la haine n'était pas moins haineuse quand elle se trompait de cible.

Les Hughson soupçonnaient des motifs un peu plus spécifiques, parce que la plupart des gens pensaient que c'était l'accès d'impatience de Mme Hughson, lors de la réunion conjointe du conseil d'administration de l'église et des comités d'action jeunesse au mois de novembre précédent, qui avait permis à Myriam Goldblum de gagner la partie. L'opinion de Mme Hughson avait du poids à cause de sa réputation de pratiquante zélée, de bénévole dévouée et de membre de longue date des Dames auxiliaires. «Oh, pour l'amour de Dieu! s'était-elle exclamée quand elle avait décidé qu'elle en avait entendu assez. Si Notre-Seigneur était juif, je ne vois pas pourquoi le metteur en scène de notre spectacle de Noël ne pourrait pas l'être.»

Les traditions juives et chrétiennes n'étaient pas au cœur de la question, contrairement à ce que prétendit le Dr Gorwell dans sa présentation donnée lors de la réunion des comités dans la salle de la Fraternité chrétienne Elsie McClintock. C'était une amourette de jeunes. Avant la guerre, Myriam avait un petit ami qui avait étudié l'art dramatique. Sa famille fréquentait Montrose.

Il écrivait de la poésie dont le thème principal était Myriam. Elle avait des cheveux de jais et la plus pâle des peaux, comme l'énonçaient clairement des dizaines de ses sonnets. Il avait gagné le prix de poésie en dernière année du secondaire. Il était membre de l'équipe de natation et président du club de théâtre. Il avait mis en scène *L'Oncle Charley*. Il avait tenu le rôle de Roméo.

Le père et la mère de Myriam disaient que tout cela était bien joli. Ils étaient certains qu'il avait beaucoup de belles qualités. Mais il était difficile d'imaginer quelqu'un de moins juif que Bryson Scott. « Oui », admettait Myriam. Elle était exaspérée et finissait toujours par être sur la défensive quand elle se disputait avec ses parents. « Il est actif dans son église.

— Actif ? avait dit Haïm Goldblum. Dans une église ? Ça ne me plaît pas. »

Myriam partageait l'enthousiasme de Bryson pour Tchekhov et Ibsen. Et elle partageait sa vocation. C'était une actrice. « Depuis avant même d'avoir cinq ans, disait sa mère en roulant des yeux. Les oreillons dans son cas, ça a été Garbo dans *Le Roman de Marguerite Gautier.* »

Myriam avait aidé Bryson à réaliser le spectacle de Noël de Montrose avant la guerre. Son nom figurait au programme comme assistante du metteur en scène, une mention qui n'avait jamais fait sourciller personne. Elle était la petite amie de Bryson. C'était tout. Il montait le spectacle depuis plusieurs années.

Bryson ne se faisait aucune illusion. Il savait qu'il était obligé de se plier à des normes de production amateur. Mais il pensait être capable d'apporter un peu de réelle théâtralité à la tradition annuelle. À vrai dire, l'expérience qu'il avait tentée une année avec de réels animaux de basse-cour n'avait pas trop bien réussi. Mais pour le reste, il était généralement admis qu'il faisait un excellent travail. Et de toute façon, personne d'autre ne voulait le faire.

Un des terribles aspects de la guerre, insignifiant en comparaison avec beaucoup d'autres, mais pertinent en ce qui a trait à l'histoire qui nous concerne, est la façon dont elle distord les choses et les fige dans le temps, comme le fait une photo. Une photo comme celle d'un beau jeune aviateur en bottes doublées de mouton et en blouson de cuir. Si la guerre n'était pas arrivée, Bryson et Myriam auraient pu rester ensemble après avoir survécu avec courage aux complications religieuses et familiales, et avoir finalement réconcilié les Montaigu et les Capulet lors d'une heureuse et non confessionnelle cérémonie de mariage. D'un autre côté, et c'est sans doute la possibilité la plus vraisemblable dans le cours plus habituel et plus tranquille des choses, ils auraient pu simplement se séparer. Les jeunes tourtereaux le font souvent. Pendant un temps, ils se demandent s'ils doivent se rabibocher puis, à mesure que le temps passe, ils s'habituent de plus en plus à l'idée que non. D'autres petits amis, d'autres petites amoureuses se présentent.

Au fil des années, ils auraient pu tous les deux penser de temps en temps à l'autre. Il existe un endroit où se loge l'affection spéciale que l'on éprouve pour un premier amour, et leurs souvenirs mutuels auraient pu y résider : un baiser sur une colline herbeuse près d'une allée de collège dans le rayon d'un soleil d'automne, une main tremblante sur le chandail angora blanc bien ajusté qu'il était audacieux de toucher. Mais ce n'est pas ce qui est arrivé.

Bryson a fini ses jours au fond de la Manche en même temps que le reste de l'équipage d'un bombardier Lancaster au retour d'un raid contre les sous-marins allemands en 1945. Myriam a fini seule.

Imprudemment, mais avec la conviction d'une jeune amoureuse au cœur brisé, elle décida qu'elle n'aimerait plus jamais personne d'autre. Elle installa sur le linteau de sa cheminée, pour le restant de sa vie, la photographie du beau soldat en bottes doublées de mouton et en blouson d'aviateur, qui ne savait pas faire la différence entre le hareng mariné et la carpe farcie. Et Myriam Goldblum, fille d'Hannah et de Haïm, continua de superviser la représentation annuelle de la pièce de théâtre de Bryson Scott, *L'Agneau rétif : une histoire de Noël* à l'église unie Montrose.

Ma première expérience de l'effet ecclésiastique et lisse du marbre eut lieu en 1958 quand je fus choisi pour le rôle de jeune berger dans le spectacle de Myriam. À ce moment-là, l'implication de Bryson Scott dans *L'Agneau rétif* relevait de plus en plus de l'archivistique. Pour tout le monde, sauf pour Myriam. Le nom de Scott apparaissait sur le programme tiré à quelques exemplaires sur la polycopieuse Gestetner du bureau de l'église. Il lui était attribué le rôle d'auteur et de créateur. Mais il y avait de moins en moins de spectateurs chaque Noël qui savaient qui il était. Avec le temps, la production annuelle devint incontestablement la chasse gardée de Myriam.

Les détails de l'histoire de son association avec l'église Montrose s'estompèrent et, pour finir, les plus jeunes membres de la congrégation ne surent plus que très vaguement qu'il y avait eu quelque chose de triste au début, mais pas plus triste que le mot fréquemment utilisé pour décrire Myriam. À un âge qui semble aujourd'hui très jeune pour être étiquetée de manière aussi irrévocable, elle devint une vieille fille.

Bryson Scott était depuis assez longtemps déjà étudiant de premier cycle en art dramatique la première fois qu'on lui avait demandé de se charger du spectacle de Noël. Il avait écrit *L'Agneau rétif*, sachant très bien qu'il y avait de sérieux défis à mettre en scène une histoire dans laquelle rien ne se passait. « N'en déplaise à Tchekhov », ajoutait toujours Bryson. Et que c'était un défi plus difficile encore de mettre en scène une histoire que tout le monde connaissait.

Bryson n'arrivait pas à voir quelles techniques de mise en scène il pouvait utiliser pour montrer des personnages cachés dans les champs, même s'il parvenait à couvrir de givre la chaire et les stalles du chœur dans lesquelles se tenaient les bergers. Garder les moutons manquait d'action. Bryson Scott inventa donc l'histoire d'un très jeune berger qui, à la recherche d'un agneau perdu, se perdait lui-même par une froide nuit de décembre. Mais pas n'importe quelle froide nuit de décembre, inutile de le préciser. Son père partait à sa recherche.

Le texte était interprété chaque Noël à Montrose aussi fidèlement que si l'histoire avait été écrite par un des apôtres.

Mais en 1958, en partie parce que j'étais vraiment petit, Myriam Goldblum envisagea de changer la mise en scène traditionnelle.

Myriam voyait en moi des possibilités pour le rôle du jeune berger qu'elle n'avait pas imaginées jusque-là. J'étais aussi blême et petit que n'importe quel directeur de casting d'Hollywood aurait aimé qu'un enfant perdu le soit. Et le fait que la plupart des fidèles de la congrégation sachent que j'étais adopté ne nuisait pas non plus.

Les préparations pour le spectacle de Noël commençaient toujours en novembre. Cet avent prolongé se terminait traditionnellement par un souper-buffet post-répétitions offert dans la maison moderne et de plain-pied des parents de Myriam. Les acteurs, l'équipe de plateau, leurs familles et tous ceux qui avaient contribué à monter le spectacle, un bon tiers de la congrégation d'habitude, étaient invités. Myriam servait un festin : des *knishs* avec leur farce de pommes de terre et d'oignons badigeonnés d'assez de *schmaltz* pour huiler un char d'assaut, de la moelleuse et tendre poitrine de bœuf, de la salade de poisson blanc fumé et du *gefilte fish* avec du raifort rouge (il devait être rouge).

Le révérend Gorwell aimait particulièrement les *rugelachs*. «Mon Dieu», dit-il lors de la première de ces soirées qui devinrent pour les paroissiens de Montrose une tradition annuelle populaire. «Votre héritage culinaire est riche.

— Nous faisons de notre mieux», disait Haïm Goldblum.

L'apparition chaque novembre des foulards de soie de Myriam, de ses lèvres rouges et de ses cheveux noirs à Montrose était un signe manifeste du passage de l'automne à l'hiver. Le bedeau voyait dans son arrivée l'annonce qu'il devrait bientôt sortir les cierges et les guirlandes de Noël rangés au-dessus du service à thé dans le placard de la cuisine bleu pâle derrière l'école de piano dominicale. Le chœur commençait à répéter *The Trumpet Shall Sound*. Le Cercle des femmes commençait sa méticuleuse planification pour les messes de l'avent, la livraison des poinsettias et le dimanche des cadeaux blancs.

Myriam se lançait à corps perdu dans les défis que présentait chaque nouvelle production. Elle insistait toujours pour prévoir plus de répétitions que le monde estimait nécessaire, mais qui s'avéraient toujours à peine suffisantes. Sa robe d'enfant de chœur lui tenait lieu de commode robe d'intérieur et lui donnait surtout un air d'autorité et de profonde théâtralité, mais le gilet de cachemire et les bas nylon de Myriam dépassaient toujours de sa traîne tourbillonnante et noire quand elle reprenait ses esprits sur les marches du jubé. Les répétitions avaient lieu les jeudis soirs dans le sanctuaire.

Myriam aimait que tous les acteurs cessent de lire leur texte le plus tôt possible, même si cela voulait dire qu'il fallait, pendant un bon nombre de répétitions, souffler les répliques à celui qui tenait le premier rôle. «L'encens», chuchotait-elle dans l'ombre des bancs du fond de l'église quand Melchior oubliait sa réplique. «J'ai voyagé longtemps pour apporter l'encens au roi dont on a prédit l'avènement.»

Mon costume était un peignoir et une serviette de bain. Tous les acteurs avaient le même. Myriam était une brave fille, ce qui bien sûr me fit l'aimer davantage. Elle avait ri avec tout le monde quand, lors d'une répétition, Melchior s'était trompé dans sa réplique et avait dit: «J'ai voyagé longtemps pour apporter ses dents au roi dont on a prédit l'avènement.» Je me rappelle m'être senti très adulte d'avoir été intégré au plaisir que tout le monde prit à sa plaisanterie. J'avais le sentiment de faire partie d'une extraordinaire équipe, un groupe de personnes qui se rencontraient les soirs dans une église sinistre et sombre. Le plancher de marbre gris était bizarre et froid sous mes pieds nus.

Myriam frappa dans ses mains. «Ça va, ça va. Merci, monsieur Brown. Maintenant reprenons à la réplique du deuxième berger, "Je vois, à la richesse de vos vêtements..." Monsieur Hannaford, s'il vous plaît...»

Il fallait que je reste caché. Cette occultation du jeune berger perdu aurait un effet dramatique plus puissant, espérait Myriam Goldblum, que toutes les précédentes productions de *L'Agneau rétif*. Mais pour que le stratagème fonctionne, je devais me glisser à ma place sur les marches du jubé avant que la congrégation commence à s'installer dans les bancs pour le service religieux ; un long processus de bonjours marmonnés, de raclements de gorge, de bruissements de calendriers liturgiques et de préludes à l'orgue qui duraient parfois jusqu'à une demi-heure. Il fallait que je reste couché parfaitement immobile sur la marche, caché par un affleurement rocheux en carton, d'allure biblique. J'étais obligé de ne pas bouger jusqu'à ce que j'entende le signal de mon entrée en scène.

Ce n'était pas facile. Myriam Goldblum fut la première à l'admettre. Elle m'informa, lors d'une des premières répétitions, que rien au théâtre ne l'était jamais. Pendant qu'elle parlait, ses grands yeux semblèrent devenir troubles. Son regard plongea par-delà moi dans un passé que je pensais riche en rappels de fin de spectacle et en bouquets bercés avec grâce dans ses bras. Elle me dit qu'elle avait joué Juliette et qu'être restée couchée, immobile comme un cadavre dans sa tombe, n'avait pas été de la tarte. « Tout est dans le timing », dit-elle, et pendant un étrange et délicat moment, je crus qu'elle allait pleurer. Mais elle se reprit en affichant un courageux et rouge sourire, et passa à autre chose.

Myriam avait décidé que ma cachette serait petite. Très petite. Incroyablement petite. Le décor qui me cachait était en fait un des nombreux gravats qui flanquaient le tombeau vide que Marie-Madeleine trouvait lors de la représentation pascale chaque printemps. Il y avait dans la pièce jouée à Pâques des éléments de décor plus gros, dont la roche ronde haute de cinq pieds qui scellait le tombeau du Christ crucifié. C'était ce rocher en papier mâché qui avait été utilisé les années précédentes pour cacher le jeune berger. Mais Myriam avait autre chose en tête.

Elle savait que si le rocher était gros et évident, la congrégation présumerait qu'il y avait un enfant perdu caché derrière. Comme il y en avait toujours. Mais cela ne se passerait pas ainsi.

La révélation de ma présence ne serait efficace que s'il semblait entièrement impossible que quelqu'un s'y cache. « *Un coup de théâtre* », dit en français Mlle Goldblum dans une exhalaison d'enthousiasme pour une expression de la langue de Molière, en parfaite harmonie avec le nuage de parfum qui l'enveloppait toujours.

Et ainsi, pendant dix minutes ou parfois (en fonction du nombre de répliques loupées) pendant près de quinze minutes, j'étais couché sur le ventre chaque jeudi soir, étendu derrière un fragment de décombres en carton qui semblait trop petit pour cacher quoi que ce soit. En conséquence, un de mes souvenirs les plus vifs de *L'Agneau rétif* est le marbre froid. Et le fait de presser curieusement mon ventre sur sa texture lisse, dure et sacramentelle.

La construction de Montrose avait été terminée vers la fin des années 1920. Le marbre avait été généreusement mis à contribution. Un élan aussi grandiose et solennel avait été possible à la faveur d'années de redressement économique, condamnées comme toutes les autres périodes heureuses à croissance soutenue à être remplacées par des conditions contraires. Mais au moment où survint la Dépression, le marbre de Montrose, solidement installé, était devenu inamovible. Il était trop lourd pour que les cycles économiques l'altèrent. Il avait l'air installé là depuis toujours.

À la première répétition, Myriam Goldblum m'avait pris la main et m'avait conduit jusqu'à la cachette qu'elle avait choisie. Penchée au-dessus de moi, elle semblait ne pas remplir juste ma vision mais tout l'espace sombre de l'église.

Le penchant de Myriam pour la théâtralité se traduisait jusque dans son surprenant maquillage. Ses sourcils étaient exagérément arqués. Ses ongles étaient plus longs et un peu plus rouges que même son rang de femme de théâtre l'aurait prescrit. Ses lèvres étaient écarlates et larges. Son abondante chevelure noire tombait sur les épaules de sa robe d'enfant de chœur dont la couture cascadait sur les marches de pierre blanche. «Tu ne dois pas bouger», m'ordonna-t-elle. Son souffle dense et doux sentait toujours la menthe. «Tu dois rester immobile comme une statue.»

La paume de sa longue main lissait l'endroit où elle voulait que je me couche. Je fis comme on me le disait. Et ce jeudi soir-là, comme pendant les répétitions suivantes et lors de la représentation, je pris conscience de quelque chose qui ressemblait à un embarras, quelque chose comme du plaisir frotté contre la pierre. Cela n'était jamais arrivé avant. Et alors l'Ange parla.

L'ange : Oùsque tu vas en cette pauvre...

Myriam Goldblum (*soufflant la réplique*) : «Que cherchez-vous ?» S'il vous plaît, monsieur Rymal. «Que cherchez-vous, pauvre berger, en cette froide nuit ?»

L'ange : Excusez-moi. Que cherchez-vous, pauvre berger, en cette froide nuit ?

Allongé là, j'attendais et rougissais, le visage de plus en plus empourpré, en espérant que personne ne remarque l'avant de mon peignoir quand je devrais me lever pour dire ma réplique.

Père du Berger : Oh, étrange visiteur. Je cherche mon fils en cette froide nuit. Il est très jeune. Et il est parti à la recherche d'un agneau rétif. Et maintenant le ciel s'est obscurci. Et il y a des loups.

Bande sonore : *Loups.*

L'ange : N'ayez pas peur. Parce que cette nuit est bénie, comme l'ont prédit les prophètes des temps anciens. Et ce qui était perdu va maintenant se retrouver.

Père du Berger : Je m'agenouille pour prier que ce soit vrai. (*Il s'agenouille.*)

L'ange : Votre foi est récompensée, vieil homme. (*Exit L'ange.*)

Jeune Berger (*Il appelle depuis sa cachette*) : Je suis ici, père.

« Prends ton temps avant de dire ta réplique, Oliver », m'avait dit Myriam lors de la première répétition. « Laisse s'installer un moment de silence après que ton père se soit agenouillé. Une pause pour marquer l'expectative. Quelques minutes pour donner à ses prières le temps d'arriver au ciel. Exactement comme il y a toujours quelques longues mesures de silence complet avant que Juliette se réveille dans sa tombe. C'est la clé. Vois-tu ce que je veux dire ? »

Je dis que je le voyais.

« Tout est dans le timing, dit Myriam Goldblum. Prenons le temps de savourer nos bons moments. » Elle avait de grands yeux. Elle tendit la main vers mon front et, l'air rêveur, commença à me caresser les cheveux. Un frisson de volonté la secoua et son visage redevint professionnel.

Myriam se redressa sur ses talons qui avaient vacillé pendant quelques secondes. Elle lissa l'avant de sa jupe avec tant d'énergie que sa légère défaillance sembla ne jamais s'être produite. Elle me tourna le dos et se dirigea vers la scène blanche de l'autel dans un tourbillon de parfum et de robe d'enfant de chœur.

« Nous serons brillants, cria-t-elle à tout le monde. Je le sais. Nous les anéantirons tous... »

CHAPITRE TRENTE-CINQ

C'était la dernière chose à laquelle Michael Barton se serait attendu.

Il était quelque part au diable, à l'arrière du groupe de reconnaissance. Une chiennerie, disaient les Yankees. C'était le maudit secteur nord-ouest. C'était la maudite d'Italie. C'était le maudit mois d'août de la maudite année 1944.

Ils sécurisaient la poussiéreuse route du sud, la même qui avait déjà été sécurisée trois jours plus tôt. Et une autre fois, deux jours avant ça. «L'armée sécurise les routes comme elle veut qu'on remplisse les formulaires. En trois maudits exemplaires», avait marmonné son commandant quand il avait transmis les ordres.

La route n'était rien de plus qu'un ruban de poussière brune bordé de platanes. Depuis plus d'une semaine, plus rien d'allemand n'y avait circulé. L'écho d'occasionnelles détonations de pièces d'artillerie provenait des collines. Les chars d'assaut continuaient de progresser vers le nord.

Il était en poste un peu plus loin qu'un cimetière, dans un des nombreux dépôts de marbre d'une ville bâtie dans la plaine entre les collines et la mer, non loin de voies ferrées bombardées et complètement démolies depuis des mois. Le dépôt était une aire d'expédition de blocs de pierre. Ils étaient couverts d'une croûte brune à l'extérieur, mais leurs surfaces coupées étaient veinées de gris. Ils étaient entreposés sur des palettes de bois alignées en rangées.

Michael trouvait qu'ils ressemblaient à des réfrigérateurs

géants, ce qui l'amena à rêver un instant à une bière froide. Puis il entendit le véhicule.

Pour la seule et unique fois de sa vie, il pouvait affirmer sans aucun risque de se tromper qu'il n'en croyait pas ses yeux. Il fixa la chose d'un air ébahi pendant presque cinq secondes sans identifier vraiment ce que c'était. Quoi de plus improbable qu'un camion de ravitaillement allemand arrivant au détour d'une maison de ferme incendiée? Quoi de plus invraisemblable qu'un camion boche à plate-forme cahotant vers lui dans les nids-de-poule?

Les soldats qui étaient à bord n'avaient pas l'air sur leurs gardes. Michael ne parvenait pas imaginer ce qui les amenait à penser qu'ils étaient capables, sans risque, de se lancer à l'arrière des positions alliées. Puis il les entendit chanter. Crisse! pensa-t-il. Ils sont soûls.

Il ne distinguait pas bien le conducteur, ni le passager assis à côté de lui. Mais trois autres soldats étaient parfaitement visibles debout à l'arrière. Ils se tenaient à un garde-fou fixé au dos de la cabine du camion. Michael sentit un sourire plisser la poussière qui lui couvrait le visage.

L'angle de la lumière qui tombait sur le véhicule l'éclairait de manière nette et précise. Le chef, à tout le moins le chef de la chorale, avait le visage heureux et franc d'un jeune homme qui aimait ses amis autant qu'il aimait n'importe quoi. Sa main libre se balançait comme la baguette d'un chef d'orchestre. N'eût été leurs casques et leurs uniformes gris, on aurait cru des étudiants qui rentraient chez eux après une soirée bien arrosée.

Ce n'est pas que Michael Barton ait cherché à les rater délibérément, mais l'innocence de leur approche le troublait. Il était bon tireur, mais il visa un peu au hasard.

Il se dit qu'ils se rendraient compte de leur erreur quand ils se retrouveraient sous les balles alors qu'ils ne s'y attendaient manifestement pas. Ils feraient alors demi-tour avant d'atteindre le pont. Dégrisés sur le coup, ils quitteraient cette fichue route. La discipline militaire de Michael Barton n'était pas des plus rigoureuses.

« Un petit charlot qui aime se payer du bon temps, je vois », avait dit le sergent Todd en levant les yeux de son bureau dans l'arsenal en briques rouges de Cathcart. La liste des quelques trophées remportés par Michael était consignée dans le formulaire devant lui. « Un plaisancier ?

— Des canots automobiles, monsieur », avait-il répondu. C'était un rectificatif qu'il était constamment obligé de faire.

Todd fut moins impressionné que s'il avait répondu « des sloops ». Quiconque avait assez d'argent pour s'acheter un hors-bord devait sans doute être capable d'en piloter un. « Les journaux Barton, c'est ça ?

— Mon père, monsieur, avait dit Michael.

— Mais d'après ce que je comprends, vous ne cherchez pas à être officier.

— Non, monsieur, avait dit Michael. Je préfère être homme de troupe.

— Je vois », avait dit Todd. Il avait examiné le petit maigrichon debout devant lui. Son bronzage et ses cheveux décolorés par le soleil étaient l'évidente conséquence de longues vacances d'été. Todd supposa qu'il ne préférerait pas très longtemps la vie de simple soldat.

Michael Barton auraient dû couper en deux les trois soldats. Puis il aurait dû cueillir les deux autres quand ils auraient sauté de la cabine du camion. Mais ce n'est pas ce qu'il fit...

Au stade où il en était, tout cela le rendait malade.

Il choisit cette après-midi-là, dans cette lumière douce et précise, d'en faire à sa tête. Il se plut à imaginer ces joyeux lurons racontant la même sorte d'histoire qu'il aurait lui-même aimé raconter : comment ils avaient trouvé une maison de ferme abandonnée avec un cellier rempli de vin quelque part au nord de Lucques et comment ils s'y étaient terrés pendant Dieu sait combien de temps. La campagne d'Italie ne les avait pas touchés. Ils étaient si fatigués qu'ils n'avaient probablement pas dessoûlé pendant une semaine. Au stade où ils en étaient, tout ça les rendait malades aussi. Et alors, croyez-le ou non, ils avaient roulé en chantant tout droit jusqu'aux abords d'une ville occupée par le commandement allié.

Il appuya sur la gâchette. Et il se produisit quelque chose de complètement inattendu.

L'explosion le toucha comme une gifle en plein visage. Une boule orange anéantit le camion et les hommes. La fumée ressemblait à un poing noir qui s'ouvrait et se refermait à mesure qu'il grossissait. Michael devint pour toujours sourd de l'oreille droite.

Il n'avait aucune idée de ce qu'ils transportaient. Il ne réussit jamais à comprendre ce qui s'était passé. Il supposa que sa première balle avait fait des étincelles sur le châssis du véhicule. Cela avait dû enflammer ce qui se trouvait sous la bâche attachée par des cordes sur le plateau du camion.

Un peu de vent venait de la mer. La fumée se dispersait.

Presque tous leurs vêtements avaient été arrachés. Leurs cheveux aussi. Et leur peau. Leurs yeux étaient fous de douleur, et les trous de leurs bouches s'ouvraient tout grand sur des hurlements qu'ils étaient incapables de pousser. La reptation lente de leurs mouvements sur le sol ressemblait à celle des pattes éparpillées, arrachées du corps d'un insecte.

Michael s'avança dans les lambeaux de pneus et les débris de métal. Il vit alors que l'un des soldats l'avait repéré et tentait de saisir son revolver. La ceinture et l'arme étaient bizarrement intacts : du bon cuir brun, une solide crosse noire.

Il écarta doucement les mains tâtonnantes du soldat. Ses poignets n'étaient plus que des tendons. Il flottait une odeur douceâtre qui, pendant tout le reste de sa vie, s'infiltrerait dans les nombreux cauchemars de Michael.

Il devait s'expliquer, cela lui semblait important. Mais il ne pouvait que fixer son regard sur leurs yeux remplis de ce qui serait désormais une terrible tristesse dans ses yeux à lui. Ce n'est que de retour dans le dépôt de marbre, appuyé contre un des blocs de pierre, qu'il se rendit compte qu'il tenait toujours dans sa main le Luger, à présent déchargé.

CHAPITRE TRENTE-SIX

Images d'Italie, le journal de voyage de Charles Dickens, s'ouvre sur le récit de son départ de Paris. Le périple commence au milieu de l'été 1846 quand une calèche anglaise sort bruyamment des grilles de l'hôtel *Meurice,* rue de Rivoli. *La traversée de la France* est le premier chapitre d'un livre qui finit par amener Dickens (surpris lui-même, semble-t-il, que l'Italie le ravisse autant) à Gênes, Bologne, Ferrare, Venise et Rome, mais aussi à Carrare et aux carrières de marbre.

Un des deux points d'intérêt parisiens mentionnés par Dickens, alors qu'il traversait la cité en ce dimanche matin du milieu de l'été, est très curieux : « la lugubre morgue ». Il semble étrange qu'il l'ait choisie parmi tant d'autres monuments devant lesquels le bruyant coche a dû passer. Et Oliver s'est toujours demandé si l'idée d'utiliser la morgue comme symbole était venue rétrospectivement à Dickens. Il se demandait si c'était parce que l'écrivain avait connu la chaleur de la Méditerranée qu'il pensait de Paris qu'elle présentait un sépulcral contraste avec ce qu'il appelait « le lumineux souvenir » de « la radieuse Toscane ».

Parce qu'il avait vécu la même chose. La ville de Paris lui avait paru grise et lugubre tôt un matin de printemps en 1968. Le soleil n'était pas encore levé. La blafarde vieille cité grouillait déjà d'activité et bandait ses forces pour affronter l'émeute quand Oliver Hughson prit la route vers le sud.

CHAPITRE TRENTE-SEPT

Ange avait la froide beauté d'une statue de marbre. Elle était le genre de dame pour laquelle un homme serait prêt à tuer.

Quand Anna racontait l'histoire, il y avait toujours un revolver sur la table de la cuisine. Il ne servit jamais à rien. N'en déplaise à Tchekhov. Il ne quitta jamais la table. Mais elle l'incluait toujours dans sa description. C'était un rappel que les choses finissent obligatoirement mal.

La voiture datait de l'époque où les berlines étaient aussi grosses que des wagons couverts. Ses phares balafraient les ombres de l'allée. C'était une vieille maison en banlieue d'une ville proche de la frontière. Tout luisait, exactement comme dans les scènes nocturnes des films en noir et blanc. Anna pensait que c'était le monde d'où venait Oliver. Ce n'était pas surprenant, vraiment pas. Elle n'avait jamais appris grand-chose à propos de l'Amérique.

Il n'aurait pas été compliqué pour elle, après avoir pris contact avec des associations d'anciens combattants ou en consultant les registres militaires, de retracer les G.I. qui étaient passés près des ruines de la villa et avaient grimpé sur les affleurements rocheux de la colline jusqu'au village de Castello peu de temps après le massacre. Mais Anna se contentait toujours de dire qu'elle avait été sauvée par les Yankees. Et elle en restait là. Il était difficile de préciser si elle considérait que c'était une bonne chose ou la meilleure que l'on ait pu espérer dans les circonstances merdiques de l'Europe en août 1944. «Nous avons tous étés sauvés, disait-elle, par Betty Grable, Lucky Strike et Hollywood.» Elle haussait les épaules. «Qu'est-ce qu'on y peut?»

Ange s'approche de la fenêtre. Elle regarde la voiture arriver dans le noir. Ses cheveux, que la lumière des phares à travers les stores vénitiens rend presque blancs, sont séparés par une raie sur la gauche de sa tête. D'un côté, ils tombent lisses et plats, tandis que de l'autre leur ondulation couvre presque son œil droit. Bien, pense-t-elle. Ce salopard de Johnny est de retour.

Ils passent l'héroïne de l'autre côté de la frontière près de la ville de Niagara. Elle est dissimulée dans des statues: des objets d'art anciens, des monuments funéraires, des pièces de sculpture ornementale. Et Ange leur fait franchir la douane, vêtue de ses manteaux de fourrure, avec ses longues jambes et son enthousiasme pour la statuaire italienne raffinée que les douaniers apprécient toujours tellement.

Elle a un visage assassin. Son sourire est irrésistible. Son accent de collège privé est excellent. Pour une pute.

La came provient d'Indochine. Elle transite par un laboratoire à Marseille qui l'envoie au gérant d'une société exportatrice de marbre en Italie. C'est là qu'intervient Johnny. Il travaille dans un atelier de marbre du côté canadien, environ quatre-vingts kilomètres plus loin. Il a engrossé une fille là-bas. Il fait la livraison tous les quelques mois.

Peu de choses parviennent à surprendre Ange. Elle n'est pas née de la dernière pluie. Mais la nouvelle qu'apporte Johnny lui fait hausser un sourcil. Le gauche, pour être précis.

Le V de ses doigts élégants tient une cigarette. La fumée flotte devant son visage.

«Répète ça, dit-elle calmement.

— Elle est morte, répète Johnny.

— Je vois.

— Je n'en avais pas l'intention. Le bébé pleurait. Elle criait. Alors je lui ai flanqué une gifle.»

De nouveau, le sourcil gauche. Ange connaît la manière dont les hommes flanquent des gifles.

Nouvelle aspiration de fumée.

« O.K. Je lui en ai flanqué plusieurs. Je lui ai flanqué plusieurs gifles. Mais le problème, c'est qu'elle est tombée. Elle s'est enferrée dans ses propres putains de pieds. Elle tenait le bébé. Alors elle n'a pas pu, tu saisis, rester debout. Elle est tombée, c'est tout. Et elle s'est fendu le crâne contre un coin du cadre de lit. Juste là. »

Il pointe un doigt vers sa tempe droite, comme si c'était un canon de pistolet. « Et c'en était fait. Ba-dang ! Juste comme ça.

— Juste comme ça », dit Ange. Elle parle lentement, avec plus de scepticisme dans la voix qu'elle n'en éprouve vraiment.

« Qu'est-ce que tu penses ? Que je voulais la tuer ?

— Et alors tu l'as amenée ici ?

— Que veux-tu que j'en fasse ? Il y a des champs dans la région, des bois.

— Et le bébé ?

— Qu'est-ce que tu veux que je fasse avec deux kilos de poudre jaune, un cadavre et un bébé ? Que j'appelle la Société de l'aide à l'enfance ?

— Alors qu'as-tu fait du bébé ?

— Je l'ai laissé là-bas. Lino en prendra soin. Y a pas le moindre maudit problème. Mais il faut que je disparaisse. Vite. Peux-tu me faire traverser la frontière ?

— Je pensais que tu avais dit que le vieil homme était malade.

— Il n'est pas si vieux que ça. Il en a juste l'air. Et il n'est pas si malade que ça. Il a eu un ACV. Pas assez malade pour ne pas entendre un bébé pleurer. »

Ange réfléchit à toute l'affaire.

Une frontière de moins, c'est toujours une bonne chose. Et, de toute façon, elle avait pensé récemment que la ville était un de ses gros problèmes. Tel secteur réservé à ce gang-ci. Tel autre réservé à tel autre. Elle aurait des ennuis tôt ou tard. C'était certain. Et c'est pourquoi elle s'était mise à penser que l'avenir n'était peut-être pas dans une grosse cité. Il était peut-être près de la frontière. Peut-être entre les allées et les pelouses de banlieues de petites villes. Il y a là des familles. Elles ont de l'argent. Elles ont des gamins qui auront envie de se défoncer.

Elle écrase sa cigarette.

Johnny assis en face d'elle est penché. Il tient sa tête entre ses mains. Il a les cheveux noirs, de larges épaules, des bras forts.

Il ne pleure pas. Elle aurait vaguement souhaité qu'il pleure. Mais le plan qui commence à germer en vaut le risque. Elle pense à un petit commerce de pierre ornementale et de monuments funéraires du côté américain. Elle devra avoir Johnny à l'œil, c'est tout. Il a des tendances égoïstes qu'elle devra surveiller.

Mais elle sait comment le manipuler.

«Viens ici, espèce de gros camé», dit-elle. Et, l'air aguichant, elle se cale dans un coin du fauteuil pour lui faire de la place.

CHAPITRE TRENTE-HUIT

Lino Cavatore a écouté le bébé pleurer pendant plus d'une heure. Les pleurs ont commencé tard dans la nuit. Mais ça ne le regarde pas.

Lino a le visage terreux. Il semble très fatigué. Il a toujours eu l'air plus vieux que son âge. Mais aujourd'hui sa mauvaise apparence n'induit pas en erreur. Il se sent vieux.

Il est possible qu'il guérisse. Il se pourrait qu'il retrouve l'aisance de ses mouvements. Les médecins disent qu'à son âge il y a de l'espoir. Mais ils le disent avec beaucoup de tristesse. Et après plus de trente ans passés à Cathcart, Lino connaît assez bien l'anglais pour comprendre ce qu'ils veulent dire. Ils disent que dans les cas de crise du genre il y a toujours de l'espoir. Mais pas beaucoup.

Le processus de la sculpture sur pierre électrisait Lino quand il apprenait son métier dans l'atelier Morrow à Carrare. Le *sbozzatore* dégrossit d'abord le bloc avec sa pointerolle. C'est le début. Puis les sculpteurs plus méticuleux travaillent le marbre, d'abord avec un ciseau plat et une gradine, ensuite avec un ensemble de rifloirs de plus en plus fins. Ensuite vient le polissage.

Lino a la dextérité qu'il faut. Il ne pense pas que ce soit un don, même si tout le monde le croit. C'est de la chance plus qu'autre chose. C'est juste un talent qu'il possède.

Il a l'habileté de détecter le détail qui rend belle une belle sculpture. Et qui fait qu'une sculpture magnifique soit magnifique. Et l'habileté de le copier. Le format n'est qu'une question mathématique. Les copies sont le gagne-pain de Lino. Michel-Ange est sa spécialité. Lino ne voit rien de minable à le copier.

Quand il apprenait son métier, ses copies étaient toujours fidèles, précises, pleines de dévotion pour les œuvres originales. Il en est fier. Et de toute façon, quand Michel-Ange était à peine plus âgé qu'un gamin, ce fut son savoir-faire de copieur qui attira d'abord l'attention sur son génie. Vasari rapporte que le jeune Michel-Ange « avait l'habitude de teinter ses copies et d'utiliser divers procédés, dont la fumée, pour leur donner l'air d'être noircies par le temps de façon à ce qu'on ne puisse pas les distinguer des originaux. » Adolescent, Michel-Ange sculpta un cupidon en marbre blanc, puis l'enterra pendant assez longtemps pour qu'il passe de façon convaincante pour une antiquité.

Lino utilise la même technique. Il enterre ses statues de marbre après leur avoir arraché un bout de nez ou un bras d'un coup de pointerolle. Mais il ajoute à la technique de Michel-Ange six mois d'un truc que lui a enseigné Julian Morrow. Lino n'est pas grand, mais il urine comme un cheval. Pendant six mois, ses torrents se déversent sur la cour en terre battue de son atelier dans les faubourgs de Cathcart. Pendant qu'il pisse, il regarde les fils électriques et les champs de fraises un peu plus loin.

Il a commencé à apprendre son métier en fabriquant des souvenirs. Quand il était apprenti à Carrare, ses sibylles étaient des supports de téléphone. Son Bacchus était un candélabre. Ses *David* et ses *pietà* se vendaient dans les boutiques des gares de Florence, de Rome et de Milan. Il faisait des briquets. Il faisait des fontaines.

Depuis le temps passé dans les ateliers de marbre à Carrare où il a complété son apprentissage et depuis le moment où il a débarqué, au début du printemps 1932, du dernier des trains qui l'avaient mené de Halifax à Montréal, puis à Toronto et enfin à Cathcart, il est fier de la tradition à laquelle il appartient.

Il portait un sarrau bleu de tailleur de pierre qui lui tombait presque aux genoux. Ses lunettes empoussiérées, son impatience devant les efforts, la plupart du temps moins que satisfaisants, de l'équipe qu'il supervisait sur le terrain de la Maison Barton, et sa frénétique énergie lui donnaient souvent un air de vieille tante tatillonne restée célibataire. Il portait des chapeaux antipoussière faits de journaux pliés.

Lino avait fini par s'établir à Cathcart et fonder la société Cavatore Memorial and Ornemental Stone sur une parcelle de terre envahie d'herbes qu'il avait trouvée à l'extrémité miteuse de la rue Locket. Cela ne faisait partie des plans originels de personne. Les au revoir de Lino à sa mère et à son frère n'avaient pas été les adieux de quelqu'un qui ne reviendrait jamais en Italie.

Ce fut le décès de Grace Barton qui lui inspira cette idée inattendue. Lino avait noté la rapidité avec laquelle l'argent et les ressources avaient été mobilisés pour le monument funéraire. La berline qui s'était avancée dans l'allée de gravier où il avait établi son atelier temporaire sur la propriété Barton l'impressionna. Et la jeune employée du *Chronicle*, efficace et bien habillée, qui en descendit l'impressionna aussi. Cette considérable dépense était imprévisible. Et pourtant voilà que la secrétaire d'Argue Barton, vêtue d'une impeccable blouse et d'un tailleur de laine, passait devant les sculptures inachevées dans l'allée et lui tendait une enveloppe en papier kraft qui contenait des photos de référence du gisant d'Isabelle d'Aragon et un chèque signé par Argue Barton pour cette triste charge de travail supplémentaire.

Lino commençait à se rendre compte de la richesse véritable de l'endroit où il avait abouti. Une énorme richesse en fait, comparée surtout à celle de l'endroit d'où il venait. Et c'est pendant qu'il travaillait au tombeau de Grace que Lino Cavatore commença à se poser une question à laquelle il n'avait jamais pensé jusque-là : Et s'il restait ?

Lino avait toujours semblé un être de muscles plutôt que de chair, et bien avant ses trente ans, sa sèche rigidité le faisait paraître beaucoup plus vieux qu'il ne l'était. Comme si le temps passait sur son corps plus vite que sur celui des autres hommes, une particularité qui s'accordait avec son tempérament sérieux. Il n'est pas très courant de subir un ACV quand on est dans la force de l'âge, mais personne ne fut le moins du monde surpris quand Lino perdit connaissance dans l'atelier de son entreprise, Cavatore Memorial and Ornemental Stone, en 1948.

Sa voix avait toujours semblé tendue et plutôt vieille. La détermination et le sérieux avec lesquels Lino avait constamment fait face aux revirements de son destin en faisaient un homme prévisible. Il ferait toujours du bon travail. Il subviendrait toujours aux besoins de ceux qui dépendaient de lui. Mais en cette après-midi de la fin de l'automne 1932, debout à la fenêtre de sa villa, avec un œil sur sa piscine et son jardin, Julian Morrow avait été surpris quand il avait ouvert l'enveloppe adressée avec soin, et appris que Lino voulait rester à Cathcart.

Dans sa lettre, une lettre qui lui avait demandé des jours à composer, réviser, écrire et réécrire, Lino parlait à Morrow de sa décision. Il voyait de belles perspectives d'avenir dans un endroit qui aurait toujours besoin de halls de banque, de comptoirs de salles de bains et de monuments funéraires, mais qui ne disposait pas sur place d'accès à la pierre et ne possédait pas non plus les habiletés requises pour la travailler. Lino ne faisait pas état de la profonde tristesse enfouie sous sa décision, la décision de ne pas retourner dans les vertes vallées et de ne pas revoir le ciel bleu des collines dans lesquelles il avait grandi.

En vérité, Lino était un homme solitaire. Il avait toujours considéré sa solitude comme un fait immuable. Comme la température qui sévissait dans les carrières. C'était ainsi, et c'est tout. Sa solitude, il l'exprimait dans ses normes exigeantes et dans son impatience devant l'incompétence.

Il n'aimait pas beaucoup l'endroit où il avait abouti. Tout était affreux. À part les fraises en juin et les tomates à la fin de l'été, la nourriture était infecte. Mais la solitude ici était la même que la solitude là-bas. Il avait les mêmes désirs qui ne servaient à rien. Il avait les mêmes rêves qui le rongeaient.

Au début, la lettre irrita Morrow. Lino possédait un talent rare et Morrow n'était pas heureux de le perdre. Mais il ne lui fallut pas longtemps pour réviser sa position. Son intérêt personnel pragmatique l'aida à décider comment il pouvait utiliser l'intérêt personnel de quelqu'un d'autre pour en tirer avantage.

Morrow connaissait la logique qui poussait Lino à émigrer, et cette logique était plus que toute autre irréfutable. Il y avait de l'argent à Cathcart. C'était aussi simple que ça. Lino Cavatore devait subvenir aux besoins d'une mère et d'un frère handicapé.

Morrow répondit rapidement. Il écrivit pour dire qu'il comprenait. Il comprenait la question des perspectives d'avenir. À un taux d'intérêt raisonnable, mais pas exagérément généreux, il mit à la disposition de Lino les fonds nécessaires pour l'achat du terrain de la rue Locket et de la miteuse petite maison à charpente de bois qui y était construite. Et, bien sûr, Morrow International fournirait toute la pierre dont la nouvelle entreprise aurait besoin (une vente à tempérament, mais à un prix avantageux pour les deux parties).

Mais en pleine nuit, le bébé pleure toujours. Et cela dure depuis plus d'une heure.

Lino Cavatore quitte donc la petite maison construite en bordure du terrain où se trouve l'atelier. Il avance très lentement, avec beaucoup de difficulté. Il trouve son chemin dans le noir entre les panneaux de marbre entassés les uns sur les autres dans la cour, comme des tiroirs. Les plus gros blocs ressemblent à des réfrigérateurs. Il est en route vers le petit logement au-dessus de l'atelier où ont toujours séjourné les apprentis qu'il a fait venir d'Italie.

La voiture de Gianni n'est pas là. C'est bizarre. À pareille heure.

Il déverrouille l'atelier. Avec un seul bras fonctionnel, ça lui demande quelques minutes d'effort. À deux reprises, ses clés lui tombent des mains. Les planchers à larges lames, les allèges profondes des fenêtres et les hauts plafonds à chevrons de l'atelier ont l'air d'avoir été extraits d'une falaise de marbre. Les étagères de bois brut sont blanches. Les maquettes sont blanches. Les armatures sont blanches. Les limes, les gradines et les compas sont blancs. Seul le banc de travail a été épousseté de sa poussière de marbre.

C'était la pire malchance. Pas l'accident cérébro-vasculaire, qui était déjà une malchance en soi. Mais c'était la pire malchance que de tous les apprentis qu'il avait eus pendant toutes ces années, c'était celui-ci, ce bellâtre, cet inutile, qui se trouvait sur place quand on amena Lino Cavatore à l'hôpital, puis cinq semaines plus tard, quand on le renvoya à son atelier et à la maison.

Il était incapable de parler. Il avait du mal à bouger. Et l'autre, le bellâtre, l'inutile, semblait ne manigancer rien de bon. Lino s'en rendait compte. Il voulait le renvoyer en Italie. Il ne lui faisait pas confiance.

Puis la fille avait aménagé dans les chambres au-dessus de l'atelier.

Puis il y avait eu le bébé.

Lino avait déjà vu ça : une fille si jeune et si forte qu'elle était capable de cacher sa grossesse presque jusqu'à son accouchement. Lui non plus pendant longtemps n'avait rien remarqué. Mais qu'ont-ils donc dans la tête ? Lino s'affale pendant un moment sur la chaise à côté du poêle sur lequel il chauffe les abrasifs qu'il utilise pour travailler la pierre. Il est stupéfait d'être aussi fatigué. Il sent qu'il veut dormir.

Ils gardent secrète l'existence du bébé. À cause des

parents de la fille, suppose-t-il. Cet endroit dans lequel ils vivent est leur cachette. Ce sont des enfants, pense-t-il. Ils jouent au papa et à la maman.

L'escalier qui mène à l'appartement au-dessus de l'atelier est raide, étroit et très difficile. Il lui faut un temps fou pour le gravir.

Il sait tout de suite que quelque chose ne va pas. Le bébé est sur le lit. Même avant d'avoir vu le sang sur le plancher, il sait que quelque chose ne va pas. Il reste debout, immobile, pendant presque une minute. Il a encore toute sa tête. Il voit les choses clairement. Il sait ce qu'il va faire.

Il évalue quels mouvements lui sont encore possibles. Son corps le lui dit. Il sait que son bras gauche n'est d'aucune utilité, mais le droit n'est pas si mal. Lino marche en traînant les pieds. Ses pas sont raides et lents. Mais il marche. S'il trouve quelque chose qu'il est capable de transporter dans une seule main, cela pourrait fonctionner. Il y a un seau.

Il bouge lentement dans l'obscurité. Il déniche une couverture dans une commode. La laine est douce, couleur vieux rose. Une tante la lui a envoyée quelques années après qu'il se soit installé à Cathcart, longtemps avant qu'il devienne évident même pour les femmes de sa parenté qu'il n'était pas intéressé du tout à trouver une épouse.

Il repère une boîte en carton. Aylmer. Catégorie A.

Il aplatit le carton avec son pied. Puis il le coince aussi fermement qu'il le peut sous son coude. Le bébé est un garçon. Il l'emmitoufle dans la couverture, la roule et assoit l'enfant enveloppé dans le seau.

Les rues sont vides. Il y a des grillons dans les haies devant lesquelles il passe et dans les pelouses bien entretenues et couvertes de rosée.

Quand, presque deux heures plus tard, il quitte la piscine et retraverse le jardin, il ne retourne pas à l'atelier Cavatore Memorial and Ornemental Stone. Il tourne à droite, et non à gauche, au coin de l'avenue Hillside. Il ne sait pas trop bien

352

pourquoi. Il est trop fatigué pour réfléchir. Il veut tellement dormir qu'il pense que tout ceci n'est peut-être qu'un rêve. Il tient toujours le seau. Et il poursuit son chemin sur les sentiers qui montent et qui descendent, avec la pierraille qui lui glisse sous les pieds, lentement, tellement lentement, il poursuit son chemin.

CHAPITRE TRENTE-NEUF

Vers la fin de sa vie, le frêle vieillard avait prit l'habitude de s'asseoir sur une chaise de patio blanche pendant qu'il travaillait. Nettoyer la piscine était sa besogne à lui et tant qu'elle était accessible, aussi longtemps que le filtre usé bourdonnait dans son abri et que l'eau n'était pas recouverte de sa couverture d'hiver, le travail n'arrêtait jamais. Le vieil homme était toujours occupé à nettoyer la piscine. Il s'aidait de ses deux mains pour tirer et faire avancer lentement la tête de l'aspirateur sur le fond du bassin. Il avait maîtrisé la technique il y a longtemps.

On ne s'attendait pas à le trouver occupé à nettoyer la piscine la nuit. Pourtant, ce n'était pas le moment qui était surprenant, même s'il n'avait jamais jusque-là passé l'aspirateur dans la piscine une fois la nuit tombée.

Mais dans le rêve, le seul qui marqua les quelques rares secondes de réel sommeil qu'Oliver eut pendant son vol de Toronto à Milan, la véritable raison n'était pas claire.

Archie Hughson tenait toujours la longue poignée de l'aspirateur comme s'il jouait de la flûte. « Je suis d'abord tombé amoureuse de ses mains », avait dit un jour Mme Hughson. Elle avait fait la remarque à Oliver à table pendant un souper alors qu'il avait dix ans.

Les Hughson avaient de l'affection l'un pour l'autre mais ils étaient discrets, et ce fut peut-être le caractère intime de cet aveu de Mme Hughson, une familiarité qui ne lui ressemblait pas, qui garda vivace cette confidence dans la mémoire d'Oliver, un aveu qu'elle fit quand son mari n'était pas encore revenu du travail, qu'elle fit par-dessus le spaghetti en boîte et le lait qu'elle avait servis parce qu'Oliver aimait tellement ce souper-là et parce qu'il avait une répétition à l'église plus tard ce soir-là.

Oliver flottait. Il ne bougeait pas dans l'eau. Il regardait les mains de M. Hughson qui nettoyait la piscine. Dans les remous de plus en plus turbulents du grand âge, les doigts élégants d'Archie Hughson étaient les dernières traces de sa grâce physique.

Le vieil homme était assis, penché vers l'avant. Son chapeau de soleil à bord flottant touchait presque les genoux de son ample pantalon kaki. Ses avant-bras tendus étaient maigres, restés presque jeunes, mais marbrés et couverts de bleus. L'été avant sa mort, il avait dit : « Ma peau est mince maintenant. Je saigne chaque fois que je me cogne contre quelque chose. »

L'eau était noire. Le pourtour de la piscine était pavé de dalles de marbre érodées par le temps. Tout autour du terrain, on pouvait voir même dans l'obscurité des ermites et des saints, des satyres et des jeunes filles qui se protégeaient des années en se drapant le visage dans les replis de la pierre. À l'extrémité de la partie la plus profonde, la silhouette gracieuse d'un personnage féminin versait l'eau de son urne dans la piscine. Deux autres vierges quelques pas plus loin s'approchaient.

Le versant de la colline apparaissait indistinctement. C'était un peu plus qu'une pente boisée. Mais elle ressemblait à un amoncellement de nuages et les sentiers qui montaient ne menaient pas, Oliver le savait, aux lampadaires, aux garages, aux lotissements des nouvelles banlieues de Cathcart, mais à la place pavée et à l'épaisse muraille d'une ville ancienne.

Quand Oliver trouva le vieil homme sur sa chaise de patio blanche au milieu de la nuit, l'air humide et immobile était aussi lourd qu'un sommeil paisible et profond. Il voulait lui parler, bien sûr, mais c'était hors de question. Le vieillard travaillait en silence, scrupuleusement, dans un monde que rien ne devait déranger, et Oliver savait que tout mouvement qu'il ferait serait une erreur. C'était comme si, émergeant d'un océan à minuit, il avait trouvé quelque chose de magique sur le rivage.

Oliver faisait la planche dans la partie la moins profonde de la piscine. Il essayait de ralentir sa respiration, essayait d'empêcher les battements de son cœur de bruire dans l'air silencieux. Il savait que la plus infime perturbation, juste avaler une gorgée de quelque tristesse familière, changerait tout. Les îles de lilas et d'érables, cartographiées en noir contre le ciel violet, feraient éruption avec les ailes dures du souvenir d'un rêve encore plus ancien, et tout aurait disparu.

Épilogue

ÉMERI

Il fit et refit le tour de la forme jusqu'à parvenir
à une surface polie d'une telle plénitude et d'une telle perfection
que celui qui la perçoit éprouve l'intense désir de la savourer
en en faisant lui-même de manière ininterrompue le tour.

RUDOLF WITTKOWER, à propos de *L'Oiseau dans l'espace*,
de Constantin Brancusi

CATHCART, ONTARIO. AVRIL 2010.

Même s'il m'aura fallu beaucoup de temps, ceci n'est pas la fin que j'ai en tête. Comme tout le monde, je m'attends à ce que d'autres choses se produisent. Comme tout le monde, je compte sur les événements pour qu'ils suivent leur cours.

Je suis assis maintenant dans un fauteuil près de ma vieille piscine à Cathcartario. Il ne fait plus aussi chaud ni aussi clair. On n'est qu'en avril. Il commence à faire froid. Mais je continuerai d'écrire encore un peu.

Les arbres nus semblent tout à fait immobiles. Le ciel tire sur le gris mais sa couleur ressemble plus à de l'étain. Sous les pieds, les dalles de marbre ont gardé la chaleur du soleil. Le système de filtration de la piscine m'a posé quelques problèmes récemment. Et la couverture ne tiendra pas une autre saison. Il est donc bien que je m'en aille. Peut-être après tout ai-je raison. Pour une fois. Il est temps pour moi d'être déraisonnable.

Je ne suis pas certain de te l'avoir dit directement. Mais si je dois te le dire, aussi bien que ce soit maintenant.

Je pense n'avoir commis qu'une seule erreur grave dans ma vie. Des centaines d'erreurs sans grande conséquence, bien entendu. Mais une seule était grave. Une seule était une très grave erreur.

Bien sûr, j'ignorais que tu existais jusqu'à ce que tu apparaisses à grands pas décidés dans le jardin il y a presque un an. Et même si c'est mon erreur qui a provoqué cette ignorance, je ne vois pas comment me reprocher ce que je ne savais pas.

Mais voici ce que l'on peut me reprocher : il nous appartient à tous de savoir ce que nous devons aimer. La jeunesse n'est pas une excuse pour s'en détourner. Ni les responsabilités. Nous ne devons pas être toujours raisonnables. L'amour ne l'est pas. Il ne faut pas toujours faire ce que l'on attend de nous. Ta mère le savait mieux que la plupart des gens.

Il n'y a personne pour nous guider, personne pour nous informer, personne pour nous apprendre ce qu'est l'amour. Nous devons le savoir par nous-même, autrement ce n'est pas de l'amour. Il en va de même de la beauté. Elle se présente trop peu souvent pour qu'on la confonde avec quoi que ce soit d'autre. Elle se présente trop rarement pour que nous passions à côté.

Cet été-là (ce devait être à la mi-juin), Anna et moi avons remonté les sentiers derrière sa maison, vers la village de Castello plus haut. Anna ne visitait pas souvent l'endroit mais pas, comme je finis par m'en rendre compte, pour les raisons que l'on supposerait. Elle n'était pas très sentimentale. Elle n'allait pas souvent à Castello parce qu'en règle générale elle n'avait rien à y faire. Mais quelqu'un venait d'ouvrir un petit restaurant dont la terrasse offrait une vue sur le mur d'enceinte du village et plus loin, en direction de Cinque Terre, sur les sombres promontoires et sur la mer au large. Un soir où notre travail de modèle nous avait rapporté à tous les deux un peu d'argent, nous avons décidé d'y aller.

Nous avions pris notre décision un peu plus tard qu'il est recommandé de le faire, si on veut grimper vers Castello sur les sentiers abrupts qui coupent à travers bois. Je me rappelle avoir été surpris par la chute soudaine de température quand nous avons quitté les champs après la nuit tombée. Nous n'avions pas pensé apporter de lampe de poche. Après que nos yeux se furent ajustés à l'obscurité, cet oubli s'avéra une excellente chose.

La claire-voie des feuilles noires et les longues trouées entre les branches des arbres du sentier que nous suivions avaient quelque chose de magique. Anna me guidait parfois. Parfois c'est moi qui la guidais. Et c'était ça notre ascension :

nous parlions parfois, nous riions parfois, nous nous arrêtions parfois pour nous embrasser mais sans jamais, pas un seul instant, cesser de nous tenir la main. Et je revendique cette balade tellement ordinaire comme l'épisode de ma vie où je me suis senti le plus vivant. Vivant pour de vrai.

Quand je reviendrai à l'endroit où j'ai naguère passé un été, il y aura apparemment, je suppose, une femme beaucoup plus vieille que celle dont je me souviens. Mais Anna est sculpteur. Elle n'est pas très intéressée par ce qui se donne à voir à première vue.

Elle sculptera la pierre sous une voûte verte de lumière à côté d'une vieille maison de ferme dans les collines toscanes. Elle ne ressemblera pas du tout à l'image que j'ai gardée d'elle. Mais cela n'aura pas d'importance. Ma perspective sera différente à présent. C'est à cela que sert le temps.

Derrière elle au fond du jardin, à un endroit où il y eut jadis une vieille source, il y aura bientôt une statue blanche. Le ciel sera le plus bleu des bleus. Les collines seront les plus vertes des vertes.

ACHEVÉ D'IMPRIMER EN MARS 2015
SUR DU PAPIER 100 % RECYCLÉ
SUR LES PRESSES DE MARQUIS IMPRIMEUR,
MONTMAGNY, QUÉBEC.